# PROTEGGERE ADDISON

## ARMI & AMORI: ALLEANZA
## LIBRO 5

# SUSAN STOKER

Titolo originale: *Protecting Addison*

Traduzione dall'inglese di Patrizia Zecchin per One More Chapter Translations

Editing del team di One More Chapter Translations

### *Also by Susan Stoker*

## Armi & Amori: Alleanza

*Proteggere Remi*
*Proteggere Wren*
*Proteggere Josie*
*Proteggere Maggie*
*Proteggere Addison*
*Proteggere Kelli (2 Set)*
*Proteggere Bree*

## Game of Chance

*Il protettore*
*Il reale*
*L'eroe*
*Il tagliaboschi*

## Il Rifugio

*Meritare Alaska*
*Meritare Henley*
*Meritare Reese*
*Meritare Cora*
*Meritare Lara*
*Meritare Maisy*
*Meritare Ryleigh*

## Ricerca e soccorso Eagle Point

*In cerca di Lilly*
*In cerca di Elsie*
*In cerca di Bristol*
*In cerca di Caryn*
*In cerca di Finley*

*In cerca di Heather*
*In cerca di Khloe*

## Silverstone
*Fidarsi di Skylar*
*Fidarsi di Taylor*
*Fidarsi di Molly*
*Fidarsi di Cassidy*

## Forze Speciali alle Hawaii
*Trovare Elodie*
*Trovare Lexie*
*Trovare Kenna*
*Trovare Monica*
*Trovare Carly*
*Trovare Ashlyn*
*Trovare Jodelle*

## Delta Duo
*La forza di Gillian*
*La forza di Kinley*
*La forza di Aspen*
*La forza di Jayme*
*La forza di Riley*
*La forza di Devyn*
*La forza di Ember*
*La forza di Sierra*

## Armi & Amori: verso il futuro
*Soccorrere Caite*
*Soccorrere Brenae*
*Soccorrere Sidney*
*Soccorrere Piper*

*Soccorrere Zoey*

*Soccorrere Avery*

*Soccorrere Kalee*

*Soccorrere Jane*

## Mercenari di Montagna

*Difendere Allye*

*Difendere Chloe*

*Difendere Morgan*

*Difendere Harlow*

*Difendere Everly*

*Difendere Zara*

*Difendere Raven*

## Delta Force Heroes

*Salvare Rayne*

*Salvare Emily*

*Salvare Harley*

*Il Matrimonio di Emily*

*Salvare Kassie*

*Salvare Bryn*

*Salvare Casey*

*Salvare Sadie*

*Salvare Wendy*

*Salvare Mary*

*Salvare Macie*

*Salvare Annie*

## Armi e Amori

*Proteggere Caroline*

*Proteggere Alabama*

*Proteggere Fiona*

*Il Matrimonio di Caroline*

# CAPITOLO UNO

RICARDO "MACGYVER" Douglas si voltò e guardò l'orologio sopra il comodino. Erano le tre e mezza del mattino e lui era completamente sveglio, e la ragione di ciò stava dormendo accanto a lui, nel suo letto. Girò la testa dall'altra parte e osservò sua moglie.

Sua *moglie*.

Era ancora molto strano dirlo. Be'... anche pensarlo. Era sposato con Addison Wentz da un mese e, a essere sincero, era rimasto sorpreso quando lei aveva accettato la sua proposta. Non era stata una cosa romantica. Non erano innamorati. Era stato semplicemente un matrimonio di convenienza per entrambi. Lui aveva bisogno che lo aiutasse a prendersi cura dei tre bambini che aveva salvato durante una missione, e lei dell'assicurazione sanitaria che la Marina prevedeva in quanto sua moglie.

Non aveva pensato molto a quello che sarebbe successo dopo che lei e la figlia dodicenne fossero andate a vivere da lui, ma avrebbe dovuto farlo. Ora la sua piccola casa era piuttosto affollata. L'aveva comprata quando si era trasferito a Riverton, in California. Aveva tre camere da letto che erano sembrate decisamente enormi quando c'era solo lui, e spazio a sufficienza per il suo hobby, quello di armeggiare con l'elettronica e di costruire oggetti in metallo, plastica e ceramica.

Ora che sotto il suo tetto vivevano altre cinque persone, quattro delle quali erano bambini, aveva dovuto mettere tutto in ordine, portare la maggior parte delle sue cose in garage e creare in qualche modo una casa confortevole per i tre orfani ucraini che sperava di adottare... oltre che per una moglie e una quasi adolescente.

Ellory, la figlia di Addison, stava in una camera con Yana, che aveva da poco compiuto cinque anni. I ragazzi, Artem di otto e Borysko di sette, dividevano l'altra. La maggior parte delle mattine MacGyver trovava Yana nel letto matrimoniale della stanza dei fratelli, accoccolata tra loro. Ci sarebbe voluto del tempo prima che si sentisse al sicuro nel nuovo ambiente, e la psicologa infantile che seguiva i bambini gli aveva detto di non dare troppa importanza alla sistemazione per dormire.

Ma era la *sua* sistemazione per la notte che lo faceva svegliare ogni mattina alle prime luci dell'alba.

Si girò su un fianco e fissò la donna nel suo letto.

Una cosa era fare un matrimonio di convenienza e sposare Addison per uno scopo concreto per entrambi, un'altra era rendersi conto, troppo tardi, di essere innamorato di lei.

Aveva sempre voluto ciò che avevano i suoi genitori. Una relazione basata sul vero amore. Sua madre e suo padre si adoravano apertamente. Si tenevano sempre per mano e si baciavano. Da piccolo, ciò lo aveva messo spesso in imbarazzo, ma presto suo padre era diventato il modello comportamentale da seguire. Lui faceva di tutto per assicurarsi che la moglie fosse al sicuro, felice e protetta. La difendeva se una commessa o un commesso era scortese o se qualcuno le mancava di rispetto. MacGyver era cresciuto con il desiderio di essere proprio come lui, e quello era uno dei motivi per cui si era arruolato in Marina. Voleva proteggere i più deboli. Voleva proteggere il suo Paese. Non aveva previsto di diventare un SEAL, ma eccolo lì.

Sbatté le palpebre, assonnato, e continuò a studiare sua moglie. Addison Wentz – no... Douglas, ora – era bellissima. Alta, con i capelli ricci e ramati che non rimanevano mai bloccati nel fermaglio o nell'elastico con cui li legava. I suoi occhi verde foresta erano troppo seri per la maggior parte del tempo, dato che portava sulle sue esili spalle molte preoccupazioni e responsabilità. Fin dal primo momento in cui si erano incontrati, MacGyver avrebbe voluto toglierle un po' di quelle preoccupazioni in cui sembrava annegare.

Ma dietro a tutte quelle responsabilità opprimenti, Addison era una donna divertente, premurosa e bellissima... da cui era attratto. Amava che fosse della sua stessa altezza. Non si era mai reso conto che gli piacessero le donne alte prima di conoscerla. Poteva guardarla negli occhi senza dover tirare il collo, ed era dell'altezza perfetta per avvolgerle comodamente il braccio intorno alla vita... e quando si erano abbracciati dopo essere stati dichiarati marito e moglie, aveva scoperto quanto perfettamente si adattassero i loro corpi l'uno all'altro.

E ultimamente riusciva a pensare solo a quello.

Compreso in quel momento. Il che significava che il suo cazzo era duro... come ogni mattina. Aveva pensato che a trentatré anni non ci si svegliasse più con un'erezione, ma si era sbagliato. Dormire accanto ad Addison, sentire il profumo della lozione al limone che lei usava ogni sera prima di andare a letto, percepire il materasso che si muoveva leggermente

quando cambiava posizione... erano tutte cose che lo rende-
vano estremamente consapevole del fatto che la donna che
desiderava più di quanto fosse pronto ad ammettere ad alta
voce, si trovava a pochi centimetri da lui.

Ma avevano un accordo. In cambio dell'accesso all'assistenza sanitaria per Ellory, lei gli avrebbe dato una mano a
prendersi cura di Artem, Borysko e Yana, aiutandolo così a
essere un candidato migliore per l'adozione. Era quella l'es-
senza del loro matrimonio.

Addison non gli aveva dato motivo di pensare che volesse
qualcosa di diverso da quello che lui le aveva già fornito:
protezione e sicurezza per sua figlia.

MacGyver inspirò profondamente, poi espirò piano.
Anche se il suo cazzo pulsava, cosa alquanto dolorosa, fece il
possibile per ignorare la reazione del suo corpo verso la donna
nel suo letto. Non avrebbe mai fatto nulla per metterla a disagio. Non di proposito. Aveva dormito per due settimane
intere sul pavimento solo perché aveva capito che lei non si
sentiva a suo agio a condividere il letto.

Quando alla fine Addison aveva deciso che era stupido che
lui continuasse a dormire per terra ogni notte, si era sentito al
settimo cielo. Anche se non gli piaceva che avesse cambiato
idea soprattutto perché si era sentita in colpa del fatto che lei
fosse su un materasso comodo, mentre lui sul pavimento
duro; aveva dormito in posti peggiori e glielo aveva detto, ma
doveva ammettere che era felice di essere tornato nel suo
letto.

Però adesso si svegliava ogni mattina circa un'ora prima
che suonasse la sveglia, con il cazzo duro come la superficie su
cui aveva dormito in precedenza. Parte del motivo per cui
aveva bisogno di aiuto era che le sue giornate da Navy SEAL
iniziavano presto, troppo per i tre bambini sotto la sua tutela.
E alzarsi ancora prima a causa di Addison era estenuante.

Tuttavia, quella era la sua nuova normalità.

Inoltre, era ancora più estenuante essere padre... ma ne amava ogni secondo. Era stato bello vedere gli occhi di Artem spalancarsi quando aveva assaggiato per la prima volta i Lucky Charms, o l'entusiasmo di Borysko quando era tornato a casa da scuola eccitato per qualcosa di nuovo che aveva imparato, o il sollievo e l'orgoglio nel vedere che Yana aveva preso peso tra la prima visita medica e quella che aveva fatto il giorno precedente.

I bambini stavano sbocciando e MacGyver sapeva che era in parte merito di Addison. Era meravigliosa con loro... premurosa, paziente e compassionevole.

Lei sospirò nel sonno e si girò su un fianco, rivolta verso di lui.

MacGyver trattenne il respiro. Dio, quella donna era totalmente fuori dalla sua portata. Lui era un uomo autoritario, solitario e nerd dalla testa ai piedi. Preferiva passare il tempo da solo nel suo garage ad armeggiare con le sue invenzioni, piuttosto che essere socievole... persino con i suoi compagni di squadra, che erano come fratelli.

Addison era una luce brillante, e lui era... cos'era?

Sorrise. Era la fonte di energia dietro la sua luce. Il nerd dietro le quinte che la teneva collegata. Un po' come il tizio nel *Mago di Oz*, quello che stava dietro la tenda ad armeggiare con leve e pulsanti per far succedere le cose.

Era un pensiero sciocco, ma che gli piaceva molto. MacGyver sarebbe rimasto volentieri dietro le quinte, a sostenere le persone che amava e lasciando loro le luci della ribalta.

«Che ora è?»

Si riscosse dai suoi pensieri e si rese conto che Addison si era svegliata... più o meno. Sembrava ancora mezza addormentata. Fu pervaso da un senso di tenerezza. «È troppo presto per alzarsi. Dormi, Addy.»

Le sue labbra si curvarono in un piccolo sorriso. «Non ho mai avuto un soprannome prima d'ora.»

«Ti dispiace? Ho iniziato a chiamarti così senza nemmeno chiederti se ti andava bene. Posso chiamarti Addison» le disse in tono tranquillo.

Ma lei scosse la testa. «Mi piace.»

«Ok.»

Rimasero un attimo in silenzio, poi lei chiese: «Che cos'hai in programma per oggi?»

«Allenamento, come al solito. Poi torno a casa, faccio la doccia e ti aiuto a preparare la colazione. Posso accompagnare Artem e Borysko a scuola, se tu ti occupi di Ellory e Yana.»

«Certo.»

«Poi dovrei tornare a casa presto. Abbiamo alcune riunioni, ma ieri Kevlar ci ha detto che per le tre dovremmo aver finito.»

«Bene.»

«E tu, cos'hai da fare?»

«Tre torte.»

«Tre?» le chiese incredulo.

«Sì. Ne ho accettata una all'ultimo minuto perché la signora era disperata.»

«Non sei più obbligata a dire di sì a tutti» le ricordò con dolcezza.

Gli occhi verdi di Addison erano fissi nei suoi. Amava quei momenti. La sensazione di intimità che dava parlare nella luce fioca del primo mattino, quando i bambini dormivano e c'erano solo loro due.

«Lo so. Anche se a volte dimentico che non è più necessario accumulare ogni centesimo per ogni evenienza. Ti ho ringraziato oggi?»

MacGyver scosse la testa. «Non farlo. Mi hai ringraziato più che a sufficienza. Abbiamo voltato pagina.»

«È solo che... quello che hai dato a Ellory e a me è... è più di quanto tu possa mai capire.»

Fece scorrere la mano sulla sua testa, per poi tirarle via i capelli dal viso. Adorava toccarla, ma non aveva mai l'opportunità di farlo abbastanza. Lei chiuse gli occhi mentre la accarezzava, e dovette trattenersi per non sporgersi in avanti e baciarla. Il desiderio che provava per Addison era quasi un dolore fisico, ma non voleva fare nulla che potesse spaventarla o farle pensare che stesse per prendere qualcosa che lei non voleva dare liberamente.

«Se tu non fossi qui, Artem, Borysko e Yana probabilmente verrebbero rispediti in quell'inferno in cui li ho trovati. Quindi stai dando a me, a *loro*, più di quanto tu possa capire.»

Lei gli sorrise, un sorriso pigro e assonnato, e MacGyver avrebbe dato qualsiasi cosa per poterlo ricevere ogni giorno per il resto della vita.

«Quali capolavori creerai oggi?» le chiese, cambiando argomento e tornando a parlare delle torte che avrebbe preparato durante la giornata.

«Elsa di *Frozen*, *Jurassic Park* e una torta per un cinquantesimo anniversario.»

«Farai delle foto?»

Lei ridacchiò. «Hai già visto la mia torta di Elsa.»

«Non importa. Sono sempre sbalordito da quello che riesci a fare con farina, uova, zucchero e glassa.»

Il sorriso di Addison si fece più ampio. «Non è chissà cosa.»

«Stai scherzando? Sei una vera artista, Addy. Quello che fai... è impressionante. Non solo fai torte che dovrebbero apparire in qualche rivista di settore... aspetta, esiste una cosa del genere?»

Lei ridacchiò. «Probabilmente sì.»

«Comunque, non solo sei un'artista eccezionale, ma aiuti le

famiglie a creare ricordi. E questo è più importante di qualsiasi altra cosa.»

«Ricky» mormorò.

Un improvviso calore si diffuse dal suo petto fino al cazzo, facendoglielo pulsare ancora di più. Gli piaceva sentire il suo soprannome uscire dalle sue labbra. Gli avevano affibbiato quello di MacGyver per la sua capacità di mettere insieme degli oggetti che potessero aiutare lui e la sua squadra SEAL quando ne avevano più bisogno, ma c'era qualcosa di davvero intimo nel sentire Addy chiamarlo con il suo soprannome d'infanzia.

«Dico sul serio. Sono cresciuto con quattro fratelli quindi c'erano sempre dei compleanni, e mia madre faceva di tutto per rendere ogni festa speciale, anche con i biscotti e le torte acquistate in negozio. Ma tu che realizzi quei capolavori, che non sono solo bellissimi, ma hanno anche un sapore delizioso, fai sì che quei bambini e quegli adulti abbiano dei ricordi che li accompagneranno per sempre.»

«Grazie» mormorò lei. «A seconda di come Ellory si sentirà questo fine settimana... pensi... ti dispiacerebbe...» Si interruppe.

«Certo che non mi dispiacerebbe» disse subito MacGyver.

«Non sai nemmeno cosa stavo per dire.»

«Non importa. Se lei vuole fare qualcosa, io la farò accadere.»

Addison lo fissò così a lungo da farlo sentire a disagio. Non riusciva a capire cosa stesse succedendo dietro a quei suoi occhi verdi.

Alla fine continuò, parlando in fretta, come se avesse paura che le dicesse di no. «Mi ha chiesto di domandarti se puoi farle vedere come si fa ad avviare un'auto con i cavi. E a cambiare una gomma. E magari se puoi mostrarle qualcosa che hai creato durante una missione e che ha contribuito a salvare la situazione.»

Si sentì riempire di gioia. «Certo che lo farò. Sarà un piacere.» La sua mente era già un turbinio di pensieri sulle cose che avrebbe potuto mostrarle e che non fossero troppo pericolose. «Come sta?»

Addison scrollò le spalle. «Per ora bene. Vedremo come funziona la nuova medicina che sta prendendo. Abbiamo provato tante combinazioni e tutte sembrano funzionare all'inizio, ma poi l'infiammazione torna.»

Ellory soffriva del Morbo di Crohn, una malattia infiammatoria intestinale. Di solito non colpiva i bambini, ma lei aveva cominciato ad avere problemi circa quattro anni prima. I suoi sintomi erano iniziati con crampi, febbre, stanchezza e una forte perdita di peso, soprattutto perché mangiare era problematico. Era stata molto tempo in ospedale, si era sottoposta a un sacco di esami, tutti costosi, e ancora oggi stava affrontando gli orribili sintomi.

MacGyver aveva imparato molto su quella terribile malattia, ed era sollevato dal fatto che ora che era coperta dalla sua assicurazione sanitaria avrebbe potuto ricevere maggiori cure. Sapere che voleva passare del tempo con lui lo faceva sentire bene. *Davvero* bene. Era solo questione di tempo perché arrivasse l'adolescenza, e poi probabilmente non avrebbe più voluto avere nulla a che fare con il patrigno nerd.

Addison sbadigliò e gli rivolse un timido sorriso.

MacGyver avrebbe voluto prendersi a calci. Eccolo lì, a fare una conversazione che avrebbero dovuto avere più tardi a colazione. Lei aveva bisogno di dormire. Si faceva il culo ora che aveva altri tre figli da accudire. Lavorava tutto il giorno, preparando e decorando torte, e lui si stava comportando da egoista a voler parlare.

«Dormi, Addy. Possiamo continuare a colazione.»

«Mi piace parlare con te» gli disse.

Era troppo buio per saperlo con certezza, ma MacGyver avrebbe potuto giurare di aver visto le sue guance arrossire. «Anche a me piace parlare con te. Ma è notte fonda. Hai bisogno di riposare.»

«Anche tu.»

«Non lo sai? I SEAL sono immuni al bisogno di una cosa così inutile come dormire» scherzò.

Lei sorrise... poi fece qualcosa che lo sconvolse. Allungò la mano e la mise sopra la sua sul materasso, chiuse gli occhi e sospirò.

MacGyver non si mosse. Nemmeno di un centimetro. Il calore della mano penetrò nella sua. Era un po' patetico quanto fosse eccitato per quel piccolo tocco, ma era la prima volta dalla cerimonia nuziale che lei lo toccava volontariamente.

A quel punto non era più stanco. Vide i respiri di Addison farsi più profondi, mentre si riaddormentava. Non aveva idea di cosa il futuro avesse in serbo per loro, ma non si faceva illusioni. Non era possibile che Addy rimanesse sposata con lui. Non a lungo. Avevano solo un accordo reciprocamente vantaggioso. Alla fine lei avrebbe trovato un uomo con cui passare il resto della vita. E anche se ciò lo avrebbe fatto soffrire, MacGyver l'avrebbe lasciata andare. Voleva che lei fosse felice più di quanto volesse costringerla a restare con lui.

Ma, nel frattempo, sarebbe stato il miglior padre possibile. Il miglior marito. Si sarebbe assicurato che ad Addison non mancasse nulla e che fosse trattata come suo padre trattava sua madre. Con rispetto e con amore.

La guardò dormire il più a lungo possibile, poi si girò e spense la sveglia qualche minuto prima che suonasse. L'ultima cosa che voleva era svegliarla di nuovo. Si alzò dal letto e andò in bagno a infilarsi gli indumenti da lavoro, poi tornò in camera, esitando prima di uscire.

Fece un respiro profondo e si avvicinò al letto, dal lato di Addison. Si era girata sulla schiena e dormiva profondamente. Le tirò più su le coperte, poi si chinò e le sfiorò la fronte con un bacio.

La fissò ancora per un attimo, poi si voltò e andò verso la porta.

# CAPITOLO DUE

ADDISON WENTZ, ora Douglas, sorrise mentre metteva il piatto di pancake sul tavolo della sala da pranzo. Gli occhi di Artem e Borysko si spalancarono vedendo le dimensioni della pila, mentre Yana era più interessata a pettinare i capelli della Barbie che teneva in mano. Purtroppo Ellory quella mattina aveva accusato dei sintomi dell'infiammazione, quindi era rimasta a letto nella speranza di sentirsi meglio per quando avrebbe dovuto andare a scuola.

Ogni volta che sua figlia piangeva per il dolore, Addison avrebbe voluto prendere il suo posto; avrebbe sopportato volentieri ogni sintomo se avesse potuto. Il morbo di Crohn era una malattia terribile, soprattutto per un bambino. Sua figlia stava affrontando una patologia che non sarebbe mai stata curata... avrebbe dovuto avere a che fare con le conseguenze per tutta la vita. Era uno schifo.

Ora che frequentava la seconda media alcune bulle avevano deciso che era un buon bersaglio, dato che era sottopeso e non aveva avuto alcuno scatto di crescita a causa della denutrizione. Semplicemente non mangiava quanto avrebbe dovuto fare una ragazza che si stava sviluppando, e ciò si vedeva nei dati dei percentili della sua altezza e del suo peso rispetto alle altre persone della sua età. Il morbo di Crohn rendeva difficile, se non impossibile, mangiare molti cibi, e ciò l'aveva resa un bersaglio a scuola.

Aveva anche i capelli rossi come i suoi. Erano bellissimi, ma alle medie, tutto quello che era diverso e che ti faceva risaltare non era mai una cosa positiva. Addison lo aveva scoperto a sue spese quando aveva l'età di Ellory.

«Tutto per noi?» chiese Artem.

La sua domanda la riportò al presente. «Sì. I pancake sono per voi, ma non pensate di essere obbligati a mangiarli *tutti*. Quando sarete sazi, metterò via il resto per la merenda dopo la scuola.» Quando aveva conosciuto i bambini, si rimpinzavano fino a star male ogni volta che veniva loro presentato qualcosa da mangiare. C'era voluto un po' di tempo, ma alla fine si erano resi conto che non si trovavano in una situazione in cui il cibo scarseggiava, com'era successo nella città distrutta in cui avevano vissuto in Ucraina.

«Yana, devi mettere giù la bambola e fare colazione» le disse Addison con dolcezza, ma con fermezza.

«Barbie» ribatté lei, sollevandola con orgoglio.

La bambina non conosceva l'inglese come i suoi fratelli, dato che loro lo avevano studiato un po' prima che nel loro Paese scoppiasse la guerra. Yana era troppo piccola e quindi aveva imparato solo quello che aveva assimilato da Artem e Borysko. Lo capiva molto di più di quanto riuscisse a parlarlo, ma dopo poche settimane di frequenza a un corso speciale per bambini la cui seconda lingua era l'inglese, che si svolgeva dopo la regolare mattinata alla scuola materna, lo stava apprendendo rapidamente.

«Sì, vedo. Barbie è carina. Ma devi mangiare» insistette

Addison, mettendo un pancake su un piatto e spruzzandoci sopra un po' di sciroppo per poi spingerlo verso la piccola.

Yana guardò i suoi fratelli, che stavano allegramente infilandosi in bocca pezzi di pancake, e prese la forchetta.

Soddisfatta che i bambini stessero mangiando, Addison tornò in cucina per pulire le stoviglie che aveva usato per cucinare la colazione e per iniziare a preparare la sua prima torta. Mentre lavorava, pensò a ciò che era accaduto quella mattina.

In particolare, al bacio.

Quando Ricky si era alzato per prepararsi per andare ad allenarsi con la sua squadra SEAL, lei non si era ancora completamente addormentata. Aveva sentito il materasso inclinarsi e aveva aperto gli occhi giusto in tempo per vedere il suo fondoschiena scolpito scomparire in bagno.

Quell'uomo era muscoloso, e più gli stava vicino più lo desiderava. Era tutto ciò che aveva sempre sognato in un compagno, e il modo in cui trattava Ellory era la ciliegina sulla torta.

La prima volta che lo aveva incontrato era stata immediatamente attratta da lui. Poi, stranamente, avevano cominciato a incrociarsi sempre più spesso in giro per la città... alle stazioni di servizio, nelle caffetterie. Quando si era imbattuto in lei ed Ellory in una tavola calda e si sera seduto con loro, a sua figlia era piaciuto immediatamente. Ma la loro relazione a quei tempi era ancora una semplice conoscenza; amichevole, ma superficiale.

Finché un giorno lui era partito per un'altra missione ed era tornato a casa con tre bambini... e le aveva chiesto di sposarlo perché godessero di un vantaggio reciproco.

Per quanto avrebbe potuto sembrare assurdo agli altri, considerando che non si erano mai frequentati, lei non aveva esitato ad accettare. Dopo anni trascorsi ad affrontare vari ricoveri in ospedale e visite al pronto soccorso per Ellory,

Addison era stata a un passo dall'essere una senzatetto, e Ricky, dal canto suo, aveva avuto un disperato bisogno del suo aiuto con i bambini di cui si era ritrovato all'improvviso a fare da genitore.

Era passato un mese e, in linea con i loro accordi, Ricky non aveva azzardato alcun tipo di avance... con suo grande disappunto. Essere considerata una semplice amica faceva schifo, ma se l'era cercata. Era troppo timida per fargli capire che non le sarebbe dispiaciuto essere qualcosa di più, di essere più che sposati solo sulla carta. L'ultima cosa che voleva fare era rovinare qualcosa di positivo che aveva nella vita. Avrebbe fatto *qualunque* cosa per sua figlia, per assicurarle le cure mediche di cui aveva bisogno, e se ciò significava dover vivere con l'uomo che desiderava più di qualsiasi altra cosa, *senza* poterlo toccare, l'avrebbe fatto.

Ma quella mattina... era stata la prima volta che avevano condiviso un momento così intimo. Ricky aveva fatto di tutto per non farle pressione, per non toccarla senza il suo permesso. Ma quel giorno, alla luce fioca delle luci notturne che aveva attaccato a tutte le prese di corrente della sua stanza, non solo le aveva scostato i capelli dal viso, ma non si era allontanato quando lei aveva messo spontaneamente la mano sopra la sua.

E poi quel bacio...

Dopo che aveva sentito la porta d'ingresso chiudersi, Addison non era stata in grado di trattenersi dal portare una mano tra le gambe e darsi piacere, mentre fantasticava di abbassargli i pantaloni della tuta che lui metteva ogni sera per andare a letto e mostrargli quanto lo desiderasse.

«Addy, latte? Per favore?» chiese Yana seduta al tavolo. I bambini avevano subito imparato il soprannome che Ricky le aveva dato, e lei lo adorava.

Riscuotendosi dai ricordi, andò al frigorifero e prese il

latte. Riempì la tazza della bambina e già che c'era lo fece anche con quelle di Artem e Borysko. Si era appena girata per metterlo di nuovo nel frigo, quando la porta d'ingresso si aprì.

«Ricky!» urlò Yana, saltando giù dalla sedia per correre verso l'uomo a cui Addison non riusciva a smettere di pensare.

Lui la afferrò a metà del salto e la sollevò sopra la sua testa, e risero entrambi. La portò al tavolo e la risistemò sulla sedia. «Mi sembra che tu non abbia finito la colazione, piccola. Quanti pancake hai già mangiato, Borysko?» chiese.

Il bambino sorrise e disse con orgoglio: «Quattro.»

«Non parlare con la bocca piena. È maleducato e di cattivo gusto» lo rimproverò con dolcezza. «E tu, Artem?»

L'altro ragazzo masticò furiosamente, poi deglutì e disse: «Sei.»

«Wow. Ti sarà rimasto spazio per il pranzo delizioso che sicuramente Addy vi ha preparato?»

Entrambi annuirono con entusiasmo; non c'era niente che amassero di più del momento del pasto. Addison sorrise dalla cucina. Era appoggiata al bancone a osservare Ricky con i bambini. Era così bravo con loro.

Prima che fosse pronta, lui si girò e andò verso di lei. Ricordare ciò che aveva fatto dopo che se n'era andato quella mattina la fece arrossire, ma si costrinse a guardarlo negli occhi quando lui entrò in cucina.

Con sua sorpresa, si chinò e le baciò la guancia.

«Buongiorno» mormorò, poi si voltò verso il caffè che Addison aveva preparato in precedenza. «Mmm, alla nocciola?»

Deglutì a fatica e riuscì a dire: «Sì.»

«Tu mi vizi. *Ci* vizi.» Poi continuò a voce più bassa. «Che roba divertente hai fatto per il loro pranzo di oggi?»

Addison sorrise. «Ho preso dei nuovi stampini per

biscotti, così i panini di oggi hanno le forme dei dinosauri. Ovviamente anche i biscotti.»

«Decorati?» le chiese.

«È un vero biscotto se non ha la glassa sopra?» replicò.

Ricky ridacchiò. Poi si chinò verso di lei e sussurrò: «È possibile che ce ne sia qualcuno in più?»

Aveva il solito odore di sudore di quando si allenava, persino della sabbia appiccicata sulla guancia, e dovette trattenersi per non saltargli addosso. L'avrebbe uccisa una volta che l'adozione sarebbe andata in porto e i bambini fossero stati abbastanza grandi da non aver più bisogno di una tata. Perché mai avrebbe dovuto tenerla con sé se non fosse più stata necessaria? La fantasia della famiglia felice che stava vivendo sarebbe finita, doveva tenerlo a mente, e doveva anche cercare di non affezionarsi più di quanto non avesse già fatto.

«Certo» gli disse con un piccolo sorriso. «So quanto ti piacciono i miei biscotti.»

«Amo... i tuoi biscotti.»

Pensò di essersi immaginata la piccola pausa nella sua affermazione, perché era ovvio che stessero parlando di biscotti, no?

«Ciao, Ricky.»

Addison si voltò al suono della voce della figlia, e lo fece anche lui, che poi le si avvicinò e la abbracciò, sollevandola. Quella era un'altra cosa che amava di quell'uomo. Non esitava a manifestare il suo affetto per sua figlia. E lei assorbiva le sue attenzioni come faceva una spugna con l'acqua. E proprio come faceva sua madre.

«Come va stamattina?» le chiese, mettendola a terra ma tenendo le mani sulle sue spalle.

Ellory le scrollò. «Ok.»

«Proprio male, eh?» le disse, non permettendole di mentire. «Hai bisogno di rimanere a casa oggi?»

Addison prima le aveva chiesto la stessa cosa.

«No, sto bene.»

«Vuoi mangiare qualcosa?»

«No» ripeté.

«Ok, ma se per l'ora di pranzo non ti senti meglio, chiama tua madre. Non puoi stare tutto il giorno senza assumere nutrienti. Può prepararti del pollo al forno. Magari stamattina puoi provare a mangiare una banana e un frullato proteico, che ne dici?»

Ad Addison si sciolse il cuore. Ricky aveva imparato molto sul morbo di Crohn da quando si erano sposati. Aveva fatto ore di ricerche online per scoprire quali fossero i cibi migliori per Ellory e cosa fare quando i sintomi peggioravano.

«Ok» rispose lei, abbracciandolo ancora una volta per poi andare al frigorifero.

Addison avrebbe dovuto sorprendersi che sua figlia avesse acconsentito. Dopotutto, le aveva proposto lei stessa di mangiare un frullato nemmeno venti minuti prima, ottenendo come risposta un no inequivocabile. Ma era stata d'accordo quando lo aveva fatto Ricky. Si sarebbe irritata se non avesse provato gratitudine per il fatto che fosse riuscito a farla mangiare; era sottopeso e aveva bisogno di tutte le calorie possibili.

«Ricky?» lo chiamò Ellory, allontanandosi dal frigorifero.

«Sì, El?»

«Puzzi» disse senza mezzi termini.

Lui rise. «Già. Be', è perché Kevlar stamattina ha pensato che sarebbe stato divertente fare i burpees sulla sabbia. Li odio profondamente.» Poi ringhiò, si accucciò e camminò verso di lei con le braccia aperte, come se fosse una sorta di mostro di sabbia.

Ellory lanciò uno strillo e gridò: «Stai lontano da me, uomo puzzolente!»

Ricky rise. «Un secondo fa non mi hai detto di stare lontano.»

«Vabbè.»

Fu una risposta così adolescenziale che Addison non poté fare a meno di ridacchiare. «Non dimenticare di riempire la borraccia prima di uscire. E bevi il più possibile durante la giornata.»

Ellory alzò gli occhi al cielo e borbottò di nuovo: «Vabbè, mamma.» Poi prese il frullato e una banana, andò al tavolo e si sedette accanto a Yana e Borysko, iniziando subito a parlare con loro di scuola.

Addison era contenta che sua figlia avesse accolto così bene i bambini. Avrebbe potuto provare risentimento per il fatto che le stavano togliendo un po' di tempo e di attenzione, ma non era così. Sembrava felice della loro presenza e grata per la distrazione che le davano dal dolore costante che provava per la maggior parte del tempo. E anche se Addison aveva temuto che avrebbe odiato dover condividere la stanza con una bambina di cinque anni, con sua grande sorpresa, Ellory sembrava adorare avere Yana intorno. Era di grande aiuto con i bambini, se non altro per tenerli occupati. Artem e Borysko amavano parlare con lei, far pratica con l'inglese, e la piccola era contenta quando giocavano insieme con le sue bambole.

«Va tutto bene?» chiese Ricky, riportando l'attenzione di Addison su di lui.

«Sì. Perché non dovrebbe?» domandò, sinceramente curiosa.

«Perché adesso cucini per sei persone, porti i ragazzi in giro dappertutto, lavori ancora a tempo pieno, fai il bucato, pulisci *e* ti occupi dei servizi sociali quando si presentano inaspettatamente per controllare i bambini.»

«È tutto ok» gli disse con sincerità. «Perché? Sto facendo qualcosa che non dovrei, o non sto facendo qualcosa che dovrei fare?»

«No!» rispose Ricky quasi con veemenza. «È solo che tutto questo è... molto da gestire. Voglio essere sicuro che ti vada bene tutto ciò che fai, non mi piacerebbe che pensassi che mi sto approfittando di te o che non stia facendo la mia parte. Voglio che funzioni, Addy, e non succederà se non mi dici quando non sei felice.»

Ecco. Quello era solo uno dei motivi per cui era un tale brav'uomo, e che un giorno sarebbe stato un fantastico *vero* marito per una donna. «Sul serio è tutto a posto. Fai già molto, Ricky. Ti occupi della spesa, lavori anche tu a tempo pieno, e hai un impiego molto più stressante del mio, aggiungerei, e quando sei a casa fai il possibile per dare una mano.»

«Be', se c'è qualcos'altro che posso fare, dimmelo. Non voglio che tu abbia la sensazione di essere l'unico genitore.»

«Non è così.»

«Bene. Ora devo fare una doccia. So da fonte certa che puzzo» disse con una risatina.

«Non è così male» sbottò Addison, arrossendo subito dopo.

«Mi fa piacere che la pensi così.» Poi la sconvolse, chinandosi e baciandola ancora una volta sulla guancia.

Percepì l'odore del caffè nel suo alito prima che lui si girasse e prendesse la tazza per uscire dalla cucina. Lo osservò fermarsi vicino al tavolo e toccare la testa di ognuno dei bambini più piccoli, dicendo loro qualcosa a bassa voce che lei non riuscì a sentire. Strinse la spalla di Ellory e poi sparì nel breve corridoio che portava alla camera da letto.

Ora che se n'era andato, l'elettricità nell'aria sembrò dissiparsi. Era sempre così quando c'era Ricky. Vivacizzava qualsiasi stanza in cui si trovavano e faceva sembrare tutto... eccitante. Avrebbe dovuto essere estenuante, invece era elettrizzante.

Quando tornò era fresco di doccia e indossava la mimetica blu della Marina. Addison dovette trattenersi per non saltargli addosso. Non sapeva il motivo, ma l'uniforme lo rendeva ancora più attraente... il che era tutto dire.

«Meglio?» chiese a Ellory, allargando le braccia come per farsi ispezionare.

La divertì vedere sua figlia avvicinarsi a lui, sporgersi in avanti e annusarlo. Poi si tirò indietro e sorrise. «Meglio» concordò.

Ricky rise e se la tirò contro il petto per stringerla in un altro lungo abbraccio. Poi la prese per le spalle e la guardò con aria seria. «Sei sicura di poter andare a scuola oggi?»

«Sì.»

«Non ti fa male da nessuna parte?»

«Non ho detto questo» rispose Ellory con un'alzata di spalle.

La sua replica le provocò una stretta al cuore. Non c'era niente di peggio che sapere che tua figlia stava soffrendo e non poter fare nulla al riguardo.

Ricky evidentemente la pensava allo stesso modo, perché aggrottò le sopracciglia.

Ma Ellory, essendo la ragazza che era, gli accarezzò il petto e disse: «Ma oggi non è niente di terribile. Starò bene.»

«Hai preso le medicine?» le domandò.

«Certo.»

Assumeva una sfilza di farmaci per cercare di tenere sotto controllo il morbo di Crohn. Antibiotici, un antinfiammatorio, un antiacido e un immunosoppressore per ridurre il gonfiore intestinale. Addison odiava che prendesse così tante medicine a quella giovane età, ma sembrava davvero che fossero d'aiuto. D'altra parte, il passo successivo era l'intervento chirurgico, che non l'avrebbe curata ma avrebbe potuto tenere a bada i sintomi peggiori per un po'. Però il pensiero che qualcuno tagliuzzasse la sua bambina era ripugnante.

«Bene. Se le cose dovessero peggiorare, non esitare a chiamare tua madre o me.»

Ellory alzò gli occhi al cielo. «Lo so.»

Sua figlia stava crescendo sotto i suoi occhi, e Addison non sapeva se rimproverarla per la mancanza di rispetto o ridere per il suo tono esasperato.

«So di non essere tuo padre, ma m'importa di te» le disse Ricky serio.

Ellory inclinò la testa e fissò l'uomo di fronte a lei. «Perché?»

«Perché m'importa?»

«Sì. Come hai detto tu, non sei mio padre. E non conosci me o mia madre da molto tempo.» Abbassò la voce, in modo che gli altri tre bambini non potessero ascoltare. Addison stessa dovette sforzarsi per sentire quello che diceva. «So che hai sposato mia madre perché potesse avere un'assicurazione per me e tu potessi avere una babysitter per loro. Quindi... perché t'importa se sto male o meno?»

Addison si sentì stringere lo stomaco. Non avrebbe voluto che Ellory conoscesse le circostanze del suo matrimonio, ma non le piaceva nemmeno mentire a sua figlia. Così, quando una sera le si era avvicinata per chiederle perché avesse sposato Ricky quando non si erano mai frequentati, era stata totalmente onesta. Be'... il più onesta possibile, dato che aveva tralasciato di dirle che lo amava.

«Non ho sposato tua madre solo per questi motivi» le disse Ricky.

Addison trattenne il respiro.

«Sì, il fatto di essere sposati ha reso le cose più facili per quanto riguarda l'assistenza sanitaria di cui hai bisogno. E sì, averla qui è di grande aiuto per Artem, Borysko e Yana. Ma l'ho fatto perché lei mi piace e la rispetto. In realtà ci conosciamo da un bel po' di tempo, e non ho nemmeno preso in considerazione di sposare qualcun'altra.»

Era una sorta di non risposta, ma Addison si sentì comunque tutta calda dentro.

«La ami?» chiese Ellory quasi con nonchalance.

La sensazione di calore scomparve in una nuvola di fumo. Avrebbe voluto precipitarsi da sua figlia e ridere della sua domanda. Ma voleva sentire la risposta, anche se allo stesso tempo ne era terrorizzata.

In quel momento lui sollevò gli occhi e incontrò i suoi. Addison deglutì a fatica, mentre lo fissava a sua volta. La guardò solo per un attimo, ma le sembrò che in quel breve lasso di tempo fosse successo qualcosa di importante.

«Tua madre è una delle donne più generose, talentuose e belle che abbia mai conosciuto. Farebbe qualsiasi cosa per te e per i suoi amici. Pensa prima agli altri che a sé stessa. Ha più amore lei nel suo dito mignolo di quanto ne abbiano molte persone in tutto il corpo. Mi farei in quattro per lei. La proteggerò, *vi* proteggerò, finché avrò fiato in corpo. E prima che tu mi chieda di nuovo perché, è per il fatto che ha un'anima pura. E mi rende un uomo migliore. Se questo non è amore, non so cosa lo sia.»

Addison aveva la sensazione di stare per svenire. Altre persone le avevano detto che aveva dei bei capelli, che era fortunata ad avere un fisico così snello, che era simpatica, ma ciò che lui aveva appena detto l'aveva sconvolta. Non aveva confessato apertamente di amarla, ma fu chiaro che la sua risposta aveva soddisfatto Ellory, perché annuì.

«Ok?» le chiese Ricky.

«Ok» rispose la ragazzina.

«Basta avere dubbi sul fatto che io tenga a te o a tua madre, va bene?»

«Sì.»

«Aiuteresti Yana a prepararsi per andare a scuola, mentre io parlo un attimo con tua madre?»

«Certo.» Si girò verso il tavolo e tese la mano alla bambina. «Vieni, Yana. Vuoi indossare la maglietta di Elsa o della Sirenetta?»

«Elsa!» praticamente strillò.

Ellory rise, e le due si diressero mano nella mano verso la loro stanza. Artem e Borysko avevano appena finito di mettere i piatti sporchi nella lavastoviglie e corsero lungo il corridoio in modo più vivace, spintonandosi a vicenda per cercare di arrivare per primi in camera a prendere gli zaini.

Lei e Ricky avevano solo un paio di minuti per parlare prima che tornassero i bambini, e poi sarebbero dovuti uscire per arrivare a scuola in tempo. Ma, intanto, trattenne il respiro quando le si avvicinò.

«Scusa.»

Lei aggrottò le sopracciglia.

«Non volevo essere invadente, è solo che... odio pensare che lei stia soffrendo. Spero che non ti sia offesa per ciò che ho detto.»

Non era quello il sentimento che provava. «Offesa? No, per niente.»

«Bene. Ti rispetto, Addy. Davvero tanto. Sei entrata in questo ruolo senza alcuna esitazione. Ti sei presa carico di me e dei bambini come se fossi nata per farlo. Non potrei farcela senza di te. La maggior parte delle volte mi sento completamente fuori dal mio elemento. Sono in grado di uscire da una situazione pericolosa con un'arma, di liberarmi alla MacGyver se sono intrappolato e, in linea di massima, sono piuttosto bravo quando si tratta di qualsiasi cosa legata all'esercito o all'elettronica, ma tre bambini? Non so cosa mi sia passato per la testa. Sto facendo la cosa giusta? Starebbero meglio nel loro Paese, circondati dalla loro cultura?»

Addison reagì senza pensarci. Si avvicinò di più a lui e gli mise una mano sul braccio. «Sei un padre meraviglioso. Artem ti ammira moltissimo. Non so se te ne sei mai accorto, ma i suoi occhi sono sempre puntati su di te. Ti osserva, e qualsiasi cosa tu faccia, la fa anche lui. Prima hai detto a Borysko di non parlare con la bocca piena e Artem, che aveva fatto la stessa cosa fino a quel momento, ha subito masticato e deglutito prima di parlare.

E Borysko, sta sbocciando sotto le tue attenzioni. Quando l'ho conosciuto era timido e guardava sempre il fratello per essere rassicurato. Ora sta acquisendo fiducia e prende alcune decisioni da solo. E Yana ti ha in pugno.» Sorrise. «È anche incredibilmente intelligente. E non riesco nemmeno a esprimere tutto quello che hai fatto per Ellory. Stai facendo la cosa giusta, Ricky. Te lo assicuro.»

Le sue spalle si rilassarono, come se avesse avuto bisogno di sentire le sue parole. Addison aveva una gran voglia di baciarlo, ma si trattenne... a stento.

«E tu?» le chiese Ricky con un sorriso. «Ti sei pentita di avermi sposato?»

Era una domanda facile. «No.»

«Bene. Sei pronta a farti vedere con me in pubblico?»

«Come, scusa?»

«In pubblico. Sai, fuori da questa casa. Da quando ci siamo sposati non abbiamo mai fatto nulla insieme. Alcuni miei amici SEAL stanno organizzando un ritrovo. Ho pensato che potremmo andarci.»

Addison si leccò le labbra nervosamente. Non che non volesse farsi vedere con Ricky in pubblico, era più che altro una questione di autoconservazione. Più lei si integrava nella sua vita, più avrebbe sofferto quando lui avesse ottenuto la custodia definitiva dei bambini e deciso di non avere più bisogno di lei. Era consapevole che quel tipo di pensieri non mettevano Ricky sotto una luce molto lusinghiera, ma non pensava che lui avrebbe voluto stare con lei, se e quando non le fosse più servita.

Lui prese il suo silenzio per un rifiuto e si affrettò a continuare a parlare, per cercare di convincerla. «È una cosa informale. Wolf e Caroline non hanno mai avuto figli, ma amano quelli dei loro amici come se fossero i loro. Organizzano sempre questi ritrovi per avere la loro "dose" di bambini. Sarà pazzesco. I ragazzi sono più grandi dei nostri, ma corrono ancora in giro come dei monelli. Gli adulti stanno seduti in compagnia a bere birra o altre bevande e si aggiornano sulle vite di tutti. È una cosa rilassata e un'occasione per tutti di parlare di argomenti diversi dal lavoro.»

«Certo che ci verrò» gli disse Addison, arrendendosi con riluttanza.

«Davvero?»

«Sì.»

«Bene. Ti adoreranno tutti.»

«Hai detto loro che siamo sposati, vero?» chiese un po' esitante.

Lui sembrò confuso. «Certo che l'ho fatto.»

«Oh.» Per qualche motivo aveva pensato che avesse tenuto segreto il loro matrimonio.

«I ragazzi del mio team lo hanno saputo il giorno dopo. Non erano entusiasti che non li avessi invitati, ma hanno capito anche che ciò avrebbe potuto turbare te ed Ellory. Da allora mi hanno dato il tormento perché vogliono conoscerti. E, naturalmente, quelli che hanno una fidanzata lo hanno detto anche a loro, e ora mi assillano anche Remi, Wren, Josie e Maggie.»

Addison sapeva tutto dei suoi compagni SEAL, Ricky non aveva problemi a parlare di loro. Era ovvio che li rispettava e che li ammirava molto. Non era esattamente una sorpresa, visto che si trovavano sempre insieme in situazioni di vita o di morte. Le aveva raccontato di come aveva conosciuto Artem, Borysko e Yana in Ucraina, di quanto fosse stata spaventosa la loro condizione in quel Paese devastato dalla guerra, e che erano arrivati negli Stati Uniti perché Borysko era stato colpito da un proiettile quando Ricky, il suo compagno di squadra e Maggie erano stati salvati. Era stata una storia allucinante, e ciò che aveva passato quella donna era stato altrettanto terrificante.

Addison era completamente diversa da come si immaginava fosse Maggie, e il pensiero di dover capire di cosa parlare quando l'avrebbe incontrata la spaventava a morte. Ma ora era la moglie di Ricky e sapeva che ciò comportava determinati obblighi. Quindi sarebbe andata a quel ritrovo, avrebbe fatto il suo dovere e poi, si sperava, non avrebbe dovuto più farlo per un bel po'.

«Comunque, sarà fantastico. È una sorta di picnic e ognuno prepara qualcosa, quindi dovremo pensare a cosa portare, ma possiamo preoccuparcene dopo.»

Addison sorrise. Ecco, *quella* era una cosa di cui avrebbe potuto occuparsi senza problemi. «Posso preparare qualcosa» gli disse.

«Sei sicura? Ho pensato che dato che cucini tanto per lavoro, non avresti avuto voglia di farlo per il ritrovo. Possiamo fermarci al supermercato lungo la strada e comprare dei biscotti o qualcosa dalla gastronomia.»

Addison spalancò gli occhi e ansimò, fingendosi indignata.

«Biscotti comprati al supermercato? Prima dovrai passare sul mio cadavere!» esclamò in modo drammatico.

Ricky ridacchiò, e il sorriso sul suo volto lo trasformò da bello a stupendo. «Giusto.»

«Per quando è organizzato?»

«Per questo fine settimana.»

Annuì. «Ok.»

«Lo dici perché pensi sia quello che voglio sentire, o ti va davvero di andarci?»

Era così perspicace che faceva quasi paura. «Sono un po' nervosa, ma quelli sono i tuoi amici e voglio conoscerli. E farà bene anche a Ellory e agli altri bambini frequentare gente nuova.»

«Perfetto. Lo farò sapere a Wolf e Caroline. E anche alle ragazze.»

«Le ragazze?»

«Wren, Josie, Remi e Maggie. Mi stanno facendo impazzire mandandomi messaggi perché vogliono il tuo numero. Ti dispiace se lo condivido?»

«No, ma non ho molto tempo per stare al telefono» lo avvertì.

Ricky non sembrò preoccupato. «Sono maniache dei messaggi, è la loro modalità di comunicazione preferita. Puoi rispondere quando hai tempo.»

Si rilassò un po'. Odiava parlare al telefono, la maggior parte delle volte non sapeva cosa dire, e quei silenzi imbarazzanti la mettevano a disagio. «Ok.»

«Ok.»

Si fissarono per un attimo e Addison avrebbe giurato di averlo visto sporgersi verso di lei prima che Artem e Borysko irrompessero nella stanza, litigando tra loro in ucraino.

«In inglese» disse Ricky con dolcezza.

A metà discussione, i ragazzi passarono all'inglese. Era ancora un po' stentato e forzato, ma miglioravano di giorno in giorno. Era sorprendente la velocità con sui stavano imparando la lingua.

Il momento intimo che lei e Ricky stavano vivendo svanì del tutto quando Ellory e Yana si unirono agli altri. Addison afferrò rapidamente la borsa e tutti insieme si diressero verso la porta. Lei avrebbe accompagnato sua figlia e la piccola, dato che le loro scuole erano vicine. Ricky invece avrebbe portato Artem e Borysko. Al momento frequentavano una scuola privata per bambini che stavano imparando l'inglese come seconda lingua. Erano gli unici provenienti dall'Ucraina. La maggior parte degli alunni parlava spagnolo, ma ce n'erano alcuni che parlavano persiano, coreano, tagalog e c'era persino una bambina che veniva dalla Francia. I ragazzi corsero ai veicoli per salire e allacciarsi le cinture di sicurezza. Dopo che Addison chiuse a chiave la porta d'ingresso, Ricky le toccò il braccio. Quando si voltò a guardarlo lui si stava già chinando per baciarla. Le sfiorò le labbra in un bacio breve e casto, e lei dovette trattenersi per non portarsi la mano alla bocca e accarezzarla con riverenza.

«Mi farò sentire a pranzo, per vedere come va. Se nel frattempo hai bisogno di qualcosa, non esitare a mandarmi un messaggio. Sarò in riunione per la maggior parte del giorno, ma non è così importante da non potermi assentare per parlare se hai bisogno di me.»

Metteva sempre in chiaro che se ci fosse stata un'emergenza, lui ci sarebbe stato per lei. Era confortante. Addison aveva dovuto affrontare da sola i troppi problemi di salute di Ellory per non rendersi conto del dono che Ricky le faceva con le sue rassicurazioni. «Va bene.»

«Vuoi che porti a casa qualcosa per cena?»

«No. Cucinerò del pollo per Ellory, visto che ha una riacutizzazione, e ho pensato di preparare delle lasagne per tutti gli altri. Va bene?»

«Non ricordo l'ultima volta che ho mangiato delle lasagne fatte in casa. Mi sembra perfetto. Ma odio che Ellory debba accontentarsi di cibo insipido, mentre noi godremo della pasta.»

«Lo so, ma ci è abituata. E, cosa più importante, non le manca il cibo sostanzioso che mangiamo noi perché sa che poi la farebbe stare male.»

«Fa schifo comunque» insistette.

«Già.»

Lui sospirò, poi annuì. «Buona giornata, Addy.»

«Anche a te.»

Le sorrise, poi si allontanò per andare alla sua Explorer; i ragazzi erano già sul sedile posteriore con le cinture di sicurezza allacciate.

Quattro. Erano i baci che Ricky le aveva dato quel giorno. Tre in più di quanti gliene avesse mai dati. L'unica altra volta era stata il giorno del loro matrimonio. Non aveva idea del perché fosse improvvisamente diventato così affettuoso... ma le piaceva molto.

La salutò di nuovo con la mano prima di uscire dal vialetto e imboccare la strada. Addison fece retromarcia e partì nella direzione opposta.

Tutto sommato, la sua vita stava andando davvero bene e ciò la preoccupava, perché nella sua esperienza, proprio quando le cose andavano bene succedeva sempre qualcosa di negativo.

Sperando di aver superato quella fase, si concentrò sul traffico. Doveva portare due bambine a scuola e aveva tre torte da preparare. Non aveva tempo per i pensieri negativi.

# CAPITOLO TRE

«NON RIESCO ancora a credere che tu sia sposato» disse Safe scuotendo la testa.

La squadra SEAL era riunita in una piccola sala conferenze in attesa che il loro comandante li raggiungesse per discutere dell'imminente missione.

«Vero? Non l'abbiamo nemmeno conosciuta questa ragazza» si lamentò Flash.

«E allora? Non sei *tu* a essere sposato con lei» replicò MacGyver all'amico.

«Lo so, ma vogliamo essere sicuri che sia alla tua altezza.»

Sbuffò. «Alla mia altezza? È fuori dalla mia portata. Semmai sono *io* a non essere alla *sua* altezza.»

«Questa è una stronzata» disse Kevlar. «Sei il migliore di questo gruppo.»

«Ehi! Mi ritengo offeso» brontolò Smiley.

Tutti risero.

«Ma visto che siete così preoccupati, questo fine settimana porterò lei e i bambini a casa di Wolf.»

«Fantastico!»

«Grande!»

«Era ora!»

Sembravano tutti entusiasti di poter finalmente conoscere la misteriosa donna che aveva sposato.

«Come stanno Artem, Borysko e Yana?» chiese Preacher. Era con lui quando avevano incontrato i bambini in Ucraina. Aveva visto di persona le orribili condizioni in cui vivevano ed era l'unico della squadra che aveva avuto sentore del suo piano di sposare Addison per ottenere la loro custodia. Naturalmente, era rimasto sorpreso come tutti gli altri che fosse successo così rapidamente dopo il ritorno a casa da quella missione.

«Stanno bene» rispose MacGyver. «Ho parlato con l'insegnante di Artem e Borysko l'altro giorno e mi ha detto che non ha mai visto dei bambini imparare così velocemente, e che hanno capacità matematiche molto superiori alla norma, per l'età che hanno.»

«È fantastico. Quindi stanno prendendo tutto dal padre» disse Blink. «Visto che tu sei un genio quando si tratta di ingegneria.»

«Questo non lo so, ma sono sollevato. Temevo che fossero stati così traumatizzati da quello che è successo ai loro genitori, al loro villaggio, a tutto quanto, che non sarebbero riusciti ad ambientarsi» spiegò.

«Le sedute con la psicologa stanno andando bene?» chiese Safe.

«Sì. Non conosco tutti i dettagli, ma la dottoressa dice che mentalmente ed emotivamente stanno guarendo bene.»

«E Yana?» domandò Blink.

«È adorabile. Stamattina era completamente vestita da Elsa.»

«La stai viziando» lo avvertì Kevlar.

«Già» replicò MacGyver senza esitazione e con un enorme sorriso. «Lo sto proprio facendo.»

«Sono fortunati» sostenne Smiley.

«No, sono io quello fortunato. Non avevo mai pensato molto al fatto di diventare padre. Non era una cosa a cui aspiravo particolarmente. Ma ora non riesco a immaginare la mia vita senza di loro.»

«Io non vedo l'ora di diventarlo» disse Preacher. «So che la gravidanza di Maggie è ancora agli inizi, ma sono più che pronto per l'arrivo di quel bambino.»

«Manca ancora un bel po'» gli ricordò Flash.

«Lo so, ed è uno schifo.»

Tutti risero di nuovo.

«Voi avete in programma di avere dei figli?» chiese Flash a Kevlar, Safe e Blink.

«Ne vogliamo almeno tre» rispose Blink. «Con la speranza di avere una coppia di gemelli, visto che è una caratteristica della mia famiglia.»

«Anche noi li vogliamo, ma per il momento io e Wren ci godiamo il nostro tempo insieme» disse Safe.

«Le ultime parole famose» si intromise Smiley con una risatina. «Lo dici e poi... SBAM! Incinta.»

Tutti parlarono l'uno sull'altro, ritenendosi d'accordo.

«Kevlar? E tu e Remi?» chiese Flash.

«Sì. Ne vogliamo almeno uno. Forse di più. Potremmo fare come te, MacGyver, adottare, o prendere in affidamento... un bambino che ha bisogno di qualcuno che lo ami.»

«Con tutto il tempo che dedichi al volontariato con le Girl Scout, ti vedrei con diverse bambine» gli disse Safe.

Kevlar sorrise. «Già.»

«Bene, quindi tutti vogliono dei bambini tranne me» affermò Smiley. «Sono puzzolenti, rumorosi e portano via troppo tempo.»

«Potresti cambiare idea quando incontrerai la donna giusta» sostenne Kevlar. «Non ci pensavo molto nemmeno io finché non mi sono messo con Remi.»

«Non credo proprio. Mi piacciono i figli degli altri, ma non ne voglio di miei.»

«E se trovassi una donna che vuole, tipo, dieci figli?» scherzò Flash.

«Mi piace pensare che quando *troverò* qualcuno che sopporta la mia scontrosità, saremo sulla stessa lunghezza d'onda su una cosa così importante. Se così non fosse, non credo che mi innamorerei di lei.»

«Non credo che funzioni così» disse Kevlar serio.

Smiley si limitò a scrollare le spalle. «Onestamente, non penso che sarà un problema. Ho la sensazione che sarò il single del gruppo. Sarò lo zio fastidioso che insegnerà a tutti i *vostri* figli le parolacce, come fare le sgommate a forma di cerchio in un parcheggio, come sgattaiolare fuori di casa e come scolarsi una birra.»

«Ok, ti è ufficialmente vietato avvicinarti ad Artem o a Borysko. O alle mie figlie, se è per questo» disse MacGyver.

«Figlie» mormorò Flash scuotendo la testa. «Mi è davvero difficile pensare che qualcuno di noi abbia dei figli. E una quasi adolescente? È sconvolgente.»

Tutti annuirono.

«Come sta Ellory? Ha quel problema all'intestino, giusto?» chiese Safe.

«Sì, il morbo di Crohn. Sta abbastanza bene. Oggi non è stata proprio una bella giornata, lei fa finta di niente, ma riesco sempre a capire quando sta male. È uno schifo, perché nessuno di noi può fare nulla per migliorare la situazione.»

«Ma ora che può avere un'assistenza sanitaria costante, la aiuterà, vero?» domandò Kevlar. «Voglio dire, è per questo che Addison ti ha sposato, no?»

Per qualche motivo, le parole del suo amico non gli fecero piacere. «Be', non credo che mi avrebbe sposato se non le fossi piaciuto *un po'*... o almeno mi piace pensarlo.»

«Ovvio che non l'avrebbe fatto» concordò subito Preacher. «Ascolta, non sono un esperto di donne, nemmeno lontanamente, ma non credo che il matrimonio fosse la sua ultima spiaggia. Mi hai detto che ti sei offerto di contribuire a pagare i trattamenti di Ellory anche se avesse rifiutato.»

Era vero. Dopo che le aveva chiesto di sposarlo, le aveva assicurato che anche se non avesse accettato, avrebbe comunque contribuito alle cure mediche di sua figlia. L'aveva incontrata diverse volte e gli era stata simpatica da subito. Non sopportava il pensiero che non potesse ricevere l'aiuto di cui aveva bisogno perché Addison non poteva permetterselo. Sì, gli serviva una mano con i bambini, ma non avrebbe mai fatto pressione su di lei perché facesse qualcosa che non voleva fare.

«Speriamo che i dottori dell'ospedale della base riescano a regolare i suoi farmaci in modo che non abbia così tanti alti e bassi. Il suo medico ha programmato una serie di esami gastrointestinali per vedere se riesce a individuare qualcosa di nuovo nelle scansioni» spiegò MacGyver ai suoi amici.

«Bleah! È quando deve bere quella roba disgustosa che farà illuminare le viscere quando passerà attraverso la macchina, vero?» chiese Smiley.

MacGyver non poté fare a meno di ridacchiare. Prima di conoscere Ellory e di documentarsi sul morbo di Crohn, probabilmente avrebbe descritto la procedura allo stesso modo. «Sì. Dovrà bere una miscela con dentro del bario, che evidenzierà meglio il tratto gastrointestinale nelle radiografie.»

«E questo aiuterà a capire cosa c'è che non va?» domandò Kevlar.

«Be', i medici sanno più o meno cosa c'è che non va, ma servirà a individuare dove si trova l'infiammazione e magari aiutare a capire come alleviarla.»

«Allora, a quanto pare, avete una strategia. Inoltre, gli altri bambini stanno bene. *Tu* come stai?»

Guardò il suo leader e aggrottò le sopracciglia. «Cosa vuoi dire?»

«Ti sei ritrovato con un sacco di cose da gestire in un periodo di tempo molto breve. Tre figli traumatizzati, uno dei quali si sta ancora riprendendo dopo essere stato ferito, una figliastra quasi adolescente, una moglie e una casa piena... è *molto*. Come stai affrontando la cosa?»

MacGyver si prese un momento per riflettere sulla domanda dell'amico. Con sua grande sorpresa, si rese conto che, sebbene ora fosse impegnato in ogni momento della giornata e non avesse più il tempo libero che aveva prima per armeggiare con l'elettronica e le altre cianfrusaglie, non era affatto scontento della cosa. «Sto bene» rispose con una piccola scrollata di spalle.

«Davvero?» chiese Safe.

«Davvero» confermò. «Lavoro sodo tutto il giorno, poi torno a casa e Yana mi corre incontro urlando il mio nome, come se fossero passati anni invece che ore dall'ultima volta che mi ha visto. Artem e Borysko parlano uno sopra l'altro ansiosi di raccontarmi la loro giornata e quali nuove parole hanno imparato. La casa profuma del cibo che Addison ha cucinato per cena, e i dolci che ci prepara sono la ciliegina sulla torta, letteralmente. E quando riesco a far sorridere Ellory nonostante i suoi dolori, la mia giornata è praticamente perfetta. Vado a letto ogni sera esausto ma... appagato. Ed è una sensazione straordinaria.»

«Accidenti, credo di essere geloso» borbottò Flash.

«Sono contento per te» disse Kevlar.

«Grazie.»

«Non vedo l'ora di conoscere Addison. È pronta per incontrare le ragazze?» chiese Preacher.

MacGyver sbuffò. «Qualcuno è *mai* pronto per incontrarle?»

«Non sono poi così male» protestò Kevlar, difendendo la moglie e le altre.

Lui si limitò a guardarlo con un sopracciglio inarcato.

«Ok, possono essere travolgenti, ma è solo perché sono desiderose di fare amicizia. Di far sentire benvenuti gli altri della nostra cerchia.»

«Ho avvertito Addy che vi avrei dato il suo numero da passare loro. Vedremo stasera cosa ne pensa del benvenuto non ufficiale/ufficiale nella squadra SEAL» disse MacGyver.

«Andrà tutto bene» sostenne Safe con sicurezza.

«Maggie mi ha già detto che sarà felicissima di avere qualcuno con cui parlare della sua gravidanza, visto che Addison ha già avuto un figlio. È molto nervosa ed è solo al primo trimestre» disse Preacher.

«Sono sicuro che Addy sarà felice di parlarle della sua esperienza» lo rassicurò.

La porta si aprì e il loro comandante entrò nella stanza con una pila di fogli in mano e un piccolo cipiglio sul volto. Aveva un'espressione seria. Era ovviamente arrivato il momento di lavorare.

Di solito MacGyver non aveva problemi a passare dai pensieri sulla sua nuova famiglia a quelli del lavoro, ma quel giorno, per quanto si sforzasse di concentrarsi completamente sulla missione per cui probabilmente sarebbero partiti entro qualche settimana, aveva sempre Addison in testa. Si chiedeva cosa stesse facendo, se le ragazze le avessero già scritto, come stesse andando la decorazione della torta, se avesse avuto notizie di Ellory; era una specie di mormorio in un angolo della mente, non lo distraeva *completamente* dal lavoro, ma la sensazione che gli faceva provare era simile allo stare davanti al fuoco, sotto una coperta grossa e soffice, in una fredda giornata invernale. Era confortante, calmante e scaldava il cuore.

Non avrebbe mai immaginato che avere una famiglia potesse essere una tale forza stabilizzante, e Addison era la persona che li teneva assieme. Non aveva dubbi. Sì, i bambini si divertivano a stare con lui e amavano quando rientrava alla sera, ma Addy era quella che li teneva in riga. Che li nutriva, li svegliava e li preparava per andare a letto... era il collante che li teneva uniti.

MacGyver non aveva idea di come farle capire che desiderava qualcosa di più di un matrimonio di convenienza. L'ultima cosa che voleva era rovinare ciò che avevano. Se si fosse mosso troppo in fretta, avrebbe potuto spaventarla o farla recedere dal loro accordo. Doveva andarci piano.

Quella mattina aveva abbassato la guardia e non era riuscito a trattenersi dal baciarla per ben quattro volte. Era meno di quanto avrebbe voluto e più di quanto avrebbe dovuto fare. Ma lo consolava il pensiero che lei non lo avesse allontanato, che non gli avesse chiesto di non prendersi certe libertà. Era vero che il primo bacio glielo aveva dato mentre lei dormiva, e che poi l'aveva colta di sorpresa le due volte successive, ma l'ultima volta, quando aveva posato le labbra sulle sue... gli era servito tutto il suo autocontrollo per non afferrarla intorno alla vita, tirarla contro il suo corpo e baciarla come aveva sognato di fare. A lungo, in modo duro e profondo.

Il suo comandante si schiarì forte la gola, e quando MacGyver lo guardò, si rese conto di essersi distratto per un attimo. Annuì al suo superiore e allontanò dalla mente quei pensieri carnali sulla moglie. Ok, forse lo *stava* distraendo completamente. Aveva bisogno di concentrarsi, e non poteva farlo se pensava a quanto sarebbe stata bella la sensazione di avere Addy contro e sotto di lui.

Gesù. Di nuovo. Era come un cazzo di adolescente. Non riusciva a pensare ad altro che al sesso. Quando, e se, fosse arrivato il momento giusto, le avrebbe detto cosa provava per lei. Ciò che provava *davvero* per lei.

Era stato difficile non rispondere semplicemente "sì" quando Ellory gli aveva chiesto se amava sua madre. Forse un giorno sarebbe stato in grado di dire quelle parole in faccia ad Addy, di far sapere al mondo intero cosa provava esattamente per sua moglie. Che non l'aveva sposata solo per rendere più facile l'adozione di Artem, Borysko e Yana. Ma avrebbe dovuto attendere il momento opportuno.

Prima dovevano superare il ritrovo a casa di Wolf, poi le procedure mediche di Ellory, la prima missione da quando erano insieme, l'incontro con i suoi genitori e i suoi fratelli e altre cose che avrebbero potuto presentarsi nell'immediato. Se tutto ciò fosse andato bene, avrebbe cominciato a farle capire che voleva un vero matrimonio. Che voleva stringerla a sé tutta la notte, invece di dormirle semplicemente accanto. Che lei significava più di un mezzo per raggiungere un fine.

Nessuna missione era mai stata importante quanto conquistare Addy... quanto farla diventare sua moglie in tutti i modi che contavano.

———

Addison si asciugò la fronte con la manica della maglietta e sorrise davanti alla torta che aveva appena finito di decorare. Due completate e una ancora da fare. Cucinarle era la parte più facile, assicurarsi che fossero decorate perfettamente e il risultato fosse proprio quello che la cliente desiderava era quella più difficile. La parte più gratificante, invece, era l'esultanza delle persone quando le vedevano. Faceva sì che tutto il duro lavoro ne fosse valso la pena. Inoltre, quando condividevano le foto delle loro torte sui social, era un riconoscimento per l'estremo impegno che metteva nel rendere perfetto ogni dolce. E non guastava il fatto che di solito ogni post le procurava qualche richiesta da parte di potenziali nuovi clienti.

La cucina di Ricky rendeva il lavoro molto più semplice; si era dovuta arrangiare con quella dell'appartamento che aveva condiviso con Ellory, ma la cucina di Ricky era il sogno di ogni pasticcere. Aveva il doppio dello spazio sui banconi, così poteva distribuire meglio i lavori e fare più cose alla volta. C'era spazio anche per un abbattitore di temperatura, oggetto fondamentale per raffreddare velocemente le torte, così da poterle decorare nella metà del tempo impiegato in passato. La sua prima creazione della giornata era già nella scatola sul bancone, in attesa di essere ritirata, e la seconda l'avrebbe raggiunta a breve.

Addison quella mattina si sentiva più felice del solito. Forse era grazie all'orgasmo con cui aveva iniziato la giornata, forse erano stati i baci che aveva ricevuto da suo marito, o il modo in cui sua figlia si era sporta in avanti dal sedile posteriore, prima di scendere dall'auto davanti alla scuola, per dirle che era contenta che avesse sposato Ricky.

O forse era il fatto che il suo telefono continuasse a vibrare sul bancone, accanto alla torta che aveva appena finito di decorare.

Come l'aveva avvertita Ricky, le "ragazze" le avevano scritto non appena ottenuto il suo numero. Era stata aggiunta a una chat di gruppo con tutte loro, e la quantità di punti esclamativi usati fino a quel momento era qualcosa di divertente. Tutte sembravano sinceramente felici che lei si unisse a loro quel fine settimana.

Ognuna delle donne si era presentata e aveva raccontato

un po' di quello che faceva per vivere. Addison aveva ricambiato, avvertendole che non avrebbe potuto mandare molti messaggi perché doveva preparare tre torte. Nessuna era sembrata offendersi, e a riprova di ciò, i messaggi erano continuati per tutto il giorno. Quando le ragazze si erano prese una pausa dal lavoro, avevano scritto per salutare o chiedere cosa ognuna avesse intenzione di portare da mangiare quel fine settimana.

Remi si era presa il tempo per raccontarle brevemente la storia di Wolf e Caroline, chi erano e come mai i SEAL li conoscevano.

Addison si era sentita inclusa e accolta. Non ricordava di aver mai visto un gruppo di donne così amichevole.

Lei era quasi sempre stata quella strana. Alle elementari e al liceo era stata spesso presa di mira per l'altezza e i capelli. Però, il periodo peggiore del bullismo per lei era iniziato in seconda media; la cosiddetta congrega popolare si era dilettata a tormentarla e a prenderla in giro. Era stato un inferno, e da quel momento si era sentita un'emarginata. Per quello era così preoccupata per Ellory, visto che stava vivendo la stessa cosa.

Ma Remi, Josie, Wren e Maggie avevano fatto sparire tutti quei vecchi sentimenti in un pomeriggio. Con i loro continui messaggi, gli scherzi e le battute simpatiche, aveva avuto l'impressione che fossero già le sue migliori amiche. Certo, avrebbe potuto rimanere delusa una volta incontrate di persona quel fine settimana, ma sperava di no.

Un paio d'ore più tardi, proprio mentre stava finendo l'ultima torta, le squillò il telefono. Era Ellory. Si asciugò le mani su un canovaccio e rispose subito.

«Ciao, El.»

«Mamma? Puoi venire a prendermi?»

«Certo. Stai bene?» Addison non esitò a togliersi il grembiule e a girare intorno al bancone per prendere la borsa. Ellory non era il tipo che mentiva sulla sua salute. In realtà adorava la scuola, amava imparare, quindi se voleva tornare a casa c'era qualcosa che non andava.

«Non mi sento bene»

Sua figlia non sembrava lei. Era successo qualcosa, e le si strinse lo stomaco per la preoccupazione. «Sto arrivando.»

«Grazie. Ciao.»

Addison fissò il cellulare per un attimo prima di metterlo in tasca. Ellory era stata brusca al telefono, non aveva mai chiuso una chiamata in quel modo. La sua preoccupazione aumentò. L'unica volta che aveva sentito sua figlia comportarsi così era stato poco prima di finire in ospedale per una settimana. Aveva avuto dei dolori così intensi da non riuscire a stare in piedi o a camminare, e i medici avevano finito per darle degli antidolorifici molto forti, mentre facevano esami su esami per cercare di capire cosa non andasse. Era stato allora che aveva ricevuto la diagnosi di morbo di Crohn.

Pregò che stesse bene. Che non avesse bisogno di tornare in ospedale. Guidò troppo velocemente, e una volta arrivata a scuola parcheggiò a casaccio, per poi entrare di corsa nell'edificio. Ellory la stava aspettando nell'ufficio dell'infermiera, e dopo che Addison le firmò il permesso di uscita, la seguì silenziosamente fino alla macchina.

«Parlami, El» le disse con dolcezza.

«Sto bene. Voglio solo sdraiarmi» le rispose.

Si accigliò. Non era da lei non dirle che sintomi avesse. Fin dalla prima volta che le era stata diagnosticata la malattia avevano parlato di qualsiasi cosa la riguardasse, anche delle cose imbarazzanti. La diarrea con il sangue, le feci nere, i crampi, la flatulenza, la stitichezza... tutto quanto. Quindi, il fatto che ora non volesse parlare di ciò che la turbava davvero era preoccupante.

Non appena Ellory si sedette in macchina e si allacciò la cintura di sicurezza, si piegò in avanti tenendosi la pancia.

Per la milionesima volta, Addison desiderò di poter togliere il dolore alla figlia.

«Mamma?» Non si raddrizzò, rimase piegata con le braccia avvolte intorno alla pancia.

«Sì, tesoro?»

«Perché la gente è così cattiva?»

Si sentì sprofondare lo stomaco, e strinse le labbra. Sapeva, più della maggior parte delle persone, quanto fosse orribile quella sensazione che le aveva fatto temere di andare a scuola ogni giorno, che l'aveva portata a fare di tutto pur di evitare certi corridoi e certi ragazzi. *Odiava* terribilmente che Ellory stesse vivendo la sua stessa situazione.

«Non lo so, tesoro. Perché forse si sentono inferiori e quindi devono sfogarsi sugli altri? Perché nessuno ha mai insegnato loro la comune decenza umana? Perché sono semplicemente delle brutte persone? Non so se c'è una risposta valida.» La sua replica le sembrò inadeguata, ma non sapeva cos'altro dire. Non aveva risposte per sua figlia. O almeno nessuna che potesse farla sentire meglio.

Ellory non rispose e lei non insistette. Avrebbe voluto tornare a scuola, trovare le ragazze che stavano molestando sua figlia e dare loro una scrollata. Ma affrontarle avrebbe peggiorato la situazione. Lo sapeva per esperienza. La sua stessa madre all'epoca aveva parlato con il preside, che aveva contattato i genitori delle ragazze che la prendevano in giro. E ciò aveva fatto sì che le tipe raddoppiassero le loro molestie... erano solo state più attente a non fare o dire nulla in presenza di adulti.

Ellory tirò su con il naso, e ciò le spezzò il cuore. «Cosa posso fare per te?» le chiese con dolcezza.

«Niente.»

Quella sola parola le spezzò ancora di più il cuore. Aveva iniziato a farle quella domanda la prima volta che lei si era ammalata. Gliela faceva quando si sentiva impotente per non saper cosa fare, ed Ellory le diceva di cos'aveva bisogno: un massaggio alla schiena, sdraiarsi a letto con lei finché non si fosse addormentata, leggerle un libro, darle il suo peluche preferito...

Ora nessuna di quelle cose l'avrebbe aiutata.

«Ok, tesoro. Se ti viene in mente qualcosa, fammelo sapere.»

«Lo farò.»

Rimasero in silenzio per tutto il resto del viaggio verso casa e, quando arrivarono, Ellory entrò e andò direttamente in camera sua.

Addison posò la borsa sul bancone e fissò la torta che doveva ancora inscatolare. Era una delle sue migliori creazioni, per un cinquantesimo anniversario di matrimonio. Era a tre piani, con una cascata di fiori di pasta di zucchero che si snodava dall'alto verso il basso. I fiori avevano richiesto ore di lavoro il giorno precedente, e ben ventiquattro ore per asciugarsi, e Addison era stata davvero orgogliosa di com'erano venuti.

Ma ora, mentre fissava la torta, il risultato le sembrava sterile di fronte a qualcosa di molto più importante, e la sua vista si offuscò a causa delle lacrime.

Non poteva fare nulla per Ellory. Né per la sua salute, né per i bulli a scuola. Si sentiva di aver fallito come genitore e non aveva idea di cosa fare.

Il telefono le vibrò contro il fianco e lo tirò fuori dalla tasca con un sospiro. Vedendo che era Ricky, rispose. «Ciao.»

«Cosa c'è che non va?»

Rimase sorpresa dalla preoccupazione che sentì nella sua

voce... e dal fatto che avesse colto il suo turbamento da una sola parola. «Niente.»

«Non fare così. Parlami, Addy.»

Lei sospirò. «Sono appena andata a prendere Ellory a scuola.»

«Merda. Ha avuto una riacutizzazione?»

«Credo di sì, ma c'è qualcosa di più. Non mi ha detto cos'è successo, ma è evidente che quelle ragazze che l'hanno presa di mira hanno ricominciato a tormentarla.»

«Le parlerò quando torno a casa.»

Addison si morse il labbro. Non sapeva come dire ciò che *voleva* dire senza ferire i suoi sentimenti.

«Che c'è? Sputa il rospo, Addison.»

Come faceva quell'uomo a capirla così bene dopo così poco tempo, quando non erano nemmeno nella stessa stanza? Non ne aveva idea, ma non odiava la cosa. «È solo che... ha un'età in cui non vuole parlare di *nulla*. Siamo molto legate, ma non vuole parlarne neanche con me, anche se ho vissuto la sua stessa esperienza. Non voglio che tu ti senta in colpa se non vuole dirti niente.»

«Ammetto di non avere esperienza con gli adolescenti. O quasi adolescenti. Ma forse parlare con un "estraneo", diciamo, la aiuterà ad aprirsi.»

«Forse» replicò scettica.

«Non dirò né farò nulla che possa peggiorare la situazione» la rassicurò.

«Non pensavo che l'avresti fatto» gli disse Addison, sinceramente scioccata che lo avesse pensato. «Lei ti rispetta. Ama averti intorno. Le hai dato qualcosa che io non avrei potuto darle nemmeno in un milione di anni.»

«Che sarebbe?»

«Un esempio di comportamento maschile positivo. So che non sei suo padre, e probabilmente non te ne sei reso conto visto che prima non la conoscevi molto bene, ma si è aperta molto da quando ci siamo trasferite qui. Chiacchiera di più. Sorride di più. Se tu fossi disposto a parlarle, te ne sarei grata.»

«Certo che lo farò» ribatté Ricky senza esitazione. «Ellory è una bellissima persona. Ma soprattutto è una dura... proprio come sua madre. Supererà tutto questo. Promesso. Hai finito le torte?»

Il cambio di argomento fu brusco, ma Addison ne fu felice. Le sue parole l'avevano colpita. Aveva sempre pensato che sua figlia fosse forte, ma sentirlo convalidare da Ricky le diede davvero una bella sensazione. «Sì. Devo solo inscatolare l'ultima e prepararla per il ritiro.»

«Com'è venuta fuori?»

«Bene.»

Ricky ridacchiò. «Il che significa che è eccezionale. Puoi fare una foto e mandarmela? Voglio vantarmi delle capacità di decorazione di mia moglie.»

«Vabbè» replicò, segretamente entusiasta. «Come va al lavoro?»

«Si lavora. Ho avuto due riunioni e ora sto uscendo per andare a fare un discorso motivazionale agli aspiranti SEAL che stanno per iniziare la Hell Week, poi avrò un'altra riunione.»

«Quindi li spaventerai a morte raccontando tutte le cose peggiori che hai dovuto fare in missione?» scherzò.

Ricky ridacchiò. «Più o meno. Non voglio che qualcuno pensi che questa cosa dei SEAL sia una passeggiata. Hai bisogno che prenda qualcosa più tardi, mentre torno a casa?»

«No. Penso di essere a posto.»

«Va bene. Se ti viene in mente qualcosa, mandami un messaggio.»

«Ok.»

«Addy?»

«Sì?»

«Sei una mamma fantastica. Ellory praticamente ti venera. E Artem, Borysko e Yana non ci sono molto lontani, e ti conoscono da poco. Stai facendo un ottimo lavoro con tutti loro. Ti ammiro davvero tanto.»

Le si riempirono di nuovo gli occhi di lacrime. Tante volte si era sentita come se stesse fallendo: cercando di guadagnare abbastanza soldi per le spese mediche di Ellory, cercando di capire cosa poteva mangiare senza far peggiorare la sua condizione, e ora, con i tre piccoli, cercando di interpretare le loro esigenze, che erano molto diverse da quelle della figlia a causa delle loro esperienze. Era tanto da gestire, e sentire Ricky dire che pensava che stesse facendo un buon lavoro significava tutto per lei. «Grazie.»

«Prego. Non dimenticare di mandarmi una foto di quella fantastica torta. Sono ansioso di vederla. Sarò a casa tra un paio d'ore. Se hai bisogno di me, chiamami.»

«Ok.»

«Ciao, Addy.»

«Ciao.»

Quando riattaccò, Addison si sentiva meglio. Non era stato risolto nulla; sua figlia stava ancora soffrendo, fisicamente e psicologicamente, doveva ancora inscatolare la torta in modo che l'uomo che l'aveva ordinata per i suoi genitori potesse ritirarla e trasportarla in sicurezza... e doveva ancora preparare la cena, andare a prendere i bambini a scuola e rispondere ai messaggi che stava continuando a ricevere dalle altre donne della cerchia di Ricky. Ma, incredibilmente, non sentiva più così tanto il peso delle responsabilità sulle spalle.

# CAPITOLO QUATTRO

MACGYVER SI GUARDÒ INTORNO e si meravigliò ancora una volta della direzione che aveva preso la sua vita. Non ci avrebbe creduto se qualcuno due mesi prima gli avesse detto che si sarebbe seduto a tavola con quattro figli e una moglie. Era un caos, ma non riusciva a immaginare di tornare a com'erano le cose in precedenza.

«Non mi piace fare spelling» disse Artem con fermezza.

«Perché?» gli chiese Addison con dolcezza.

«È difficile.»

«È vero» concordò lei. «Io ero una frana quando avevo la tua età. E posso capire perché non ti piace. L'inglese è difficile da imparare, anche se si è madrelingua. Ma te la stai cavando benissimo, Artem. Sono davvero impressionata dalla tua intelligenza. Cerca solo di fare del tuo meglio con lo spelling. È tutto ciò che possiamo chiedere.»

MacGyver osservò il ragazzino raddrizzarsi sulla sedia alle lodi di Addison.

«Sono il migliore della classe in matematica» si vantò Borysko, evidentemente desideroso di essere apprezzato anche lui.

«Non mi sorprende» disse Addison con un piccolo sorriso. «Quando ti ho aiutato con i compiti, hai risposto giusto a tutto.»

«Rosso!» esclamò Yana, indicando la tovaglietta di plastica sotto il suo piatto.

«Sì, brava!» la elogiò, poi si indicò la maglietta e le chiese: «Di che colore è questa?»

«Blu!»

«E questo?» chiese, indicando il latte nella tazza davanti alla bambina.

«Bianco!»

MacGyver sorrise mentre sua moglie parlava a turno con ciascuno di loro, lodandoli e sfidandoli con fare materno. Aveva preso la decisione giusta chiedendole di sposarlo, lo sapeva fin nel profondo. E non solo perché era brava con i bambini. Lei riequilibrava la sua vita. Prima di avere Addison, rimaneva al lavoro il più a lungo possibile, poi tornava a casa e armeggiava con qualche aggeggio, si allenava e andava a letto.

Ora si affrettava per rientrare il prima possibile, per aiutarla a preparare la cena e per poter passare del tempo con i bambini... e con lei. Era facile starle accanto. Era facile parlare con lei. Non alzava mai la voce con i ragazzi, non si arrabbiava se qualcuno rovesciava qualcosa o se i tanti giocattoli che lui aveva comprato erano sparsi per il salotto.

Più le stava vicino, più *voleva* farlo. Era una sensazione nuova per lui, dato che in passato, quando frequentava una donna, più tempo ci passava insieme e più imparava a conoscerla, meno voglia aveva di stare con lei. Ma con Addison non succedeva. Se avesse potuto, avrebbe passato tutto il giorno al suo fianco. Era affascinato dal suo talento con le torte. Avrebbe dovuto lavorare in un hotel o una pasticceria di lusso, non a casa sua. Ma era fortunato che fosse lì. Tutti loro lo erano.

Guardò Ellory e la vide sorridere ai suoi nuovi fratelli, ma stava spostando di qua e di là nel piatto il pollo alla griglia che sua madre aveva preparato appositamente per lei, senza in realtà mangiare. Era chiaro che avesse qualche pensiero, ed era arrivato il momento di vedere se poteva fare o dire qualcosa per aiutarla.

«Ellory, ti va di venire in garage ad aiutarmi con una cosa?»

«Certo» rispose con entusiasmo.

MacGyver spinse indietro la sedia e raccolse il suo piatto. Si chinò e baciò la testa di Addison, non riuscendo a tenere le mani, o meglio, le labbra lontane da lei. «Grazie per le deliziose lasagne. Cucini bene come prepari e decori le torte.»

Lei arrossì un po', così si ripromise di farle dei complimenti più spesso.

«Anche io?» chiese Artem, alzandosi e rimanendo accanto alla sedia.

«La prossima volta, figliolo» rispose MacGyver con dolcezza. «Devi fare i compiti e dopo Addison ti lascerà guardare un episodio o due di *Allacciate le cinture! Viaggiando si impara*.»

«Evviva! Ok!»

MacGyver ed Ellory portarono i piatti in cucina e li misero nella lavastoviglie, poi si diressero verso il garage.

«Se non te la senti di fare qualcosa, possiamo sederci in giardino» le disse.

«Sto bene. Il pisolino di oggi pomeriggio ha aiutato» replicò lei.

MacGyver annuì. La ragazza conosceva il suo corpo e come si sentiva meglio di quanto avrebbe potuto fare lui. Confidava che gli avrebbe fatto sapere quando e se ne avesse avuto abbastanza.

Aprì la porta del garage e fece una smorfia una volta accesa la luce. Doveva davvero darsi da fare e pulirlo in modo che potessero mettere le loro auto all'interno, ma era pieno zeppo di roba che aveva spostato dalla casa per fare spazio a tutti. C'erano fili e tubature di plastica, vecchie batterie, più attrezzi di quanti ne avrebbe potuti usare in una vita intera, scarti di legno e oggetti trovati dagli sfasciacarrozze con cui pensava che un giorno avrebbe potuto fare qualcosa. In breve, era un paradiso per chi amava armeggiare e riparare cose.

«Mmm, da dove si può cominciare?» rifletté.

Ellory ridacchiò. «Non ho idea di come si possa trovare qualcosa qui dentro.»

MacGyver scrollò le spalle. «A essere sincero, nemmeno io.»

Si misero a ridere. Era bello vederla sorridere. Si avvicinò a una delle due sedie che si trovavano in mezzo al caos e si accomodò, indicando l'altra con la testa. «Siediti. Sai, la maggior parte delle persone guarderebbe questa stanza e penserebbe che è solo piena di un mucchio di cianfrusaglie, e prese singolarmente credo che lo siano. Ma è molto di più di ciò che sembra. Un po' come quello che faccio io.»

«Essere un SEAL?»

«Sì. Molti pensano che essere un SEAL significhi legarsi un sacco di armi al corpo e agire d'impulso senza preoccuparsi delle conseguenze. O che andiamo in giro ad accoltellare la gente e a far saltare in aria le cose. È vero, ci capita di doverlo fare, ma il più delle volte dobbiamo usare il cervello per capire le diverse situazioni. Per decidere come infiltrarci nelle linee nemiche senza essere visti o sentiti. Per salvare degli ostaggi senza fare vittime. Per capire come uscire da situazioni difficili con il minimo sforzo.»

«Quindi devi essere super furtivo» disse Ellory.

«Sì. Per esempio, anni fa i SEAL non avevano alcun modo per comunicare in silenzio, e un perspicace consulente si è reso conto che la lingua dei segni americana era un modo perfetto per parlare tra compagni senza dire una parola. Una soluzione semplicissima, ma allo stesso tempo geniale. Da quel momento, in ogni corso SEAL vengono fatti imparare i segni adatti al nostro lavoro.»

«Intelligente» affermò Ellory con un cenno del capo.

«Già.» MacGyver si chinò e raccolse da terra una graffetta. «Vedi questa?»

«Mm-mm. È una graffetta.»

«Esatto, ma è anche una chiave. Un grimaldello. Una carrucola per pesi leggeri. Un elettrodo che può essere usato per fare un segnale audio con un telefono. Puoi sturare una bottiglia di sostanze chimiche pericolose o creare una luce con delle monete e questa graffetta. Può essere una bussola magnetica. O puoi semplicemente trasformarla in una forma divertente per intrattenere un bambino che magari sta piangendo.»

Ellory aveva un'espressione scettica.

«Qualsiasi cosa intorno a te può essere usata in caso di emergenza. Il trucco sta nel riconoscere le cianfrusaglie come gli strumenti che *possono* essere.»

«È per questo che i tuoi amici ti chiamano MacGyver, vero? Per via di quel vecchio telefilm con quel tipo strano che riesce magicamente a uscire da situazioni impossibili con cose come quella stupida graffetta.»

MacGyver ridacchiò. «Gli adolescenti sono davvero difficili da impressionare al giorno d'oggi.»

«Siamo realisti» ribatté Ellory. «Inoltre, tutti hanno un telefono. Basta semplicemente chiamare per chiedere aiuto.»

«Il che va benissimo... quando *hai* il telefono. Ma se non ce l'hai? Se lo dimentichi e vai a fare una passeggiata e cadi in una buca profonda nel terreno?»

«Prima di tutto, non mi dimentico mai del telefono. È attaccato chirurgicamente al fianco» ribatté con impertinenza. «E se cadessi in una buca, mi basterebbe arrampicarmi per uscire.»

«Ah, la tecnica dell'arrampicata nel camino. Sì, quello potrebbe essere un modo, ma è più difficile di quanto pensi» le disse. «Soprattutto se sei ferita. Potresti anche spostare la terra dai lati del buco al fondo, e alla fine alzare il livello del fondo stesso, ma ci vorrebbe molto tempo. E il rischio di disidratarsi e indebolirsi è enorme.

Ma prima devi fare un inventario di ciò che hai: i vestiti, i lacci delle scarpe, le scarpe stesse. Qualsiasi cosa potrebbe essere utilizzata per aiutarti a scavare o per fare presa, o anche per fare una sorta di bandiera da lanciare fuori dalla buca per far sapere agli altri che sei lì. O per raccogliere l'acqua in caso di pioggia. Ci sono molte cose che si possono usare o creare per aiutarsi.»

«Ha senso.»

«L'importante è non stare lì a piangersi addosso. Usa il cervello. Nove volte su dieci, c'è qualcosa intorno a te che può facilitare le cose in qualsiasi situazione ti trovi.»

«Mi insegneresti a costruire una bomba con dei chiodi, una batteria e quella graffetta?» gli chiese.

Lui scoppiò a ridere. «No. Ma possiamo cominciare con il cambiare una gomma, che ne dici?»

Ellory alzò gli occhi al cielo, ma annuì.

MacGyver si mise in piedi e aprì il portone del garage. «Penso che dovremmo usare il Maggiolino di tua madre come cavia, visto che è l'auto su cui molto probabilmente ti troverai quando bucherai.»

«La tua macchina è immune?» gli domandò con un sorriso.

«Simpaticona. No. Ma se buchiamo mentre siamo nella *mia* auto, non farei mai cambiare la gomma a te.»

«Perché sei il Navy SEAL grande e cattivo, e un uomo, e pensi che una ragazza non sappia farlo?»

«No. Perché il giorno in cui me ne starò seduto a guardare qualcuno a cui tengo fare un lavoro che sono perfettamente in grado di fare da solo, sarà quello in cui mi verrà annullata la "laurea" in decenza umana.»

Ellory lo fissò, ma non disse una parola.

«Ma se sarai con me quando avrò una ruota bucata, sarò felice di avere il tuo aiuto per sostituirla.»

«Non vorrai che me ne stia in macchina ad aspettare che lo faccia tu?»

«Solo se è quello che vuoi fare. Ellory, il punto è che non sono il tipo d'uomo a cui piace stare in disparte a guardare. Che si tratti di tua madre che ci prepara la cena, di lavare i piatti o di fare il bucato, voglio dare una mano. O se vedo uno dei miei compagni di squadra, o le loro fidanzate o mogli, alle prese con un problema, dieci volte su dieci cercherò di aiutare a trovare una soluzione per qualsiasi cosa stia accadendo. O se la mia squadra è tenuta prigioniera dai terroristi in un paese straniero, o se mi trovo al supermercato e vedo qualcuno che rimprovera una delle cassiere senza una buona ragione... non me ne starò mai zitto e farò sempre quello che posso per aiutare.»

Poteva quasi vedere i pensieri frullarle in testa, ma non le diede il tempo di rispondere. «Forza, prendiamo il cric dal bagagliaio. Ti mostrerò dove si trova, come tirare fuori la ruota di scorta e cambiarla.»

MacGyver in realtà non le mostrò nulla, fece fare tutto a lei. Secondo la sua esperienza, quello era l'unico modo per imparare qualcosa. A un certo punto, Addison si affacciò alla porta d'ingresso e scosse la testa alla vista del suo pneumatico perfettamente funzionante per terra sul vialetto, mentre Ellory stringeva i dadi della ruota di scorta che aveva montato al suo posto. Poi sorrise a MacGyver e tornò dentro.

Era una bella sensazione che fosse andata a controllarli e

che si fidasse di lui sia con la figlia sia con l'auto. Sapeva che Addison amava il suo piccolo Maggiolino Volkswagen. Non era la macchina più appropriata quando si avevano quattro figli, ma non l'avrebbe mai incoraggiata a sbarazzarsi di qualcosa a cui era così legata. Se fosse stato necessario, le avrebbe comprato un SUV o un minivan.

«In questo modo?» chiese Ellory, facendogli riportare l'attenzione su ciò che stava facendo lei.

«Sì, esattamente così» la lodò. Poi fece un respiro profondo e tirò fuori l'argomento di cui voleva parlare da tutta la sera. «Tua madre mi ha detto che oggi a scuola hai avuto una giornata difficile.»

Pensò che ci fosse il cinquanta per cento di probabilità di venire ignorato o di farla arrabbiare per aver accennato alla cosa, ma con suo grande sollievo, Ellory sospirò. Non smise di lavorare, ed era uno dei motivi per cui aveva deciso di insegnarle a cambiare una gomma quella sera: voleva che le sue mani fossero occupate, che fosse una distrazione.

«Certa gente è stupida.»

«Eh, già» replicò con tranquillità, sperando che se non avesse riempito lui il silenzio, lo avrebbe fatto lei.

E fu una scelta azzeccata, perché Ellory continuò a parlare.

«Come se potessi fare a meno di avere il morbo di Crohn, i capelli rossi o di essere bassa. Solo perché Chrys ha già le tette e le sfoggia sempre indossando magliette attillate, e io no, non significa che non mi piacciano i ragazzi.»

MacGyver era totalmente fuori dal suo elemento, ma perseverò. «Quindi Chrys ti prende in giro?»

Ellory distolse lo sguardo dalla ruota e si sedette sui talloni. «Sì. E ha convinto anche Hilary, Mariah e Nikki a farlo. Io e Nikki eravamo amiche alle elementari, ma ora fa tutto quello che Chrys le dice di fare. È come se tutti i bei momenti che abbiamo passato insieme non avessero significato nulla. E ha raccontato loro alcune delle cose che mi succedono a causa della mia malattia, così ora ogni volta che passo fanno il rumore delle scoregge e fingono che io puzzi.»

MacGyver strinse le mani a pugno. I bambini potevano davvero essere orribili l'uno con l'altro. Sì, alcune persone sostenevano che facesse parte della crescita, ma lui non era d'accordo.

«Non so cosa fare per farle smettere» continuò Ellory, guardandosi le mani. «So delle cose su Nikki, tipo del divorzio dei suoi genitori. Me ne ha parlato quando eravamo ancora amiche. Ho pensato di vendicarmi, di raccontare a tutti che sua madre lavorava in uno strip club e che suo padre se la faceva con la sua segretaria. Ma mi sembra... meschino.»

«Ma lei è meschina con *te*» disse MacGyver con la massima disinvoltura possibile.

Ellory lo guardò. «Lo so, ma la mamma mi ha sempre detto di fare la cosa giusta, che abbassarsi al livello di cattiveria di qualcun altro mi rende uguale a loro.»

Provò un calore al petto. Già pensava che Addison fosse straordinaria, ma le parole della figlia rafforzarono ancora di più quel concetto. «Ha ragione. Quindi, cos'altro potresti fare? Vediamo di esporre un po' di idee. Potresti rivolgerti a un insegnante o al preside?»

Lei sbuffò. «E fare la spia? Peggiorerebbe solo le cose.»

«Provare a parlare con Nikki e farle capire quanto stia ferendo i tuoi sentimenti?»

Ellory scrollò le spalle. «Forse. Ma credo che le piaccia troppo far parte della gang popolare per cambiare.»

«Cambiare scuola? Istruzione scolastica a casa? Picchiare questa Chrys? Trovarti un ragazzo, qualcuno che sia grande e grosso e possa proteggerti? O una ragazza che faccia lo stesso? Circondarti di altre amiche? Evitarle?» MacGyver lanciò tutti i suggerimenti possibili. A essere sincero, non era sicuro di quale fosse la cosa giusta da fare in quella situazione, e si stava sforzando di trovare un modo per aiutare quella ragazzina che stava cominciando a diventare consapevole della sua femminilità.

«Picchiare Chrysanthemum sarebbe fantastico» mormorò Ellory.

«Aspetta, aspetta, aspetta... il nome completo di Chrys è Chrysanthemum? Sul serio? E ha il coraggio di *prenderti* in giro?» le chiese incredulo.

Ellory ridacchiò. «Infatti!»

«Ma a cosa stavano pensando i suoi genitori?»

«Ricky?»

«Sì, tesoro?»

«La prossima settimana a scuola si terrà la "giornata della carriera". Ho sentito la responsabile delle insegnanti dire a quella di ginnastica che è difficile trovare persone nuove e interessanti che vengano a parlare con gli studenti. Pensi che... verresti... probabilmente non hai tempo ed è stupido, ma...»

«Sì.»

«Sì?» domandò.

«Se mi stai chiedendo se sarei disposto a venire a parlare ai tuoi compagni di classe di cosa significa far parte della Marina ed essere un SEAL, la risposta è sì. E non solo, ma posso far venire anche il resto della mia squadra.»

«Davvero?»

«Certo. E se questa Chrysanthemum osasse anche solo guardarti di traverso, mi assicurerò che sappia che è una *pessima* scelta da parte sua.»

«Grazie!» disse Ellory con più entusiasmo di quanto ne avesse mostrato per tutta la sera. Saltò in piedi e lo abbracciò forte. «Sarà fantastico! Chrys si vantava di suo cugino che lavorava in un sottomarino e di quanto fosse straordinario, ma ho visto la sua foto, è basso, grasso e un po' brutto. Tu e i tuoi amici siete fichissimi, e saranno tutte gelose che io abbia un DILF!»

«Un cosa?»

«Oh, ehm... non importa. Domani parlerò con l'insegnante responsabile e vedrò se pensa che possa andare bene. Spero di sì! E ti farò sapere a che ora ti vogliono lì e tutto il resto. Non credo però che ti sarà permesso di portare armi o coltelli.»

«Non era mia intenzione» disse MacGyver con un piccolo sorriso.

«Ok. Non vedo l'ora di *sbatterlo* in faccia a Chrys! E anche a Hilary, Mariah e Nikki. Mando un messaggio a Sara per farle sapere che il mio patrigno e i suoi amici SEAL verranno a scuola!» Si girò e corse verso la casa. Aveva già il telefono in mano e le sue dita volavano sullo schermo.

Guardò il disastro sul vialetto e poté solo ridere e sbuffare. A quanto pareva sarebbe toccato a lui togliere la ruota di scorta e rimettere tutto a posto.

Stava raccogliendo la gomma normale per sistemarla sull'auto quando Addison uscì di casa.

«Tutto bene dentro?» le chiese, aggrottando la fronte.

«Tutto bene. Hanno fatto i compiti e ora stanno guardando *Allacciate le cinture! Viaggiando si impara*. Tutti tranne mia figlia, che è appena entrata in casa più felice di quanto lo sia stata tutto il giorno. Che cos'è successo?»

Mentre lavorava per rimettere la ruota, le chiese: «Lo sapevi che una delle ragazze a scuola si chiama Chrysanthemum? Chi mette un nome del genere alla propria figlia?»

Addison ridacchiò. «È quello che ho pensato la prima volta che l'ho sentito. I nomi interessanti sono di moda. A quanto pare lo erano anche dodici anni fa.»

«Be', la stronza-fiore sta bullizzando Ellory, e ha fatto in modo che lo facessero anche le sue stronzette seguaci, mettendo in mostra le tette e deridendola perché lei ancora non ne ha. E cosa peggiore, la prende in giro per cose che non può controllare. Lei e la sua cricca fanno il rumore dei peti quando Ellory passa accanto a loro nel corridoio.»

«Non credo che si possano chiamare stronze delle dodicenni» gli disse Addison.

«Posso farlo se è ciò che sono» replicò MacGyver. Avvitò i dadi, assicurandosi che fossero ben stretti, poi si alzò per guardarla.

«Sapevo che era vittima di bullismo, ma non ho idea di come aiutarla o di cosa fare per fermarlo.»

«Non sono sicuro che qualcosa possa fermarlo. I bambini di solito imparano dai loro genitori, e quelli di Chrysanthemum sono ovviamente degli idioti di primo grado. Probabilmente sono avari di mance e sono i tipi che urlano ai commessi nei negozi e danno la colpa di tutti i loro problemi agli altri.»

«Giusto. Allora perché Ellory aveva quell'enorme sorriso quando è entrata?»

«Perché il suo patrigno grande e cattivo e i suoi amici Navy SEAL andranno a parlare con i suoi compagni di classe la prossima settimana per la giornata della carriera.»

Addison lo fissò. «Davvero?»

«Sì. E chiederò a Ellory di indicarmi quella stronza di Chrysanthemum, e mi assicurerò che sappia che se continua a fare la prepotente con mia figlia, dovrà vedersela con sette SEAL incazzati... e le loro fidanzate. Oh, forse posso chiedere a Wolf e alla sua squadra di unirsi a noi. Se saremo in una dozzina a guardarla male e a farle capire che non siamo impressionati da ciò che dice o che fa, mentre inondiamo di complimenti Ellory e i suoi amici, forse capirà.»

Addison rise.

«Che c'è? Non sto scherzando.»

Lei gli si avvicinò e MacGyver allontanò le mani ricoperte di grasso per non sporcarla. Addison lo prese per le spalle e si chinò verso di lui. «So che dici sul serio, e non riesco a pensare a niente che mi sarebbe piaciuto di più, quando avevo l'età di Ellory, che avere te e i tuoi amici a prendere le mie difese e a mostrare i muscoli davanti a tutta la mia scuola.»

«Non ho intenzione di mostrare i muscoli... non molto.»

Addison rise di nuovo. «Quindi non hai intenzione di fare un esempio dell'allenamento che fate tu e gli altri? Burpees, addominali, flessioni?»

MacGyver sorrise. «Buona idea. Però ho una domanda.»

«Sì? Quale?»

«Che cos'è un DILF?»

Addison spalancò gli occhi e quasi si strozzò ridendo. «Seriamente?»

«Sì. Ellory ha detto che sarebbero state tutte gelose del fatto che lei avesse un DILF. Conosco molti acronimi militari, ma questo non l'ho mai sentito.»

«Giusto. Be'... non c'è un bel modo per dirlo, quindi sarò schietta. Significa "Dad I'd like to fuck", papà che vorrei scoparmi.»

MacGyver sbatté le palpebre. Poi fece un sorriso enorme.

«Non riesco a credere che tu non stia andando fuori di testa» disse Addison. «Perché non succede? Credo che *io* invece stia per andare un po' fuori di testa.»

«Papà» disse con riverenza. «So che abbiamo intrapreso questo matrimonio come una relazione d'affari e che non sono *veramente* suo padre, ma...»

«Ti comporti più da papà tu con lei di quanto lo abbia fatto il padre biologico, che anche se per un breve periodo dopo la sua nascita è stato presente, non era un granché come genitore. In un mese di matrimonio ti sei più che guadagnato quell'appellativo.»

«Cos'è successo con suo padre?»

Addison sospirò. «Lo amavo, pensavo che ricambiasse i miei sentimenti e che avremmo finito per sposarci dopo la nascita di Ellory. Ma lui si è allontanato, non poteva essere disturbato da pannolini sporchi e pianti. Se n'è andato e quando ho cercato di trovarlo non ci sono riuscita.»

«Conosco qualcuno che potrebbe rintracciarlo in un attimo... se è ciò che vuoi.»

«No. Stiamo bene così. E perché mai dovrei volere qualcuno che ci ha voltato le spalle senza pensarci due volte?»

MacGyver era orgoglioso di quella donna. Quando si era trovata in difficoltà a causa della mancanza di soldi e dei timori per la salute di Ellory, avrebbe potuto assumere un investigatore privato per trovare il suo ex irresponsabile e far sì che lui la aiutasse almeno dal punto di vista finanziario. Ma non l'aveva fatto. «Be', per la cronaca, è una ragazza straordinaria. Hai fatto un lavoro eccezionale nell'educarla a essere gentile, intelligente e amichevole.»

«Grazie» disse Addison con un timido sorriso, che svanì lentamente quando alzò lo sguardo su di lui.

«Cosa c'è che non va?» le chiese.

«È solo che... sei così bravo con lei. Siamo davvero fortunate ad averti nella nostra vita. Non so come sia successo, ma te ne sono grata.»

«Non voglio la tua gratitudine» ringhiò.

Lei sbatté le palpebre sorpresa dal suo tono duro e fece un passo indietro.

MacGyver raccolse lo strofinaccio che aveva preso in garage prima di cambiare la gomma e si pulì rapidamente le mani. Poi, senza fermarsi, le avvolse un braccio intorno alla vita, premendole la mano sulla schiena e attirandola a sé. Le infilò l'altra tra i capelli, tenendola con una presa salda. Se lei avesse fatto la minima mossa per allontanarsi, o se si fosse dimenata, l'avrebbe lasciata andare. Invece, sembrò fondersi contro di lui, gli afferrò la maglietta all'altezza dei fianchi e si leccò le labbra, fissandolo negli occhi.

MacGyver dovette trattenersi con tutto sé stesso per non baciarla profondamente proprio in quel momento. Erano faccia a faccia, e avrebbe voluto piegarla all'indietro e prendere le sue labbra. Ma si costrinse a rimanere fermo.

«So che questo matrimonio non era ciò che desideravi, ma non significa che non mi importi di te e di tua figlia. Che non voglia il meglio per entrambe. Il fatto che qualcuno faccia il prepotente con Ellory è un problema tanto mio quanto tuo e suo. Mi farò in quattro per sistemare le cose per lei e per te, e non perché ti sono grato di avermi aiutato a risolvere una situazione difficile con i bambini, ma perché tengo a te, Addy. Non ti avrei sposata se così non fosse. Inoltre, è questo che fanno le persone sposate. Si prendono cura del coniuge e dei figli. Aiutano a fare la spesa e con le faccende domestiche. Puliscono nasi che colano, il vomito, e parlano con i bambini quando hanno dei problemi. L'ultima cosa che voglio per tutto questo è la tua gratitudine. Ok?»

«Ok. Ma posso dire una cosa?»

«Certo.»

«Forse non vuoi la mia gratitudine, ma ce l'hai comunque. Non hai la minima idea di quante notti sono stata sveglia a preoccuparmi di come avrei potuto dare a Ellory l'assistenza medica di cui necessitava. Come avrei potuto permettermi i costi delle medicine e degli esami di cui aveva bisogno. Avrei rinunciato a tutto, a fare qualsiasi cosa, per dare a mia figlia ciò che le serviva per crescere. Ma poi ho incontrato te. E sei diventato mio amico. Sei stato di supporto anche prima di trovare Artem, Borysko e Yana. Solo averti vicino mi ha fatta sentire più positiva. Più ottimista sul fatto che le cose si potessero risolvere. E non ti ho sposato solo per Ellory, in qualche modo avrei trovato una soluzione.

Ma non è stata una decisione difficile accettare. Ho visto subito che tipo d'uomo sei... quello che voglio accanto a mia figlia, che le insegna le cose, che si offre volontario per andare nella sua scuola a parlare a un gruppo di ragazzini del suo lavoro, non perché pensi che vogliano saperlo, ma perché vuole dimostrare a chi la tormenta che lei ha alcuni dei più forti Navy SEAL che le coprono le spalle. Per me non ha prezzo. Non vuoi la mia gratitudine? Pazienza, l'avrai lo stesso.»

MacGyver strinse la mano tra i suoi capelli e dovette costringersi a rilassarsi.

«Ok.»

Addison sorrise. «Solo ok? Nessun commento?»

«No.»

«Sei un tipo arrendevole» disse, continuando a sorridere.

«Solo con te» ribatté, e non era una bugia.

«Ho una domanda.»

«Spara.»

«La mia macchina sarà pronta per essere guidata domattina, vero?»

MacGyver ridacchiò. «Certo.»

«Ok. Allora dovrei rientrare e controllare i bambini.»

«Giusto.» Ma non riusciva a lasciarla andare.

Si fissarono per un attimo, poi il suo cuore accelerò quando lei si sporse e gli sfiorò le labbra con le sue. Quando si ritrasse, con le guance un po' arrossate, sorrise.

«Non stare troppo tempo qui fuori, perché oggi ho fatto dei biscotti che mangeremo con lo yogurt gelato quando finirà il cartone animato.»

«Arrivo subito» disse, costringendosi a lasciarla andare.

Lei gli sorrise di nuovo, poi attraversò il garage per tornare in casa.

Nonostante il tentativo di pulirsi le mani prima di toccarla, le aveva lasciato una lieve impronta nera sulla maglietta, all'altezza della schiena, e non riuscì a trattenere un sorriso soddisfatto alla vista del suo marchio su di lei. Glielo avrebbe detto una volta rientrato, così avrebbe potuto lavare la macchia prima che si assorbisse.

Si voltò verso l'auto, raccolse la ruota di scorta e la rimise nel bagagliaio. Non era sicuro di aver fatto granché quella sera, ma gli era piaciuto trascorrere del tempo con Ellory... e naturalmente il bacio di Addison gli aveva dimostrato che non era esattamente immune a lui. Amava stare insieme a lei e forse, *forse*, anche Addy provava lo stesso sentimento nei suoi confronti. Un uomo poteva sognare.

# CAPITOLO CINQUE

«FAI ATTENZIONE CON QUELLO, Ellory. Non farlo cadere.»

«Non lo farò!»

«Borysko, non puntare quella forchetta verso tuo fratello. Se cadi, potresti infilzarlo. E, Artem... smettila di provocare Borysko.»

«Che cosa vuole dire?» chiese il ragazzino.

«Vuol dire stuzzicarlo. Fargli venire voglia di colpirti con quella forchetta perché lo stai infastidendo di proposito. Yana, non puoi portare venti Barbie a questo picnic. Scegline solo tre.»

MacGyver non poté fare a meno di sorridere mentre guardava Addison alle prese con i loro figli. Era sempre così quando cercavano di uscire di casa. Sapevano alla perfezione la routine scolastica, ma qualsiasi altra cosa diventava un caos. Addison gestiva la situazione, e loro, come una professionista.

Lui si trovava alla porta d'ingresso e la stava tenendo aperta, aspettando pazientemente che tutti uscissero e si dirigessero verso la sua Explorer.

Ellory aveva in mano il contenitore di biscotti che lei e la madre avevano decorato la sera precedente e lui aveva la torta, che da un semplice cerchio si era trasformata in un capolavoro a più livelli, con tanto di nave su un oceano di pasta di zucchero, onde di crema al burro e un gommone Zodiac con dentro delle piccole persone. A essere sincero, non era mai stato così impressionato da qualcosa. Sì, Addy sapeva fare la torta di Elsa o della Sirenetta, e di recente ne aveva fatta una straordinaria con i dinosauri, ma vederla dare vita al suo mondo della marina con dello zucchero e una sac à poche lo aveva lasciato a bocca aperta.

Yana gli si avvicinò, tenendo in mano le tre bambole che aveva scelto di portare. «Ricky?»

«Sì, tesoro?»

«Guarda! Avevo bambola prima.» Poi disse qualcosa velocemente in ucraino che ovviamente non riuscì a capire.

«Ha detto che in Ucraina aveva una bambola. Assomigliava a queste, anche se non era così bella. Ma le manca» tradusse Artem.

La bambina aveva un'espressione imbronciata, come se stesse per piangere. MacGyver si accovacciò per trovarsi all'altezza dei suoi occhi. Rimase in equilibrio sui talloni, tenendo con cura la preziosa torta con una mano, e posò l'altra sulla guancia di Yana. «Mi dispiace per l'altra bambola.»

La piccola appoggiò per un attimo la testa al suo palmo, poi si raddrizzò, annuì e abbassò lo sguardo sulle tre Barbie che teneva tra le mani. Addison, qualche giorno prima, aveva trovato al Good Will quella che doveva essere stata la collezione di un'altra bambina. Lui aveva cercato di convincerla che non aveva più bisogno di fare acquisti al negozio di seconda mano, ma le vecchie abitudini erano dure a morire. E doveva ammettere che ne era valsa la pena solo per vedere il luccichio di gioia negli occhi di Yana quando aveva visto la scatola piena di bambole, vestiti e altri accessori. Ora ne aveva di colore, di orientali e di bianche e ci giocava con tutte.

«Bella» disse felice, sollevando una bambola dalla pelle scura con un'acconciatura afro dall'aspetto naturale.

«Sì, lo è» concordò MacGyver.

«Bella!» ripeté, mostrandogli quella orientale con lunghi capelli neri.

«Sì» ripeté anche lui, alzandosi lentamente in piedi. Ma Yana non aveva finito. Agitò l'ultima bambola, una Barbie con dei lunghi riccioli rossi. «Bella. Addy.»

MacGyver alzò lo sguardo e incontrò gli occhi di Addison. «Sì, è bella come la nostra Addy, vero?»

Non sentì la risposta di Yana, mentre il fratello la prendeva per mano e la conduceva fuori dalla porta, perché la sua concentrazione era sulla donna di fronte a lui che aveva un'aria un po' esausta. Sulla maglia aveva una piccola macchia, probabilmente di marmellata di quando aveva preparato con Yana la loro colazione quella mattina, i suoi capelli stavano già uscendo dal fermaglio che aveva usato per tenerli lontani dal viso, e poteva vedere un po' di nervosismo nei suoi occhi. Ma per lui era bellissima.

«Sono sicura che ci stiamo dimenticando qualcosa» disse, avvicinandosi a lui. «Avevo rimosso quanto fosse difficile preparare dei bambini piccoli per un'uscita. Ellory è diventata molto più brava a non trovare un milione di cose da fare prima che la porta si apra.»

«Se abbiamo dimenticato qualcosa, non è un grosso problema» la rassicurò. «Vieni qui.»

Addison aggrottò un po' la fronte quando si fermò davanti a lui e inclinò la testa di lato, come a chiedere cosa stesse succedendo.

«Prima di uscire, prima che la situazione diventi folle, volevo solo dire una cosa.»

«Non lo è già?» chiese con una piccola risata.

«Non hai ancora visto nulla» le assicurò. «Volevo solo farti sapere quanto sono fiero di te. Hai accettato tutto ciò che ti è stato gettato addosso con una grazia incredibile rara. So che le cose non sono state facili, ma tu le hai fatte sembrare tali. Sono orgoglioso di averti al mio fianco oggi. Tutti ti ameranno. Cerca di rilassarti e di goderti la giornata»

«Lo farò. È solo che... sono nervosa» sbottò.

«Non c'è nulla per cui esserlo.»

Lei sbuffò. «Ricky, quelli sono i tuoi amici. I tuoi compagni di squadra. Se non piacessi loro, non sarebbe positivo.»

«Non succederà. Accidenti, ti adorano *già*. Sì, sono rimasti sorpresi dal fatto che ci siamo sposati, e sono irritati, con *me*, perché ti ho tenuta tutta per me e non te li ho ancora fatti conoscere, ma li ho informati su quanto sei brava a cucinare e a decorare torte, su come sta andando bene la tua attività, su quanto sei meravigliosa con i bambini, sanno di Ellory e dei problemi che ha dovuto, e deve, affrontare con la sua malattia e di come ti sei presa cura di lei. Tutto ciò che devi fare è essere te stessa. Perché sei perfetta esattamente come sei.»

«Ricky» sussurrò.

Non riuscì a trattenersi. Stava diventando sempre più difficile non mostrare a quella donna quanto fosse attratto da lei, nonostante si fosse ripromesso di andarci piano. E anche se riuscì a non lasciarsi sfuggire che voleva qualcosa di più di un matrimonio di convenienza, *non* poté assolutamente impedirsi di sporgersi in avanti e baciarla. Fu un altro semplice sfiorarsi di labbra, niente di appassionato, ma provò una bellissima sensazione dalla testa ai piedi.

«Andiamo, se ci attardiamo ancora un po' Artem metterà in moto l'auto e guiderà *lui stesso* fino a casa di Wolf e Caroline.»

Addison ridacchiò. «Lo farebbe, vero?»

«In un batter d'occhio. Quel ragazzo è troppo intelligente.» Le mise una mano sulla schiena e la seguì all'esterno. Aspettò che lei chiudesse la porta e mettesse le chiavi in borsa per cingerle la vita con un braccio. Camminarono fianco a fianco fino alla macchina e MacGyver non riuscì a trattenere un sorriso soddisfatto.

Quello era ciò che aveva sempre sognato: una famiglia numerosa, il caos e tutto il resto. In quel momento giurò di non combinare nulla che potesse rovinare tutto, e di proteggere quelle persone con tutto sé stesso. Niente e nessuno avrebbe fatto loro del male... o glieli avrebbe portati via.

———

Ricky le aveva detto di non essere nervosa, ma Addison non poteva farne a meno. Voleva tanto piacere a quelli della sua cerchia. Non era più molto pratica a socializzare. Si era abituata a stare con sua figlia e a interagire con gli altri solo quando la sua attività lo richiedeva o quando parlava delle condizioni di Ellory con i medici e le infermiere dell'ospedale.

Ma quella situazione era diversa come il giorno e la notte. Quelle persone erano gli amici di Ricky. Erano gli uomini che lo proteggevano quando erano in missione, e le donne che li amavano. Erano colleghi SEAL che si erano ritirati e che suo marito ammirava. I suoi mentori. E le *loro* mogli, che avevano già affrontato innumerevoli volte l'ansia delle missioni e avevano perfezionato il ruolo di consorte di un militare della Marina.

Si sentiva un'imbrogliona. Sì, era sposata con Ricky, ma non era un vero matrimonio... anche se a lei sembrava abbastanza reale. Non come lo desiderava, ma a parte l'intimità che bramava come una drogata in cerca di una dose, si sentiva una vera moglie.

Ma, d'altra parte, non aveva ancora affrontato il fatto che Ricky partisse per una missione.

Lui aiutava molto in casa con i bambini. Artem, Borysko e Yana erano entusiasti di vederlo quando rientrava di sera. Li aiutava a fare i compiti, guardava la TV con loro, dava una mano nelle faccende domestiche, supervisionava il lavaggio dei denti e rimboccava le coperte a tutti.

Sarebbe riuscita a farlo da sola? Sì, lo aveva fatto con Ellory, ma quando era figlia unica. Avere tre bambini piccoli che facevano domande e avevano bisogno di lei nello stesso momento, senza Ricky a darle man forte, le sembrava opprimente.

Senza dubbio si stava avvicinando il momento in cui sarebbe stato mandato in missione. Avrebbe scoperto presto se era tagliata per essere la moglie di un SEAL. Lo sperava. Voleva renderlo orgoglioso, ma aveva anche paura di sbagliare. Per quanto le cose per i tre bambini stessero procedendo bene, di tanto in tanto avevano ancora dei problemi psicologici: Borysko aveva gli incubi, Artem a volte bagnava il letto di notte e Yana ogni tanto aveva uno sguardo perso nel vuoto che la preoccupava molto.

E quel giorno avrebbe incontrato alcune mogli di SEAL veterani che avevano affrontato missioni, figli e ogni sorta di sfide, e apparentemente erano riuscite a gestire tutto alla perfezione.

L'unica cosa che l'aiutava a essere meno stressata per quell'incontro era la chat di gruppo con Wren, Josie, Maggie e Remi. Le avevano scritto senza sosta da quando Ricky aveva passato il suo numero ai loro uomini. Erano divertenti e amichevoli e le sembrava di conoscerle da sempre. Ma comunque... parlare con qualcuno via messaggio e di persona erano due cose completamente diverse. Era possibile che non sarebbero state in sintonia, che una volta incontrate le cose si sarebbero fatte imbarazzanti.

«Respira, Addy» disse Ricky, accostando al marciapiede. C'erano macchine parcheggiate lungo tutta la strada, e il pensiero del numero di persone che sarebbero state presenti quel giorno fece aumentare di nuovo il suo nervosismo.

Tutti si slacciarono le cinture di sicurezza, Borysko aiutò Yana a sganciarsi dal seggiolino e scesero dal SUV. Stavano prendendo i biscotti e la torta quando risuonò la voce di un bambino.

«Sono arrivati!»

Ricky ridacchiò e guardò verso la casa di Wolf e Caroline. C'erano diverse persone che chiacchieravano sul prato davanti, incluso un gruppo di ragazzini.

Due maschietti corsero verso Ricky e la sua famiglia, seguiti da una bambina.

«Ciao! Io sono James.»

«E io sono Matthew.»

«Forza, andiamo a giocare!» esclamò James eccitato.

Quando i suoi figli esitarono, Ricky disse: «Andate. È tutto ok.»

Evidentemente la sua rassicurazione fu tutto ciò che bastò loro.

«Quelli sono i figli di Benny e Jessyka. Sono più grandi dei nostri, ma credo che andranno d'accordo» le sussurrò Ricky.

Lei annuì. Mentre tutti i bambini si dirigevano verso la casa, Ricky gridò: «Badate a vostra sorella!»

Artem si voltò con aria confusa. «Certo. Perché non dovremmo?» Poi prese la mano di Yana e si girò.

«Ciao, io sono Taylor» disse la ragazza che era andata ad accoglierli. «Tu sei Ellory, giusto? Mia madre mi ha parlato un po' di te. Frequenti la seconda media? Io sono al secondo anno di liceo.»

Ellory annuì un po' timidamente.

«Ti va di venire con me? C'è l'ultimo concerto di Taylor Swift in streaming, possiamo guardarlo se ne hai voglia. Caroline ha detto che possiamo usare la TV nel seminterrato.»

«Mi piacerebbe. Grazie» rispose Ellory.

Mentre le due ragazze andavano verso la casa con le teste chinate l'una verso l'altra, chiacchierando come se fossero migliori amiche da sempre, Addison chiese: «E lei chi è?»

«La figlia di Dude e Cheyenne. Non la conosco molto bene, ma finora mi ha impressionato. Visto? Andrà tutto bene» disse Ricky. «Forza. Portiamo dentro i dolci. Non vedo l'ora che tutti impazziscano per la magnificenza di questa torta.»

Addison alzò gli occhi al cielo, ma era estremamente sollevata dal fatto che almeno i bambini sembravano essere a loro agio.

Avevano appena messo piede sul prato, che una donna con i capelli castani lunghi fino alle spalle e un attraente uomo brizzolato, che camminavano mano nella mano, si avvicinarono a loro.

«MacGyver!» esclamò lui, sporgendosi per abbracciarlo con un braccio.

«Attento, amico, non vorrai che faccia cadere questa torta. Ti lascerà a bocca aperta, fidati. Non solo perché è un capolavoro, ma perché sarà la più buona che mangerai nella vita.»

La donna sorrise per le lodi esagerate di Ricky, poi rivolse ad Addison un sorriso più ampio. «Ciao, sono Caroline. E questo è mio marito. I ragazzi lo chiamano Wolf, ma per me è Matthew. Non preoccuparti di ricordare i soprannomi e i nomi veri di tutti, è facile confondersi visto che tutte li chiamiamo in modo diverso.»

«Oh, questo lo so già. Io chiamo Ricky per nome, ma quasi tutti lo chiamano MacGyver, e ho notato la stessa cosa con i suoi compagni di squadra» disse Addison, stringendole la mano.

«Bene, allora ti sei già inserita perfettamente. Sono ansiosa di vedere questa torta! MacGyver se ne è vantato nella sua chat di gruppo, ma non ha voluto dire ai ragazzi di cosa si tratta. Gli altri sono dentro in casa o in giardino. Forza, te li presenterò dopo che avremo lasciato le vostre cose in cucina. E ti avverto subito, ti sembrerà che ci sia cibo per ottocento persone, ma credimi, verrà mangiato tutto. Ho imparato anni fa che non ce n'è mai a sufficienza.»

Addison fece un respiro profondo e sorrise alla donna. Si era immaginata Caroline come una sorta di matriarca intoccabile e fredda, probabilmente perché Ricky le aveva raccontato la storia di come si era guadagnata il soprannome di "Ice". Invece era... normale, dall'aspetto semplice, ma con una brillante personalità.

Lanciò un'occhiata a Ricky. «Vuoi che porti dentro io la torta?»

«No. Ci penso io. Tu vai con Caroline. Sono sicuro che le altre donne sono ansiose di conoscerti.»

Lo pensava anche lei, ma la conferma di Ricky la rese ancora più nervosa.

«Zitto, MacGyver, la stai facendo agitare» lo rimproverò Caroline. Poi la prese sottobraccio. «Non dargli retta. Cioè, sì, *sono* tutte eccitate all'idea di conoscere la donna che ha in pugno il nostro MacGyver, ma non ti piomberanno addosso appena entrerai in casa. Tuttavia, non vediamo l'ora di sapere come vi siete conosciuti e come stanno Artem, Borysko e Yana. Li ho visti per pochi secondi mentre passavano di corsa con i bambini di Jess, ma mi sono sembrati in gran forma.

Quando abbiamo saputo tutto quello che hanno passato, il nostro cuore ne ha sofferto.»

Caroline continuò a parlare mentre la conduceva lontano da Ricky. Addison si voltò a guardarlo e lui le rivolse un piccolo sorriso e un cenno con il mento. La sua rassicurazione la aiutò a fare un altro respiro profondo e a cercare di rilassarsi. Quelli erano i suoi amici, le persone più importanti del mondo per lui, oltre alla sua famiglia biologica. Era in buone mani... sperava.

———

Quattro ore più tardi, Addison si stava divertendo come non mai. Aveva conosciuto così tante persone, tra adulti e bambini, che le girava la testa. Caroline non aveva mentito sul fatto di fare confusione con i nomi; era solo grata di essere già stata a conoscenza dei nomi e dei soprannomi dei compagni di squadra di Ricky.

Al momento era seduta in giardino con Remi, Maggie, Wren e Josie, a guardare i bambini giocare. Aveva sentito un'affinità con quelle donne nel momento in cui le aveva conosciute. Era un po' strano, ma aveva provato la stessa sensazione anche quando aveva conosciuto Ricky, e le cose erano andate bene. No, più che bene. Uscire dalla comfort zone e fare amicizia con lui aveva finito per cambiare in meglio la sua vita e quella di Ellory.

«Ragazza, quella torta era stra-or-di-na-ria!» esclamò Remi per quella che sembrava la decima volta.

«Non ho idea di come tu sia riuscita a far sembrare così reale l'acqua» aggiunse Wren.

«E quelle piccole persone nel gommone? All'inizio pensavo fossero di plastica» concordò Josie.

«Hai un vero talento» convenne Maggie.

Addison arrossì. Aveva ricevuto un sacco di complimenti, non solo per il modo in cui aveva decorato la torta, ma anche per il suo sapore, e la cosa stava diventando un po' imbarazzante. «Grazie, ragazze.»

«Perché non lavori in una pasticceria o qualcosa del genere? Cioè, se non ti dispiace che te lo chieda» disse Remi.

«Be', non sono sicura che guadagnerei di più, sarei obbligata a stare lì a orari prestabiliti e non potrei scegliere i progetti che voglio. Per ora, ricevo le richieste online con un'idea approssimativa di ciò che desidera la gente. Posso filtrarle e scegliere quelle che voglio fare in base al tempo che ho a disposizione e alla mia esperienza. Inoltre... con tutti i problemi di salute di Ellory non sarebbe stato comunque possibile lavorare full time fuori casa. Essendo in proprio, posso prendermi il tempo per andare ai suoi appuntamenti e se c'è un'emergenza posso mollare tutto per essere in ospedale con lei.»

«Vincent mi ha parlato un po' delle sue condizioni» disse Remi. «Devo ammettere che non sapevo nulla del morbo di Crohn.»

«Nemmeno io» concordò Maggie. «Sembra una cosa orribile.»

«Lo è» confermò Addison. «Mi sento così impotente quando sta male e non posso fare nulla per aiutarla.»

«È raro che capiti a bambini della sua età, vero?» chiese Wren. «Mi sono documentata un po' per non sembrare una stupida quando ci saremmo incontrate.»

Il pensiero che si fosse data da fare per cercare di conoscere il morbo di Crohn significava molto per lei. «Sì. Per questo è stato così difficile diagnosticarlo. I medici hanno pensato a un sacco di altre cose prima di decidere finalmente che si trattava di quello. Stiamo iniziando a capire come curarla al meglio, ma naturalmente ci sono sempre degli intoppi. Proprio quando pensiamo che stia bene, ha una riacutizzazione grave dell'infiammazione.»

«È uno schifo» disse Josie.

Addison era d'accordo.

«È una bambina fantastica» sostenne Remi. «Davvero educata. E il modo in cui ha aiutato Yana con la sua fetta di torta prima è stato adorabile. Mi dispiace che non abbia potuto mangiarne un po' anche lei.»

«Anche a me è dispiaciuto per molto tempo che non potesse mangiare molte delle cose dolci che amano i bambini, ma sono davvero orgogliosa che abbia imparato cosa scatena l'infiammazione. Credo che la maggior parte delle volte non ne senta nemmeno la mancanza. E sì, è di grande aiuto con Yana e i bambini.»

«Come stanno?» chiese Maggie. «La situazione laggiù... non era per niente bella. Avresti dovuto vedere come vivevano... tra le rovine degli edifici, rimediando cibo e acqua da chissà dove. Era straziante.»

«Stanno bene. Hanno i loro momenti quando sentono la mancanza della loro casa e dei genitori e quando hanno difficoltà con la nostra cultura, ma il fatto che siano insieme aiuta molto, credo. *Tu* come stai?» Ricky le aveva raccontato tutto quello che era successo in Ucraina. Che Maggie era stata rapita dal suo ex, un ufficiale di alto rango della Marina che aveva usato le sue conoscenze per far sì che il team SEAL di Preacher, il suo *nuovo* fidanzato, quasi la lasciasse in quel Paese, nel bel mezzo di una zona di guerra.

«Sto bene» rispose, appoggiando inconsciamente una mano sulla pancia. «Sono stanca, ma mi sento davvero in forma, considerando che sto facendo crescere un essere umano nel mio corpo.»

Tutte risero.

«Devo fare pipì ogni dieci minuti e sto iniziando ad avere

strane voglie di cibo, tipo il burro di arachidi e i cetrioli sotta-
ceto. Che senso ha? Voglio dire, capisco i cetrioli, sembra che
sia una cosa normale in gravidanza... ma con il burro di
arachidi? A volte mi faccio schifo da sola.»

«Nel primo trimestre non ho avuto troppe voglie di cose
strane, ma nel secondo ero una macchina divoratrice» disse
Addison. «Banane con il ketchup sono state la cosa più deliziosa in assoluto all'epoca. Ora mi viene da vomitare anche
solo a pensarci. Ma ciò che ho mangiato praticamente ogni
giorno per tre mesi sono stati i panini con pomodori e maio-
nese. Potrei mangiarli ancora oggi.»

Le altre risero.

«Ho paura» sbottò Maggie.

«Di cosa?» le chiese Wren, con la fronte aggrottata per la
preoccupazione.

«Di tutto. Del parto; so che farà male e io odio provare
dolore. Che il mio bambino non sia sano, che Shawn non ci
sia quando entrerò in travaglio, di rovinare questo bambino...
praticamente di *tutto*.»

«Credo che sia normale» disse Josie.

«Lo so, ma non riesco a smettere di pensare a tutte le cose
che potrebbero andare storte» ammise Maggie con voce rotta.

Addison si avvicinò a lei con la sedia e le mise una mano
sul braccio. «Ho scoperto di essere incinta di Ellory che ero
già al quarto mese, e in quel periodo ho continuato ad andare
nei bar, a bere, a frequentare persone che fumavano... così,
quando alla fine *mi sono* resa conto di esserlo, ho dato di
matto. Ho pensato di aver fatto del male al bambino. Anche
quando il medico mi ha detto che era tutto a posto, non gli ho
creduto veramente. Inoltre, all'epoca avevo un ragazzo, ma
ero praticamente per conto mio, perché sembrava che non gli
interessasse la mia gravidanza. Questo avrebbe dovuto essere
un segnale di allarme, ma vivevo ancora nel mondo delle

favole e pensavo che saremmo stati per sempre felici e contenti.

Comunque, posso dirti che le paure che hai in testa sono molto peggiori della realtà. I farmaci che si usano al giorno d'oggi per il parto sono davvero ottimi e riducono molto il dolore, e una cosa che ho imparato è che anche se il tuo bambino non è completamente sano, lo amerai comunque come se lo fosse. Certo, mia figlia non era una neonata quando ho imparato questa lezione, ma oggi amo Ellory ancora di più di quando è nata, quando pensavo che fosse perfetta.

E non rovinerai il tuo bambino, perché tu e Preacher siete... siete delle brave persone. Da ciò che ho sentito da Ricky su di voi, sarete dei genitori meravigliosi. E se lui e i ragazzi non saranno qui quando entrerai in travaglio, io ci sarò.»

«Anch'io» disse subito Remi.

«Anch'io» aggiunse Wren.

«E naturalmente anch'io» concordò Josie.

«Sarà uno schifo se Preacher dovesse perdersi la nascita del suo bambino, ma essere presenti quel giorno non fa di un uomo un buon padre. È il modo in cui si comporta dopo ciò che conta» sostenne Addison.

«Stai pensando a MacGyver» disse Remi con aria d'intesa.

Lei annuì. «Sì. Non era obbligato a portare a casa Artem, Borysko e Yana. Ma l'ha fatto. E dovresti vederlo con loro, è come se li conoscesse da sempre. Sa quando essere severo e quando passare sopra ai classici comportamenti da bambini. Li ama per quello che sono, anche quando sbagliano, fanno la pipì a letto o lasciano le loro cose ovunque.»

«Quindi il padre biologico di Ellory non era così?» chiese Remi. Ma non appena formulata la domanda scosse la testa e disse: «No, scusa, ignorami. Non sono affari miei.»

«Non c'è problema» rispose Addison. «No, non era così. Gli dava fastidio quando lei piangeva e non le ha mai cambiato un pannolino. È stato più che altro un sollievo quando ha chiuso la nostra relazione poco dopo la sua nascita. Almeno così ho potuto smetterla di cercare di fare affidamento su di lui per alcune cose, per poi rimanere delusa ogni volta.»

«Mi dispiace» disse Remi.

«Non preoccuparti» ribatté con un'alzata di spalle. «Penso che ce la siamo cavata bene.»

«Più che bene» concordò Wren con dolcezza, mentre guardavano Ellory giocare con Yana in cortile. Stavano facendo il girotondo a ripetizione, e la piccola urlava e rideva ogni volta che andavano "tutti giù per terra" alla fine della filastrocca.

Continuarono a guardare i bambini per un po', poi Remi disse: «Allora... Vincent mi ha detto che MacGyver ha chiesto ai ragazzi di andare tutti alla scuola di Ellory la prossima settimana, per la giornata della carriera.»

Addison annuì. «Sì.»

«Ha anche accennato qualcosa riguardo a un DILF.»

Tutte scoppiarono a ridere, e Addison non poté fare a meno di ricordare l'espressione di Ricky quando gli aveva spiegato cosa significasse.

«Ellory è elettrizzata del fatto che ci saranno dei Navy SEAL fichissimi che *lei* conosce. Sta avendo dei problemi con delle bulle, a causa dei capelli e del suo fisico... perché non ha ancora raggiunto la pubertà e, naturalmente, a causa del morbo di Crohn. Le ragazzine sono crudeli, soprattutto le dodicenni.»

Cheyenne era uscita proprio mentre lei stava parlando e disse: «Non sopporto i bulli. Giornata della carriera, eh? C'è la possibilità che possano andare anche Faulkner e gli altri? Se

Ellory è elettrizzata di ostentare un team di SEAL, magari averne due sarebbe ancora meglio.»

«Davvero? Sarebbe fantastico. Ricky ha accennato al fatto di parlarne con la squadra di tuo marito, anche se dovrò contattare la scuola per vedere se è possibile» ammise Addison.

«Però i nostri uomini sono più "anziani", e magari per i bambini potrebbero sembrare dei vecchi bacucchi» rifletté Cheyenne.

«Vecchi bacucchi? Hai visto tuo marito di recente?» chiese Wren a occhi spalancati.

«Ehm... sì. Ieri sera. Quando mi ha spogliata e legata al letto e mi ha fatto ogni sorta di...»

«Ok, troppe informazioni, Cheyenne» disse Remi ridendo.

La donna non sembrava affatto imbarazzata. Addison pensò che fosse stimolante e fantastico che lei e suo marito avessero ancora una vita sessuale molto attiva.

«Fammi sapere cosa dice la scuola. Sono sicura che Faulkner e i ragazzi possono fare qualcosa come sfidare i più giovani in una sorta di gara. In questo modo, *tutti* potranno mettersi in mostra.»

«Pensi che questo farà sì che le bulle la smettano di tormentare Ellory?» chiese Maggie.

«Non ne ho idea. Forse? Però non saprei cos'altro fare» ammise Addison accigliata.

«Immagino che MacGyver non possa andare a scuola comportandosi da SEAL grande e cattivo e minacciare le ragazze, eh?» domandò Remi.

Addison non poté fare a meno di ridacchiare. «No, ma lui vorrebbe farlo. Non era contento quando ha saputo quello che sta subendo Ellory. Non ho idea del perché quelle bambine siano così malvagie.»

«Se fosse mio figlio – o figlia – a comportarsi così, lo tirerei via da scuola così in fretta da fargli girare la testa!» esclamò Maggie. «Nessun dei miei ipotetici bambini sarà il motivo per cui il figlio di qualcun altro soffre.»

«Anche se non c'è da stupirsi che quella ragazzina, la principale responsabile del bullismo, si comporti così» rifletté Addison.

«Perché?» chiese Wren.

«Perché si chiama Chrysantemun.»

«No, non è vero!»

«Stai scherzando!»

«Porca miseria, sul serio?»

Addison ridacchiò. «Non sto scherzando. È davvero il suo nome. Anche se si fa chiamare Chrys.»

«Ora mi dispiace un po' per lei» disse Maggie.

«Addy, pipì!» La piccola Yana si era avvicinata mentre stavano parlando.

Addison fece per alzarsi, ma Cheyenne scosse la testa e disse: «Ci penso io.» Tese la mano alla bambina e disse: «Credo di aver visto che sono avanzati dei biscotti. Dopo che avrai usato il bagno magari potremo prenderne uno prima che i ragazzi possano rubarlo.»

«Biscotto!» esclamò Yana felice, prendendo la mano di Cheyenne.

Addison si sorprese ancora una volta di quanto la bambina tendesse a fidarsi, come avesse accettato gli estranei incontrati quel giorno. Ma proprio un attimo prima che le due sparissero all'interno, Yana si guardò alle spalle, verso il punto in cui stavano giocando i suoi fratelli. Artem si fermò per salutarla con la mano, come per farle capire che era tutto ok.

Si stava adattando bene, ma alcune cose, tipo il fatto di fare affidamento sui suoi fratelli riguardo alla sicurezza, erano ancora profondamente radicate nella sua psiche. Il che non era una brutta cosa. Il pensiero di come si sarebbe sentita se fosse stata separata da loro le provocò una stretta al cuore.

Due ore più tardi, Yana era addormentata in braccio a Ricky nel soggiorno di Caroline, e quasi tutti avevano lasciato la festa tranne Cheyenne, Dude, la loro figlia Taylor e Addison e la sua famiglia.

La sua famiglia.

Quelle parole erano quasi sconosciute, eppure suonavano perfette nella sua testa.

Artem e Borysko si trovavano a tavola a fare un altro spuntino. Avrebbero dovuto evitare di mangiare, ma dato che erano stati privati del cibo per così tanto tempo ed erano ragazzi attivi e in crescita, non era preoccupata. Era seduta accanto a Ricky e Yana, mentre Caroline e Wolf erano di fronte a loro su un divanetto. Dude era su una poltrona enorme con Cheyenne seduta sulle sue ginocchia. Ellory e Taylor erano nel seminterrato a guardare un film.

Addison era stanca, ma nel senso buono del termine. La giornata era stata più bella di quanto avrebbe potuto immaginare. Era stata nervosa e preoccupata di incontrare la cerchia di Ricky, ma erano stati tutti accoglienti ed estremamente gentili, sia con lei sia con i loro figli. Sembrava che avesse finalmente trovato ciò che stava cercando da tutta la vita. Dei veri amici.

«Allora... non so cosa ne pensiate voi, ma per me la giornata è stata un successo» disse Caroline con un sorriso.

«È stata perfetta» ribatté Wolf, chinandosi per baciare la fronte della moglie. L'evidente amore che la coppia condivideva era meraviglioso.

«Grazie per averci invitati» disse Ricky.

«Figurati. Più siamo, meglio è. E dico sul serio. Ice e io potremmo aver preso la decisione di non avere bambini, ma questo non significa che non li amiamo e non adoriamo averli intorno. Ci piace anche poterli rimandare a casa.»

Tutti ridacchiarono.

«Voi, tutto bene?» chiese Wolf a Ricky con un tono serio. «Avete bisogno di qualcosa? Cibo? Vestiti? Biancheria da letto?»

«Siamo a posto. Grazie.»

«Qualche novità sull'adozione?» chiese Cheyenne.

«Non ancora. Tex ci ha fatto ottenere l'approvazione urgente per diventare genitori affidatari, ma ci sono ancora un sacco di ostacoli da superare prima che ci venga concesso di adottare. Visite, valutazioni psicologiche, colloqui con le persone al lavoro, cose del genere» rispose Ricky.

«Be', andrà tutto bene» sostenne Dude con fermezza. «Chiunque vi stia vicino per più di un minuto può capire che siete destinati a stare insieme. Quei bambini sono in buone mani.»

«Grazie» disse Ricky. «A questo proposito... direi che dovremmo andarcene, prima che Artem e Borysko si mangino tutta la casa.»

«Di già?» disse Caroline facendo il broncio.

Addison non poté fare a meno di ridere. «Siamo qui da ore.»

«Lo so, ma la casa sarà così silenziosa quando ve ne andrete. Ascolta, se ti va, qualche volta Ellory potrebbe dormire qui... magari insieme a Taylor visto che vanno così d'accordo. Ci piacerebbe molto.»

«Mi sembra un'ottima idea» convenne Dude. «Potremmo avere la casa tutta per noi.» Guardò la moglie muovendo su e giù le sopracciglia in modo suggestivo.

Cheyenne gli diede una pacca sul braccio, ma ridacchiò.

«Davvero?» Anche ad Addison piaceva quell'idea. I suoi genitori vivevano troppo lontano perché sua figlia potesse avere un rapporto stretto con loro. Quelli di Ricky erano più vicini, ma non era ancora sicura di sentirsi a suo agio con il pensiero di Ellory che si trovava a qualche ora di distanza da lei. Ovviamente, sarebbe stata sua figlia a decidere se voleva dormire a casa di Caroline, ma in base a ciò che aveva visto quel giorno, era abbastanza sicura che le sarebbe piaciuto.

«Certo, davvero. È un amore di ragazza.»

«Va bene. Vedremo cosa ci riserverà il futuro» disse in modo diplomatico.

Tutti si alzarono e Caroline andò nel seminterrato con Cheyenne a prendere le ragazzine. Dude e Wolf andarono al tavolo a chiamare i bambini, e Ricky si sporse verso Addison. «Tutto bene?»

«Benissimo» rispose con un grande sorriso. «Sono stati tutti davvero gentili.»

«Te l'avevo detto» replicò con un'espressione compiaciuta.

«È vero.» Non riusciva nemmeno a essere irritata dalla sua presunzione. Le aveva detto che tutti l'avrebbero adorata e sembrava fosse stato così. I biscotti e la torta erano stati un grande successo e tutti gli uomini e le donne, e anche i ragazzini se era per quello, erano tranquilli e amichevoli.

«Almeno i bambini dormiranno come ghiri stanotte» disse Ricky, mentre le prendeva la mano.

Avere le sue dita avvolte intorno alle proprie le sembrò naturale. Come se si fossero tenuti per mano ogni giorno della loro vita. La verità era che quella era la prima volta che succedeva e Addison aveva la sensazione che il ricordo le sarebbe rimasto impresso a fuoco nella mente.

Ellory tornò di sopra con Taylor e le due si abbracciarono prima di salutarsi. I bambini tennero lo sguardo abbassato, ma ringraziarono diligentemente gli adulti prima di uscire di casa.

Non erano ancora a metà strada che tutti e quattro i ragazzini si addormentarono profondamente. Il silenzio in auto era confortevole e Addison si crogiolò in quella sensazione di appagamento.

Una volta arrivati a casa Ricky prese Yana, ancora addormentata, e la portò a letto, e Artem e Borysko andarono subito in camera loro per cambiarsi per la notte.

«Mamma?» disse Ellory mentre erano sole.

«Sì, tesoro?»

«Mi sono divertita un mondo oggi. Taylor è fantastica. È davvero gentile, anche se sono più giovane di lei. Abbiamo un sacco di cose in comune. È vero che suo padre e il suo team potrebbero venire alla giornata della carriera insieme a Ricky e ai suoi amici?»

«Sì, se a scuola sono d'accordo. Li chiamerò lunedì per esserne certa.»

«Che bello!»

«Hai fame? Non hai mangiato molto oggi.»

«Sto bene così.»

«Come va la pancia?»

Lei scrollò le spalle, e Addison aggrottò la fronte. Di solito quando sua figlia non diceva subito di stare bene, significava che non era così e stava cercando di minimizzare il suo livello di dolore.

«Ellory» la avvertì Addison.

«Non sono più una bambina» ribatté bruscamente. «Te lo dirò se la situazione dovesse peggiorare.»

«So che non sei una bambina. Mi preoccupo solo per te.»

Sua figlia fece un respiro profondo. «Lo so. Ma sto bene. Non puoi preoccuparti per me per il resto della mia vita.»

«Chi lo dice?» chiese Addison con una risatina. Poi la attirò a sé e la strinse in un lungo abbraccio. «Ti voglio bene, piccola. Sono molto orgogliosa della signorina che stai diventando.»

Ellory arrossì e annuì. Poi si staccò e si diresse verso la sua stanza.

Addison sospirò. Le mancavano i giorni in cui sua figlia era contenta di stare rannicchiata contro di lei per ore. Doveva affrontare il fatto che stesse crescendo.

Trenta minuti più tardi, i bambini erano ognuno nel proprio letto, profondamente addormentati dopo aver trascorso una giornata divertente. Non era tardissimo, ma Addison si rese conto che le si chiudevano gli occhi.

«Perché non vai a letto anche tu?» suggerì Ricky. «Ti seguirò tra non molto.»

«Non ti dispiace?»

«Certo che no. Non devi restare alzata solo perché lo faccio io.»

«Va bene. Grazie per oggi. È stato bellissimo.»

«*Tu* sei bellissima. Buonanotte.»

«Notte.»

Addison andò nella loro stanza, trascorse un po' di tempo in bagno a fare le sue cose, e poi si infilò sotto le coperte a pensare a quanto era stata divertente quella giornata, a quanto fossero stati tutti meravigliosi... a quanto si fosse stressata così tanto per niente.

Poco più tardi, quando Ricky entrò nella stanza e si infilò sotto le coperte dall'altro lato del letto, era mezza addormentata. Per quello non si rese conto di ciò che stava facendo quando si avvicinò a lui e gli drappeggiò un braccio sul petto.

«Addy?» le chiese dolcemente.

«Mmm?»

Rimase in silenzio per un momento. Poi... «Niente. A domattina.»

«Mmm... ok.»

Quella notte dormì meglio di quanto non avesse fatto da

mesi. Rannicchiata accanto all'uomo che rispettava... e di cui stava iniziando a pensare di non poter più vivere senza.

anche. Rannicchiata accanto all'uomo che aspettava, e di cui stava imparando a fidarsi di non osare più a crederci...

# CAPITOLO SEI

MENTRE MACGYVER si trovava di fronte a una classe piena di ragazzi e ragazze di seconda media, stava ancora pensando all'ultimo fine settimana. Come ormai faceva da giorni. Non si era aspettato che Addison si accoccolasse contro di lui quando erano andati a letto dopo il ritrovo a casa di Wolf e Caroline. La giornata era andata davvero bene ed era stato soddisfatto della sintonia avuta con Addy, ma quando gli aveva avvolto le braccia intorno al corpo, sospirando soddisfatta, aveva dovuto trattenersi per non rotolare e portarla sotto di sé.

La voleva. In tutti i modi in cui un uomo desiderava la propria moglie. Era una madre straordinaria, una gran lavoratrice, era gentile, compassionevole e sexy da morire. Gli veniva mezzo duro ogni volta che le era vicino, il che accadeva spesso. Stava diventando difficile nascondere la sua costante erezione, ma l'ultima cosa che voleva era disgustarla o farle pressione per qualcosa per cui non era pronta.

Perché se Addy fosse stata in intimità con lui per un senso

di obbligo o di dovere, o perché si sentiva in qualche modo in debito con lui, lo avrebbe distrutto.

«Quanti cattivi avete ucciso?»

La domanda arrivò da uno dei maschi. MacGyver lasciò che se ne occupasse Kevlar; non che in passato non avessero posto loro domande inappropriate, ma era sempre un po' imbarazzante.

«Avete davvero dovuto stare in ginocchio nell'oceano per ore e ore a morire di freddo?» chiese un altro. Evidentemente aveva visto un film o un documentario sull'addestramento BUD/S.

«Sì. Non è stato divertente, ma sai perché ci è stato chiesto di farlo durante l'addestramento?» chiese Safe. Alcuni ragazzi coraggiosi cercarono di rispondere alla domanda, ma alla fine lui spiegò. «È servito per temprarci. Quando siamo in missione, se abbiamo freddo o caldo, o se ci facciamo male, non possiamo semplicemente fermarci e chiedere un time out. Di solito non c'è nessuno ad aiutarci, se non i nostri compagni di squadra. Dobbiamo superare situazioni sgradevoli per portare a termine i nostri compiti.»

Gli alunni di quella classe erano affascinati dalla presentazione, e MacGyver ne era davvero felice. Se quel giorno fossero riusciti a ispirarne anche uno solo a voler servire il proprio Paese da grande, sarebbe stato del tempo ben speso.

La presentazione terminò e i ragazzi uscirono dall'aula. La squadra di Wolf si trovava in un'altra; c'era stato così tanto interesse per i team SEAL che la preside aveva detto ad Addison che sarebbero stati entusiasti se un altro gruppo fosse andato a parlare agli alunni. A quanto pareva, attiravano di più dei contabili, dei medici e degli ingegneri. Anche se la coppia di veterinari stava dando del filo da torcere ai SEAL. Ma per MacGyver avevano barato, dato che avevano portato con loro non solo un cane e un gatto, ma anche un bradipo che era sotto le loro cure.

Mentre aspettavano che entrasse il gruppo successivo, Smiley gli si avvicinò e disse: «Me ne vado prima, se non è un problema.»

«Perché dovrebbe esserlo?».

«Be', questa è una cosa per tua figlia. Non volevo che ti desse fastidio la mia uscita prematura. Non è perché non m'importa, anzi, è stato divertente e piuttosto interessante, è solo che voglio anticipare l'inizio del weekend; andrò a Las Vegas un'ultima volta per vedere se riesco a trovare Bree.»

MacGyver sapeva quanto la ricerca di quella donna misteriosa fosse importante per lui. Bree Haynes era stata venduta dal fidanzato a un trafficante di sesso, lo stesso che aveva cercato di comprare Josie dalla famiglia del suo defunto ex. Blink e Smiley avevano liberato Bree, che avevano trovato nell'auto dell'uomo, ma durante gli eventi intensi occorsi in seguito, la donna era scomparsa. Da allora Smiley era stato quasi ossessionato dall'idea di trovarla... senza fortuna.

«Ti arrendi?» gli chiese MacGyver.

Lui scrollò le spalle. «Non so cos'altro fare. Dove cercare. Tex mi ha aiutato un po', tra un compito più importante e l'altro, ma Bree non ha usato il cellulare né le carte di credito, il suo appartamento è stato ripulito, e lui non riesce a scovare alcuna traccia. O è stata trovata dal suo ex o ha lasciato la città. Spero nella seconda ipotesi.»

MacGyver aggrottò la fronte. «Hai bisogno di aiuto? Posso venire con te.»

Il suo amico ridacchiò. «Sì certo, perché tu non hai niente da fare qui.»

Scrollò le spalle. «Ammetto che ho un sacco d'impegni, ma se hai bisogno di aiuto, sai che mollerei tutto per fare ciò che posso.»

«Lo apprezzo, ma probabilmente sto facendo una ricerca inutile. Se Tex non riesce a trovarla, non so cosa mi faccia pensare di poterlo fare *io*. Mi sembra abbastanza inutile andare in giro per la città a cercare una donna che ho incontrato solo una volta. Accidenti, è probabile che se la rivedessi non la riconoscerei nemmeno.»

MacGyver non ne era così sicuro. Smiley era uno degli uomini della squadra con più spirito di osservazione. Nessuno l'aveva mai visto così serio su qualcosa come nella ricerca di Bree. «Ok, ma se hai bisogno di noi, sai che devi solo chiedere.»

«Lo so. E lo apprezzo molto. La stronzetta ha smesso?»

Trattenne un sorriso. Sapeva esattamente di chi stava parlando. «Non credo che ti sia permesso di dare della stronza a una bambina» gli disse, anche se l'aveva chiamata allo stesso modo parlando con Addison di Chrys.

«Tormenta Ellory per cose che lei non può controllare e fa in modo che anche le sue amiche le si rivoltino contro. La sta rendendo infelice. Posso chiamarla stronza se mi va di farlo.»

«Be', speriamo che capisca che essere cattiva non è la strada giusta da percorrere» disse diplomaticamente MacGyver.

«Con un nome come Chrysantemun non ci scommetterei» mormorò, prima di allontanarsi per parlare con Kevlar. Smiley si diresse verso la porta proprio mentre un nuovo gruppo di ragazzini cominciava a entrare nell'aula.

Sperava davvero che trovasse Bree. Era evidente che lei avesse avuto un profondo impatto su quel SEAL di solito taciturno e poco emotivo, e MacGyver poteva solo sperare che, ovunque fosse, stesse bene.

«Ricky!»

Si voltò e vide Ellory precipitarsi verso di lui. Aprì le

braccia e fu contento quando lei non esitò ad abbracciarlo forte. «Ehi, El.»

«Avete avuto un successo strepitoso» gli disse. «Parlano di voi e della vostra presentazione in tutta la scuola, e sono tutti ansiosi di vedervi in azione dopo pranzo, fuori nel piazzale, quando tu e la tua squadra e quella di Wolf darete una dimostrazione di alcune delle cose che fate.»

MacGyver sorrise. Avevano allestito un piccolo percorso a ostacoli davanti alla scuola media e avevano portato l'equipaggiamento che indossavano di solito in missione, senza le armi, per mostrarlo ai ragazzi.

«Ottimo.»

«È qui» sussurrò Ellory. «Chrys, intendo. Ho cercato di non entrare nel suo gruppo, ma dato che i nostri cognomi iniziano entrambi con la W, di solito mi ritrovo con lei.»

Il primo pensiero di MacGyver fu che se avesse cambiato il cognome e preso il suo, Douglas, non avrebbe più avuto quel problema. Ma era troppo presto per una cosa del genere.

«Ti ha dato fastidio oggi?» le domandò con calma.

Lei si limitò a scrollare le spalle. «Non più del solito.»

Quindi lo aveva fatto.

«Ok, ragazzi, trovatevi tutti un posto a sedere così possiamo iniziare» ordinò un insegnante.

«Devo andare» disse Ellory.

MacGyver annuì, ma prima la abbracciò di nuovo.

Una volta che tutti furono seduti, Kevlar ricominciò il suo discorso. Ormai lo sapevano a memoria, visto che era la quarta volta che facevano la presentazione quel giorno. Parlò della storia dei Navy SEAL e del loro motto *"L'unico giorno facile era ieri"*, poi ognuno di loro raccontò una storia divertente sulla Hell Week. Dopo che ebbero trattato le nozioni di base, diedero il via alle domande.

Molte furono le stesse fatte nelle sessioni precedenti, ma

quando alzò la mano una ragazza, che in base alla descrizione di Ellory poteva essere solo la famigerata Chrysanthemum, MacGyver raddrizzò di più le spalle.

«Siete tutti davvero grandi e forti» disse lei con un sorrisetto. «Eravate atleti al liceo e all'università?»

Era una domanda ridicola, ma forse non così tanto per una dodicenne. MacGyver rispose prontamente.

«Siamo tutti forti perché abbiamo lavorato *duramente* per ottenere questo risultato. I muscoli non si sviluppano da un giorno all'altro, e nemmeno il cervello. Bisogna allenarli entrambi. E per rispondere alla tua domanda, io ero piccolo al liceo. Probabilmente ero il ragazzo che ti sarebbe piaciuto prendere in giro... magro, basso e nerd. Suonavo il trombone nella banda. Sono stato spesso vittima di bullismo da parte di ragazzi che pensavano di essere più intelligenti, più fichi, più belli di me. Ma sai cosa fanno oggi quei bulli? Uno è un tossicodipendente, un altro è un uomo d'affari che ha fatto un sacco di soldi, ma è finito in galera per evasione fiscale, e il terzo, quello che mi bullizzava di più, è gravemente in sovrappeso e ha avuto quattro attacchi di cuore.

Solo perché qualcuno non è un atleta o non soddisfa gli standard di "bellezza" della società, non significa che non diventerà qualcuno di importante o di successo. La persona che maltratti oggi potrebbe essere il paramedico che in futuro si presenterà alla tua porta quando chiamerai il 911 perché il tuo bambino sta soffocando. Oppure la prossima Taylor Swift o Lady Gaga. Ma anche se non dovesse diventare famosa, ricca o un Navy SEAL... non significa che non sia una brava persona che contribuisce positivamente nella società. Questi uomini accanto a me sarebbero i miei migliori amici anche se non fossimo SEAL. Posso contare sul fatto che mi copriranno le spalle a prescindere... sia che rimanga senza benzina sull'autostrada, sia che mi servano un paio di dollari per comprare un hamburger, sia che mi trovi bloccato dal fuoco nemico, senza alcuna possibilità di fuga a meno che loro non rischino la vita per aiutarmi.

Siete giovani, avete tutta la vita davanti. Non dovete essere atleti o popolari per avere successo. Dovete solo essere persone perbene, fare ciò che è giusto. Siate il tipo di compagno di squadra che vorreste avere al vostro fianco se nella vostra vita tutto dovesse andare a pu... ehm, rotoli.»

Aveva calcato la mano, ma non gli importava. Aveva finito il suo discorsetto, ma gli venne in mente un'altra cosa che voleva dire. Una sorta di avvertimento.

«Oh, ed essere un atleta non significa sempre essere il più grande e forte. Spesso basta solo sapersi difendere in modo appropriato. Sto insegnando a mia moglie e ai miei figli ad affrontare a testa alta chiunque cerchi di far loro del male. Non si tratta di violenza, così come essere un Navy SEAL non significa sparare ai cattivi e basta. Essere un SEAL vuol dire difendere sé stessi e il proprio Paese. Non tirarsi indietro quando i prepotenti che comandano altri paesi decidono di mostrare i muscoli. Nella vita di tutti i giorni questo significa che quando qualcuno in un negozio o in un bar decide di prendersela con mia moglie, o un ragazzino nel quartiere o a scuola se la prende con i miei figli, voglio che siano in grado di difendersi.»

Anche in quel caso non ci era andato leggero, ma MacGyver voleva che Chrysanthemum recepisse il messaggio. Quella sera stessa avrebbe iniziato a insegnare a El e ad Addy le mosse di autodifesa di base. Pur non approvando la violenza, se le cose fossero continuate così per Ellory, il modo di tormentarla avrebbe potuto farsi più violento. I bulli amavano quando le persone avevano paura di loro, e ciò valeva sia per i leader dei paesi sia per le ragazzine di seconda media.

La presentazione continuò, con altre domande degli

alunni, e presto il loro tempo a disposizione finì. Chrys non guardò Ellory quando uscì dall'aula e MacGyver la prese come una vittoria. Avrebbero visto in futuro se ciò che aveva detto era stato recepito da quella ragazzina malvagia.

Prima di uscire dall'aula, Ellory andò a dargli un altro forte abbraccio, e gli sussurrò un grazie contro il petto, poi si staccò e seguì i suoi compagni di classe.

MacGyver vide che aveva le lacrime agli occhi e sperò ardentemente di aver fatto la cosa giusta.

«Ottimo lavoro» gli disse Blink quando furono di nuovo soli. Avevano un ultimo gruppo prima della dimostrazione all'esterno. «Credo che tu l'abbia fatta riflettere un po'.»

«Lo spero. È troppo giovane e carina per essere una tale cacchina.»

Flash sentì il suo commento e scoppiò a ridere. «Cacchina?» chiese.

«Ehi, siamo in una scuola, non posso dire cosa sto pensando veramente» ribatté MacGyver.

«Giusto.»

«E comunque, non suonavi il trombone al liceo» disse Safe con una risatina.

«No. Ed *ero* nella squadra di football. Abbiamo vinto anche un campionato statale» si vantò. «Ma ho pensato che questo non avrebbe aiutato il caso di Ellory, quindi ho abbellito un po'.»

«Io ero nella banda» ammise Flash. «Suonavo il clarinetto. E facevo teatro. Ero sempre vittima di bullismo, ma per lo più ignoravo quegli stronzi. Tranne una volta, quando sono stato messo alle strette da tre ragazzi.»

«E?» chiese Kevlar, quando non terminò il racconto.

«Li ho pestati a sangue e nessuno mi ha più disturbato» rispose compiaciuto. «Quindi hai ragione, MacGyver, non si tratta di essere grandi e forti. Alla fine le lezioni di karate che ho preso da piccolo hanno dato i loro frutti. Direi che insegnare l'autodifesa a *tutte* le nostre donne non sia una cattiva idea.»

«Le nostre donne? Tu non ne hai una» disse Preacher con un sorrisetto.

«Be', verrò contagiato prima o poi, stando intorno a voi» replicò Flash sorridendo. «Forse ne troverò una per osmosi o qualcosa del genere.»

Era ridicolo, ma MacGyver percepì qualcosa nel tono dell'amico. Si comportava come se non gli importasse di avere o meno una ragazza... ma stare sempre insieme a delle coppie poteva deprimerlo un po'.

Kevlar scambiò uno sguardo complice con Safe, poi i due uomini si avventarono su Flash e cominciarono a girargli intorno.

«Ehi! Che diavolo state facendo? Smettetela!» esclamò lui, cercando di spingere via i suoi amici, senza fortuna.

«Ormoni! Ti stiamo contagiando con gli ormoni dell'amore. Magari ti aiuteranno ad attirare una donna» rispose Safe.

Tutti stavano ridendo in modo isterico, e non fu d'aiuto il fatto che quando il gruppo successivo di ragazzini entrò nell'aula trovò due omoni che "ballavano" in modo sconcio contro un terzo.

Riuscire a portare a termine la presentazione fu difficile, dato che tutti continuavano a ridacchiare, rendendo quasi impossibile mantenere una faccia seria. Una volta finita la sessione, si unirono a Wolf e la sua squadra, e ricominciarono a ridere quando cercarono di spiegare cosa ci fosse di così divertente.

Il resto della giornata trascorse senza problemi. Il percorso a ostacoli ebbe un grande successo tra i bambini e fu divertente guardarli mentre cercavano di superarlo. Persino i ragazzini più grandi ebbero difficoltà a finirlo e MacGyver apprezzò il fatto che alla fine fu una ragazza a vincere.

Poi gli alunni poterono provare le armature che indossavano i SEAL ed esaminare l'attrezzatura subacquea e le mute che usavano per le missioni sottomarine. Guardarli cercare di sollevare gli zaini da circa venti chili, per poi camminare, fu esilarante.

Tutto sommato era stata una bella esperienza e si era divertito, e non solo perché era riuscito a dire la sua alla bulla di Ellory. Non aveva idea se avrebbe fatto la differenza o meno, ma la gratitudine negli occhi della figliastra era stato tutto il ringraziamento di cui aveva avuto bisogno.

Era di ottimo umore... quindi la telefonata che ricevette mentre stavano mettendo via l'attrezzatura e il percorso a ostacoli fu un totale shock.

Sullo schermo era comparso "Sconosciuto". In genere non rispondeva a quel tipo di chiamate perché di solito erano di spam, ma per qualche motivo il suo istinto gli disse di farlo.

«Pronto?»

«Parlo con Ricardo Douglas?»

«Sì, chi parla?»

«Mi chiamo Samantha Price e sono dei servizi sociali. Sappiamo che sta cercando di adottare tre bambini dall'Ucraina. Come probabilmente saprà, il nostro ufficio è pieno di casi, ma di recente abbiamo iniziato a lavorare sul suo e siamo venuti a conoscenza di alcune irregolarità. Pertanto, mentre è in corso un'indagine, vi è stata revocata la custodia dei bambini.»

«Cosa?» gridò MacGyver, sentendosi gelare il sangue.

«Sono stati prelevati dalle loro rispettive scuole e stanno avendo un colloquio in questo momento.»

«Non potete farlo. Stanno bene? Cosa avete detto loro?»

«Stanno bene, signore.»

«Quando avrete finito? Quando potrò venire a prenderli?»

«Saranno affidati a un'altra famiglia finché la questione non sarà esaminata a fondo.»

«Sta scherzando, cazzo! Siamo *noi* la loro famiglia affidataria. Io e mia moglie. Non potete portarceli via così.»

«In realtà possiamo, signor Douglas. Dobbiamo assicurarci che vivano nel posto migliore per loro. E non è una cosa positiva che dei soldati portino via tre bambini da un paese in guerra, senza permesso e senza nemmeno cercare di affidarli prima a una famiglia nella loro terra d'origine.»

«Marinai» la corresse, senza quasi rendersene conto. Il suo cuore era a pezzi; i bambini dovevano essere molto confusi e spaventati.

«Cosa sta succedendo?» chiese Kevlar accorrendo al suo fianco, sentendo ovviamente l'angoscia di MacGyver. Anche il resto della squadra si avvicinò.

«Posso vederli?»

«Purtroppo no. Non ora. Forse una volta finiti i primi colloqui e fatte le segnalazioni. Stiamo lavorando il più velocemente possibile, signore. So che è angosciante, ma vogliamo il meglio per i bambini.»

«Non è vero» ribatté MacGyver a denti stretti. «Non avete idea di quello che hanno passato quei bambini. Di quello che hanno visto e fatto. Ma sapete chi ce l'ha? Io. Perché ero lì. Ora vivono in una bella casa, con una mamma e un papà che li amano e una sorella che farebbe di tutto per loro. Hanno cibo e acqua senza doverli cercare chissà dove. Vanno a scuola. Non ho idea di quali *irregolarità* stia parlando, ma nessuno amerà mai quei bambini quanto me e mia moglie. La cosa migliore è riportarli a casa. A casa *loro*.»

«Come ho detto, stiamo esaminando la situazione e la ricontatteremo presto. Sono in buone mani, signor Douglas. Non si preoccupi.» Poi chiuse la chiamata.

Aveva *riattaccato*, cazzo! MacGyver era furioso. E terrorizzato.

«Che c'è? Cosa sta succedendo?»

«Hanno prelevato da scuola Artem, Borysko e Yana. Li stanno interrogando e li daranno a un'altra famiglia affidataria! Non capisco.»

«Qualcuno ha fatto una segnalazione?» chiese Safe.

«Non ne ho idea. Ha solo detto che sono pieni di casi arretrati e che si stanno occupando solo ora del nostro, che sono emerse delle "irregolarità" e che stanno indagando. Probabilmente Yana è terrorizzata. E se non le lasciassero vedere i suoi fratelli? Se la affidassero a una famiglia diversa dalla loro? Merda!» MacGyver chiuse gli occhi. Poteva sentire la pressione sanguigna aumentare. Poi li riaprì. «Cazzo. Come farò a dirlo ad Addison? Ne sarà devastata.»

«Andiamo» disse Kevlar, prendendolo per il braccio. «Guido io. Flash, chiama Tex. Fallo intervenire. Blink, avvisa il comandante. Safe, tu e Preacher potete finire di mettere via il resto della roba?»

«Subito.»

«Chiamo il comandante.»

«Certo.»

MacGyver lasciò che l'amico lo conducesse alla sua Subaru, gli venne da vomitare mentre uscivano dal parcheggio della scuola. Durante il viaggio sentì Kevlar parlare con qualcuno, ma non riuscì a concentrarsi. Riusciva solamente a pensare a quanto dovevano essere spaventati i suoi figli. Fu solo quando entrarono nel vialetto di casa sua che si rese conto di dove si trovavano, e vide la Jeep Wrangler di Safe fermarsi dietro di loro.

Wren e Remi scesero dal veicolo e si affrettarono verso l'auto di Kevlar. Era contento di avere dei rinforzi, ma al momento voleva solo vedere Addison.

Corse alla porta e la aprì, poi entrò, seguito dai suoi amici. L'odore di cioccolato fu quasi travolgente. Addison era stata impegnata a preparare i brownie senza glutine per fare una torta particolare per una cliente. Glielo aveva sentito dire quella mattina.

«Ricky?» lo chiamò dalla cucina.

All'improvviso MacGyver non avrebbe voluto essere lì. Non voleva rovinare la giornata a sua moglie com'era successo a lui, ma ormai era troppo tardi per tirarsi indietro. Lei apparve nell'area tra la cucina e la sala da pranzo e si bloccò quando vide lui e gli altri all'ingresso.

Il suo sorriso scomparve e chiese: «Cos'è successo? È Ellory? I bambini?»

MacGyver non sapeva come dirglielo.

«Ricky?» incalzò, con il labbro inferiore che le tremava.

Merda, non poteva tirarla per le lunghe. «Ellory sta bene. È... si tratta dei bambini. A quanto pare i servizi sociali pensano che ci sia qualcosa di strano nel modo in cui sono arrivati qui. Li hanno prelevati da scuola e stanno indagando.»

«*Cosa?*»

MacGyver fece un respiro profondo. «Non torneranno a casa. Non stasera. Non so quando succederà. Li daranno a un'altra famiglia affidataria finché non ne verranno a capo.»

«Insieme o separati?»

«Non lo so.»

Si era aspettato che Addison fosse sconvolta, che piangesse, ma aveva sottovalutato sua moglie. In realtà non avrebbe dovuto esserne sorpreso. Aveva passato dei brutti momenti con Ellory e ne era venuta fuori. Non capiva come potesse aver pensato che sarebbe crollata.

«Ok. Avranno bisogno di vestiti. E Yana vorrà le sue Barbie. Forse non tutte le quattrocentoventitré che le abbiamo comprato, ma qualcuna. E Artem e Borysko vorranno i libri che stanno leggendo. Hanno tutti bisogno delle loro cose. Chi dobbiamo contattare per fargliele avere? E cosa facciamo per riaverli? Chi dobbiamo prendere a calci nel sedere per questa cosa?»

Facendo un respiro profondo, MacGyver si rese conto che quello era esattamente ciò di cui aveva bisogno: della natura pratica di sua moglie... e della sua rabbia a malapena celata. Non era contenta di quello che era successo, ma dato che non potevano cambiare le cose con uno schiocco di dita, stava facendo il possibile per andare avanti. Per riavere i loro figli.

Le si avvicinò e la tirò contro di sé. Lei emise un piccolo sbuffo quando cadde in avanti, ma non esitò ad avvolgergli le braccia intorno e a stringerlo con la stessa forza con cui lo stava facendo lui. MacGyver la sentì ansimare, anche se si controllò subito.

Addison si tirò indietro quel tanto che bastò per guardarlo negli occhi. «Cosa facciamo, Ricky?»

Proprio in quel momento gli squillò il telefono e lo ignorò, ma chiunque fosse richiamò immediatamente. Pensando che potessero essere i servizi sociali che lo avvertivano di aver commesso un errore, infilò la mano in tasca e tirò fuori il cellulare. Ancora una volta, il numero era "Sconosciuto".

«Pronto?» sbraitò.

«Ma che cazzo? Questa è una stronzata! Quei bastardi vogliono fottere lo stronzo sbagliato. Come hanno *osato* fare questa cazzata? Dopo tutto quello che hanno passato quei ragazzi! Non so chi abbia pensato che fosse una buona idea cercare di fregarti, ma non ho intenzione di accettarlo, cazzo. Riavrai quei bambini prima della fine della giornata di domani, o il mio nome non è Tex Keegan, cazzo. Non ho manomesso i documenti. Qualche figlio di puttana deve avere un bastone infilato nel culo, ma io scoprirò chi è e torcerò quel bastone del cazzo finché non diventerà una parte permanente del suo corpo. Pensare che sarebbe stato meglio lasciare quei bambini in quel Paese, alla mercé di un sistema del cazzo che è già sovraccarico di orfani, è dannatamente ridicolo! E non è che tu e Addison non vi assicuriate che non dimentichino il loro retaggio. Quei fottuti stronzi si sono messi contro le persone sbagliate! Tieni duro, MacGyver, i tuoi figli saranno a casa prima che tu possa sbattere le ciglia.»

La connessione si interruppe e MacGyver allontanò lentamente il telefono dall'orecchio.

«Era Tex?» chiese Kevlar.

Lui lanciò un'occhiata al suo leader. «Sì.»

«Si sentiva dall'ingresso. Non credo di averlo mai sentito pronunciare così tante parolacce. Di solito è piuttosto stoico e calmo.»

«Già.» Per qualche motivo la furia di Tex lo fece sentire meglio. Molto meglio. Un Tex incazzato non era una cosa positiva, almeno per il destinatario della sua ira. Ora credeva davvero che Artem, Borysko e Yana sarebbero tornati al più presto. Era un peccato che molto probabilmente avrebbero dovuto passare la notte in un posto sconosciuto, ma se l'ex SEAL diceva che avrebbe sistemato le cose, significava che l'avrebbe fatto.

«Ricky?» disse Addison con aria interrogativa.

«Tex li farà tornare a casa.»

«Dovremmo preparare loro una valigia? Hanno davvero bisogno delle loro cose... pigiami, libri, bambole... oggetti familiari.»

«Penso che dobbiamo lasciare che Tex faccia il suo lavoro.»

Addison non sembrava convinta. Ed era un'altra cosa che gli piaceva di lei, il fatto che si preoccupasse così tanto per i bambini.

«Qualcuno ci ha segnalati? O hanno segnalato i bambini? Com'è successo?»

«Non lo so. Ma ripeto, Tex lo scoprirà.»

«Ok.»

MacGyver si girò verso i suoi amici. «Potete darci un secondo?»

«Certo. Vuoi che ce ne andiamo?» chiese Kevlar.

«Addy, cosa preferisci?»

«Ehm... possono restare.»

«Saremo in cucina» disse Remi.

«Ma non preoccuparti, non toccheremo nulla» la rassicurò Wren.

Lei fece un piccolo sorriso.

«Vuoi che vada a prendere Ellory a scuola?» Kevlar guardò l'orologio. «Finisce tra mezz'ora, giusto?»

«Sì. Non ti dispiacerebbe?»

«Per niente. Mi assicurerò di contrarre un po' di più i muscoli, così se ci sono le sue bulle nei paraggi li vedranno.» Kevlar batté la mano sulla spalla a MacGyver. «Torno presto.»

Quando rimasero soli all'ingresso, le disse: «Mi dispiace tanto.»

«Di cosa?»

Non ne era sicuro. Solo che odiava l'idea che Addison potesse soffrire a causa sua. Se non lo avesse sposato, non si sarebbe affezionata ad Artem, Borysko e Yana. Ma, d'altra parte, in quel caso nemmeno lui sarebbe riuscito a tenerli. La sua mente era un turbinio di pensieri.

Addison appoggiò la fronte alla sua. Dato che erano alti uguali, le fu facile farlo. Entrambi tenevano le mani sulla vita dell'altro, e i loro respiri si mescolavano. Era una posizione intima, e proprio ciò di cui MacGyver aveva bisogno.

«Pensi che stiano bene?» sussurrò.

«Probabilmente sono spaventati e confusi.»

«Già. Vorrei sapere cos'è successo per evitare che si ripeta.»

«Anch'io. Tex individuerà il problema. Immagino che farà ciò che è necessario per assicurarsi che non ci vengano mai più portati via.»

«Questo Tex sembra un po' spaventoso.»

«È un tenerone.»

Addison sbuffò e sollevò la fronte dalla sua. «Tu stai bene?»

«Io? Sì, perché?»

«So quanto significano per te quei bambini. Sì, io li adoro, ma voi... avete un legame speciale. Un legame che si è formato in quella città distrutta. Questa cosa deve averti scosso parecchio.»

MacGyver chiuse gli occhi per un attimo. Aveva ragione. La cosa lo aveva colto alla sprovvista. Dopo quella chiamata non era più riuscito a pensare lucidamente. Se Kevlar non fosse stato lì e non avesse preso il controllo, non era sicuro di cosa avrebbe fatto. «Sono bambini innocenti. Non hanno chiesto che il loro Paese venisse bombardato, che i loro genitori venissero uccisi, di rimanere soli così da piccoli a cercare di sopravvivere. Se non fossimo stati lì... se non ci fossimo rifugiati in uno dei loro nascondigli...» La sua voce si affievolì.

«Ma tu c'eri. E ora sono qui. Con noi.»

«Addison?»

«Sì?»

«Se le cose non dovessero finire bene, se Tex non riuscisse a fare la sua magia... se i bambini dovessero tornare in Ucraina... non ti terrò legata a questo matrimonio. Voglio dire, resterò sposato con te così Ellory potrà avere l'assistenza sanitaria di cui ha bisogno, ma tu puoi restare in questa casa e io troverò un appartamento.»

«Cosa?» ansimò, scioccata.

«Sappiamo entrambi che ci siamo sposati per quei bambini. E se non ci fosse più quel vincolo, non mi sembrerebbe giusto farti stare con me.»

Lei si raddrizzò. «Dici sul serio?» gli chiese, con un'aria incazzata.

«Be'... sì.»

«È una *stronzata*, Ricardo Douglas.»

MacGyver non poté fare a meno di apprezzare il fatto che sua moglie si fosse arrabbiata quando invece si sarebbe aspettato che fosse sconvolta o addirittura che piangesse. Non che volesse farla arrabbiare, comunque.

«Sì, ci siamo sposati per facilitare la permanenza dei bambini, ma non voglio che tu te ne vada. E pensi che Ellory voglia perderti? No. Ti assicuro che non lo vuole. Le piace vivere con te, e che le insegni cose che io non potrei spiegarle nemmeno in un milione di anni. È più interessata alla roba nel tuo garage che a imparare a cucinare o a preparare torte. Se stai cercando un modo per tirarti fuori da questo matrimonio, allora ammettilo. Non usare quei bambini come scusa.»

«Pensi davvero che *voglia* andarmene?» le chiese. Fu il suo turno di essere scioccato.

«Non lo vuoi?» lo sfidò.

Frustrato per gli eventi della giornata e per non essere stato in grado di aiutare Artem, Borysko e Yana, incazzato perché il governo, un governo a cui aveva dato tutto sé stesso, aveva osato portargli via tre delle cose più importanti della sua vita, e sconvolto perché la donna che amava pensava che lui non la desiderasse... le infilò una mano tra i capelli e la attirò verso di sé.

E la baciò. Con forza.

Addison aprì le labbra per lo shock e lui ne approfittò, infilando dentro la lingua e prendendo possesso della sua bocca con foga. Non si rese veramente conto di cosa stava facendo finché non la sentì gemere. Poi si accorse che lei si era afferrata alla sua maglietta sul petto e che era abbandonata contro di lui, contraccambiando tutto ciò che riceveva.

Quello che era iniziato come un ridicolo tentativo di placare un po' la sua frustrazione si trasformò in qualcosa di più. Il desiderio di averla passò da uno a mille in un secondo, anche se il bacio si fece più tenero, diventando più un modo per mostrarle quanto ci tenesse a lei che un atto di dominazione.

Quando lui tirò indietro la testa con riluttanza, ansimavano entrambi. Teneva ancora la mano infilata tra i suoi capelli e Addison, ancora abbandonata contro di lui, piegò le dita contro il suo petto.

«Non voglio tirarmi fuori da questo matrimonio» ammise, non sapendo cos'altro dire in quel momento carico di tensione.

«Nemmeno io» sussurrò lei.

«Devo scusarmi per quel bacio?»

«Se lo farai, potrei diventare violenta.»

MacGyver sorrise. La giornata era iniziata bene, poi era andata a rotoli e ora, incredibilmente, stava di nuovo migliorando. Tex avrebbe sistemato il casino che gli aveva portato via i suoi – i loro – figli, e se stava interpretando bene la situazione, la donna che aveva desiderato per mesi sembrava ricambiare un po' i suoi sentimenti.

Fu il suo turno di appoggiare la fronte sulla sua. «Questo matrimonio potrebbe non essere iniziato in modo convenzionale, ma mi piaci, Addy. Molto. Così tanto che il pensiero che tu te ne vada mi fa sentire come se fossi un SEAL inesperto alla prima missione: ansioso, nervoso e in preda al panico.»

«Allora è una buona cosa che non abbia intenzione di andarmene» ribatté lei con dolcezza.

«Mai?» sbottò. «Scusa, ignorami.»

«Mai» confermò. «Per quanto mi riguarda, questo è un vero matrimonio.»

Il suo cazzo si contrasse e, dato che erano incollati,

Addison doveva aver sentito l'effetto che gli avevano fatto le sue parole.

Lei tirò indietro la testa, ma per il resto non si mosse. Sul suo volto c'era un sorriso timido... e compiaciuto. «Voglio dire, *abbiamo* quattro figli e dormiamo nello stesso letto.»

«Pensi che un giorno vorrai fare di più che dormire?» Non avrebbe potuto impedirsi di farle quella domanda nemmeno se la sua vita fosse dipesa da quello.

«Oh, sì.»

Il desiderio che sentì nella sua voce quasi lo portò a gettarsela sulle spalle e a trascinarla nella loro camera. L'unica cosa che lo fermò fu la voce di Remi proveniente dalla cucina.

«Addison? C'è qualcosa che suona qui dentro!»

«I brownie» disse a MacGyver.

«Vai. Non lasciarli bruciare.»

«Okay. Ricky?»

«Sì, tesoro?»

«Pensi davvero che torneranno domani?»

«Sì.»

«Ok. Mi fido di te.» Poi gli mise una mano sulla guancia e si sporse di nuovo. Questa volta il bacio fu casto, ma MacGyver si sentì fremere in tutto il corpo. Addison gli sorrise, poi tornò in cucina.

Non ebbe altra scelta che lasciarla andare, anche se non avrebbe voluto. Una volta allontanata, lui si appoggiò al muro e chiuse gli occhi. Poteva sentire le labbra formicolare, e aprì e chiuse i pugni lungo i fianchi, percependo ancora la sensazione setosa dei suoi capelli in una mano e di come l'altra si fosse adattata perfettamente alla curva della sua vita.

Non aveva idea di cosa sarebbe successo in futuro, ma all'improvviso capì che rimanendo sposato con Addison avrebbe potuto superare qualsiasi cosa la vita avesse riservato loro.

Addison non ebbe tempo di riflettere su ciò che era appena successo. Le sue emozioni erano altalenanti. Era terrorizzata per la situazione di Artem, Borysko e Yana. Odiava il fatto che probabilmente erano spaventati e si stavano chiedendo perché li avessero mandati a vivere con degli sconosciuti. Soprattutto era incazzata con il sistema e i servizi sociali che glieli avevano portati via; mica avevano subito degli abusi nella loro famiglia. Se dovevano indagare sulla legalità dell'arrivo dei bambini negli Stati Uniti, avrebbero potuto farlo lasciandoli nella loro attuale casa.

E poi c'era Ricky. Mai e poi mai avrebbe pensato che sarebbero finiti a baciarsi nell'ingresso. Ma era stato bello. No, era stato grandioso. Le aveva cambiato la vita. Quella relazione era un sogno diventato realtà per lei. Certo, non sarebbe stato facile e probabilmente avrebbero avuto dei momenti difficili da superare, semplicemente per il modo in cui tutto era iniziato. Ma valeva la pena lottare per lui. Non aveva alcun dubbio.

«Stai bene?» le chiese Remi non appena entrò in cucina.

Addison si mise un guanto da forno e tirò fuori i brownie. Erano un po' troppo cotti, ma niente che un po' di glassa in più non avrebbe potuto risolvere.

Mise la teglia sopra i fornelli e si voltò verso la sua nuova amica. «Sì, credo di sì.»

«Tex è incredibile. Josie ci ha raccontato tutto di lui, del fatto che tiene sempre traccia delle squadre SEAL e di quelle di altre forze speciali quando sono in missione. Blink aveva un localizzatore nell'elastico delle mutande, ed è così che sono stati salvati da quella prigione in Iran.»

«Davvero?»

«Mm-mm. E anche Caroline e le sue amiche sono state

aiutate da lui nel corso degli anni» disse Wren. «Se c'è qualcuno che può dare una spinta ai servizi sociali, è Tex.»

«Bene.»

Remi inclinò la testa e abbassò la voce. «È successo qualcos'altro quando tu e MacGyver stavate parlando?»

Addison si sentì arrossire e annuì. Non era sicura di dover raccontare tutti i suoi segreti a quelle donne, ma le piaceva l'idea di avere delle amiche così intime. «Mi ha baciata» sussurrò.

«Ah, sì?» disse con un sorriso.

«Aspetta, ma voi due siete sposati, non vi siete mai baciati?» chiese Wren confusa.

A quello Addison si ritrovò a raccontare loro del suo matrimonio di convenienza e del fatto che nonostante condividessero il letto, fossero più due coinquilini che marito e moglie.

«Quindi, è stata una cosa positiva» dedusse Wren, quando lei ebbe finito di spiegare.

«Penso di sì...»

«Ragazza, dovresti vedere come ti guarda quell'uomo. È sicuramente una cosa positiva» sostenne Remi con fermezza.

Addison lo sperava. Lo sperava *davvero* tanto.

# CAPITOLO SETTE

«Mamma?!» gridò Ellory non appena entrò in casa.

Addison fece appena in tempo a voltarsi dalla torre di brownie che aveva trasformato in torta per pulirsi frettolosamente le mani su uno strofinaccio, che lei arrivò di corsa in cucina.

«È vero? Hanno portato via Artem, Borysko e Yana? Torneranno? Che cos'è successo?»

Abbracciò forte la figlia. Era in momenti come quello che si rendeva conto che sostanzialmente era ancora una bambina. Era visibilmente sopraffatta dalla preoccupazione per i suoi fratelli e la sorella.

«È vero. Ma torneranno. Domani, se tutto va bene. Ricky ha un amico che ci sta aiutando ad accelerare la burocrazia.»

Gli occhi di Ellory si riempirono di lacrime. «Perché li hanno portati via? Hanno pensato che non fossimo una famiglia abbastanza buona per loro?»

Le si spezzò il cuore a quella domanda. Odiava vedere sua figlia soffrire, e anche se quello non era un dolore fisico, faceva comunque male.

«Vieni qui, El» disse Ricky, mettendole le mani sulle spalle e voltandola verso di lui. Si inginocchiò sul pavimento della cucina in modo da trovarsi all'altezza dei suoi occhi. «A dire il vero non sappiamo cosa sia successo. Ma *nessuno* dividerà la nostra famiglia. Io e tua madre lotteremo per riportarli nel posto a cui appartengono. A volte nella vita le cose non vanno come vogliamo, ma noi non ci arrendiamo. Continuiamo a lottare per ciò che è giusto.»

«Come per me che ho il morbo di Crohn» disse, tirando su con il naso.

«Esatto. Non è giusto, ma nessuno di noi scrollerà le spalle e dirà: "Be', pazienza". Vero?»

«Mm-mm. È perché sono stati portati via dall'Ucraina senza documenti?» chiese, con molta più perspicacia di quanto Addison si fosse aspettata.

«Credo di sì. Ovviamente è illegale trasferire persone in un altro paese senza i dovuti permessi e documenti, ma non è che avessimo scelta.»

«Perché Borysko era ferito» disse Ellory con un cenno del capo, poi si pulì il viso e il naso sulla manica.

«Esatto. E non appena abbiamo potuto, tua madre e io abbiamo preso le misure necessarie per rendere legale la loro permanenza qui.»

«Vi siete sposati.»

«Be', non esattamente. Abbiamo presentato le pratiche alla Marina e allo Stato per far concedere loro asilo, e poi abbiamo fatto il possibile per facilitare la decisione di farli restare con noi.»

«Sposandovi» ripeté Ellory.

«Sì» confermò lui con un'alzata di spalle.

«Se non dovessero più farli tornare, tu e mia madre divorzierete?»

Lo sguardo di Ricky incontrò il suo e si lasciò sfuggire una risatina. «No, Ellory. Io e tua madre non ci lasceremo, comunque vadano le cose.»

«Lo prometti?»

«Be', non so cosa ci riservi il futuro, ma posso prometterti che farò tutto ciò che è in mio potere per far sì che tua madre non voglia mai lasciarmi. Darò a lei – e a te, Artem, Borysko e Yana – la migliore vita possibile, e sarò il miglior padre e patrigno possibile. Che ne pensi?»

Ellory annuì, poi si voltò a guardare Addison. «Possiamo fare una festa quando torneranno? Credo che ne sarebbero entusiasti.»

«Certo» acconsentì lei senza esitare.

«Ok. Mamma, avresti dovuto vedere Ricky e i suoi amici oggi. Sono stati grandiosi!»

Un tempo si sorprendeva degli improvvisi cambi di argomento e di umore della figlia, ma ormai ci aveva fatto l'abitudine. Ricky si alzò e si appoggiò al bancone.

«Giusto, me n'ero dimenticata con tutte le cose che sono successe. Com'è andata la giornata della carriera?» le domandò.

Remi, Wren e Kevlar erano andati in salotto per dare loro un po' di privacy, ma tornarono in cucina impazienti quando sentirono parlare di quell'argomento.

«Abbiamo usato i muscoli e dimostrato di essere i più grandi e cattivi della scuola» scherzò Kevlar da dietro la sua fidanzata; si era avvicinato a lei e le aveva circondato la vita, attirandola contro di sé.

Remi alzò gli occhi al cielo. «Sì, certo, come se fosse difficile quando sei più grande, più grosso e più vecchio di loro di decenni.»

«Non farmi sembrare un anziano» si lamentò Kevlar.

Addison ridacchiò alle battute dei suoi amici.

«Le sessioni dei SEAL sono state le più popolari» spiegò

Ellory. «Tutti volevano conoscerli, e quando dopo pranzo hanno fatto la corsa a ostacoli, anche i SEAL vecchi sono rimasti impressionati.»

Addison incontrò lo sguardo di Ricky e cercò di trattenersi per non scoppiare a ridere. «Ah sì?» chiese, incoraggiando la figlia a continuare.

«Sì. Ma la parte *migliore* è stata quando Ricky ha dato una lezione a Chrys.»

«Cosa?» chiese un po' allarmata.

«Non fisicamente, solo a parole. Lei ha fatto una domanda idiota, e lui le ha risposto in faccia che i bulli sono stupidi e le ha detto di andare ad ascoltare la canzone "Sk8er Boi" di *Avril Lavigne*. Oh, e ci darà lezioni di autodifesa così se lei cercherà di aizzare la sua gang contro di me, potrò prenderle a calci nel sedere. È. Stato. *Fantastico*!»

Addison guardò Ricky sorpresa, con le sopracciglia inarcate.

«Vado a pulire la nostra stanza, così sarà pronta per Yana quando tornerà a casa. Voglio sistemare le sue Barbie in modo che sembri che la stiano aspettando.» Poi si girò e uscì di corsa dalla cucina.

«Ehm... ti va di spiegarmi tutto in parole comprensibili?» gli chiese.

Lui ridacchiò. «Non è andata esattamente così» protestò.

«Non ricordo nessun accenno ad Avril Lavigne, ma in pratica ha detto che i nerd di oggi potrebbero diventare persone molto importanti in futuro. Ha fatto delle considerazioni molto valide che speriamo la ragazza fiore prenda a cuore» spiegò Kevlar.

«Non ci conto troppo» mormorò Addison.

«Voglio partecipare a quelle lezioni di autodifesa» disse Wren con entusiasmo.

«Anch'io!» concordò Remi, alzando lo sguardo verso Kevlar. «Quando possiamo iniziare?»

«Non appena tu e le altre riuscirete a trovare il tempo» rispose Ricky.

«Ottimo!»

«Chiamo Josie e Maggie. Aspettate, Maggie può partecipare anche se è incinta, giusto?» domandò Wren.

«Certo. Saremo solo cauti con ciò che farà.»

«Siete a posto?» chiese loro Kevlar. «Voglio tornare a casa e contattare il comandante, e magari anche Tex. Anche se voglio dargli un po' di tempo per calmarsi. Non credo che le mie orecchie delicate possano sopportare altre parolacce.»

Ricky lanciò un'occhiata ad Addison. «Siamo a posto?» le domandò.

«Penso di sì. Devo finire questa torta di brownie e poi iniziare a preparare qualcosa per cena.»

«Mangiamo la pizza. Penso che per noi tre sia necessaria una serata film sul divano.»

Addison fu d'accordo. Si sentiva ancora un po' scossa e la casa sarebbe stata molto vuota senza gli altri bambini. «Va bene.»

«Vuoi compagnia domani per la festa di bentornati a casa?» le chiese Remi.

«Sarebbe carino.»

«Quando chiamerò Josie e Maggie per le lezioni di autodifesa, dirò loro che ci riuniremo tutte qui domani sera. Ma se dovesse esserci qualche cambiamento, se pensi che i bambini non ne abbiano voglia o se hai bisogno di una serata tranquilla con la tua famiglia, faccelo sapere. Non ci offenderemo.»

«Grazie. Vedremo come andrà. Per quanto voi diciate che questo Tex è bravo, non sono così fiduciosa che i servizi sociali si muovano così in fretta» ammise un po' esitante.

«Tex non è solo bravo. È il migliore. Se dice che i ragazzi saranno a casa domani, succederà» disse Kevlar con fermezza.

Addison accompagnò tutti alla porta, insieme a Ricky, che ringraziò Kevlar per essere andato a prendere Ellory e per aver portato a casa lui; i suoi compagni di squadra si erano già organizzati per andare a prelevare la sua Explorer alla scuola media e riportargliela.

Ben presto rimasero solo loro due. Addison si sentiva un po' nervosa per la situazione di Artem, Borysko e Yana, ma avere Ricky al suo fianco aiutava molto.

«Hai davvero rimproverato Chrys?»

«Probabilmente non ha recepito il messaggio» rispose Ricky con un'alzata di spalle. «Ma non potevo stare lì senza dire nulla. È carina e lo sa. Ha già imparato che può usare il suo aspetto per ottenere attenzione e complimenti, e che più fa la cattiva, più attenzione riceve. Dubito che quello che ho detto cambierà le cose, ma forse ci penserà due volte prima di continuare a molestare Ellory. Se non altro, la nostra ragazza imparerà a difendersi e sarà in grado di ignorarla in futuro.»

Ricky che prendeva le parti di Ellory significava tutto per lei. Avrebbe voluto baciarlo di nuovo, per dimostrargli senza parole quanto ci tenesse a lui. Ma aveva una torta da finire, una pizza da ordinare e una figlia da controllare per assicurarsi che stesse gestendo bene gli ultimi casini che la vita stava gettando loro addosso.

«Ultimamente ti ho detto quanto sono felice che ci siamo incontrati?» gli chiese.

Ricky sorrise. «No. Non oggi, almeno.»

Lei ricambiò il sorriso. «Sono felice che ci siamo incontrati» ripeté.

Con sua grande sorpresa, Ricky le si avvicinò e la attirò con forza a sé. Lei appoggiò le mani sul suo petto e lo guardò con stupore.

«Incontrarti è stata la cosa migliore che mi sia mai capitata. E non lo dico solo per dire. Mi sveglio entusiasta di affrontare la giornata, invece di sentirmi incerto su come andrà. La casa ha sempre un profumo delizioso, ora rido sempre e non mi preoccupo che tu non sia in grado di gestire qualsiasi cosa possa accadere mentre sono in missione.»

Addison si accigliò. «È una cosa che avverrà presto? La tua partenza, intendo.»

«Probabilmente sì.»

«Cosa faccio se i servizi sociali decidono di portare via i bambini mentre sei via? O se avessero una ricaduta a livello psicologico? Sei tutto il loro mondo, Ricky. Senza di te non so se sarebbero riusciti a fare tutti questi progressi.»

Ricky rise e lei lo fissò sorpresa. Era un po' offesa dal fatto che lui denigrasse le sue paure.

Doveva aver capito il suo sgomento dalla sua espressione, perché tornò serio e scosse la testa. «Non sto ridendo di te, tesoro. Ma del fatto che tu pensi che sia io il motivo per cui i bambini stanno così bene. Addy, sei *tu* che li nutri, che giochi con loro, che li aiuti a fare la maggior parte dei compiti, che prepari loro il pranzo e che fai un milione di altre cose. Certo, sentiranno la mia mancanza, ma non batteranno ciglio quando me ne andrò... perché ci sarai tu a casa con loro.»

Addison non ne era così sicura. Sì, lei faceva la sua parte nel prendersi cura dei bambini, ma in Ucraina avevano legato con Ricky in un modo che non poteva essere replicato.

«Sei una mamma straordinaria» continuò. «Hai accolto tre bambini che parlano a stento l'inglese e che stanno imparando una nuova cultura. Tutto questo mentre ti occupi di un'adolescente che ha una malattia cronica. E se dovesse succedere qualcosa mentre sono in missione, chiama Wolf. Farà tutto il necessario per assicurarsi che siate accuditi. Meglio ancora, ti darò il numero di Tex, così potrai chiamare direttamente lui.

Ma ho la sensazione che dopo questo errore colossale, nessuno oserà più pensare di sottrarci i nostri figli.»

«So che avere a che fare con le missioni fa parte dell'essere una moglie di un militare... ma non credo che mi piacerà» ammise Addison.

Ricky sorrise di nuovo.

«Cosa? Questo ti rende felice?» gli chiese, frustrata.

«No. Ma nemmeno io vorrei lasciare te o i bambini, e sapere che tu provi la stessa cosa... è un concetto che mi è sconosciuto. Non ho mai avuto nessuno a cui importasse se partivo o tornavo.»

«A me importa.»

«Ed è per questo che sto sorridendo» ribatté Ricky. Si leccò le labbra e fissò le sue. «Posso baciarti?»

Fu il turno di Addison di sorridere. «Me lo chiedi questa volta?»

Lui sembrò un po' imbarazzato mentre incontrava il suo sguardo. «Sì. Mi rendo conto che non ho esattamente ottenuto il tuo consenso le volte precedenti.»

«Hai il mio permesso» replicò seria. «In qualsiasi momento, in qualsiasi luogo, in qualsiasi modo tu voglia toccarmi, puoi farlo.»

Mentre lo fissava negli occhi vide le sue pupille dilatarsi. «Non dirlo se non lo pensi davvero» la ammonì.

«Dico sul serio. Non so cosa succederà tra noi in futuro, ma non voglio più mentire a me stessa... e a te. Ti voglio, Ricky. Dormirti accanto ogni notte è stata una tortura.»

Lui gemette, e con una mossa fulminea le avvolse un braccio intorno alla vita, la piegò all'indietro, chinandosi insieme a lei, fino a quasi tenerla praticamente in braccio.

«Ricky!» esclamò, afferrandogli le braccia. «Non lasciarmi cadere!»

«Mai» sostenne. Poi abbassò la testa.

Addison si dimenticò del fatto che l'unica cosa che le impediva di cadere a terra erano le braccia di Ricky. Riusciva solo a pensare alla sensazione che stava provando, simile a delle scosse elettriche che dal punto in cui le loro labbra si toccavano si diramarono in tutto il corpo. Fidarsi del fatto che lui la sostenesse, che non la facesse cadere, rese il bacio ancora più potente.

«Bleah, che schifo.»

Alle parole di Ellory Addison sentì Ricky sorridere contro le sue labbra. Lui si raddrizzò, portandola con sé, ma non la lasciò andare.

«Se avete finito di sbaciucchiarvi, uno di voi può venire ad aiutarmi a spostare dei mobili?»

«Che diavolo vuoi fare, El?» chiese Addison.

Lei scrollò le spalle. «Ho solo pensato che visto che a Yana piace andare in camera di Artem e Borysko a dormire nel loro letto, forse potrei provare a unire i nostri. So che non sono paragonabile ai suoi fratelli, ma forse la farebbe sentire meglio avermi più vicina.»

Le si sciolse il cuore. Sua figlia era straordinaria.

«Ti aiuto io. Tua madre deve finire quella torta di brownie» si offrì Ricky.

«Grazie.» Ellory si girò per andare nella sua stanza, ma all'ultimo momento voltò la testa e disse da dietro le spalle: «Non ricominciate a sbaciucchiarvi altrimenti non finirà mai quella torta!» Poi ridacchiò e sparì.

Addison pensò che avrebbe dovuto sentirsi in imbarazzo, ma non ci riusciva proprio.

«Presto» sostenne Ricky in tono serio. «Sarai mia non solo di nome.» Poi la baciò con passione e seguì Ellory.

Lei rimase lì in cucina a cercare di tenere sotto controllo il suo desiderio. Quell'uomo era letale... ed era tutto suo.

Sospirando, si voltò verso la sua creazione al cioccolato.

Doveva sbrigarsi se voleva finire per quando la donna che l'aveva ordinata fosse andata a ritirarla. E per quanto fosse preoccupata per Artem, Borysko e Yana, aveva bisogno di quella serata di coccole sul divano con Ellory e Ricky.

———

Più tardi, quella sera, mentre MacGyver era seduto tra le sue ragazze davanti al vecchio film *Bella in rosa*, lasciò vagare la mente. Ellory dormiva profondamente contro di lui, e Addison entro poco avrebbe seguito la figlia. Tenerle tra le braccia sembrava un sogno. Era un mistero come avesse avuto la fortuna di poter essere lui quello che si prendeva cura di loro.

Era sempre stato lì, a farsi gli affari suoi, a vivere la vita di un Navy SEAL single, e all'improvviso si era ritrovato padre di quattro figli, con una moglie da cui riusciva a malapena a tenere lontano le mani. Era un figlio di puttana fortunato e lo sapeva.

Per quanto gli fosse piaciuto aver rafforzato il legame con le sue ragazze quella sera, e aver fatto un altro discorso serio sui bulli, gli mancavano disperatamente Artem, Borysko e Yana. Si chiese se stessero bene. Se avessero paura...

Certo che erano spaventati, li avevano portati via dall'unica casa che conoscevano negli Stati Uniti, senza sapere se avrebbero rivisto le persone su cui avevano fatto affidamento.

Non aveva idea di cosa fosse successo, se qualcuno avesse fatto una segnalazione contro di loro o se qualcuno in qualche ufficio si fosse infastidito perché i bambini erano entrati illegalmente nel Paese con un aereo da trasporto militare. La loro domanda di affidamento era stata sbrigata in fretta, grazie a Tex, ed era possibile che fosse stato commesso un errore da qualche parte. Ma ne dubitava. Di solito l'ex SEAL non commetteva errori.

«Staranno bene. Ce ne assicureremo» sussurrò Addison, che MacGyver teneva accoccolata al fianco con un braccio intorno alle sue spalle.

«Sì» concordò. Aveva ragione. Insieme avrebbero fatto tutto ciò che sarebbe stato necessario perché i bambini si sentissero di nuovo al sicuro. Si chinò e le baciò la testa. I sentimenti che provava per lei erano quasi travolgenti. Non sapeva come facessero Kevlar e gli altri... come riuscivano ad andare in missione sapendo di allontanarsi dalle persone più importanti della loro vita? Il pensiero di lasciarla da sola a gestire quattro bambini gli sembrava incredibilmente egoista e crudele.

«Domani ho solo due torte da fare. Mi alzerò presto, ben prima che Ellory esca per andare a scuola, perché voglio finire per metà mattina in modo da essere pronta quando i bambini torneranno a casa. Probabilmente avranno fame, quindi preparerò un pranzo abbondante nel caso arrivino per quell'ora. Se arriveranno più tardi, faremo una cena anticipata, così potranno mangiare schifezze durante la festa di bentornati a casa. Devo andare al supermercato a comprare qualche finger food e ci serve altro latte. Anche il pollo per Ellory sta finendo. Oh, e voglio fare una lavatrice, così domani sera potranno dormire su lenzuola pulite e profumate.»

MacGyver sorrise mentre fissava con aria assente il televisore. Si era preoccupato per un attimo che Addison non fosse in grado di gestire quattro bambini, ma sembrava che avesse tutto sotto controllo. «Ok. Fammi sapere cosa vuoi che faccia.»

«Il tuo compito sarà quello di rassicurare i bambini che non siamo stati *noi* a mandarli via. Che se qualcuno li prenderà di nuovo, faremo tutto il necessario per riaverli. Aspetta, questo non dirlo, potrebbe farli preoccupare che possa accadere di nuovo. Mostra loro il tuo amore e basta, Ricky. Ne avranno bisogno più di tutto il resto.»

«Non serve che tu me lo dica, tesoro, quella è la parte più facile.»

«Già» concordò.

Poco dopo anche Addison si addormentò contro di lui. MacGyver odiava quel dannato film, ma non si mosse per prendere il telecomando, perché avrebbe rischiato di svegliarle. Invece rimase immobile, il braccio che circondava Addison si stava intorpidendo, ma non gli importava. Gli piaceva fare da cuscino. Amava la fiducia che gli dimostravano quando abbassavano completamente la guardia con lui. Era per quello che lui combatteva. Che gli uomini morivano. Per tenere le loro famiglie al sicuro e felici.

Chiuse gli occhi, appoggiò la testa allo schienale del divano e alla fine si addormentò anche lui.

# CAPITOLO OTTO

TEX FU DI PAROLA, e alle due del giorno successivo un furgone bianco dei servizi sociali si fermò davanti alla casa. Artem, Borysko e Yana uscirono dal veicolo e corsero verso MacGyver. Era stato avvisato del loro arrivo e aveva ricevuto il permesso di uscire prima dal lavoro per essere presente. Naturalmente, avevano voluto andare anche tutti i suoi compagni di squadra, insieme alle loro donne.

Quindi a casa c'era un sacco di gente pronta ad accogliere i ragazzi; sembrava che fossero stati via per settimane invece che per un solo giorno.

Yana pianse quando MacGyver la prese in braccio, ma anche Artem e Borysko sembravano scossi. Con suo grande sollievo, i suoi amici si allontanarono tutti dopo aver accolto il trio, lasciando loro un po' di spazio per salutarli in privato.

MacGyver si inginocchiò sull'erba e mise giù Yana, avvolgendo anche gli altri due ragazzi nel suo abbraccio.

«Ci hanno preso» disse Borysko, con le lacrime agli occhi.

«Non ci hanno detto perché. È stato spaventoso» aggiunse Artem.

Gli si spezzò il cuore. «Lo so. Mi dispiace tanto. Ho fatto tutto il possibile per riportarvi a casa il prima possibile.»

«Perché ci hanno preso?» chiese il maggiore.

«A dire il vero, non lo so. Posso solo ipotizzare che possa avere a che fare con il modo in cui siete entrati negli Stati Uniti. Qualcuno evidentemente ha pensato che non sia stato fatto in modo legale e corretto. Ma vi assicuro che ho degli amici che si stanno accertando che non accada di nuovo.»

MacGyver detestava l'espressione scettica sui volti dei due bambini. Erano già stati delusi troppe volte nella loro breve vita, e non voleva essere un altro che allungava quella lista... anche inavvertitamente.

«Non è stato perché hai deciso che non ci vuoi?» domandò Artem.

«No!» rispose con foga. Fece un respiro profondo per cercare di controllare le emozioni. «Io vi voglio. Tutti e tre. Mi avete salvato la vita in Ucraina. Ma anche prima di allora, c'è stata una connessione tra noi, e ho sentito che eravate destinati a essere miei. Che dovevate venire negli Stati Uniti a vivere con me per crescere e fare delle cose straordinarie. Non potete capire quanto mi dispiace che vi abbiano portati via senza avere la possibilità di parlarmi. Non sapevo che sarebbe successo, lo giuro. E quando l'ho scoperto, ho fatto il possibile per riavervi il prima possibile.»

Artem annuì. Poi le sue piccole labbra si arricciarono. «La signora che è venuta a prenderci stamattina è stata molto gentile. Ci ha chiesto più volte se stavamo bene. Sembrava... non so la parola giusta.»

«Nervosa? Ansiosa? Preoccupata?» suggerì MacGyver. Aveva notato che la donna era stata eccessivamente premurosa quando aveva accompagnato i bambini. Si era scusata più volte per il disguido e aveva giurato più di una volta che erano stati accuditi bene. Sospettava che Tex avesse messo paura a diverse persone dei servizi sociali. Apprezzava gli uomini e le donne che facevano quel lavoro, perché doveva essere emotivamente e fisicamente stressante, ma non era pronto a perdonare chiunque fosse responsabile di avergli portato via i suoi figli.

«Sì!» rispose Artem felice.

«Be', ora siete a casa e io e Addy abbiamo organizzato una piccola festa. Ha preparato i vostri cibi preferiti, una torta speciale solo per voi, ed Ellory si è occupata delle decorazioni.»

«Una festa? Per noi? Non abbiamo mai avuto una festa» disse Borysko, con gli occhi spalancati.

«Sì, solo per voi» replicò MacGyver. «Sono davvero felice che siate a casa» aggiunse, emozionato all'idea di poter stringere di nuovo tra le braccia quei tre bambini.

«A casa!» ripeté Yana. Aveva ancora le tracce delle lacrime sul viso, ma fu felice di vederla sorridere di nuovo.

Si sentì toccare la spalla, alzò lo sguardo e vide Addison dietro di lui.

«Addy!» gridò Yana, staccandosi da MacGyver per girargli intorno e abbracciarla. Si accoccolò contro di lei, poi alzò la testa e disse: «Torta!»

Anche gli altri due la abbracciarono.

«Yana ha ragione. Addy profuma di dolce» disse Artem con un sorriso.

Addison rise. «È perché sono stata in cucina a preparare una torta super speciale per tre bambini super speciali che conosco.»

«Noi?» Borysko praticamente urlò.

«Sì.»

«Entriamo adesso?» chiese Artem.

«Sì, andate. Ricordatevi di ringraziare tutti per essere venuti alla vostra festa» li avvertì MacGyver.

«Sì!» replicò Borysko, poi i tre corsero verso la porta d'ingresso e i festeggiamenti.

MacGyver si alzò lentamente. «Si ritroveranno ad affrontare dei momenti difficili quando l'eccitazione diminuirà» disse con tristezza.

«Sì, ma noi saremo lì per loro. Ci assicureremo che capiscano che ciò che è successo è stata un'anomalia» ribatté Addison, infilando la mano nella sua e appoggiandosi a lui.

Le circondò subito la vita con un braccio. Adorava poterla toccare così liberamente, senza chiedersi se lei pensava che stesse oltrepassando un limite immaginario. Ora che gli aveva detto che poteva farlo quando voleva, si accorse che non riusciva a tenere le mani lontane da lei.

La sera precedente, quando il film era finito e si erano svegliati sul divano rigidi e doloranti, MacGyver aveva accompagnato Ellory in camera sua e poi aveva raggiunto Addison a letto, scoprendo che non si era riaddormentata. Anzi, non aveva esitato a rannicchiarsi contro di lui. Non era stato il momento giusto per dimostrarle quanto fosse attratto da lei, ma sarebbe arrivato. Non aveva dubbi. E la trepidazione per l'attesa era una benedizione e allo stesso tempo una maledizione.

Ma se c'era una cosa che sapeva era che non avrebbe mai dato per scontata quella donna. Ai suoi occhi lei era Superwoman. Si era presa una grande responsabilità senza lamentarsi. Si faceva in quattro non solo per la sua attività, ma anche per mandare avanti la casa in modo efficiente e con tutto l'amore che aveva nel cuore. Non avrebbe potuto scegliere una donna migliore da sposare. Il loro matrimonio di convenienza si stava rapidamente trasformando nella relazione dei suoi sogni. Chi l'avrebbe mai detto?

Il pomeriggio fu pieno di risate e di troppo zucchero. I bambini si rimpinzarono della torta speciale che Addison aveva preparato per loro, e quando tutti andarono a casa erano già le sette passate.

«Bene, qualcuno ha dei compiti da fare?» chiese MacGyver.

Artem e Borysko lo guardarono come se avesse avuto tre teste.

«Abbiamo una festa. Niente scuola.»

Ma lui scosse la testa. «La festa è finita, ora si torna alla normalità. E questo significa faccende domestiche e compiti. Come potete pensare di diventare più intelligenti se non fate i compiti che vi danno a scuola? Prendete i vostri zaini e controlliamo» disse con un tono deciso.

Trenta minuti più tardi Ellory era seduta accanto a Borysko e lo stava aiutando a fare i compiti di inglese, Addison stava guardando Artem che doveva risolvere dei problemi di matematica e MacGyver era sul divano con Yana in braccio a leggerle un libro ad alta voce.

Si prese un momento per sospirare soddisfatto. Per un attimo aveva pensato di aver perso tutto, che in qualche modo i bambini che aveva imparato ad amare come se li avesse concepiti lui stesso gli sarebbero stati portati via. Ma eccoli lì, tutti sotto lo stesso tetto. Felici e in salute. Forse un po' più cauti sul loro imminente futuro, ma sperava che quel sentimento sarebbe svanito presto.

Era enormemente in debito con Tex. A quell'uomo non piaceva essere ringraziato, anzi, lo detestava, ma non gli importava. In qualche modo gli avrebbe dimostrato la sua gratitudine con qualcosa che l'ex SEAL non avrebbe potuto recriminare. Ma come si faceva a ringraziare qualcuno che ti aveva salvato la famiglia?

Il momento di andare a letto fu un po' complicato. Yana ebbe una crisi di pianto, e Artem e Borysko sembravano aver paura di spegnere la luce. Ma, alla fine, dopo la lettura di tre libri e aver preparato nella stanza dei ragazzi un ampio fortino con i cuscini e le coperte, in cui si sistemarono tutti e tre i bambini ed Ellory, tutto tornò tranquillo.

. Alla fine si infilò a letto anche lui, sentendosi più esausto di quanto non lo fosse stato dopo alcune missioni.

Addison sospirò, sdraiandosi al suo fianco.

MacGyver non esitò e la attirò a sé, e lei non si oppose, appoggiò la testa sulla sua spalla e sospirò soddisfatta.

«Domattina parlerò con l'insegnante di Yana. Le farò sapere cos'è successo. Sarebbe una buona idea se tu facessi lo stesso quando accompagnerai Artem e Borysko.»

«Certo» la rassicurò.

«Sento che è giusto.»

«Che cosa?»

«Averli a casa.»

MacGyver non poteva che essere d'accordo. «Già. Diventerà più facile?»

«Cosa?»

«Crescerli.»

Addison ridacchiò contro di lui. «No.»

«No?»

«No. Questi *sono* gli anni facili. Quando ai bambini piacciono davvero i genitori e vogliono stare con loro. Non odiano la scuola, non ci sono molti bulli. Imparare è divertente e non è difficile intrattenerli. Aspetta che abbiano l'età di Ellory, quando gli ormoni prendono il sopravvento; arrivano i brufoli, le piccole cose che rovinano le loro vite per sempre, i social, i messaggi di testo, i telefoni. Sarà un inferno.»

MacGyver rise. «Non vedo l'ora.»

«Sì, anch'io.»

Sorprendentemente, erano entrambi sinceri.

«Una di queste sere, quando avremo più energia, ti mostrerò quanto sono felice di averti al mio fianco in questa avventura» le disse.

«Quindi... tipo tra quindici anni o giù di lì?» scherzò Addison.

Lui ridacchiò. «Speriamo prima.»

La sentì accoccolarsi un po' di più, gli posò il braccio sugli addominali e spostò leggermente la testa per baciargli il petto. «Già.»

Ancora una volta, si ritrovò a stringere tra le braccia sua moglie mentre si addormentava; stava rapidamente diventando la cosa che preferiva al mondo. Ebbe una breve visione di lei che faceva la stessa cosa, ma dopo averla stremata facendo l'amore più volte.

Si addormentò anche lui dopo pochi minuti, con un enorme sorriso sul volto.

———

Addison era sorpresa dal fatto che dopo tutta l'agitazione causata dai servizi sociali per aver portato via i bambini, la loro vita avesse ripreso un ritmo normale molto rapidamente. Tex stava cercando di accelerare il processo di adozione e, sorprendentemente, dopo qualche intoppo, Artem, Borysko e Yana erano tornati alla loro routine di prima.

La sua attività era in piena espansione e aveva dovuto prendere la difficile decisione di limitare il numero di ordini che accettava. Una sera Ricky l'aveva fatta sedere per dirle che stava lavorando fino allo sfinimento e che non era più disposto a stare a guardare. Tra i bambini e le torte, aveva raggiunto il suo limite.

Così aveva ridotto il lavoro a un massimo di due torte al giorno, e doveva dire che effettivamente le piaceva quel ritmo più ragionevole; decorare era diventato un'incombenza, invece adesso amava di nuovo ciò che faceva. Prepararne solo un paio al giorno le permetteva anche di avere dei pomeriggi liberi per fare commissioni, per incontrarsi con le altre donne, cosa che era diventata uno dei momenti più belli della settimana, e per partecipare alle attività scolastiche quando si presentavano.

Stava andando tutto così bene che Addison non poté non pensare al fatto che Ricky e la sua squadra sarebbero partiti presto. Si stavano preparando per una missione da quattro settimane e il conto alla rovescia era iniziato. Lui non sapeva esattamente quando sarebbe successo, ma aveva cominciato a parlare ai ragazzi del fatto che sarebbe stato via per un po', assicurandosi che capissero che faceva parte del suo lavoro e che sarebbe tornato.

Addison non voleva pensare a quanto si sarebbe sentita sola senza di lui. Era di grande aiuto con i bambini. Era un padre molto premuroso. Avrebbero sentito tutti la sua mancanza quando se ne fosse andato.

E in qualche modo, anche se era ovvio che entrambi volevano far progredire la loro relazione dal punto di vista fisico, non avevano ancora trovato il tempo o l'energia per fare qualcosa. Di certo amava quando si baciavano e stavano accoccolati, ma era anche frustrante. Sembrava che ora che avevano preso la decisione di farlo, succedesse sempre qualcosa che contrastava i suoi piani.

Una volta Borysko si era ammalato e aveva vomitato su tutto il letto, rendendo necessario lavarlo e cambiare le lenzuola. Un'altra Artem aveva avuto un incubo. Oppure c'era Yana che scoppiava a piangere perché non riusciva a esprimere bene qualcosa. Tutto ciò faceva parte dell'avere dei figli, ma era comunque esasperante. Desiderava suo marito e stava iniziando a pensare di spedirli tutti e quattro a casa di Caroline per quel pigiama party che le aveva proposto, solo per poter passare un po' di tempo senza interruzioni con Ricky.

La mattina presto, prima che lui si alzasse per andare alla base a fare l'allenamento, era uno dei suoi momenti preferiti. Addison aveva preso l'abitudine di svegliarsi prima che suonasse la sveglia, così riuscivano a godersi qualche minuto di conversazione in tranquillità. Dopodiché lui si alzava e lei tornava a dormire per un altro paio d'ore.

Quel giorno non fece eccezione.

«Sei sveglia?» sussurrò.

Annuì contro di lui. Come al solito, era incollata al suo fianco. Durante la notte gli aveva messo una gamba sopra la coscia e poteva sentire quasi ogni centimetro del suo corpo solido.

«Sono preoccupato per l'appuntamento di Ellory» ammise.

Anche Addison lo era, ma fece del suo meglio per placare i suoi timori. «È solo un incontro per parlare dei risultati dell'esame gastrointestinale a cui l'hanno sottoposta e del programma di riposo intestinale che il medico vuole farle provare.»

«Lo so, ma non mi piace l'idea che non possa mangiare.»

«Credo che in realtà lei non veda l'ora di farlo. Sai che ultimamente ha più dolori. Anche quando mangia esattamente quello che c'è nella lista approvata, ha comunque dei problemi. Questo sarà una sorta di digiuno. Ingerirà le sostanze nutrienti di cui ha bisogno attraverso delle bevande speciali, nella speranza che non abbia crampi o diarrea.»

«Odio che si trovi in questa situazione.»

«Anch'io. Ma a essere sincera credo che la maggior parte delle volte mangiare sia molto stressante per lei, perché non fa altro che pensare a come si sentirà più tardi a causa di quel cibo.»

«E a scuola? Verrà presa ancora più in giro perché non mangia?»

Addison amava davvero tanto quell'uomo, anche perché si preoccupava molto per Ellory. «Passerà l'ora di pranzo in biblioteca. È già stato approvato. Sai quanto ama leggere. Per lei è una soluzione vantaggiosa.»

«La ragazza fiore non l'ha presa in giro... più del solito, vero?»

Addison ridacchiò per il soprannome che aveva dato a Chrysanthemun. «Ellory sostiene che da quando usa alcune delle risposte che le hai insegnato, non l'ha più fatto... non sono sicura che sia stata l'idea migliore, ma visto che sembra funzioni, non ti rimprovererò troppo.»

«Ehi, le ho solo detto di controbattere con risposte creative e inaspettate quando l'avesse insultata. Per confonderla. Come quando le ha detto che era puzzolente, ed Ellory ha fatto spallucce e risposto: "Meno male che sono buona". E quando le ha detto che è magra come uno stecchino, la nostra ragazza ha sorriso e replicato: "Almeno non sono brutta. E comunque posso sempre ingrassare." Un classico.»

Addison fece del suo meglio per non ridere. «Sono contenta che i loro "scontri" non siano diventati violenti.»

«Se dovesse succedere, Ellory la batterà» ribatté Ricky compiaciuto.

Le aveva dato qualche lezione di autodifesa, e sembrava che stesse acquistando sempre più sicurezza con ogni sessione. Anche se Addison non amava che sua figlia usasse la violenza per risolvere un problema, non era così ingenua da credere che non sarebbe mai potuto accadere.

«Allora... oggi visita medica, e poi?»

«Ho solo una torta da fare, quindi poi torniamo qui per prepararla. Yana ha l'incontro con la psicologa infantile, Artem e Borysko hanno la partita di calcio, io devo andare a fare la spesa e, nel caso non l'avessi notato, i vestiti sporchi si stanno impossessando di questa casa.»

Lui ridacchiò. «Caricherò la lavatrice prima di uscire.»

«Grazie. Sai già quando potresti partire?»

Sospirò. «Presto. È tutto quello che sappiamo al momento.»

«Va bene.»

Rimasero entrambi in silenzio per un po'. Poi Ricky la spinse delicatamente sulla schiena e si mise sopra di lei. Le luci notturne che c'erano nella stanza emettevano un bagliore sufficiente a permetterle di vedere il suo viso.

«Ricky?»

«Mi hai detto che potevo toccarti ovunque e in qualsiasi momento. Questo include anche adesso?» chiese.

Il respiro le si bloccò in gola. Non sarebbe riuscita a parlare nemmeno se la sua vita fosse dipesa da quello. Quindi annuì.

Lui le scostò i capelli dal viso con le dita, per poi scendere lungo la guancia, la clavicola... e poi sul petto. Le si inturgidirono subito i capezzoli sotto la canottiera larga che indossava, ma lui non si fermò lì. La sua mano continuò a scendere fino a posarsi sulla pancia.

«Sei bellissima» disse con riverenza. «Ogni volta che ti guardo mi chiedo cosa diavolo ci fai con me.» Infilò le dita sotto l'elastico dei pantaloncini da notte.

Addison trattenne il respiro.

«Posso?» le chiese.

Ancora una volta, riuscì solo ad annuire.

«Voglio farti sentire bene. Portarti all'orgasmo. Me lo permetterai?»

«Pensi di poterci riuscire?» Le parole le sfuggirono senza che se ne rendesse conto, e fece una smorfia.

Ma Ricky si limitò a sorridere. «Sembra una sfida.»

«È solo che... nella mia esperienza un po' limitata, gli uomini non sono sempre bravi a farlo accadere.»

«È una questione di seguire gli indizi che dà la donna. Come muove i fianchi. Quali movimenti la fanno gemere, quali le fanno tremare le cosce in modo incontrollato. Che ne dici se mi lasci fare del mio meglio e poi se dovessi fare schifo puoi dirmi "te l'avevo detto"? Ok?»

Addison ansimò. Dovette trattenersi per non spingerlo sulla schiena e darsi da fare con lui. Ma se voleva farla venire con le dita, chi era lei per lamentarsi? Quanto meno avrebbe provato una bella sensazione. Se non altro sarebbe stata più rilassata per iniziare la giornata. «Ok» sussurrò.

«Solleva il bacino» le ordinò.

Obbedì, e lui le tirò giù i pantaloncini e glieli tolse prima che lei potesse battere le ciglia. «Allarga le gambe per me. Sì, così. Rimani lì. Non muoverti.»

Le coprì la fica con la mano e lei non poté fare a meno di sussultare un po'.

«Piano, Addy. Ci penso io.»

«È passato un po' di tempo» ammise.

«Anche per me. Forse mi ci vorrà un po' per riprenderci la mano.»

«Non farai tardi all'allenamento?» non poté fare a meno di chiedere.

«Non m'importa. Ora stai buona.»

Iniziò a muovere le dita, accarezzandola piano, come per imparare a conoscerla. Poi appiattì la mano sul pube, e iniziò a strofinare lievemente il pollice sul clitoride, per poi aggiungere gradatamente più pressione.

Guardare il suo volto mentre la osservava e la accarezzava fu la cosa più intima che Addison avesse mai fatto; tutto ciò che pensava si rifletteva nella sua espressione. Lui si leccò le labbra, aggrottò le sopracciglia per la concentrazione, sorrise e sospirò soddisfatto quando i suoi umori la bagnarono tutta.

«Ecco. Ci penso io, Addy. Rilassati e goditela.»

Oh, di certo se la stava godendo. Ricky sapeva esattamente cosa fare. Si concentrava per qualche istante sul suo clitoride, poi si spostava più in basso e infilava le dita nel suo corpo, per poi tornare al clitoride.

Quando lui si spostò e si mise a cavalcioni sulle sue cosce, lei lo guardò sorpresa. «Mi servono entrambe le mani» le disse.

Addison abbassò lo sguardo e poté vedere la sua erezione sotto i boxer che ultimamente metteva per dormire; all'inizio aveva usato i pantaloni della tuta. Sentì i peli delle sue gambe solleticarle la pelle e ciò fece aumentare ancora di più la sua eccitazione.

Ricky si spostò di nuovo, e si mise in ginocchio *tra* le sue cosce, costringendola a spalancare le gambe.

«Ok?» le chiese, fermando le sue carezze.

«Ok» confermò. Addison si sentiva molto esposta ed era grata che l'unica luce della stanza provenisse da quelle notturne. Poi lui riportò il pollice sul clitoride e lei non riuscì più a pensare. Gli afferrò gli avambracci, non per fermarlo, ma per avere qualcosa a cui aggrapparsi.

«Ecco. così. Sei perfetta. Non vedo l'ora di vedere questa fica alla luce. Vedere la tua peluria rossa confondersi con la mia nera. Sei così bagnata, tesoro, e hai un profumo delizioso. Voglio assaggiarti. Ti piacerebbe avere le mie labbra su di te? Così, muovi i fianchi. Fammi vedere cosa ti piace.»

Ad Addison sembrava di star vivendo un'esperienza extracorporea. L'uomo tra le sue gambe la stava toccando con maestria. Con una mano le strizzava il clitoride e con l'altra le spargeva gli umori che fuoriuscivano dal suo corpo.

Sussultò quando infilò un dito dentro di lei.

«Così stretta. Mi stritolerai il cazzo quando mi prenderai.

Sarà una sensazione incredibile. Così, stringimi. È bellissimo sentirti così. Vediamo se riesco a trovare... lì? No, a quanto pare no. Qui...?»

Addison non sapeva cosa stesse cercando, ma ciò che stava facendo con il pollice al clitoride era così bello che non riusciva a concentrarsi su nient'altro.

A un certo punto lui ruotò la mano e aggiunse un altro dito all'interno del suo corpo, facendola sussultare quasi con violenza quando toccò un punto in profondità.

«Ahhh, eccolo qui.»

Suonò compiaciuto e orgoglioso di sé, ma Addison riusciva solo a perdersi nelle sensazioni. Le sembrava che le avesse infilato qualcosa di elettrico dentro. Era quasi doloroso, ma estremamente bello.

Cominciò a muovere le dita avanti e indietro più velocemente, toccando in continuazione quel punto che aveva detto di aver trovato.

«Ricky!» esclamò lei.

«Shhh, non svegliare i bambini» la avvertì con una risatina sommessa.

Inorridita dall'idea che potessero venire interrotti, Addison strinse le labbra e fece del suo meglio per non gemere troppo forte.

«Vieni per me, tesoro. Non trattenerti. Fammelo sentire.»

Non ci pensava proprio a trattenersi. Non poteva. Era come creta nelle sue mani. Le cosce cominciarono a tremarle, proprio come aveva detto lui. Guardando in basso, vide che Ricky la stava fissando tra le gambe con una... riverenza... che non aveva mai visto sul volto di un uomo.

Poi, prima che fosse pronta, il suo corpo sembrò esplodere dall'interno. Emise un piccolo grido e iniziò a sussultare. Si spinse contro le sue dita, mentre ogni muscolo si irrigidiva.

Ebbe la sensazione che l'orgasmo che le aveva appena regalato l'avesse cambiata irrimediabilmente.

Ricky si fermò, mentre lei continuava a contrarsi intorno a lui, e solo quando emise un gemito di protesta cessò anche le carezze del pollice sul clitoride.

Le sembrava di avere appena corso una maratona; respirava con affanno e il cuore le batteva quasi fuori dal petto. Non poté far altro che stare sdraiata senza forze sotto di lui, con le gambe spalancate.

«Un assaggio per aiutarmi ad affrontare la giornata» mormorò, abbassandosi.

Addison sentì la sua lingua scivolare lungo le pieghe, fino al clitoride, e raccogliere i suoi abbondanti umori. Poi lui si alzò a sedere e si leccò le labbra, come se avesse appena mangiato il dolce più gustoso che si potesse immaginare.

«Maledettamente deliziosa» disse. Si allungò su di lei, tenendosi su con le mani all'altezza delle sue spalle, il cazzo duro e pulsante contro la sua fica ancora estremamente sensibile.

«Buongiorno, tesoro» le disse con dolcezza. Poi fece una sorta di push-up per abbassarsi e baciarla. Addison sentì il proprio sapore sulle sue labbra e, sorprendentemente, la cosa la eccitò più che imbarazzarla.

Cercò di circondare il suo cazzo con una mano. Lo voleva. Dentro di lei. Ora. Sarebbe morta se non lo avesse sentito in profondità nel suo corpo proprio in quel momento. Ma lui le bloccò la mano e se la portò alle labbra.

Le baciò le nocche e disse: «Non c'è tempo. Devo proprio andare al lavoro.»

Il lamento che le sfuggì fu qualcosa di cui non andò fiera, ma non riuscì a trattenerlo.

«Presto» le sussurrò. «Quando faremo l'amore non sarà frettoloso perché uno di noi due deve andare da qualche parte. Voglio prendermi il mio tempo. Una volta che sarò entrato in quella fica calda e bagnata, non vorrò più andarmene. Il modo in cui hai stretto le mie dita... sì, non vedo l'ora di sentirlo sul mio cazzo. Dormi, Addy. Ti aspetta una lunga giornata. Fammi sapere come va l'incontro con il medico di Ellory.»

Lei annuì subito. «Certo.»

«Bene. Faccio partire la lavatrice, ci vediamo a colazione.»

Poi le diede un tenero bacio sulla fronte e scese dal letto, ma non prima che Addison si accorgesse della "tenda" sul davanti dei suoi boxer.

«Posso occuparmene prima che te ne vada» si offrì.

Ma Ricky si limitò a sorridere. «Se mi tocchi non sarò in grado di allontanarmi da questo letto. Me ne occuperò in doccia, non ci vorranno più di trenta secondi.» Poi le fece l'occhiolino e andò in bagno.

L'orgasmo aveva fatto il suo dovere, e ora Addison era rilassata e stanca. Sentì l'acqua della doccia venire aperta e, non un minuto più tardi, venire chiusa, come le aveva detto sarebbe successo. Poco dopo le apparve davanti con la maglietta e i pantaloncini che usava per allenarsi con il suo team SEAL.

Si chinò su di lei e la baciò ancora una volta, a lungo e intensamente. Quando si ritrasse, Addison lo desiderava di nuovo.

«Mi piace vederti così nel nostro letto. Assonnata, appagata e desiderosa di farlo ancora» mormorò.

Poi si girò e scomparve oltre la porta. Sapeva che sarebbe andato a controllare i bambini prima di uscire per andare a fare l'allenamento. Sentì la lavatrice partire e poi più nulla, dato che si riaddormentò.

———

Più tardi, quel giorno, Addison ricordava ancora la sensazione delle dita di Ricky dentro il suo corpo. Era destabilizzante, perché di solito non era così consapevole delle sue parti intime mentre svolgeva le normali attività quotidiane. Era seduta nella sala d'attesa dell'ospedale della base, aspettando di vedere il medico di Ellory. Sua figlia era dall'altra parte della stanza a giocare con un bambino che probabilmente aveva circa due o tre anni. Non aveva idea del motivo per cui il piccolo fosse lì, ma la madre sembrava sollevata di avere qualcun altro che intrattenesse suo figlio per qualche minuto.

Addison era persa nei suoi pensieri, ricordando quello che era successo quella mattina, quando sentì qualcuno pronunciare il suo nome.

«Addison? Addison Wentz? Sei tu?»

Alzò lo sguardo e si trovò davanti il volto di una persona che non avrebbe mai pensato di rivedere in vita sua.

Il suo ex.

Brady Vogel.

Fu uno shock. Mai e poi mai avrebbe pensato che sarebbe tornato a Riverton. Se n'era andato subito dopo averle detto che non era tagliato per fare il padre, ma che le avrebbe mandato dei soldi per aiutarla. Però non aveva più avuto sue notizie.

E ora, eccolo lì.

Indossava una divisa da lavoro con il cartellino del nome attaccato al fianco. Si sedette rapidamente sulla sedia accanto alla sua e sorrise come se non l'avesse semplicemente lasciata sola a crescere la loro bambina. Lui aveva vent'anni quando si erano conosciuti, e lei ventitré. Erano così giovani. Troppo giovani. Ma nonostante ciò, quando Ellory era nata lui ne aveva ventuno, e sarebbe stato più che in grado di impegnarsi per essere il padre di cui lei aveva bisogno... e un uomo su cui Addison avrebbe potuto contare. Ma era finito tutto abbastanza in fretta, poiché aveva scoperto che avere un bambino intorno non era tutto rosa e fiori. E basta. Se n'era andato.

«Brady» disse.

«È così bello vederti. Ti trovo bene. Vedo che il rosso dei tuoi capelli non si è affatto smorzato, eh?»

Resistette all'impulso di alzare gli occhi al cielo. «Sei un dottore?» gli chiese, non sapendo cosa ci facesse lì.

«Oh, no» rispose, ridendo un po' troppo forte. «Sono un assistente familiare.»

Addison resistette a malapena alla tentazione di sbuffare. «Cioè un inserviente.»

«Be', sì, ma è una professione ben pagata. Soprattutto nel settore sanitario. Resteresti sorpresa da quante persone storcono il naso quando puliscono un po' di sangue o altri fluidi corporei. Nell'ultimo periodo sono diventato sorprendentemente immune alla vista della cacca.»

Cosa piuttosto ironica, considerando che le volte che lei aveva cambiato i pannolini a Ellory gli erano sempre venuti i conati di vomito.

«*Tu* cosa ci fai qui? Aspetta, sei ammalata?» le chiese.

«No. Sono qui con Ellory» rispose, indicando il lato opposto, dove sua figlia stava ancora giocando con il bambino, ignara del fatto che il padre biologico fosse nella stessa stanza con lei per la prima volta da quando aveva un mese.

Lui voltò la testa, e il modo in cui spalancò gli occhi fu quasi comico. «Porca miseria. È la tua copia. Quanti anni ha? Otto, giusto?»

«Dodici» lo informò, con l'irritazione che si percepiva chiaramente nella voce. Il fatto che non avesse idea di quanti anni aveva sua figlia non avrebbe dovuto sorprenderla, eppure lo fece lo stesso.

«Voglio conoscerla» disse Brady.

Le si chiuse lo stomaco. Non era pronta per una cosa del

genere, e di certo non avrebbe fatto una sorpresa improvvisa a Ellory presentandole il padre. Stava per dirgli che quello non era il momento di parlarne, ma venne salvata da un'infermiera che era entrata nella sala d'attesa chiedendo di lei.

«Mi dispiace, dobbiamo andare» gli disse alzandosi, e non sentendosi affatto dispiaciuta.

«Aspetta...»

«Non posso, abbiamo un appuntamento.»

«Posso chiamarti?»

Avrebbe voluto dirgli di no, che non aveva mostrato alcun interesse per sua figlia per dodici anni e non vedeva perché ora avrebbe dovuto essere diverso... ma il fatto era che quell'uomo era il padre biologico di Ellory; era una sua decisione volerlo o meno nella sua vita. Ma entro i limiti stabiliti da Addison. Non avrebbe permesso che sua figlia venisse ferita, non con tutto il resto di cose che doveva affrontare.

Infilò la mano nella borsa, tirò fuori uno scontrino e una penna e scarabocchiò rapidamente il suo numero sul retro. «Ecco il mio numero. Mandami un messaggio più tardi così salvo il tuo e ne parliamo.»

«Ottimo! Grazie. È stato bello vederti, Addison. Hai davvero un bell'aspetto. Forse potremmo uscire a cena o qualcosa del genere e aggiornarci.»

«Mi dispiace, sono sposata. Ci sentiamo dopo.»

Fu bellissimo poter dire quella frase al suo ex, non dover inventare una scusa sul perché non voleva cenare con lui. Addison si affrettò verso Ellory, che stava aspettando sulla porta con l'infermiera. Si voltò a guardare prima che si chiudesse alle loro spalle, e vide Brady fissare la figlia. Aveva uno sguardo che non riuscì a interpretare, ma non aveva tempo di pensarci troppo, doveva concentrarsi su Ellory e sul suo appuntamento.

Ma per qualche ragione, dentro di lei provò un senso d'inquietudine. Brady non era stato un bravo fidanzato, ed era ovviamente un padre orribile. Con riluttanza dovette dargli merito per aver chiesto subito di incontrare sua figlia. Non aveva idea di come sarebbe andata in futuro tra lui ed Ellory... ma come per ogni altra cosa nella vita, supponeva che avrebbe dovuto tenere duro e superare anche quella situazione.

————————

«Com'è andata?» rispose MacGyver quando vide il nome di Addison sullo schermo.

«La visita dal dottore... bene. Ha esaminato i risultati ed Ellory inizierà il protocollo di riposo intestinale oggi. Si comincia con i soli liquidi per qualche giorno, poi molti cibi ad alto contenuto proteico, molti grassi buoni e poche o niente fibre. Se questo non aiuta ad alleviare alcuni dei suoi sintomi, vedremo di estendere il digiuno.»

«È una cosa salutare?» chiese preoccupato.

«La monitoreremo con attenzione, e dovrà andare dal dottore per fare regolarmente gli esami del sangue. La preoccupazione principale è il suo peso.»

«Giusto. Allora... cos'altro è successo?»

«Cosa intendi? Come fai a sapere che è successo qualcos'altro?»

«Hai detto che la visita dal dottore è andata bene, il che significa che qualcos'altro è andato male.»

Lei sospirò. «Non è qualcosa di cui voglio parlare al telefono.»

«Va tutto bene? Gli altri ragazzi?» chiese MacGyver con urgenza.

«È tutto a posto. È solo che oggi ho incontrato qualcuno del mio passato e voglio parlarne con te. Dopo.»

«Okay. Sei sicura di stare bene?»

«Sì, certo. Com'è andata la tua giornata? Novità?»

MacGyver sapeva che glielo avrebbe chiesto, e avrebbe voluto dirle una data precisa per la loro missione in Medio Oriente, ma la tensione era alta lì in quei giorni e la Marina aveva molta carne al fuoco. Quindi le cose erano piuttosto incerte al momento. Ma la verità era che il team era più che preparato. Avevano studiato, fatto ricerche e si erano esercitati, ed erano pronti a partire per abbattere l'HVT, l'obiettivo di alto valore che stavano seguendo; non era una brava persona e nessuno si sarebbe dispiaciuto per la sua dipartita.

«Presto, tesoro. È tutto quello che posso dire per ora.»

«Ok. Vuoi qualcosa di particolare per cena?»

MacGyver adorava quella donna. Sapeva adattarsi alle situazioni senza problemi, supponeva che in parte fosse perché era stata una madre single per tanto tempo. Non era preoccupato del fatto di doverla lasciare da sola quando sarebbe andato in missione. Be', almeno per quanto riguardava la gestione dei quattro bambini e della sua attività continuando a mantenere la sanità mentale. Ma era decisamente preoccupato per il suo benessere, succedeva ogni volta in cui non era al suo fianco. Era una strana sensazione, che non aveva mai provato per nessuno prima, ma dopo aver parlato con Kevlar, Safe, Blink e Preacher si era reso conto che faceva semplicemente parte del fatto di amare qualcuno in un modo che non si sarebbe mai immaginato di sperimentare.

Amore.

*Amava* Addison. Quel sentimento c'era stato fin dall'inizio, quando le aveva chiesto di sposarlo, ma da allora era cresciuto in modo esponenziale. Ogni giorno che trascorreva con lei, e più la conosceva, più si convinceva che fosse la donna perfetta per lui. Ora doveva solo capire come far sì che ricambiasse il suo amore. Quello era il problema, e non aveva idea di come riuscirci.

«Ricky? Cena?»

«Oh, scusa. Mangerò qualunque cosa preparerai.»

«Fegato e cipolle?»

MacGyver quasi vomitò solo sentendo quelle parole. «Ehm...»

Lei ridacchiò. «Sto scherzando. So quanto odi quella roba. Non ho dimenticato la storia che mi hai raccontato di quando li hai dovuti mandare giù mentre eri a casa di un dignitario all'estero. Che ne dici se mangiamo hamburger?»

«Perfetto. Addy... stai davvero bene?»

«Sì. Grazie. Ne parliamo stasera, promesso.»

«Ok. Buona giornata, e fammi sapere se hai bisogno di me.»

«Ho sempre bisogno di te, ma credo che me la caverò.»

Gli pulsò il cazzo a quelle parole. Lei non aveva idea dell'effetto che gli avevano fatto, ma poi ridacchiò di nuovo... e ciò gli fece pensare che forse lo *sapeva* e stava godendo del potere che aveva su di lui.

«Mi stai uccidendo, Addy.»

«Ti tengo solo sull'attenti. Ci vediamo quando torni a casa. Sii prudente.»

«Sempre. A dopo.»

«Ciao.»

Fu dura non concludere la conversazione con "Ti amo", ma l'ultima cosa che voleva era spaventarla, quindi avrebbe tenuto per sé i suoi sentimenti... per ora. Ma dopo quella mattina, dopo averla sentita perdersi nell'estasi sotto e intorno a lui, MacGyver pensò che almeno avrebbe potuto *mostrarle* quanto fosse importante per lui, anche se non poteva ancora dirle quelle parole. Non c'era possibilità di tornare indietro dopo ciò che era successo quella mattina, non dopo aver sentito quanto si era bagnata per lui, dopo averla assaporata.

Sorridendo, MacGyver salì le scale per tornare nella sala conferenze che lui e il suo team stavano usando quel giorno. Avevano ancora un paio di cose da esaminare e poi avrebbero concluso la giornata. Non c'era niente che volesse fare di meno che lasciare il Paese, ora che le cose con sua moglie stavano finalmente progredendo, ma aveva aspettato a lungo, poteva resistere ancora un po' per fare sua Addison in ogni senso.

# CAPITOLO NOVE

PIÙ TARDI, quella sera, una volta messi a letto i bambini, per Addison arrivò il momento di parlare a Ricky di Brady. Non avrebbe voluto. Provava ancora una sgradevole sensazione per il fatto che il suo ex fosse tornato nella sua vita così all'improvviso. Non riusciva a capire perché, ma andava tutto così bene nella loro famiglia che non poteva fare a meno di pensare che l'arrivo di Brady avrebbe potuto sconvolgere le cose... in modo non molto positivo.

«Vieni qui» disse Ricky dal divano, tendendole una mano.

Addison si avvicinò e si lasciò trascinare accanto a lui. Gli si appoggiò contro, sentendo alleviarsi un po' della tensione della giornata. Succedeva sempre quando lo aveva vicino. Era una donna indipendente, era stata una madre single per oltre dieci anni, eppure, avere qualcuno a cui appoggiarsi, con cui parlare delle situazioni di stress, era un dono che non aveva potuto apprezzare prima.

Decise di non girarci intorno, ma di dirgli subito quello che era successo in ospedale. Così si raddrizzò un po' e disse: «Oggi in ospedale c'era il padre biologico di Ellory.»

«*Cosa*? Stai scherzando?»

Ok, forse dirlo così di getto non era stato il modo migliore per dargli la notizia. Era ovvio che fosse sciaccato, ma, sorprendentemente, sembrava anche incazzato. «No. Stavamo aspettando di essere chiamate quando si è avvicinato.»

«C'era anche Ellory?»

«Be', sì, ma dall'altra parte della stanza. Non l'ha visto e non ha sentito di cosa stavamo parlando.»

«Che cosa voleva? Dov'è stato per tutto questo tempo? Si è scusato per averti abbandonata a te stessa e con una neonata? Per non averti mandato i soldi che ti aveva promesso?»

«Ehm... no alle seconde due domande, e non so dove sia stato. È sembrato sorpreso di vedermi quanto lo ero io. Credo che lavori lì all'ospedale. È un inserviente.»

«E? Cosa voleva?» chiese Ricky, con gli occhi nocciola fissi nei suoi.

«Ha detto che voleva incontrare Ellory. Presumo che voglia conoscerla.»

A quel punto lui si alzò e cominciò a camminare avanti e indietro. «No.»

«Ricky, è suo padre.»

«Lo è davvero?» ribatté, fermandosi a fissarla. «Era lì quando lei piangeva nel cuore della notte? Quanti pannolini ha cambiato? Non ti ha mandato un centesimo, Addison. Ha preso e se n'è andato senza voltarsi indietro quando lei aveva un mese. E *ora* vuole far parte della sua vita? È una stronzata.»

Addison non avrebbe dovuto sorprendersi del suo astio nei confronti del suo ex, eppure un po' lo era. Ma ciò dimostrava che brav'uomo fosse quello che aveva sposato. Faceva il genitore da pochissimo tempo, eppure era più un padre lui per sua figlia di quanto lo fosse mai stato quello biologico.

«Ricky? Siediti. Per favore» gli disse, dando dei colpetti sul cuscino accanto.

Lui fece un respiro profondo, poi tornò al suo fianco.

«Lo so. Ho pensato le stesse cose, ma è il padre biologico. Che razza di madre sarei se non le permettessi almeno di conoscerlo?»

«Intelligente?» sbottò Ricky.

Addison sospirò. Stava rendendo tutto estremamente difficile, ma lo capiva.

«Scusa, sono protettivo nei suoi confronti» sostenne, passandosi una mano tra i capelli. «E nei tuoi. Questo tizio non mi piace. So che non l'ho nemmeno conosciuto, ma che razza di uomo prende e lascia la sua ragazza subito dopo che lei ha dato alla luce sua figlia?»

«Uno giovane e immaturo?» chiese con un'alzata di spalle.

«Non è una scusa. Ci sono un sacco di padri giovani, o più giovani di quanto lo fosse stato il tuo ex, che si sono presi le loro responsabilità e non hanno abbandonato i loro figli. Mi chiedo solo quali siano le sue motivazioni. Avrebbe potuto contattarti in qualsiasi momento. Perché adesso? È stata davvero una coincidenza che ti abbia vista oggi? Ha sempre saputo che lei era qui a Riverton? *Lui*, è stato qui tutto il tempo? Aspetta, è sposato? Ha altri figli?»

«Non lo so.»

Fu il turno di Ricky di sospirare. «Giusto. E adesso che si fa?»

«Credo di dover parlare a Ellory, dirle che il padre biologico vive qui in città e vuole conoscerla. Dopodiché vedremo come comportarci. È una bambina intelligente, lo percepirà se lui ha un secondo fine. Ma se il suo desiderio di conoscere la figlia è sincero, voglio che lei abbia questa opportunità.»

«Hai intenzione di chiedere il mantenimento?» praticamente ringhiò.

«No.»

«Dovresti.»

«Il fatto è che se iniziasse a darmi dei soldi, ciò gli darebbe più diritto di vedere Ellory, e se le cose non dovessero funzionare, non voglio che lei sia *costretta* a farlo. Sì, potrebbe sempre portarmi in tribunale, ma non credo che lo farebbe.»

«Non conosci che tipo di persona sia ora.»

«È vero. Ma comunque non voglio né ho bisogno dei suoi soldi.»

«Cosa vuoi che faccia?»

Quello era uno dei tanti motivi per cui amava e rispettava quell'uomo. Era ovvio che non fosse contento del ritorno di Brady nella loro vita, ma era disposto a sostenerla mentre affrontavano quel nuovo problema... e ciò significava tutto per lei.

«Non gli permetterò di rimanere da solo con lei, almeno all'inizio. Ti va di venire con me quando lo incontreremo?»

«Questo è scontato. Non vi lascerei *mai* andare da sole. Che altro?»

«Mi aiuterai a tenerla d'occhio? A cercare eventuali segni che indicano che voglia incontrarlo perché pensa sia quello che voglio io o di qualcos'altro che non va? La ascolteresti se volesse parlarne? Non sono sicura che mi confesserebbe ciò che prova davvero.»

«Ovvio che lo farò. Ma *tu* cosa provi verso questa faccenda?»

«Non si tratta di me.»

«Invece sì. Questo è l'uomo con cui pensavi di passare il resto della vita. Hai avuto una bambina con lui. Poi se n'è andato e ora di punto in bianco è tornato. Provi ancora qualcosa per lui?»

«Cosa? *Assolutamente no.* Sono una persona completamente diversa da quella che ero quando avevo vent'anni. E poi, perché dovrei volere lui quando ho *te*?»

Ricky sorrise. «Vero.»

«Tra un Navy SEAL grosso e cattivo e un padre irresponsabile... non c'è paragone.»

«Ehi... hai sentito?» le chiese, inclinando la testa di lato.

Addison aggrottò le sopracciglia. «No? Non ho sentito nulla.»

«Appunto. I bambini dormono. Con un po' di fortuna continueranno a farlo. Che ne dici se andiamo in camera nostra?»

E a quello capì a cosa stava alludendo. «Sì.»

«Sì?»

In risposta, Addison si alzò e gli tese la mano in silenzio.

Si mise in piedi anche lui e gliela prese, poi la condusse lungo il corridoio fino alla loro stanza. Chiuse bene la porta e si girò verso di lei. «Devi esserne sicura, Addy.»

«Sono sicura» ribatté, in preda alla trepidazione.

«Vai, usa il bagno per prima» le disse, con lo sguardo incollato al suo.

Addison indietreggiò, allontanandosi da lui, e si girò solo quando varcò la porta del bagno. Una volta all'interno fece un respiro profondo, poi usò rapidamente il WC e si lavò i denti. Finì in pochi minuti, più che pronta per quello che sarebbe successo.

Quando tornò fuori Ricky era ancora dove l'aveva lasciato, in mezzo alla stanza, e fissava la porta dietro le sue spalle come se temesse che lei si voltasse e scivolasse fuori dalla finestra o qualcosa del genere.

«Fatto» gli disse, sentendosi un po' in imbarazzo.

Ricky alla fine annuì, e quando le passò davanti si fermò a baciarle la tempia, per poi entrare in bagno.

Appena chiuse la porta, Addison si girò verso il cassettone. Tirò fuori i pantaloncini e la canotta e si spogliò per infilarseli. Riuscì a mettersi sotto le coperte proprio mentre la porta del bagno si riapriva.

Con sua grande sorpresa, Ricky uscì completamente nudo. Addison ebbe la sensazione che la sua bocca fosse completamente spalancata, ma non poteva farci niente. Lo aveva visto con addosso solo i boxer, ma *nulla* avrebbe potuto prepararla alla vista di lui senza niente addosso.

Era sexy, massiccio e intimidatorio.

E lei era una madre trentaseienne. Sì, era alta e snella... ma quasi *troppo* snella. Aveva sempre desiderato avere più curve. In quel momento l'ultima cosa che voleva era preoccuparsi del suo aspetto, ma non riusciva a farne a meno trovandosi di fronte all'assoluta perfezione di Ricky.

Lui non esitò ad andare verso il letto e a tirare indietro le coperte. Vi salì sopra e si spostò versò il punto in cui lei era sdraiata immobile, e le si mise accanto tenendosi su con il gomito.

«Ehi» le disse con dolcezza.

«Ehi.»

«Non dobbiamo farlo se non sei pronta» le assicurò, ovviamente interpretando il suo linguaggio del corpo.

«No, voglio farlo. È solo che... sei perfetto.»

Lui sbuffò. «Non credo proprio.»

Addison si leccò le labbra nervosamente.

Ricky posò una mano sopra il suo sterno, al centro del petto. «Respira, Addy. Lascia che ti faccia sentire bene. Possiamo semplicemente fare quello che abbiamo fatto stamattina. Nessuna pressione. Capito?»

E a quello il suo nervosismo svanì. Quello era Ricky. L'uomo che non batteva ciglio quando doveva cambiare le lenzuola inzuppate di pipì. Quello che leggeva pazientemente lo stesso libro per quattro volte di fila a Yana solo perché lei glielo chiedeva. Che si era offerto volontario per andare a scuola di Ellory per la giornata della carriera, anche se lui e il suo team erano nel bel mezzo della pianificazione di quella che probabilmente sarebbe stata una missione molto pericolosa in un posto remoto del mondo. Che aveva tenuto testa alla bulla di Ellory. Che si era rifiutato di lasciare tre orfani in un paese in guerra. Che si era sposato non solo per aiutare quei bambini, ma perché sapeva che lei aveva bisogno di un'assicurazione per sua figlia.

Ricky poteva avere un corpo scolpito grazie a ore e ore di allenamento e di missioni pericolose, ma era del suo cuore che si era innamorata. Anche se fosse ingrassato di cinquanta chili o avesse avuto la pancia da birra, sarebbe stato comunque l'unico uomo che avrebbe voluto nella sua vita... e nel suo letto.

Facendosi coraggio, si alzò a sedere e si sfilò la canotta dalla testa, per poi sdraiarsi di nuovo. Era la prima volta che si spogliava davanti a lui e non poté fare a meno di trattenere il respiro.

Ma non avrebbe dovuto preoccuparsi. Le pupille di Ricky si dilatarono così tanto che si riusciva a malapena a vedere l'iride nocciola che le circondava. Poi lui abbassò la testa.

Mentre le copriva un seno con la mano, le succhiò l'altro capezzolo.

Addison emise un piccolo grido sommesso di piacere e si inarcò contro di lui, che non perse tempo e succhiò, mordicchiò e leccò il capezzolo finché non fu così inturgidito da farle quasi male. Le si strinse la pancia per il desiderio e sentì la sua fica bagnarsi per l'eccitazione.

«Ricky» mormorò, infilando le dita nei suoi capelli e tenendolo contro di sé.

Lui passò all'altro capezzolo. L'ombra di barba sulla sua mascella le graffiava leggermente la pelle sensibile del seno, mentre le dava piacere. Poteva sentire la sua erezione contro la coscia, e quella fu un'esaltante consapevolezza. Lei, la donna che era stata presa in giro perché troppo piatta, troppo magra, troppo alta, troppo rossa, troppo lentigginosa, stava eccitando quell'uomo straordinario che, senza alcun dubbio, avrebbe potuto avere tutte le donne che voleva. Eppure era lì con *lei*.

Ricky sollevò la testa e incontrò il suo sguardo. Mentre la fissava sostituì la bocca con la mano e giocherellò con il capezzolo turgido. «Vorrei andarci piano, ma non credo di poterlo fare» le disse.

«I bambini potrebbero svegliarsi» disse Addison. «Veloce va bene. Perché se ti fermi adesso, potrei doverti uccidere.»

Lui ridacchiò, ma non sembrò avere comunque fretta di procedere.

«Ricky?» lo chiamò, tenendosi ai suoi bicipiti con una presa nervosa.

«Shhh» mormorò lui. «Sto memorizzando questo momento, quello in cui faccio l'amore con mia moglie per la prima volta.»

La sua fica si contrasse.

Lui si spostò fino a mettersi in ginocchio ai suoi piedi. «Sollevati» le ordinò.

Fu come un dejà vu di quella mattina, quando le aveva tolto i pantaloncini da notte, solo che questa volta glieli tirò giù con molta meno delicatezza. Poi si spostò in avanti, costringendola ad allargare le cosce.

Mentre lo osservava, Addison sentì il battito del suo cuore accelerare.

«Adoro le tue lentiggini» mormorò lui, percorrendo tutto il suo corpo con lo sguardo.

«È una buona cosa» scherzò lei. «Perché quando prendo troppo sole sembrano decuplicarsi.»

«Uno di questi giorni le bacerò tutte» le disse, tracciando con un dito quelle intorno ai suoi seni.

«Ricky» sussurrò.

«Sì?»

«Ti prego.»

«Ti prego cosa?» le chiese con un sorriso.

La stava stuzzicando, e non riusciva a decidere se fosse irritata o divertita. Prese in mano la situazione, letteralmente, avvolgendogliene una intorno all'erezione.

Lui inspirò bruscamente, poi rabbrividì. Anche se era sospeso su di lei, ad Addison sembrava di avere comunque tutto il potere in quel momento. Ricky si tenne su con una mano e con l'altra le pizzicò un capezzolo.

Lei si stupì quando il suo uccello si indurì ulteriormente mentre lo accarezzava. Sulla punta si formò una goccia di liquido preseminale, che usò per lubrificargliela, continuando il movimento.

«Cazzo, Addy, aspetta un attimo» la implorò all'improvviso, deglutendo con forza.

Si bloccò, non sapendo che problema ci fosse.

Lui si sollevò e le tolse la mano dall'erezione per posarsela sul petto. «Non ho preservativi» le disse.

Merda. Non aveva nemmeno pensato alla protezione. Il che era stupido, perché era già rimasta incinta una volta *nonostante* l'avesse usata.

«Mi dispiace tanto. Non ho mai... non ho pensato... cazzo.» Chiuse gli occhi e fece un respiro profondo. Poi li riaprì, e aveva uno sguardo più determinato che mai. «Non c'è problema. Posso comunque farti venire.»

«Io sì» sbottò Addison.

«Cosa?»

«Ho i preservativi» gli disse, sentendosi infiammare le guance. «Li ho comprati la settimana scorsa. Non so perché, è solo che... mi è sembrata una buona idea.»

«Sei un maledetto genio. Dove sono?» le chiese.

Voltò la testa e indicò il cassettone. «Cassetto in alto, a destra.»

Ricky si mosse prima ancora che lei avesse finito di parlare. Aprì il cassetto dove lei teneva i calzini e sorrise sollevando la scatola.

«Hai anche preso la misura giusta. Extra-large.»

Addison alzò gli occhi al cielo. La verità era che non aveva avuto idea di che misura prendere, ma avendo sentito di tanto in tanto la sua erezione contro la gamba, aveva avuto la sensazione che gli sarebbero serviti quelli più grandi. E non si era sbagliata.

I preservativi volarono dappertutto quando lui aprì frettolosamente la scatola, ma il suo sorriso non svanì mai. Aveva una bustina tra i denti quando tornò di nuovo sopra di lei, aprendole ancora una volta le gambe, poi strappò l'alluminio.

Addison lo osservò mettersi il preservativo. Avrebbe preferito di gran lunga che non ci fossero barriere tra di loro, ma dato che non stava prendendo nessun anticoncezionale, e quattro figli erano già abbastanza per il momento, non osò proporgli di rinunciare alla protezione.

«Non durerò a lungo una volta entrato nella tua fica calda e bagnata, quindi dobbiamo assicurarci che tu sia pronta ad accogliermi.» E così Ricky le appoggiò la mano sulla pancia, come aveva fatto l'altra mattina, e andò subito a strofinarle il clitoride con il pollice nel modo in cui aveva imparato le piaceva di più.

Non ci volle molto perché il desiderio di Addison aumentasse. Le altre dita di Ricky erano ricoperte dai suoi umori mentre le muoveva delicatamente avanti e indietro nella sua fica per prepararla a prenderlo.

«Così, tesoro, vieni per me. Ci sei quasi.»

Era vero. Strinse le labbra ed esplose di piacere.

———

MacGyver non aveva mai visto nulla di così bello come sua moglie che si dimenava e veniva sotto di lui. Il suo petto era chiazzato di rosso e i capezzoli erano durissimi. Non aveva dei seni molto grandi, ma aveva scoperto che erano estremamente sensibili. Si ripromise di farla venire semplicemente giocando con loro... più tardi.

Ora, invece, non riusciva quasi più a trattenersi dallo sprofondare tra le sue pieghe bagnate e prenderla come aveva sognato per settimane.

Gli piaceva il modo in cui le sue cosce tremavano mentre veniva. Come la sua pancia si contraeva visibilmente. Come gli stringeva le dita con la fica e gliele ricopriva di umori.

MacGyver era stato un idiota a non aver pensato alla protezione, ma da brava e organizzata donna d'affari e mamma qual era, se n'era occupata lei. Guardandosi l'uccello, avrebbe voluto strapparsi via il preservativo e prenderla senza, ma non avrebbe mai mancato di rispetto a sua moglie in quel modo. Finché non avessero parlato seriamente di bambini e di contraccezione, non avrebbe rischiato una gravidanza non programmata.

Lei si stava ancora contorcendo dal piacere quando le infilò la punta del cazzo tra le gambe. Mordendosi le labbra, cercò di usare il leggendario autocontrollo che aveva durante il lavoro. Ma nessuna missione era stata così difficile come aspettare il consenso di Addison.

Non lo fece attendere. Sollevò le gambe e gli appoggiò le caviglie sulle spalle.

«Ti prego» sussurrò, fissandolo con quei bellissimi occhi verdi.

«Tieniti» disse lui con voce roca. Poi, con una spinta decisa, sprofondò completamente in lei.

Entrambi sussultarono. MacGyver non aveva mai provato una sensazione così paradisiaca in tutta la sua vita. Aveva fatto sesso molte volte, ma niente era mai stato così piacevole. Era faccia a faccia con Addison, e vedere il rossore del suo petto espandersi sul collo e sui seni fu affascinante e intimo.

«Muoviti» gli ordinò.

Ma lui scosse la testa. Non poteva. Se si fosse mosso sarebbe venuto. Non aveva alcun dubbio. Il piacere di stare dentro di lei era talmente intenso che gli sembrava quasi di essere vergine.

Poi sua moglie gli sorrise e strinse i muscoli interni.

Il suo uccello rilasciò uno schizzo di liquido preseminale.

«*Cazzo*!» esclamò.

«Usalo» disse Addison con sfacciataggine.

Si raddrizzò, continuando a tenerle le gambe sulle spalle, sapendo di dover fare qualcosa per distrarla, per torturarla come stava facendo lei in quel momento. Riuscì a raggiungere il clitoride con la mano e iniziò ad accarezzarglielo di nuovo.

Lei sussultò e gemette. Ma la cosa gli si ritorse contro, perché mentre cercava di torturarla con l'estasi, in realtà stava solo facendo del male a sé stesso. Sentì i suoi muscoli interni contrarsi una volta, poi un'altra, mentre il suo piacere si faceva più intenso. In pratica lo stava scopando dall'interno... e lui non poté più trattenersi. Si tolse i suoi piedi dalle spalle e si avvolse le sue gambe intorno ai fianchi, poi si chinò su di lei ancora una volta.

Addison lo fissò mentre lui cominciava a muoversi a un ritmo costante. Dentro e fuori. Dentro e fuori. Agganciò le caviglie sopra il suo sedere e si aggrappò ai suoi bicipiti.

Mentre la prendeva il suo corpo si muoveva avanti e indietro sul letto. Non aveva delle tette abbastanza grandi da ondeggiare con i movimenti, ma le vedeva tremare mentre tutto il suo corpo sobbalzava contro il materasso a tempo con le spinte.

Poteva farlo così. Farlo durare. Renderlo piacevole per lei...

Finché Addison non spostò una mano tra di loro e gli accarezzò l'uccello mentre usciva dal suo corpo. Allora perse la testa e cominciò a scoparla con intensità.

Gemettero entrambi, e MacGyver la sentì spingere i fianchi verso l'alto a ogni sua spinta. Le sue palle le sbattevano contro il sedere e percepì l'odore del sesso sui loro corpi e sulle lenzuola. Ogni senso era impegnato a fare l'amore con lei e non riusciva a ricordare di aver mai fatto nulla di più bello che stare con sua moglie.

Con sua sorpresa, le gambe di Addison cominciarono a tremare. Stava venendo di nuovo. Accidenti, era la terza volta? Gli piaceva che riuscisse ad avere orgasmi multipli, ciò avrebbe reso i loro futuri amplessi ancora più eccitanti.

Ma il suo orgasmo ovviamente la portò a contrarre ogni muscolo del suo corpo, che gli rese più difficile muoversi in lei. E ciò gli fece perdere l'autocontrollo a cui si era aggrappato con ogni briciolo di forza che possedeva. Addison lo rendeva debole come un gattino... e lui lo adorava incredibilmente.

Anche se sapeva di essere al limite, l'orgasmo lo sorprese. Cominciò a venire mentre si stava tirando indietro, e quando si spinse di nuovo fino in fondo si lasciò andare completamente. Un forte gemito gli lasciò le labbra e gli sembrò di essere risucchiato. Continuò a venire, riempiendo il preservativo fino all'orlo. Eppure il suo cazzo continuava a contrarsi.

«Porca puttana» disse, crollandole sopra, riuscendo all'ultimo secondo a sostenersi e a non schiacciarla.

Lei ridacchiò, e quel suono si riverberò in lui. Lo sentì

anche intorno all'uccello, che si stava ammorbidendo e che era ancora sprofondato nel suo corpo.

MacGyver sollevò la testa e fissò la donna che possedeva il suo cuore e la sua anima. Aveva un po' di sudore sulle tempie e il viso rosso, e gli sorrideva come se le avesse appena regalato la luna e le stelle.

«Ehi» gli disse con dolcezza.

Senza esitare, MacGyver si abbassò e la baciò. Non poteva credere di non averlo fatto prima. Mosse la testa da un lato all'altro per cercare di trovare l'angolazione migliore, e lei gli infilò una mano tra i capelli. Fu un bacio pieno di promesse. Di speranza. Di amore.

Alla fine si sollevò e la fissò di nuovo, e lei gli rivolse un sorriso pigro.

«Grazie» le disse.

«Credo che dovrei dirlo io.»

Ma MacGyver scosse la testa. «No. Il fatto che tu mi abbia fatto questo dono, che *ti sia* donata a me... non lo dimenticherò mai. Fare l'amore con mia moglie... è stato... non trovo le parole.»

«Ricky» sussurrò lei.

«Dillo» le ordinò.

«Cosa?»

«Che sono tuo marito.» Non sapeva perché avesse bisogno di sentirglielo dire... ma era così.

«Non avevo idea che mio marito fosse un tale stallone» scherzò.

Quelle parole penetrarono nella sua anima. Era un marito. Il marito di *Addison*. Condividevano un legame profondo. Era una sensazione straordinaria.

Si spostò lentamente di lato e fece una smorfia quando il suo cazzo scivolò fuori da lei. Andò in bagno, si occupò del preservativo e inumidì una salvietta con l'acqua calda. Poi la portò ad Addison e sorrise vedendola arrossire mentre si puliva.

Tornò in bagno, gettò la salvietta nel lavandino e si ripulì anche lui. Con riluttanza indossò i boxer, sapendo di aver preso la decisione giusta quando vide che Addison si era rimessa la canotta e i pantaloncini da notte. Quando si sistemò di nuovo sotto le coperte non esitò a tirarla contro di sé. Fece un sospiro e le baciò la fronte, dato che in quel momento era senza parole.

Era stato... qualcosa che gli aveva cambiato la vita. Prima di quella sera era già innamorato di lei, ma ora che sapeva quanto fossero davvero compatibili, avrebbe fatto tutto ciò che era in suo potere per assicurarsi che non volesse mai lasciarlo.

Avevano degli ostacoli davanti a loro: le missioni, il suo ex, il morbo di Crohn di Ellory, il processo di adozione... ma ce l'avrebbero fatta. Se ne sarebbe assicurato.

# CAPITOLO DIECI

ADDISON AVEVA difficoltà a concentrarsi sul lavoro. Mentre preparava la torta di Batman per il figlio di sei anni di una cliente, ripensò agli ultimi giorni, sorridendo. Lei e Ricky non avevano più fatto l'amore da quella prima volta, ma le aveva dimostrato la sua bravura nel sesso orale e lei aveva ricambiato il favore. Niente con lui era imbarazzante. Avevano un tempo limitato per stare in intimità, di solito dopo che i bambini erano stati messi a letto, e anche in quel caso c'era comunque il rischio che Yana o uno dei ragazzi si svegliasse e avesse bisogno di qualcosa, ma cercavano di *sfruttare* al meglio quel poco tempo che avevano.

Si raddrizzò per stiracchiarsi la schiena, e il suo sorriso svanì quando la sua mente passò a un argomento meno piacevole.

Quel giorno, dopo la scuola, Ellory avrebbe incontrato per la prima volta il padre biologico.

Era stata entusiasta di apprendere di Brady, e ancora di più di sapere che lui voleva conoscerla, e ciò li aveva sorpresi. Addison era sollevata, ma anche cauta. Sperava solo che il suo ex andasse fino in fondo, che non la incontrasse solo una volta e poi decidesse di non voler più essere padre, perché ciò avrebbe distrutto Ellory.

Dato che Ricky sarebbe andato con loro, Artem, Borysko e Yana sarebbero stati con Preacher e Maggie lì a casa; i loro amici avrebbero prelevato i ragazzi a scuola mentre lui sarebbe andato a prendere le ragazze.

In realtà, più si avvicinava il momento in cui Ellory avrebbe incontrato il padre biologico, più la preoccupazione di Addison aumentava. Il passare del tempo aveva il potere di rendere più chiare le cose che non aveva visto a vent'anni. Brady era stato una persona impaziente, che si preoccupava dell'esteriorità e non aveva un'alta tolleranza per qualsiasi tipo di comportamento fuori dalla norma. Sperava solo che fosse cambiato nel corso degli anni.

Qualche ora più tardi, la donna che aveva ordinato la torta di Batman arrivò e si complimentò per l'adorabile risultato. Anche Addison era piuttosto soddisfatta. Aveva ancora un'oretta prima che Ricky arrivasse a casa con Ellory e Yana e pensò che avrebbe dovuto fare qualcosa di produttivo, tipo il bucato o passare l'aspirapolvere, ma era troppo nervosa.

Si sedette sul divano, poi si alzò subito. Non riusciva a smettere di chiedersi come sarebbe andata. Continuava a insinuarsi in lei la preoccupazione di come Brady avrebbe potuto trattare sua figlia.

Quando squillò il telefono fu felice per la distrazione. Abbassò lo sguardo e vide il nome di Maggie.

«Ciao, Maggie.»

«Ciao.»

«Ti prego, dimmi che non stai chiamando per disdire» la implorò Addison.

«No. Io e Shawn saremo lì presto. Ho chiamato solo per

sapere come stai, come te la cavi, dato che quando arriveremo non avremo molto tempo per chiacchierare.»

«Oh... sto bene.»

«Non siamo amiche da molto tempo, ma puoi parlare con me.»

E così si ritrovò a riversare tutte le sue preoccupazioni sull'amica. «È solo che... Brady non era affidabile dodici anni fa e non ho idea di che tipo di persona sia oggi. *Io* posso gestire il fatto che sia un idiota, ma non voglio che lo debba fare Ellory.»

«L'hai avvertita che le cose potrebbero non andare come vorrebbe, vero?» le chiese.

«Certo. Ma questo non significa che lei non speri ancora che lui finisca per essere il padre perfetto.»

«Giusto. Quindi... qual è lo scenario peggiore?»

«Eh?»

«Il peggiore dei casi. Se pensi a quale potrebbe essere, qualsiasi cosa farà dovrebbe essere migliore, giusto?»

Addison ridacchiò. «Giusto. Mmm... è un boss della droga che vuole usare Ellory per spacciare?»

«Oppure è proprietario di un circo e vuole che Ellory si trasferisca da lui e diventi la sua artista principale.»

Entrambe risero, poi Addison fece un respiro profondo. «Oppure è cambiato, vuole sinceramente conoscere sua figlia, entreranno in sintonia e tutto si risolverà bene» disse a bassa voce.

«Sì, spero che sia così» concordò Maggie.

«Ti ringrazio per aver accettato di venire a stare con i bambini mentre noi incontriamo Brady.»

«Figurati. Mi mancano. E dato che ci conoscono già, spero che non saranno troppo nervosi senza di voi.»

Addison l'aveva avvertita che i tre diventavano ancora un po' ansiosi quando dovevano separarsi da lei e Ricky. Non li biasimava, e stavano lavorando per far ritrovare loro la fiducia. «Non vedono l'ora di stare con voi» la rassicurò. «E *tu* come stai? Tutto bene con la gravidanza?»

«Finora tutto bene. La mattina ho un po' di nausea, ma spero che questa sia la cosa peggiore.»

Addison non poté fare a meno di ridacchiare.

«Merda. Lo so, lo so, probabilmente peggiorerà. È solo che *odio* vomitare. Davvero.»

«Sono d'accordo. Quindi non ti dirò che quando ero incinta di Ellory ho avuto le nausee mattutine per quattro mesi di fila.»

«No, non voglio assolutamente sentirlo» disse Maggie con aria inorridita.

«Be', se te la senti, ho provato qualcosa di nuovo e ho fatto una pastella di brownie.»

«Non ho idea di cosa sia, ma sembra deliziosa.»

Sorrise. «Oh, lo è. È un impasto di brownie che in qualche modo ha l'aspetto e il sapore di una torta.»

«Non mi interessano i particolari, lo voglio solo nella mia pancia» scherzò.

Il sorriso di Addison si affievolì. «Maggie?»

«Sì?»

«Sono molto nervosa per oggi. Voglio proteggere Ellory da qualsiasi sofferenza e ho la sensazione che questo incontro non andrà bene.»

«Certo che vuoi evitare che soffra, ma non è così che funziona la vita. Tutto quello che puoi fare è insegnarle a gestire le delusioni e a festeggiare i successi, e starle vicino quando le cose non vanno come vorrebbe. Da quello che so di te, fai già tutte queste cose. Sii presente per lei. Amala.»

Il suo discorso la fece sentire meglio. «Ok.»

«Se sarò una brava mamma la metà di te, lo considererò un successo.»

Addison fu sopraffatta dalle parole della sua nuova amica. «Grazie» disse.

«Di niente. Ok, devo andare a prepararmi per incontrarmi con Shawn quando esce dal lavoro, così possiamo andare a prendere i ragazzi. Tutto a posto?»

«Sì» confermò.

«Va bene. Saremo lì tra circa mezz'ora. Non preoccuparti, qualsiasi cosa accada.»

«Sto facendo la cosa giusta?» sbottò. «Voglio dire, lasciare che Ellory incontri Brady.»

«Sì. L'ultima cosa che vuoi è che lei scopra in seguito che ha avuto l'opportunità di incontrarlo e tu non gliel'hai permesso. Comunque vadano le cose, ha il diritto di conoscere suo padre. Di decidere da sola se vuole avere un rapporto con lui o meno.»

«Hai ragione.»

«Lo so. Ma questo non significa che sia una decisione facile. Lui ti ha ferita, e non c'è alcuna garanzia che non ferirà sua figlia, ma devi correre questo rischio e affrontare le conseguenze in seguito.»

«Come hai fatto a diventare così saggia?» le chiese.

«È facile esserlo quando non sono nei tuoi panni. Altrimenti sono certa che la penserei diversamente. Ci vediamo presto.»

«Ok. Ciao.»

Addison riattaccò e si rese conto di sentirsi meglio. Maggie aveva ragione. Se c'era la minima possibilità che Brady fosse cambiato, che volesse davvero un legame con sua figlia, lei non lo avrebbe ostacolato. Avrebbe portato una nuova complicazione nella loro vita, già piuttosto frenetica, ma se le cose avessero funzionato Ellory avrebbe avuto qualcun altro che la amava. E ciò non sarebbe mai stata una cosa negativa.

Decise di avere il tempo di piegare un carico di biancheria... poteva giurare che quei maledetti vestiti si moltiplicavano mentre lei non stava guardando. Aveva appena finito di riporre gli indumenti puliti nei cassetti e negli armadi quando sentì bussare alla porta.

Erano Maggie e Preacher con Artem e Borysko.

Il ragazzino più piccolo corse subito dentro quando la porta si aprì e la abbracciò forte. Era il più "appiccicoso" dei due. Artem non la abbracciò, ma sembrò comunque sollevato di vederla.

«Ehi, com'è andata a scuola?» chiese loro.

«Bene» rispose Borysko. «Ho imparato a fare lo spelling di lasagne. È una parola strana, ma buona nella pancia.»

Addison rise. «È vero. Purtroppo nella lingua inglese ci sono molte parole che si pronunciano in modo strano. Artem? Cos'hai imparato oggi?»

«Che le ragazze dicono una cosa, ma ne intendono un'altra.»

Addison capì che c'era una storia dietro. «Ah sì?» disse, incoraggiandolo a continuare.

Lui annuì. «Una in classe ha detto che non le piacevo, ma quando eravamo fuori voleva che la inseguissi. Così l'ho fatto. Quando l'ho presa, mi ha baciato! Che *schifo*!»

Addison, Maggie e Preacher si misero a ridere. «Già, quando a una ragazza piace un ragazzo a volte si vergogna a dirglielo apertamente» spiegò Addison. «Che ne dite di andare a cambiarvi così poi potete fare uno spuntino?»

«Evviva!» urlò Borysko, per poi correre verso la sua stanza.

Artem fu un po' più tranquillo, ma lei sapeva quanto anche lui amasse fare lo spuntino. Le sorrise, poi seguì il fratello proprio mentre una macchina entrava nel vialetto. Era Ricky con Ellory e Yana.

La piccola si precipitò dentro, la abbracciò, poi corse a

cercare i suoi fratelli. Era sempre la prima cosa che faceva quando tornava a casa.

Ricky le circondò la vita con un braccio. «Pronta?»

Lei annuì. Ellory era rimasta in macchina ad aspettarli.

«Sta bene?» gli chiese.

«È eccitata... e nervosa. Ma sta bene.»

«Qui le cose andranno alla grande. Prendetevi tutto il tempo che volete» li rassicurò Preacher.

«Sì, ci ingozzeremo con la tua torta brownie» disse Maggie con un sorriso.

«Aspetta, cosa? La torta brownie?» domandò Ricky.

Addison sorrise. Il suo uomo aveva un debole per i dolci... era adorabile.

«Dai, finiamo questa cosa» disse, trascinandolo verso la porta aperta.

Maggie li salutò con la mano e Preacher con un cenno del mento, poi chiusero la porta. Il tocco della mano di Ricky sulla schiena era piacevole. Averlo al suo fianco le diede la sicurezza necessaria a mostrarsi coraggiosa con sua figlia.

Dopo essere salita in macchina e aver allacciato la cintura di sicurezza, Addison si girò leggermente per guardare Ellory. Aveva un'aria... spaventata. Per quanto anche lei fosse nervosa, voleva che l'incontro andasse bene. Doveva tranquillizzarla un po'.

«Ehi, com'è andata a scuola?» le chiese.

«Bene.»

«Hai imparato qualcosa di nuovo?»

«No.»

Ok. Non stava funzionando. «Respira, El. Andrà tutto bene.»

«E se non gli piacessi?»

«Come potresti non piacergli?»

Lei scrollò le spalle.

«El, ascoltami. Mi stai ascoltando?» le domandò Ricky.

«Sì.»

«Il fatto che tu piaccia o meno a Brady non è lo scopo di questo incontro. È per far sì che vi conosciate. Avrete tutto il tempo per costruire un rapporto, dovrete familiarizzare pian piano. È come un primo appuntamento che è quasi sempre imbarazzante. Segui la corrente. Inoltre, se non gli piaci, peggio per *lui*, perché sei una ragazza straordinaria. Gentile, intelligente, compassionevole, bella e molto forte. Capito?»

Non poté che amare ancora di più quell'uomo, dato che prendeva sempre le difese di sua figlia.

Ellory non disse nulla.

Addison si voltò di nuovo in avanti e guardò Ricky. Le sue mani erano strette intorno al volante e le nocche erano bianche. Era nervoso quanto loro. Sospettava che si sentisse a disagio riguardo al suo ruolo nella vita di Ellory. Era abituato a farle da padre come se ci fosse nato e ora, un altro uomo che deteneva il titolo ufficiale, stava entrando nella loro vita. Doveva essere snervante per lui.

Addison gli tolse la mano destra dal volante e gliela strinse con forza. Lui la guardò per un istante, le fece un piccolo sorriso, poi riportò l'attenzione sulla strada.

Arrivarono al bar dove avevano organizzato l'incontro, Ricky trovò un posteggio non troppo lontano e parcheggiò abilmente in parallelo. Poco dopo entrarono nel locale.

Brady non c'era ancora, così trovarono un tavolo con le sedie vicino alle finestre – perché la sistemazione in quelli che avevano le panche sarebbe stata imbarazzante – in modo da poterlo vedere al suo arrivo.

«Sono a posto?» chiese Ellory, lisciandosi i capelli.

«Sei perfetta» le disse Ricky.

Arrivò la cameriera e Addison ordinò acqua per tutti. Ellory era ancora a digiuno, quindi non avrebbe mangiato nulla, ma non sembrava comunque interessata al cibo in quel momento. Lei stessa non era sicura di riuscire a mandar giù qualcosa, dato che aveva lo stomaco in agitazione.

Trascorsero cinque minuti dall'orario concordato. Poi dieci. Passati i quindici Addison cominciò ad arrabbiarsi.

«Non verrà, vero?» chiese Ellory, incurvando le spalle.

Prese la mano della figlia e la strinse forte quando lei cercò di tirarla via. «Brady è sempre stato in ritardo» la rassicurò. «Davvero, quando stavamo insieme non arrivavamo mai in tempo da nessuna parte. Ci perdevamo sempre le anteprime dei film quando andavamo al cinema, e tutti sanno che quella è la parte migliore. Accidenti, è successo anche il giorno del parto, tesoro. Si è perso tutto, presentandosi un'ora dopo la tua nascita, entrando come se non si fosse accorto di essere arrivato in ritardo.»

«Veramente? Non lo dici solo per farmi sentire meglio?»

«Te lo dico assolutamente per farti sentire meglio» ammise. «Ma è comunque vero. Avrei dovuto ricordarmelo e dargli un orario diverso, tipo mezz'ora prima dell'effettivo incontro.»

Ellory annuì e si sedette più dritta.

Addison voleva uccidere Brady. Non poteva provare ad arrivare in tempo almeno per una volta? Doveva sapere che era importante per sua figlia.

Proprio mentre lo stava pensando, lo vide dirigersi verso il bar. «Visto? Eccolo lì.»

Lei girò la testa e osservò il padre camminare sul marciapiede come se non avesse nessuna preoccupazione al mondo. «Oh, non è molto alto.»

Addison soppresse una risatina. Lei superava di qualche centimetro il suo ex, e sebbene non fosse esattamente basso, sua figlia era evidentemente abituata all'altezza sua, di Ricky e

dei suoi amici, che erano tutti almeno un metro e ottanta
o più.

Si alzò in piedi quando Brady entrò nel piccolo bar, lui la
vide subito e si diresse verso il loro tavolo.

Ellory fissò il padre incantata.

Lui si sporse e abbracciò Addison prima che lei potesse
indietreggiare. Fu un momento imbarazzante, perché anche
Ricky si era alzato e aveva la mano sulla sua schiena, mentre il
suo ex indugiava un attimo di troppo.

«È bello rivederti» le disse quando si tirò indietro. Poi tese
la mano a Ricky. «E tu devi essere il marito.»

«Esatto» replicò, aspettando un lungo momento prima di
stringergliela.

Poi il suo ex si rivolse alla figlia.

«E tu devi essere Ellory. Ti avrei riconosciuta ovunque. Hai
i capelli rosso fuoco di tua madre. Non potrei non notarli.»
Ridacchiò alla sua stessa battuta. «Vogliamo sederci?» chiese, e
senza aspettare risposta tirò fuori la quarta sedia del tavolo.

Tutti si accomodarono. Era riprovevole che non avesse
abbracciato sua figlia né che si fosse offerto di stringerle la
mano.

«Allora...» disse Brady. «Sei mia figlia. Pensavo che saresti
stata più alta a quest'età. Hai dodici anni, giusto?»

«Mm-mm.»

«Tua madre è gigante e io non sono da meno. Mi chiedo
cosa ti sia successo.»

Addison si sentì rimescolare la pancia. Non era cominciata
bene. «La pubertà avviene in tempi diversi per ogni persona,
Brady. Ha solo dodici anni, ha tempo per crescere.»

«Giusto. Allora... parlami di te. Cosa ti piace fare? Dove
vai a scuola? Fai qualche attività?»

All'inizio Ellory fu esitante, ma pian piano si rilassò,

soprattutto perché aveva l'attenzione totale di suo padre, che si era girato verso di lei e annuiva, dando risposte appropriate a tutto ciò che gli diceva. Sembrava davvero interessato, e ciò fece rilassare un po' Addison.

Ma Ricky era ancora teso accanto a lei, così gli mise una mano sulla gamba, cercando di rassicurarlo. Ma non sembrò essere d'aiuto. Stava seduto completamente dritto a fissare Brady.

«È da molto che vivi a Riverton?» gli chiese Ellory dopo un po'.

«Sono tornato qui da circa un anno. Ho vissuto a New York, Chicago, Washington, Atlanta... ma mi è sempre mancata la West Coast. Non c'è niente di meglio che essere in California. C'è un'atmosfera diversa, sai?»

Ellory annuì con entusiasmo. «Adoro questa città.»

«Ma è bello anche andare in giro, vedere più di un piccolo angolo di mondo. Sei mai stata a Los Angeles? O fuori dallo Stato?»

Lei scosse la testa.

«Peccato. Mi piacerebbe portarti a New York. Quella sì che è una città che non dorme mai. Potremmo andare a vedere uno spettacolo di Broadway, mangiare degli autentici bagel newyorkesi, vedere Times Square... insomma, tutte le cose più belle.»

Gli occhi di Ellory erano spalancati. «Davvero?»

«Sì. E tutti dovrebbero vedere la capitale della nostra Nazione. Potremmo noleggiare dei monopattini e andare a vedere tutti i monumenti.»

Addison si irrigidiva sempre di più a ogni parola che usciva dalla sua bocca. Prima di tutto, non era ancora disposta a permettere a Ellory di fare viaggi in posti così lontani senza di lei. E secondo, non aveva idea se intendesse davvero fare quello che diceva o se stesse cercando di incantare sua figlia.

Anche quando stavano insieme era stato pieno di promesse. Promesse che non aveva mai mantenuto.

«Ordiniamo?» chiese Brady a nessuno in particolare. Alzò la mano e schioccò le dita verso una cameriera che si trovava dall'altra parte della stanza.

Addison fece una smorfia. Si era dimenticata che aveva l'abitudine di farlo, e ciò l'aveva sempre messa in imbarazzo. Era una cosa maleducata ed estremamente irrispettosa. Ricky contrasse il muscolo della coscia sotto la sua mano, così gli diede una stretta, sperando che non perdesse la calma.

La cameriera si avvicinò al loro tavolo.

«Vorremmo ordinare. Io vorrei un Bloody Mary, un doppio hamburger con formaggio e patatine fritte.»

«Mi dispiace, signore, ma non serviamo alcolici.»

«Be', merda. Va bene. Allora una Coca grande. Ellory, cosa vuoi? Prendi qualsiasi cosa. Offro io.»

«Oh, non ho fame» rispose lei, scrollando le spalle.

«Non hai fame? Com'è possibile? Io morivo sempre di fame dopo la scuola. E tu sei magrissima. Dovresti mangiare qualcosa. Se vorrai avere delle curve, devi farlo.»

«Sto bene così» replicò lei.

Brady aprì la bocca per protestare ancora, ma Addison intervenne. «Io prendo un'insalata piccola con salsa ranch a parte, per favore.»

«Per me niente» disse Ricky in tono deciso.

«Bene, quindi ora siete in due a non mangiare. Come volete» borbottò il suo ex.

La cameriera si allontanò e Brady iniziò a parlare di alcune persone che aveva conosciuto quando viveva a New York. Addison non aveva mai sentito parlare di nessuna di loro, anche se lui giurava che fossero tutte famose star del cinema. Ellory non distolse lo sguardo dal padre. Sembrava affascinata.

Quando il cibo fu servito, Brady non poté fare a meno di

commentare ancora una volta il fatto che Ellory non volesse mangiare. Parlò con la bocca piena, un'altra cosa che aveva dimenticato di quell'uomo.

«Sul serio, perché non mangi? Hai qualcosa che non va?»

Addison percepì il momento in cui la figlia decise di raccontargli della sua condizione. Avrebbe voluto fermarla, dirle di lasciare la spiegazione per un'altra volta, ma era una sua decisione.

«Ho il morbo di Crohn.»

«Che cos'è?» le domandò, tenendo l'hamburger a metà strada verso la bocca.

«È una malattia del tratto gastrointestinale, che quando si infiamma diventa doloroso.»

Brady si accigliò. «Quindi cosa significa? Non puoi mangiare?»

«Sì, posso» spiegò con pazienza. «Ma a volte fa male. In questo momento sto facendo un nuovo tipo di trattamento che prevede di fare digiuno per alcuni giorni, poi mangiare un po' e poi digiunare di nuovo. È un modo per svuotare il mio organismo così da non avere crampi o altri sintomi.»

Brady mise giù l'hamburger. «Quindi ti stai lasciando morire di fame?»

«No. Bevo dei frullati particolari per assumere sostanze nutritive»

«Non c'è da stupirsi che tu sia così piccola e gracile. Devi mangiare per crescere, Ellory.»

«Brady» lo avvertì Addison, non gradendo l'atteggiamento del suo ex. Non era stato un padre per la loro figlia nemmeno per un giorno negli ultimi dodici anni, e il fatto che ora pensasse fosse appropriato condividere le sue opinioni offensive era esasperante.

«Che c'è? Ho fatto solo una constatazione» disse lui sulla difensiva.

Addison vide la figlia arrossire. Era sensibile riguardo al ritardo della pubertà causato dal morbo di Crohn, e non aveva bisogno che il padre glielo facesse notare. «Non hai il diritto di darle consigli su *niente* di ciò che accade nella sua vita finché non l'avrai conosciuta meglio, ma per tua informazione, questo nuovo trattamento sta andando molto bene. Alla fine ridurremo i giorni di digiuno nella speranza che il suo intestino si adatti.»

Brady osservò Ellory. Il suo sguardo passò dal suo viso, al busto e poi di nuovo al viso. «Be', è un peccato che tu non possa goderti cose come questo fantastico hamburger con le patatine fritte. Sono deliziosi.»

Addison lo fissò sconvolta. Sua figlia era abituata a non mangiare ciò che piaceva agli altri, ma sbatterle in faccia che si stava perdendo qualcosa era semplicemente crudele.

«Allora, sei un inserviente» disse Ricky all'improvviso. «Quindi hai un contratto con la Marina?»

Brady scrollò le spalle e diede un altro grosso morso al suo hamburger. «Sì. Ho deciso di provare qualcosa di nuovo.»

«Cosa facevi prima?» incalzò.

«Questo e quello.»

«Questo e quello nel senso di cosa?» Ovviamente non aveva intenzione di lasciar perdere.

Come se si fosse appena reso conto che Ricky lo stava interrogando, Brady posò l'hamburger e si pulì le dita su un tovagliolo. «Scusa, amico. Non mi va di raccontarti la storia della mia vita.»

«Lo farai se vuoi continuare a vedere tua figlia» ribatté Ricky, con voce bassa e dura. «Perché se pensi che le permetteremo di stare con un perfetto estraneo senza che ci siamo noi, stai sognando.»

«Non sono un estraneo. Sono suo padre. Addison, di' a questo cavernicolo che è irragionevole.»

Lei fece un respiro profondo. «In realtà anch'io sono interessata a sapere ciò che hai fatto negli ultimi dodici anni. Ho cercato di trovarti dopo che te ne sei andato, avevi detto che mi avresti aiutata con Ellory, invece sei sparito nel nulla.»

Brady la fissò, poi aggrottò la fronte. «Non ho bisogno di queste stronzate. Ellory, è stato un piacere conoscerti. Spero che potremo parlare ancora. Ma finché tua madre non smetterà di saltarmi alla gola e di essere irragionevole, non sono sicuro che succederà. Magari possiamo scriverci o qualcosa del genere... *se* ti darà il mio numero, dato che ovviamente pensa che sia un serial killer e tutto il resto.» Suonava disgustato, poi si alzò bruscamente e si avviò verso la porta.

Addison lo guardò facendo un sospiro. Sì, quella era una classica reazione di Brady. Stravolgere le cose in modo che nulla fosse colpa sua, ma biasimando *lei*.

Guardò Ellory, preoccupata di ciò che stava pensando. Si era girata sulla sedia per osservare il padre che usciva infuriato dal bar e ora si stava voltando lentamente verso il tavolo. Guardò l'hamburger mezzo mangiato e poi la madre.

«Mi sa che il cibo non lo offrirà lui, vero?»

Addison si accasciò sulla sedia. Sul viso della figlia c'era delusione nei confronti del padre, ma non rabbia. Fu un enorme sollievo.

«Mi sa di no» concordò.

«Ricky? Tutto bene?» gli chiese Ellory.

Addison guardò il marito e vide che aveva le labbra serrate e che era rimasto immobile. «Ricky?»

Lui inspirò lentamente e a lungo, poi rilasciò il respiro. «Se volete scusarmi un attimo» disse, poi si alzò e si diresse verso la porta.

«Oh, no. Non gli farà del male, vero?» domandò Ellory.

«No» rispose Addison... ma a essere sincera non era sicura di ciò che Ricky avrebbe fatto.

MacGyver era incazzato, più di quanto ricordasse di esserlo mai stato. Come aveva *osato* Vogel essere così altezzoso con la propria figlia, facendo continui commenti sulla sua altezza e il suo peso. Inoltre, quando aveva scoperto che aveva il morbo di Crohn, era stato incredibilmente insensibile. Se quell'uomo voleva passare un altro secondo con lei, doveva cambiare atteggiamento.

Corse per raggiungere l'ex di Addison, e mentre gli si avvicinava da dietro gli gridò: «Vogel.»

Brady si voltò e sembrò sorpreso di vederlo andare velocemente verso di lui. «Che cosa vuoi?» gli chiese con fare bellicoso.

Sì, quello era esattamente l'uomo che aveva intuito ci fosse sotto il falso interesse che aveva mostrato per Ellory.

«Voglio sapere cosa c'è sotto» rispose. «Perché mostri interesse per tua figlia ora quando negli ultimi dodici anni non te n'è importato nulla. Accidenti, sei a Riverton da un anno, per tua stessa ammissione, perché non hai provato a cercarle in tutto questo periodo?»

«Non sono affari tuoi» rispose Vogel.

«Ti *sbagli*. Sono affari miei al cento per cento. Loro vivono sotto il mio tetto. Sono la mia figliastra e mia moglie. E io proteggo ciò che è mio.»

«Sanno che parli di loro come se fossero di tua proprietà? O delle schiave?»

MacGyver non riuscì a trattenersi e si mise a ridere. «So che è passato più di un decennio dall'ultima volta che hai visto Addison, ma sono sicuro che ricordi abbastanza cose di lei da sapere che non è di proprietà di nessuno. Ragiona con la sua testa e io adoro questa cosa. E lei.»

Vogel alzò gli occhi al cielo. «Come vuoi, amico. Non sono obbligato a risponderti.»

«Ancora una volta... ti sbagli. Se vuoi davvero conoscere tua figlia, devi assolutamente rispondermi. E quando ti metti sulla difensiva e ti arrabbi perché ti è stato semplicemente chiesto ciò che hai fatto negli ultimi dodici anni, mi insospettisco. Mi fa domandare cos'hai combinato. Conosco delle persone, Vogel. Persone che sarebbero fin troppo felici di fare un controllo approfondito per proteggere coloro a cui tengono.»

«Mi stai minacciando?»

«No. Ti sto dicendo cosa succederà. Se hai degli scheletri nell'armadio che potrebbero danneggiare Ellory, li troverò.»

«Vaffanculo!»

MacGyver si limitò a sollevare un sopracciglio. Quel tipo non gli piaceva proprio. Era spiacevole che fosse il padre di Ellory, ma avrebbe fatto di tutto per proteggere la figliastra, anche se ciò l'avrebbe fatta arrabbiare, anche se lo avesse odiato. Avrebbe accettato di buon grado la sua ira, se avesse significato tenerla lontana dal pericolo.

«Bene. Vuoi sapere cos'ho fatto negli ultimi dodici anni? La stessa cosa che faccio ora. L'inserviente. Non mi andava che mia figlia lo sapesse perché volevo che mi ammirasse. Che mi rispettasse. Nessuno vuole un inserviente come padre. Sì, lo sono ancora anche qui a Riverton, ma lavorare all'ospedale della base è un passo avanti per me. Per la prima volta dopo anni ho uno stipendio decente e dei benefit. Per questo non ho voluto dire cos'ho fatto. Contento adesso?»

MacGyver fissò l'uomo di fronte a lui. Sembrava sincero, ma aveva ancora dei dubbi. «A Ellory non interessa cosa fai per vivere, vuole solo conoscere suo padre. Non mentirle. È intelligente, lo capirà e la perderai prima ancora di aver avuto la possibilità di conoscerla. E smettila di fare commenti sul suo fisico. È sensibile al riguardo, e il tuo insistere non la porterà ad affezionarsi a te»

«Ok.»

«E se vuoi altri consigli, fai delle ricerche sul morbo di Crohn. È una cosa che avrà per il resto della vita. Non guarirà mai, non c'è cura. Dovrai capire le peculiarità della malattia in modo da poterla aiutare se ne avrà bisogno.»

Vogel annuì. Poi disse: «Abbiamo finito?»

«Sì. Abbiamo finito.»

«Rivedrò mia figlia?»

«Dipende da lei, non da me.»

«Stronzate. Sappiamo entrambi che tu e Addison potete tenerla lontana da me se proprio volete. Non fate in modo che mi rivolga a un avvocato.»

MacGyver sbuffò. «Sì, certo. Non succederà. Se desideravi così tanto vedere Ellory, avresti parlato con un avvocato molto prima di adesso *e* avresti pagato il mantenimento di tua figlia. Prova a dimostrare che sei disposto a fare tutto il necessario per trascorrere del tempo con lei e vedremo come andrà.»

Detto ciò, si voltò e tornò al bar. Da sua moglie e da Ellory, che probabilmente erano entrambe preoccupate.

Vogel aveva detto le cose giuste... be', no. Molte non erano state proprio giuste, ma la spiegazione sul motivo per cui aveva evitato di dire cosa faceva per vivere prima di tornare a Riverton sembrava vera. Quell'uomo continuava a non piacergli, anche se per ora non aveva motivo di impedire a Ellory di parlargli. Ma lo avrebbe detto il tempo.

———

Brady Vogel camminava avanti e indietro nel suo piccolo appartamento di merda. Avanti e indietro, avanti e indietro... ribollendo di rabbia. Quella giornata non era andata come aveva sperato. Quella stronza della sua ex *doveva* proprio portare il marito, che aveva fatto troppe domande. Domande a cui Brady non era stato disposto a rispondere. E non perché si *vergognasse*. Non era un cazzo di inserviente. Non lo era da un decennio... ma non poteva permettersi che il marito di Addison facesse quella verifica dei suoi precedenti.

Perché era un truffatore. Guadagnava soldi servendosi di chiunque. Uomini o donne. Tossicodipendenti, milionari, donne più vecchie alla disperata ricerca di un uomo, giovani uomini che si fidavano di fargli investire i loro soldi. Qualsiasi truffa si potesse pensare, lui l'aveva compiuta.

In realtà era tornato in California perché aveva trovato un nuovo contatto. Un uomo che faceva più soldi di quanti Brady ne avesse mai visti in vita sua... e lo faceva spacciando carne umana.

Comprava bambini da donne disperate che non volevano o non potevano prendersi cura dei loro figli e li vendeva a famiglie disperate che volevano adottarli.

Faceva amicizia con le fuggitive e le "presentava" a papponi che avevano bisogno di nuove dipendenti, e con persone malate, vecchie e giovani, senza una famiglia che le proteggesse, e le convinceva a dargli una procura per assistenza sanitaria. Non appena morivano vendeva a grandi aziende, per migliaia di dollari, le loro parti del corpo utilizzabili.

Brady aveva avuto la fortuna di entrare in piccola parte nel giro. Su richiesta del suo contatto si era offerto di lavorare presso la clinica gratuita in centro, che gli aveva dato la possibilità di interagire con le persone e avere accesso alle loro informazioni, cosa che aveva aiutato l'attività dell'uomo. Aveva notato le donne che andavano a partorire da sole, le tossicodipendenti, quelle malate o quelle terminali che erano disperatamente alla ricerca di un volto amico. Aveva passato tutte le informazioni al suo socio, che in cambio gli aveva trasferito del denaro.

Non si sentiva in colpa per ciò che faceva, ormai imbrogliava le persone da troppo tempo per avere una coscienza. Accidenti, non si era sentito in colpa nemmeno quando aveva abbandonato sua figlia dodici anni prima. Un bambino era solo qualcosa che lo avrebbe ostacolato e gli sarebbe costato dei soldi.

Incontrare Addison alla base era stata una sorpresa... da cui sperava di trarre vantaggio. Se esisteva una cosa più facile che truffare degli sconosciuti, era farlo con persone che conosceva bene. E per un minuto era stato davvero ansioso di incontrare sua figlia... non si sapeva mai dove potessero presentarsi delle opportunità nel suo campo.

Ma ora, non gli interessava più tanto. Era *patetica*. Gracile. Assomigliava troppo alla sua ex. Se c'era qualcosa che non andava nel suo intestino, significava che probabilmente aveva problemi di evacuazione.

Nonostante quello che aveva detto ad Addison, la parte peggiore del suo lavoro in ospedale era ripulire le persone dopo che perdevano il controllo intestinale. Il fatto che sua figlia fosse una di loro lo disgustava. Aveva solo dodici anni e l'intestino non le funzionava nemmeno bene...

Ma avrebbe scommesso che gli *altri* organi erano a posto.

Smise di camminare e fissò il vuoto, riflettendo intensamente. Una cosa era vendere le parti del corpo di qualcuno che era morto di malattia o di vecchiaia, ma c'era altissima richiesta di organi di bambini. La gente avrebbe pagato centinaia di migliaia di dollari per il cuore sano di un bambino. O per il fegato. O gli occhi.

Le persone disperate facevano cose disperate.

Lo sapeva con certezza, considerando ciò che faceva per vivere.

Più Brady pensava a quella giornata, allo stronzo che Addison aveva sposato, a sua figlia e alla sua malattia, più concreta diventava l'idea nella sua mente.

Non voleva avere niente a che fare con Ellory. Non voleva conoscerla. Non poteva gestire il genere di problemi che aveva. Ma... se fosse riuscito a guadagnare un po' di soldi da quella situazione?

Tutto ciò che faceva era per soldi. Non aveva problemi a sacrificare qualcuno se ciò gli avesse portato guadagno, e sapere che sua figlia avrebbe vissuto una vita di merda, letteralmente, soffrendo di una malattia incurabile, rendeva ciò che stava pensando meno... orribile.

Passò qualche minuto a dibattere con sé stesso.

Ellory era sangue del suo sangue... poteva davvero fare ciò che aveva in mente?

Ma lei stava soffrendo. Il morbo di Crohn sembrava una cosa terribile. Di sicuro lei non avrebbe voluto vivere il resto della vita in quel modo.

Inoltre, ed era un bonus, avrebbe fatto incazzare il marito di Addison. Forse la cosa lo avrebbe persino devastato, distrutto come uno scontro fisico non avrebbe mai potuto fare.

Brady fregava le persone tutto il tempo, ma sarebbe stato un balzo enorme passare dal prendere un bambino indesiderato a una donna e venderlo a un'altra che lo desiderava disperatamente. O dall'aspettare che un vecchio morisse per poter smerciare i suoi organi, al vendere qualcuno con cui aveva una connessione a livello cellulare. Ellory aveva il suo DNA nelle vene.

Poteva davvero consegnarla al suo contatto, sapendo cosa le sarebbe successo?

La risposta era... sì.

Brady arricciò il naso. Era uno stronzo, ma in realtà le

avrebbe fatto un favore. Nessuno voleva vivere con una malattia cronica. Così invece avrebbe aiutato altri bambini e allo stesso tempo non avrebbe più provato dolore.

Più ci pensava, più l'idea gli sembrava buona. Avrebbe venduto la figlia al suo socio, che a sua volta con i suoi organi avrebbe guadagnato centinaia di migliaia di dollari, di cui Brady ne avrebbe presa una parte. Alla fine non sarebbe stato *lui* a ucciderla, e ciò lo fece sentire meglio in modo perverso.

Era un'idea infallibile. Doveva solo stare al gioco un po' più a lungo... qualcosa in cui era davvero bravo. Aveva truffato persone in tutto il Paese, ma sarebbe stato ancora più bello vedere il marito di Addison soffrire quando Ellory fosse scomparsa.

Lui proteggeva ciò che era suo? *Stronzate.* Brady era più intelligente di quello stronzo. Ellory era sua figlia e avrebbe fatto quello che voleva con lei.

La triste verità era che per lui valeva di più da morta che da viva. Era solo questione di recitare la parte più importante della sua vita per ottenere ciò che desiderava. Il denaro. Poteva fingere di essere un padre amorevole e premuroso, tanto non sarebbe durata a lungo. Giusto il tempo necessario perché Addison e quello stronzo abbassassero la guardia, poi si sarebbe ritrovato a nuotare in più soldi di quanti avrebbe mai potuto immaginare. Era arrivato il momento di alzare l'asticella. La nuova truffa era iniziata e non vedeva l'ora che arrivasse il giorno del pagamento.

# CAPITOLO UNDICI

NEI GIORNI successivi Ellory fu malinconica, anche se Addison non poteva biasimarla. Le cose con il padre biologico non erano andate esattamente come avevano immaginato. Ma lei era una bambina positiva di natura e in breve era tornata a essere quella di sempre. Inoltre, il digiuno sembrava alleviare enormemente i sintomi della sua malattia. Lasciare riposare l'intestino aveva fatto ciò che il medico sperava, aveva ridotto drasticamente l'infiammazione, tanto da permetterle di mangiare senza provare dolore per qualche giorno prima di tornare alle bevande di sostanze nutritive.

Anche Artem, Borysko e Yana erano tornati alla loro routine, il che era un sollievo. Sembravano aver superato il trauma di essere stati portati via dalle persone che erano diventate il loro mondo. Tex, l'amico di Ricky, aveva evidentemente fatto qualcosa, perché erano stati informati che l'adozione stava procedendo in modo più veloce di prima.

Addison era grata per l'aiuto, pur ammettendo che lei e Ricky si trovavano in una posizione privilegiata. La maggior parte delle persone che volevano adottare dei bambini dovevano aspettare molto più a lungo e il processo era molto più arduo.

Come al solito, proprio quando le cose sembravano andare bene, la vita interveniva a modo suo... per farle capire che in qualsiasi momento la sua situazione avrebbe potuto cambiare all'improvviso.

Addison era in cucina, e stava dando gli ultimi ritocchi ai cupcake dei Minion che stava preparando per una festa di compleanno che si sarebbe svolta alla sala da bowling locale. Erano adorabili, se poteva permettersi di dirlo lei stessa. Aveva usato dei twinkies tagliati a metà per ogni cupcake, della glassa blu e gli Smarties per gli occhi, a cui aveva aggiunto un po' di glassa nera intorno per creare gli occhiali, una goccia per il bulbo oculare e per il sorriso... e voilà! Ecco il Minion. Erano facili da realizzare, ma soprattutto super divertenti, e qualcosa che non aveva mai fatto prima.

Aveva appena scattato le ultime foto da mettere sul suo sito web e sui social quando le suonò il telefono.

Pulendosi le mani, vide che era Ricky. Non si allarmò subito, perché lui la chiamava sempre per sapere come stava.

«Ciao» rispose con voce felice.

«Ciao» replicò lui.

Si irrigidì. Non aveva il solito tono rilassato. «Cosa c'è che non va?»

«Abbiamo appena saputo che partiremo domattina.»

Addison deglutì a fatica. Sapevano entrambi che sarebbe successo, ma era comunque una cosa difficile da digerire. Fece del suo meglio per non suonare triste e preoccupata come si sentiva dentro. «Va bene. Cos'hai bisogno che faccia?»

Ricky rimase in silenzio per un momento, poi sospirò. «Sei straordinaria.»

Addison aggrottò le sopracciglia, confusa. «Come, scusa?»

«So che è difficile per te. Lo è anche per me. Non vorrei

andare, ma non ho scelta. Hai tutte le ragioni per dare di matto, per essere sconvolta per la mia partenza, invece il tuo primo istinto è stato quello di chiedermi di cosa ho bisogno.

Non ti merito, Addy. La decisione migliore che abbia mai preso è stata quella di chiederti di diventare mia moglie.»

«Ricky» protestò lei.

«Sono serio.»

«E la cosa migliore che ho fatto io è stata accettare. Sapevamo che sarebbe successo. Accidenti, sei un SEAL, andare in missione è parte del tuo lavoro. Abbiamo preparato i ragazzi il più possibile a questa occorrenza e, come hai sottolineato più volte, ci sono un sacco di persone che possono aiutarci in qualsiasi situazione. Non sono entusiasta che tu parta e immaginerò ogni sorta di cose terribili che ti potresti ritrovare a fare mentre sei via, ma devo avere fiducia che tornerai a casa sano e salvo.»

«Lo farò» replicò con fermezza.

Addison sapeva bene quanto lui che non poteva promettere nulla di simile, ma non disse nulla.

«Sono solo contento di avere un po' di preavviso. Nelle ultime due missioni che abbiamo fatto lo stronzo al comando non ci ha dato più di un'ora. Se vuoi oggi posso andare a prendere tutti i bambini a scuola.»

«Sei sicuro?»

«Certo. Non è un problema. C'è qualcos'altro che vuoi che prenda mentre torno a casa?»

Il suo cuore si sciolse. Entro meno di ventiquattr'ore sarebbe partito per quella che sicuramente sarebbe stata una missione pericolosa, se i preparativi intensi erano stati un'indicazione, e stava chiedendo a *lei* se aveva bisogno di qualcosa.

«No, credo che siamo a posto. Oggi sono andata a fare la spesa.»

«Va bene, ma se ti viene in mente qualcosa, fammelo sapere.»

«Ho solo bisogno di te» si lasciò sfuggire.

«Mi hai» replicò Ricky con calma. «Ti chiamo se c'è un cambiamento. Altrimenti ci vediamo tra qualche ora.»

«Va bene. Fai attenzione.»

«Certo. A dopo.»

Una volta riattaccato, Addison chiuse gli occhi e si impose di non piangere. Quello era il lavoro di Ricky ed era orgogliosissima di lui. Piangere per la sua partenza non avrebbe aiutato la situazione, ma si concesse di essere clemente con sé stessa, dato che era la prima volta che lui partiva da quando si erano messi insieme, e si lasciò andare.

Dopo qualche minuto, fece un respiro profondo, si asciugò le lacrime dalle guance e si mise al lavoro per finire di preparare i cupcake.

———

MacGyver era combattuto. In realtà non vedeva l'ora di affrontare quella missione. Avevano esaminato ogni eventualità, ed era convinto del risultato. Non c'era modo che l'obiettivo di alto valore potesse sfuggire loro. Era un incarico semplice, non proprio sicuro, ma niente che la squadra non avesse già affrontato in passato.

Allo stesso tempo, odiava dover lasciare la sua famiglia.

Si sarebbe preoccupato in continuazione di come Addison stesse affrontando la sua assenza. Era già abbastanza difficile essere una madre single di un bambino, e ora era responsabile di quattro. Però era bravissima. Severa, ma non in modo esagerato. Si prodigava non solo per la sua attività, ma anche per assicurarsi che ognuno dei ragazzi si sentisse amato, al sicuro e protetto.

Gli sarebbe di certo mancato tenere tra le braccia sua moglie per tutta la notte. Sì, fare l'amore era eccezionale, incredibile, sconvolgente... ma era l'intimità di tenerla stretta a sé, di parlare della loro giornata e degli impegni imminenti, di ridere in silenzio al buio, ciò che gli sarebbe mancato di più.

Prima di Addison non si era reso conto di cosa si stava perdendo. Kevlar, Safe, Blink e Preacher erano molto più felici da quando avevano trovato le loro donne, quasi troppo allegri al mattino durante l'allenamento, e ora sapeva perché. E di certo non era perché dormivano di più, anzi, probabilmente dormivano meno ora che avevano una donna da amare ogni notte. No. Erano semplicemente più soddisfatti. Perché avevano qualcuno con cui condividere la loro vita. Era banale, ma ora MacGyver lo capiva.

Ma un'altra cosa che lui aveva, ma non i suoi compagni di squadra, era la gioia che gli procuravano i bambini. Era davvero fortunato. Certo, era stressante cercare di assicurarsi che tutti avessero ciò di cui avevano bisogno, sia emotivamente sia fisicamente, ma la ricompensa la trovava in ogni abbraccio della piccola Yana. Nel vedere il suo viso illuminarsi quando gli chiedeva qualcosa in inglese e lui capiva. Quando Artem raccontava con orgoglio di essersi fatto un nuovo amico a scuola. Quando Borysko capiva i suoi compiti. Quando Ellory tornava a casa da scuola sorridendo dopo una giornata senza sofferenza.

«Io vado!» gridò Flash dal corridoio prima di infilare la testa nella sala conferenze che avevano occupato per la preparazione della missione.

«Mi sembra una buona idea. Ci vediamo domattina» gli disse MacGyver.

«Addison sta bene?» gli chiese.

E quello era uno dei tanti motivi per cui voleva bene agli

uomini con cui lavorava. «Sì. Sta cercando di essere coraggiosa, ma se la caverà» gli rispose.

«Ha il numero di Wolf, vero?»

«Certo.»

«E quello di Tex?»

MacGyver ridacchiò. «Sì, decisamente. Grazie per esserti preoccupato per la mia donna. Hai mai pensato di sistemarti anche tu?»

Flash si appoggiò allo stipite della porta. «Non proprio. Non sono il genere di uomo che la maggior parte delle donne desidera.»

«Cosa? Perché dici così?»

Il suo amico si limitò a scrollare le spalle. «Non lo sono e basta. L'ho imparato a mie spese. Sono troppo gentile. Troppo passionale. Troppo intelligente. Troppo concentrato. Troppo veloce a innamorarmi. E troppo bello, quindi sono considerato un donnaiolo. Ho praticamente sentito tutte le ragioni possibili per cui non sono il tipo da relazione duratura. Ma va bene così. Mi piace vivere indirettamente l'esperienza tramite te e gli altri. Ho già rivendicato la priorità di essere il tato di Preacher»

«Il tato?» chiese MacGyver, sorridendo.

«Certo, una tata maschile, no?»

«Come mai non ti sei offerto di essere il *mio* tato?»

Flash ridacchiò. «Perché mi piacciono i bambini piccoli. I tuoi figli sono già abbastanza grandi e non hanno bisogno di me.»

«Avranno sempre bisogno degli zii che li viziano, che giocano a palla con loro... o con le Barbie» ribatté.

«È vero. Comunque, sono a posto. Sul serio.»

«Be', se ho imparato qualcosa, è che non bisogna contare sul fatto che le cose rimangano sempre uguali. Non molto tempo fa ero single come te, e ora sono felicemente sposato e ho quattro figli.»

Flash sbuffò. «Non sono ancora sicuro di come sia successo.»

«Vuoi venire da noi stasera?» gli chiese d'impulso.

«No. Non voglio assolutamente essere il settimo inco-modo» gli rispose Flash.

«Non lo saresti.»

«Sì, invece. Goditi la serata con la tua famiglia, MacGyver. Ci vediamo domattina.»

«Va bene. Ma se cambi idea...»

«Non lo farò. A domani.»

MacGyver guardò l'orologio e si rese conto che era più tardi di quanto avesse pensato. Chiuse rapidamente il porta-tile e ripulì l'area. Fu l'ultimo ad andarsene e si assicurò che non ci fosse traccia del disordine che lui e i suoi compagni avevano fatto durante gli ultimi preparativi per la missione.

Andò a prendere prima Artem e Borysko a scuola, poi Yana e infine passò alle medie per prendere Ellory.

Con sua grande gioia, era di ottimo umore. Era un sollievo che, a quanto pareva, Chrys avesse smesso di prenderla di mira, contribuendo non poco a migliorare il suo stato d'animo.

«Oggi ho sentito di nuovo mio padre» gli disse Ellory con un enorme sorriso.

«Ah, sì?» MacGyver non era entusiasta del fatto che Brady le avesse mandato dei messaggi, ma non poteva certo vietare all'uomo di parlare con la figlia. Inoltre, ciò la rendeva felice.

«Mm-mm. Ha detto che quando viveva a Washington una volta ha incontrato il Presidente!»

Ne dubitava fortemente, ma annuì lo stesso. Lui aveva incontrato più di un presidente, ma non se ne vantava; era semplicemente una delle tante cose che aveva fatto.

«Mi ha anche chiesto quando potrà rivedermi. Pensi che la mamma lo organizzerà presto?»

Gli si rimescolò la pancia. Non sapeva nemmeno perché il pensiero che rivedesse suo padre lo infastidisse tanto. Lui e Vogel non erano entrati in sintonia, il che era un eufemismo, ma non aveva fatto nulla che potesse portare lui o Addison a vietargli di rivedere la figlia. Avevano deciso di conformarsi alle decisioni di Ellory per capire se fosse interessata o meno a proseguire la relazione con il padre, e sembrava desiderosa di farlo.

«Ricky?»

«Scusa. Sono sicuro che lo farà.» Gli sembrò il momento giusto per far sapere ai ragazzi che non sarebbe stato presente per un po'. «Anche se questa volta non potrò venire con voi. Avete presente la missione che stavo pianificando? Be', sembra che partirò domattina.»

Nell'auto calò un silenzio di tomba.

MacGyver guardò nello specchietto retrovisore e incontrò lo sguardo di Artem.

«Ho bisogno che tu dia una mano, figliolo. Aiuta Addy a sbrigare alcune faccende domestiche, bada a tuo fratello e a tua sorella... lo faresti comunque, ma magari presta loro ancora più attenzione.»

Artem annuì.

«Borysko, quando torno voglio che tu mi dica almeno dieci nuove parole inglesi che hai imparato.»

«Va bene, Ricky.»

«Yana?»

La bambina si rifiutò di guardarlo. Aveva il broncio e stava fissando fuori dal finestrino laterale.

«Sei arrabbiata, Yana?» le chiese con dolcezza.

Quando vide le lacrime scendere sul suo visetto, si rese

conto che avrebbe dovuto aspettare di non essere alla guida per fare quella conversazione.

«Ricky, pistola. Corre. Triste!»

MacGyver non era esattamente sicuro di cosa stesse cercando di dire. Ora la piccola capiva abbastanza bene l'inglese, ma parlarlo era un problema. Si stava impegnando molto, ma faceva ancora fatica.

Borysko le chiese qualcosa in ucraino e lei rispose con una raffica di parole.

«Ha paura che tu venga ferito» tradusse Artem. «Come Borysko quando eravamo in Ucraina.»

Sì, avrebbe dovuto aspettare di essere a casa per informare i bambini dell'imminente missione. Aveva fatto un casino e non sapeva cosa dire o fare per rassicurare quella bambina che significava tutto per lui.

Per fortuna Ellory si girò sul sedile, per quanto le consentiva la cintura di sicurezza, e le parlò. «Ricky starà bene. È intelligente. E ha tutti i suoi amici con sé. Hai visto quanto è stato bravo quando era in Ucraina con te. Tornerà prima che ce ne accorgiamo. E mia madre si prenderà cura di noi mentre lui è via.»

«Addy» disse Yana, tirando su con il naso.

«Sì. Oh! Forse ci lascerà fare un fortino nella nostra stanza! Possiamo drappeggiare un lenzuolo sopra i nostri letti usando le scope e lo spazzolone per tenerli su, e possiamo dormire lì sotto. Ti piacerebbe?»

«Anch'io voglio un fortino per dormire!» intervenne Borysko, un po' troppo ad alta voce per lo spazio ristretto dell'abitacolo.

I bambini cominciarono a parlare tra loro, e MacGyver non li rimproverò nemmeno perché stavano usando la loro lingua madre. Di solito preferiva che utilizzassero l'inglese così da esercitarsi, e anche perché lui potesse stare al passo con la situazione, ma in quel momento era troppo grato della distrazione per insistere.

«Grazie» disse a Ellory a bassa voce.

«Non c'è di che.»

«Sei una brava ragazza.»

«Lo so» ribatté un po' sfacciatamente.

MacGyver ridacchiò.

«Quindi pensi che la mamma mi permetterà di rivedere Brady anche se tu non ci sarai?»

La tensione che aveva provato al pensiero che avrebbe rivisto suo padre si decuplicò. «Non vedo perché no» rispose, con la massima calma possibile.

«Posso essere sincera?» gli chiese.

«Certo. Lo preferirei.»

«Non so ancora cosa pensare di mio padre. Posso dire che sta cercando di essere fico, ma a volte mi sembra che ci stia provando un po' *troppo*. Ad esempio, come ha fatto un inserviente a incontrare il Presidente? Mi sembra strano. Ma perché dovrebbe mentire?»

«Perché vuole fare colpo su di te» le rispose. «Vuole piacerti, e a volte le persone alterano la verità per raggiungere questo obiettivo. Anche gli adulti.»

«*Tu* l'hai fatto?»

MacGyver scosse subito la testa. «No. Anch'io voglio piacerti, ma non mi va di inventarmi qualcosa per riuscirci.»

«Mi piaci» ribatté Ellory senza esitazione.

«Bene.»

«Hai mai incontrato il Presidente?» gli chiese con un sorriso.

MacGyver lo ricambiò. «Due volte.»

«Lo stesso?»

«No, due diversi.»

«Forte.»

Lui scrollò le spalle. «Non è stato così fico come potresti pensare. C'erano agenti dei servizi segreti dappertutto, ed entrambe le volte ci siamo messi in fila, lui l'ha percorsa e ci ha stretto la mano, poi è sparito. Tutto qui. Non sono nemmeno riuscito a parlargli.»

«È comunque fico.»

«Sì, immagino che non sia stato proprio uno schifo» concordò. «Da qualche parte ho le foto che hanno scattato. Sai, se vuoi che ti dimostri che non sto mentendo. Faceva parte dell'evento... farci fotografare mentre stringevamo la mano al Presidente.»

Ellory aveva gli occhi spalancati. «Davvero? Mi piacerebbe vederle!»

«Le tirerò fuori. Ma dovrò farlo quando tornerò dalla missione.»

«Andrà tutto bene, vero?» gli chiese sommessamente.

«Sì. Hai detto bene a Yana. Ho la mia squadra che mi copre le spalle. Ci siamo preparati... be', ci siamo preparati *eccessivamente* per questa missione. Ce la caveremo.»

«Ok.»

«Terrai d'occhio tua madre? So che si preoccuperà per me, per te e per gli altri. Si fa sempre carico di molte cose e temo che questa prima missione sarà molto dura per lei.»

«Lo farò. Magari aspetterò fino al tuo ritorno per rivedere mio padre. Così non avrà un'altra cosa di cui preoccuparsi.»

MacGyver voleva concordare sul fatto che Addison non avesse bisogno di un ulteriore stress, voleva incoraggiarla ad aspettare. Ma non era giusto. «Non credo che creerà problemi il fatto di rivederlo.»

«Vedrò cosa ne pensa la mamma.»

Era incredibilmente orgoglioso di quella ragazzina. Stava crescendo rapidamente ed era già molto matura per la sua età.

Parcheggiò nel vialetto e spense il motore. Artem e

Borysko aiutarono Yana a scendere dal seggiolino ed entrarono tutti in casa. Come al solito, il profumo di dolci gli arrivò alle narici non appena dentro, insieme a un odore di spezie e aglio.

«Biscotto!» esclamò Yana con un sorriso felice, mentre andava verso la cucina.

MacGyver rimase a osservare la moglie salutare i bambini; Addison lasciò perdere quello che stava facendo e si mise in ginocchio per prestare particolare attenzione ai più piccoli. Ellory le mostrò i messaggi di Vogel e MacGyver capì che non era entusiasta del fatto che i due si scrivessero, ma non lasciò che sua figlia vedesse il suo sgomento.

Una volta che i bambini ebbero ricevuto un biscotto e furono mandati in camera a cambiarsi, lei lo guardò. MacGyver colmò la distanza tra loro e, senza esitare, le circondò la vita con un braccio e la baciò. Con forza.

Gli sarebbe mancato tornare a casa e vederla interagire con i bambini. Sentire l'odore del cibo che aveva preparato e cucinato. La felicità nei suoi occhi quando lo vedeva. Si rese conto di quanto tutto ciò, *lei*, fosse importante per lui.

«Ciao» lo salutò senza fiato quando lui finalmente interruppe il bacio.

«Ciao» replicò con un piccolo sorriso.

Poi i bambini tornarono e iniziarono a parlare della loro giornata, e raccontarono ad Addison del fortino che avrebbero costruito per dormire.

MacGyver riuscì ad avere la moglie tutta per sé solo dopo che i ragazzi andarono a letto. Era stata impegnata a rassicurarli che sarebbero stati bene mentre Ricky era via. Che non sarebbe cambiato nulla nella loro routine. Che lui sarebbe tornato a casa sano e salvo.

Non poteva dire loro dove sarebbe andato, né per quanto tempo, ma con l'apparente mancanza di preoccupazione di

Addison, i bambini si erano gradualmente rilassati e non erano sembrati più così tesi per la sua imminente assenza.

Ora erano a letto e la strinse a sé, dicendo: «Sei stata meravigliosa con loro stasera.»

«Sentiranno la tua mancanza» mormorò. «Anch'io.»

«Lo so. Non sarà facile nemmeno per me. Mi sono abituato al caos della nostra vita.»

Lei ridacchiò, poi appoggiò il mento sul suo petto per poterlo vedere in viso. «Ma è un bel caos, vero?»

«Vero» concordò. «Hai avuto modo di parlare con Ellory di Vogel?»

«Un po'. Sei d'accordo che lo veda di nuovo?»

Avrebbe voluto dire di no, ma non poteva dare quel dispiacere a Ellory. «Sì. Ma se fa lo stronzo, allontanatevi da lui.»

«Lo farò. Ci sta provando. Dai suoi messaggi capisco che non è abituato a parlare con un'adolescente, ma si sta sforzando. Non so cos'altro potrei chiedere.»

Neanche lui, ma non conosceva ancora le motivazioni di Vogel. Era troppo strano che fosse apparso all'improvviso e che volesse subito diventare il migliore amico di sua figlia, quando prima di vedere Addison in ospedale non gliene era fregato niente. «Fai attenzione» la avvertì.

«Ovvio. Non gli permetterò di far soffrire mia figlia. Sono cautamente ottimista, ma al primo segno di qualcosa di strano, bloccherò tutto.»

«Bene. Ora possiamo smettere di parlare del tuo ex?»

Addison ridacchiò. «Certo. Di cosa dovremmo parlare, allora?»

«Di niente» rispose, tirandola su in modo da metterla a cavalcioni su di lui.

Lei gli sorrise. «Ok, non si parla» disse, poi si abbassò e gli coprì le labbra con le sue.

Dopo pochi istanti, entrambi cercarono freneticamente di

togliersi i vestiti. Poi MacGyver strattonò Addison lungo il suo corpo in modo da averla a cavalcioni sul suo viso. Non l'avevano ancora fatto così, e lui non vedeva l'ora.

Non ci volle molto perché lei iniziasse a ondeggiare, mentre la scopava con la lingua. Aveva le guance ricoperte dai suoi umori, riusciva solo a percepire il profumo del suo piacere e a vedere la sua splendida fica. Era un vero paradiso.

Una volta venuta, la fece scivolare giù lungo il suo corpo e lei gli afferrò il cazzo, infilandolo tra le sue pieghe per poi abbassarsi su di lui.

Per un attimo rimasero entrambi immobili, persi nelle sensazioni, poi Addison cominciò a scoparlo. Con intensità. MacGyver la tenne per i fianchi, dandole stabilità, e si sentì gonfiare il cuore nel petto alla vista di lei che rimbalzava sul suo cazzo lucido di umori. Non aveva mai visto nulla di così erotico come la sua donna che lo prendeva.

Quando percepì che lei stava cominciando a stancarsi, prese il controllo, sollevandola e abbassandola con foga, e gli sembrò di arrivare ancora più in profondità. La sensazione di formicolio sulle palle gli fece capire di essere vicino a venire.

La volta successiva che la abbassò, la tenne bloccata contro di sé con una mano e portò l'altra nel punto in cui erano uniti. Mentre lui esplodeva di piacere, le strofinò il clitoride. Non ci volle molto perché venisse anche lei; i suoi muscoli interni lo strizzarono, e MacGyver sentì un altro schizzo di sperma fuoriuscire dal suo cazzo.

«Porca puttana!» esclamò Addison, lasciandosi cadere senza forze sul suo petto. Erano entrambi madidi di sudore e lui non si era mai sentito così svuotato come in quel momento.

Qualche secondo più tardi, mentre era sdraiato sotto sua moglie, sentì i loro umori caldi colargli sulle palle... e si irrigidì.

«Cazzo.»

«Cosa? Che problema c'è?» gli chiese, sollevando la testa per guardarlo preoccupata.

«Ho dimenticato di mettere il preservativo. Mi dispiace tanto! Giuro che non volevo, ma il fatto che tu sia venuta sul mio viso mi ha fatto rimuovere tutto, tranne il pensiero di entrare dentro di te.»

Con sua sorpresa e sollievo, Addison non sembrò preoccuparsi. «Probabilmente dovrei dare di matto, ma non riesco a racimolare le energie per farlo in questo momento. Mentre sei via andrò dal mio ginecologo per farmi prescrivere un anticoncezionale.»

«E se fossi rimasta incinta?» non poté fare a meno di chiedere, pensando a Preacher e Maggie che non avevano previsto una gravidanza, eppure era successo.

«E se lo fossi...?» replicò, rigirando la domanda a lui.

«Se dovessi esserlo sarò entusiasta di dare agli altri un fratellino o una sorellina» rispose, convinto con ogni fibra del suo essere.

«Cinque bambini... sarebbero tanti.»

MacGyver scrollò le spalle. «Perché quattro non lo sono?»

«Vero.»

«Guardami, Addy.»

Lei sollevò la testa.

«Ti amo» le disse. «So che è presto, anche se da un certo punto di vista non lo è. Ci siamo sposati per convenienza, ma come avrei potuto non innamorarmi di te dopo aver visto che madre, imprenditrice e persona gentile sei?»

«Ricky» sussurrò lei.

«Non sei obbligata a ricambiare, ma volevo che lo sapessi prima della mia partenza.»

«Anch'io ti amo» mormorò. «E non lo dico solo perché l'hai fatto tu.»

Un senso di contentezza lo pervase. Aveva tutto ciò che aveva sempre desiderato. Una donna che lo amava, dei bambini che lo facevano ridere e allo stesso tempo lo stupivano. Una casa. Un lavoro che gli piaceva. Degli amici. Era il figlio di puttana più fortunato del mondo. Non avrebbe mai dato per scontata Addison o la loro vita insieme.

Il suo cazzo pulsò dentro di lei e non poté fare a meno di flettere il sedere. Dato che era ancora bagnata fradicia, scivolò facilmente avanti e indietro nel suo corpo ben preparato.

«Ancora?» gli chiese con un sorriso.

«Ancora» confermò, rotolando per portarla sotto di lui. Mentre si teneva sollevato, MacGyver memorizzò il volto della donna che amava e che ricambiava i suoi sentimenti. Lo stava fissando, e i suoi capelli rossi erano tutti scompigliati intorno al viso e alle spalle, i suoi occhi verdi scintillavano, il suo petto era chiazzato di rosso e le lentiggini risaltavano sulla pelle chiara. I suoi capezzoli erano turgidi e imploravano la sua bocca.

Lei gli scostò dalla fronte una ciocca di capelli troppo lunga. Avevano bisogno di essere tagliati, ma grazie al fatto che i SEAL godevano di regole modificate al riguardo, non era una priorità per lui.

«Fai l'amore con me» gli disse Addison con dolcezza.

«Con piacere.»

MacGyver amò sua moglie altre due volte, consapevole che a ogni secondo che passava il tempo per stare con lei stava per finire. Quella notte era stata un regalo. Per entrambi. Dirsi "ti amo", concordare sul fatto che volevano un altro figlio e giurare di fare tutto il necessario per far funzionare il loro rapporto... era stato esattamente ciò di cui aveva avuto bisogno prima di partire per la missione.

Più tardi, quella mattina, dopo aver fatto colazione con

tutta la famiglia, aver rassicurato i figli che sarebbe tornato prima che se ne accorgessero e aver aiutato Addison ad accompagnarli a scuola, si ritrovò in cucina con la moglie tra le braccia. Lei stava tirando su con il naso, cercando ovviamente di trattenersi.

«Non piangere» mormorò lui.

«Ci sto provando» gli disse, piantandogli le unghie nella schiena.

MacGyver le prese la testa tra le mani, si chinò e appoggiò la fronte contro la sua. «Chiama le altre donne se dovessi sentirti sopraffatta. Hanno già accettato di aiutarti per qualsiasi cosa tu abbia bisogno. E saranno più che felici di venire qui perché saranno preoccupate quanto te.»

«Ok» acconsentì.

«Hai anche Caroline, Fiona, Alabama e le altre, se vuoi parlare. Hanno affrontato più missioni di quante tu ne possa contare. E Jessyka probabilmente sarebbe felice se tu portassi Artem, Borysko e Yana a giocare con i suoi figli.»

«La chiamerò.».

Era arrivata l'ora di andare. MacGyver non avrebbe voluto, ma tirarla per le lunghe non avrebbe aiutato nessuno dei due. La baciò un'ultima volta, a lungo, lentamente e profondamente. Quando si tirò indietro respiravano entrambi a fatica. «Ti chiamo appena torniamo»

«Ok.»

«Cerca di non preoccuparti.»

«Ok.»

«Se Vogel si comporta da idiota, mandalo a quel paese.»

«Ok.» Questa volta sorrise mentre lo diceva.

«Ti amo» le disse MacGyver. Era bello e perfetto poter pronunciare quelle parole ad alta voce ogni volta che ne sentiva il bisogno, piuttosto che pensarle e basta.

«Anch'io ti amo. Fai attenzione. Prendete a calci nel sedere qualche cattivo.»

Sorrise. «Lo faremo.»

Si girò e andò verso l'ingresso. Prima aveva messo la borsa nel Maggiolino di Addison. Avrebbe preso la sua macchina perché le sarebbe servita l'Explorer per far entrare tutti i bambini mentre lui era via. Lasciarla fu più difficile di quanto si sarebbe aspettato. Si costrinse ad aprire la porta e si diresse verso l'auto. Esitò, poi si voltò.

Addison era rimasta sulla soglia, con le guance rigate di lacrime, ma gli sorrideva con coraggio. «Ti amo» gli gridò.

MacGyver le mandò un bacio, poi salì in macchina. Uscì dal vialetto e non osò voltarsi mentre percorreva la strada. Se lo avesse fatto, sarebbe stato ancora più doloroso. Si passò una mano sul cuore, chiedendosi se andarsene sarebbe diventato più facile. Ma aveva la sensazione che non sarebbe stato così.

# CAPITOLO DODICI

Undici giorni, quattro ore e trentadue minuti: ecco da quanto tempo Ricky era via. Ma Addison non stava contando. No. Non stava contando affatto.

Ma doveva ammettere che sebbene fosse stata estremamente dura subito dopo la sua partenza e si fosse sentita sopraffatta e impreparata a gestire la casa da sola, alla fine era diventato più facile.

Tranne di notte, che non lo era per niente. Era straziante. Ricky le mancava di più quando era a letto da sola. Durante il giorno non aveva molto tempo per pensare, dato che era impegnata con il lavoro, a portare in giro i bambini, a preparare i pasti, a uscire con Remi, Wren, Josie e Maggie e ad approfondire l'amicizia con Caroline, Jessyka, Cheyenne e le altre mogli dei SEAL.

Era circondata da tutto l'aiuto possibile e non poteva essere più grata per quella rete di supporto. Sposare Ricky le aveva portato non solo l'uomo dei suoi sogni e tre figli che erano diventati rapidamente la luce dei suoi occhi, ma anche un gruppo di uomini e donne che ora erano le sue rocce.

L'unica nota negativa era il suo ex. Brady continuava a mandare messaggi alla figlia... che non sarebbe stato un problema se non fosse stato che sembrava quasi la stesse perseguitando. Non la lasciava mai in pace, le scriveva tutto il giorno, anche di sera. Ellory aveva iniziato a lasciare il telefono sul bancone della cucina di notte, per evitare che vibrasse sul comodino a ogni notifica, svegliandola.

Addison aveva chiesto a Brady più di una volta di moderarsi, ma lui l'aveva ignorata, sembrava volesse sapere cosa faceva sua figlia quasi in ogni momento della giornata. All'inizio Ellory ne era stata lusingata, le era piaciuto essere al centro dell'attenzione di suo padre, ma presto aveva iniziato a esserne infastidita e, di conseguenza, aveva rimandato di nuovo l'incontro con lui.

Ma Brady era implacabile. Così, alla fine, aveva ceduto e accettato di incontrarlo, ovviamente con l'approvazione di Addison. Sarebbero andati con loro anche Remi e Dude, l'ex SEAL amico di Ricky, e su insistenza di Ellory anche Artem, Borysko e Yana. Voleva che il padre conoscesse i suoi fratelli e sua sorella, nella speranza che diventassero tutti una grande famiglia felice. Addison aveva dei dubbi, ma dato che si sarebbero incontrati al parco giochi della scuola elementare di Yana, un bel posto pubblico dove i bambini più piccoli si sarebbero divertiti, le sembrava una cosa abbastanza innocua.

«Remi ci incontrerà lì, giusto?» chiese Ellory quando furono in viaggio.

«Sì. E ci sarà anche Dude, l'amico di Ricky.»

«È un po' spaventoso.»

«Cosa? Dude non fa paura» protestò Addison.

«Mamma, è grosso e muscoloso, con i capelli neri, gli occhi neri, e sta sempre... a osservare.»

«Vero. Ma anche Ricky e il resto dei ragazzi della sua squadra sono grossi e muscolosi. Quanto a guardare, hanno tutti imparato a essere estremamente cauti a causa del loro lavoro. Inoltre, l'hai visto con Taylor. È un gran tenerone.»

«Sì, okay. In un certo senso lo è» concordò.

«Inoltre, non puoi giudicare le persone dal loro aspetto. Quella più carina o più attraente potrebbe essere cattiva, e la più spaventosa potrebbe essere un angelo.»

«Scusa.»

«Non scusarti, tesoro. Sono contenta che tu sia prudente. Ma sai che Ricky non ci avrebbe suggerito di invitare Dude se non si fosse fidato di lui al cento per cento.»

Addison aveva mandato una mail a suo marito qualche giorno prima. Sapeva che era improbabile che lui potesse rispondere o anche solo ricevere la corrispondenza, ma aveva avuto davvero bisogno del suo consiglio riguardo a Brady. Aveva chiesto anche a Remi e alle altre donne, ma lui era quello di cui si fidava completamente, dato che aveva già incontrato il suo ex.

Con sua sorpresa, le aveva risposto. Era stato un messaggio breve, ma l'aveva esortata a chiamare Dude e vedere se poteva andare con loro. Così lo aveva fatto e, con suo sollievo, l'uomo era stato più che felice di incontrarli a scuola.

«Borysko, tocca a te tenere d'occhio tua sorella» disse Addison, lanciando un'occhiata ai bambini sul sedile posteriore.

Il ragazzino aggrottò la fronte e inclinò la testa. «Il mio occhio? Non capisco.»

«Scusa. Prenditi cura di lei, assicurati che sia al sicuro, che non si metta nei guai.»

«Yana è brava. È al sicuro con noi» disse Borysko, suonando offeso.

«Giusto, certo che lo è.» A volte Addison dimenticava che quei tre avevano vissuto una vita che la maggior parte dei bambini non riusciva nemmeno a comprendere. Erano stati da soli nel mezzo di un paese dilaniato dalla guerra, costretti ad andare alla ricerca di sostentamento e a nascondersi dai soldati e da altre persone che avrebbero fatto del male a tre bambini piccoli senza pensarci due volte.

«Artem? Stai bene? Sei silenzioso» chiese Addison, mentre entrava nel parcheggio della scuola.

«Ellory se ne andrà?»

«Cosa? Dove dovrebbe andare?»

«A vivere con papà.»

«No. Assolutamente no. Sta semplicemente imparando a conoscerlo. Ricordi che ti ho spiegato che non vedeva suo padre da quando era piccolissima? Ora che è tornato, hanno entrambi un'opportunità di conoscersi. Ma non se ne andrà da casa nostra.»

«Promesso?» domandò.

Fu Ellory a rispondere. «Non vado da nessuna parte. Voglio vivere solo con mia madre, Ricky e voi ragazzi. Mi dispiace, ometto, ma non avrai la mia stanza.» Sorrise dicendo quell'ultima parte per stuzzicare il fratello.

«Ok» disse Artem.

«Ok» replicò lei.

«Non vedo ancora Brady, ma direi che potete andare a giocare. Quando lo vedrete arrivare, per favore venite a conoscerlo. Va bene?»

«Ok, Addy» replicò Artem educatamente.

«Altalena!» urlò Yana, facendo risuonare la sua voce nell'abitacolo.

Borysko prese la sorella per mano e la aiutò a scendere dall'auto, poi la fece correre verso l'altalena. Artem lo seguì a un passo più lento. Addison lo vide guardarsi intorno, come se stesse studiando la zona. Era ovvio che il suo passato lo stesse influenzando un po' più di quanto non avesse fatto con i suoi fratelli.

Il telefono di Ellory vibrò e lei abbassò lo sguardo sullo schermo. «È Papà» disse, alzando gli occhi al cielo. «Dice che è in ritardo.»

Addison trattenne un commento sarcastico.

Due auto entrarono nel parcheggio e vide Remi al volante di una e Dude nell'altra.

Quando l'ex SEAL scese dalla macchina, Addison non poté impedirsi di fare un respiro profondo. Sua figlia aveva ragione. Dude *era* un po' spaventoso. Emanava delle vibrazioni oscure. Non aveva paura di lui di per sé, ma era decisamente contenta che fosse dalla sua parte.

«Ciao!» disse Remi, abbracciando immediatamente Addison ed Ellory. «Sei nervosa?» chiese alla ragazzina.

Lei scrollò le spalle. «No.»

«Giusto, hai già incontrato Brady e ci hai anche parlato insieme. Sarà divertente, credo. Ci sono delle panchine laggiù, che ne dite se andiamo a sederci?»

Addison annuì, ma prima che potesse fare un passo, Dude la prese per il braccio e le chiese: «Possiamo parlare?»

«Noi andiamo ad aspettarvi lì» disse Remi allegramente.

Si sentì un po' abbandonata quando la lasciarono con il SEAL, ma lui le mollò il braccio e fece persino un passo indietro, dandole spazio. «Non voglio spaventarti» sostenne con calma.

«Non l'hai fatto.»

Lui sollevò un sopracciglio.

«Ok, mi rendi un po' nervosa, ma non è la stessa cosa.»

«Non hai nulla da temere da me.»

«Lo so.»

«Rispetto e ammiro MacGyver. Ci sarebbe servito qualcuno come lui nella nostra squadra. Qualcuno che sa trovare una via d'uscita da qualsiasi situazione. Tuo marito è un caz... ehm, cavolo di genio. È davvero molto intelligente, sa far lavorare la mente in modo straordinario come pochi. Volevo solo ringraziarti per avermi chiesto di venire con te oggi.»

Il suo elogio a Ricky le diede una bella sensazione, anche se il complimento non era rivolto a *lei*. Suo marito era davvero più intelligente di chiunque avesse mai incontrato. Amava che trascorresse del tempo con Ellory in garage, insegnandole un sacco di cose, armeggiando con i suoi dispositivi elettronici e altri strumenti. E amava ancora di più che sua figlia sembrasse divertirsi quanto lui. Artem e Borysko erano più interessati ai giocattoli e alla lettura e ovviamente alla TV, che alle cose manuali. Forse avrebbero superato quella fase, ma nel frattempo era felice che sua figlia e suo marito stessero legando.

«Apprezzo che ti sia preso del tempo per venire con noi» ribatté Addison.

Dude annuì. «C'è qualcosa che vuoi che io sappia su Vogel... a parte quello che mi ha già detto MacGyver?»

«Ehm... non so cosa ti abbia detto» rispose con cautela.

«Che non gli piace» rispose senza mezzi termini.

«Sì, non sono proprio entrati in sintonia.»

«Penso che sia molto magnanimo da parte tua accettare di far vedere la figlia al tuo ex. Di certo non si è guadagnato quel diritto negli ultimi dodici anni.»

Non aveva torto, non se l'era guadagnato. «Penso che debba essere sua la scelta se volere o meno creare un rapporto con lui. È vero che è scomparso senza dire una parola e non ha mai cercato di mettersi in contatto con me o con lei, ma magari è cambiato. E mi sentirei la peggior madre del mondo se non dessi almeno una possibilità a entrambi.»

«Sono d'accordo che una seconda possibilità sia una cosa positiva, ma non lasciare che il tuo senso di colpa ti metta i paraocchi.»

Addison aggrottò la fronte. «Cosa vorresti dire?» gli chiese, mettendosi un po' sulla difensiva.

«Solo che a prescindere da quanto pensi che un padre e una figlia debbano avere un rapporto, a volte la cosa migliore è stare lontani.»

Sembrava parlare per enigmi, e ciò la infastidì. «Ok.»

Dude sospirò. «Non mi sto spiegando molto bene. Fidati del tuo istinto, se ti dice che qualcosa non va, probabilmente è così. Forse Vogel aveva davvero delle buone ragioni per stare lontano da sua figlia per i primi dodici anni della sua vita, ma perché tornare ora? Perché vuole essere presente nella sua vita *ora* quando prima non lo voleva?»

«Non lo so» ammise sottovoce.

Sentirono un veicolo entrare nel parcheggio, prendendo la curva un po' troppo veloce.

«È qui» disse lei inutilmente.

Dude le si avvicinò, le prese di nuovo il braccio e la fece arretrare di una decina di passi, in modo che non fossero in mezzo al parcheggio.

Addison lanciò un'occhiata al suo braccio e disse ironicamente: «Sei molto protettivo.»

«Non ne hai idea» replicò, poi fece un cenno con il mento all'uomo che camminava verso di loro.

Brady aveva un bell'aspetto quella mattina. Indossava un paio di jeans, una polo e sembrava che avesse messo sui capelli un prodotto di quelli che li domava. Mentre si avvicinava percepì anche il profumo della sua colonia. La differenza tra lui e Dude non poteva essere più evidente. Erano entrambi in jeans, ma la maglietta di Dude e gli anfibi neri, i capelli spettinati e l'odore di sapone sembravano più... reali, naturali. Virili.

«Ehi, Addison» disse Brady una volta che li ebbe raggiunti. «Chi è questo tizio?»

«Si chiama Dude. È un amico di mio marito.»

«Dude? È davvero il tuo nome?»

«Sì» affermò, incrociando le braccia sul petto e fissandolo impassibile.

Il momento imbarazzante fu salvato da Artem, Borysko e Yana che corsero verso di loro. «Oh, non sapevo che avresti portato tutti i bambini» disse Brady. Addison sapeva che Ellory gli aveva parlato dei suoi fratelli e della sorella in alcuni dei messaggi che si erano scambiati. «Parlano inglese?» chiese, appena prima che li raggiungessero.

Quella domanda ignorante la irritò. «Certo che sì. Stanno ancora imparando, ma hanno fatto molti progressi da quando sono arrivati negli Stati Uniti. Artem, Borysko, Yana, questo è Brady, il padre biologico di Ellory.»

Aveva spiegato ai bambini il significato della parola "biologico", ma per qualche motivo sentiva il bisogno di ribadirlo quando parlava con qualcuno di lui.

«Ciao» li salutò con una voce fastidiosamente alta. «Come. State? Ho. Sentito. Molte. Cose. Su. Di. Voi.»

Addison lo fissò. «Perché parli così? Sono proprio qui davanti, ti sento benissimo. E non devi nemmeno parlare così lentamente. Ti capiscono.»

«Oh. Giusto.»

Artem fece un passo verso di lui e gli tese la mano. «Sono Artem. Fratello di Ellory, Yana e Borysko. È un piacere conoscerti.»

Brady abbassò lo sguardo sulla mano del bambino. Era sporca e un po' arancione a causa della ruggine delle sbarre della scala orizzontale dove aveva giocato. Invece di stringergliela, annuì semplicemente. «Ciao» rispose.

Il ragazzino rimase lì per un momento, chiaramente un po' confuso, e lasciò cadere il braccio solo quando Dude gli mise una mano sulla piccola spalla e lo tirò delicatamente indietro.

«Sono Borysko.»

«Mi chiamo Yana.»

Addison non poté fare a meno di sorridere. I bambini si stavano comportavano benissimo, ed erano stati così carini a presentarsi formalmente con la cortesia che gli era stata insegnata.

«Ok.» Brady girò la testa per cercare Ellory. Lei e Remi erano ancora sedute sulla panchina vicino all'edificio e li stavano osservando, ma non si erano ancora mosse per avvicinarsi.

Proprio in quel momento, Yana disse qualcosa ai suoi fratelli in ucraino e Artem le rispose nella stessa lingua.

«Pensavo avessi detto che parlavano inglese» disse Brady accigliato.

Per la millesima volta si chiese cosa mai avesse visto nel suo ex tanti anni prima. Si stava comportando da idiota... ed era probabilmente quello che Artem stava dicendo a sua sorella. «Infatti» replicò con voce piatta.

«Quello non è inglese.»

Addison alzò gli occhi al cielo. Quando si rese conto di averlo fatto, ebbe il fugace pensiero che trascorrendo troppo tempo con sua figlia fosse stata contagiata da quell'espressione.

«Ovvio» gli disse, poi si voltò verso i bambini. «Andate a giocare, ragazzi. Noi saremo lì, vicino alle panchine.»

Borysko prese immediatamente la mano di Yana e la condusse via, verso le altalene. Artem lanciò un'occhiata a Brady, poi a Dude. Annuì con la testa al massiccio ex SEAL, poi seguì i suoi fratelli verso il parco giochi.

Brady guardò l'orologio e disse: «Non ho molto tempo. Sono stato chiamato al lavoro all'improvviso. Quindi, se volete scusarmi, ora vado a parlare con mia figlia.»

Addison avrebbe voluto essere sorpresa dal fatto che non

sarebbe rimasto a lungo, ma in passato era solito farlo anche con lei quello di trovarsi per un appuntamento per poi scappare prima per un motivo o per l'altro. A quei tempi non aveva avuto ragione di pensare che stesse mentendo, e nemmeno adesso, ma il suo istinto le urlava che non stesse dicendo la verità. Sembrava troppo in tiro per qualcuno che doveva andare a fare un lavoro di pulizie.

Quando Brady iniziò a camminare verso Ellory e Remi, Addison e Dude lo seguirono.

Lui si voltò e li fissò con irritazione. «Dove state andando?»

«Da Ellory, con te» rispose lei.

«Dai, Addison. Voglio parlarle senza che tu le stia addosso. Non è una bambina.»

«Ti sbagli, è ancora una bambina. È *mia* figlia. E onestamente tu sei ancora uno sconosciuto per lei. Quindi o lasci che, come dici tu, "le stia addosso" lì vicino, o puoi girarti, risalire in macchina e andartene.»

«E la tua guardia del corpo, deve stare qui anche lui?»

«Sì» rispose con fermezza.

«Bene. Come vuoi» borbottò. Quando arrivarono alla panchina, Ellory e Remi si erano già alzate.

«Ciao! Sono Remi» disse la sua amica. Non gli porse la mano, gli rivolse solo un sorriso amichevole.

«Brady. Ciao, Ellory.»

«Ciao.»

Ci fu un momento di silenzio imbarazzante. Poi Addison suggerì: «Perché non vi sedete e chiacchierate e noi aspettiamo qui?»

«È già qualcosa» borbottò Brady, mentre si avvicinava alla panchina.

Lui ed Ellory si sedettero, sua figlia sembrava nervosa e insicura e sfregava le scarpe sulla terra.

«Non è come me l'aspettavo» disse Remi sottovoce, mentre lasciavano un po' di privacy a padre e figlia. Non tanta che non le permettesse di sentire cosa stavano dicendo se si fosse concentrata, ma abbastanza perché Brady potesse rilassarsi un po'.

«Lui è...» Cercò di trovare un buon aggettivo.

«Uno stronzo» mormorò Dude.

Remi ridacchiò e Addison si sforzò per non sorridere.

«In realtà non lo è. Ok, a volte sì. Ma ci sta provando. Devo dargli credito.»

«No, non devi» ribatté lui.

Addison stava iniziando a sentirsi stressata, e l'ex SEAL non stava aiutando molto. Anche se probabilmente era più diplomatico di quanto lo sarebbe stato Ricky. A suo marito Brady non piaceva proprio, e se avesse sentito come aveva parlato ad Artem, Borysko e Yana, come se fossero stati sordi e stupidi, si sarebbe irritato parecchio anche lui.

Addison fece del suo meglio per tenere un orecchio sulla conversazione tra la figlia e il suo ex, mentre prestava attenzione agli altri bambini nel parco giochi. Stava guardando Yana sull'altalena quando la piccola fece per scendere e inciampò, cadendo a terra. Lanciò immediatamente uno strillo e iniziò a piangere.

«Ci penso io» disse Dude, correndo subito verso di lei.

«Ha un debole per le ragazze» disse Remi. Poi sussurrò: «E ho sentito dire che è un dominante.»

«Un cosa?» le chiese.

«Un Dom. Sai, dominante e sottomesso? Scommetto che quell'uomo è letale a letto.»

«Remi!» la rimproverò. «Stai con Kevlar.»

«Sì, ma questo non significa che non possa guardare. E non posso impedire alla mia mente di pensare. Quando Vincent diventa tutto autoritario con me a letto, è eccitante. Ma *Quel-*

*l'uomo* che fa l'autoritario a letto? Penso che mi farei la pipì addosso dalla paura... o sverrei dal desiderio.»

Addison non poté fare a meno di ridacchiare a quelle parole. Remi non aveva torto. Dude aveva una sorta di aura pericolosa. Anche Ellory se n'era accorta. Non era difficile credere che gli piacessero gli aspetti dominanti del BDSM. Cheyenne, sua moglie, era chiaramente una donna fortunata.

Osservarono Dude prendere Yana, sedersi proprio lì per terra e coccolarla. Le baciò la manina e le spazzolò via la terra dalle ginocchia. Addison guardò Brady, che stava osservando la stessa scena con le labbra contorte in un ghigno derisorio.

Entrambi gli uomini erano padri, ma uno era ovviamente di gran lunga superiore all'altro.

Pensò a ciò che le aveva detto Dude e si chiese perché Brady fosse lì. Quale potesse essere il suo obiettivo. Non era sicura che volesse essere un padre, non uno vero. Allora, perché portava avanti le cose con Ellory?

Si rese conto all'improvviso che sua figlia sembrava a disagio seduta accanto a lui. Non lo guardava e si era allontanata un po' con il corpo. Si chiese cosa si fosse persa. Cos'aveva detto il suo ex alla figlia mentre lei e Remi parlavano?

«Tutto bene?» chiese, avvicinandosi ai due sulla panchina.

«Certo, perché non dovrebbe essere così?» domandò Brady bruscamente.

«Ellory?» Si rivolse a lei senza curarsi di ciò che il suo ex aveva detto, avendo bisogno di rassicurazioni da parte della figlia.

«Va tutto bene» disse sommessamente.

«Stavamo solo parlando della sua cosa, sai, della sua malattia. Ho fatto delle ricerche. Volevo sapere cosa poteva e non poteva mangiare, e cosa succedeva se mangiava qualcosa come un panino del fast-food.»

Addison fece una smorfia. Innanzitutto, il fast food era il

male per Ellory. Tutto quell'unto e grasso non facevano alcun favore al suo intestino. Ma, in secondo luogo, l'ultima cosa di cui sua figlia avrebbe voluto parlare era del morbo di Crohn. Era già abbastanza dura che dovesse avere a che fare con la diarrea, il meteorismo, i clisteri e tutto il resto che comportava la malattia, ma parlarne con qualcuno che non conosceva bene, no, non era in cima alla lista di ciò che lei voleva fare.

«Ellory, perché non racconti a tuo padre della commedia in cui sei impegnata.»

«Reciti? È fantastico!»

«No, sono il direttore delle luci. Sono responsabile della gestione di tutti gli apparati di illuminazione dello spettacolo.»

«Oh» disse Brady, con evidente delusione.

Addison strinse i pugni. Ellory aveva lavorato duramente per tutto il semestre per imparare a gestire il pannello delle luci, ed era davvero orgogliosa di sé. Quando vide le sue spalle abbassarsi, la rabbia verso il suo ex aumentò.

«Hai qualche ballo in programma?» le chiese Brady. «Sono stati il momento clou dei miei anni scolastici. Sei troppo giovane per quello di fine anno, ma magari c'è qualche altro evento formale in cui puoi vestirti elegante. Potresti indossare le scarpe con i tacchi, ti farebbero guadagnare qualche centimetro in altezza.»

«È solo in seconda media» gli ricordò Addison.

«E allora? Ricordo di essere andato a qualche ballo alle medie.»

«Non mi interessano» ammise Ellory.

«Ok. Be', devo andare» disse lui, fingendo di guardare l'orologio sul polso. «È stato bello vederti, Ellory. Forse presto potremo farlo di nuovo senza i cani da guardia.» Poi si alzò e si diresse verso la sua macchina senza voltarsi indietro.

«Simpatico» mormorò Remi.

Ma l'attenzione di Addison era rivolta alla figlia, che non aveva nemmeno alzato lo sguardo quando suo padre se n'era andato.

«Vado a vedere come sta Yana» si offrì Remi, indietreggiando per lasciare che madre e figlia avessero qualche minuto da sole.

Addison non disse nulla, si sedette semplicemente accanto a Ellory, aspettando che fosse lei a parlare. Se avesse voluto farlo, l'avrebbe ascoltata.

«È stato... imbarazzante» le disse dopo un minuto.

Non poté trattenersi e rise. «Già.»

«Mi chiedo cos'hai visto in lui?»

Si ritrovò di nuovo a sorridere. «Ero giovane, tesoro, e anche lui. E mi piacerebbe pensare che allora non fosse così... sprovveduto.» Si inclinò di lato e le urtò la spalla con la propria. «Ehi.»

«Sì?»

«Ti voglio bene.»

«Anch'io. Ricordi quando ho detto a Ricky che ero il direttore delle luci per lo spettacolo? Lui ha pensato che fosse fantastico. Mi ha portato a casa una torta per festeggiare. Anche se ero già il direttore da un paio di mesi, lui non lo sapeva, e ha voluto comunque fare qualcosa per mostrarmi quanto fosse orgoglioso di me.»

«Sì. Quella torta era orribile. Mi ha detto più tardi che non aveva voluto disturbarmi chiedendomi di fare qualcosa, che aveva voluto occuparsene lui stesso... per mostrarti quanto eri importante per lui.»

Ellory rise. «Vero? Ho mangiato solo un boccone... perché, be', lo sai. E sì, i tuoi dolci sono molto meglio. Ma il punto è che lui ha fatto praticamente una festa per qualcosa che era importante per me. Brady... è sembrato solo deluso.»

Non aveva torto. Addison fece un mormorio di assenso.

«Ricky si è impegnato molto per essere un modello maschile positivo per te. Anche se commette degli errori, tipo portarti un dolce che non dovresti mangiare quando tua madre prepara già le torte migliori nel raggio di cento chilometri, lo fa con il cuore, ed è bello che ci provi sempre. Penso che tu abbia ragione... Brady non si sta impegnando molto per capirti davvero, per arrivare a conoscerti e a sapere cosa ti piace e non ti piace.»

«Mamma?»

«Sì, tesoro?»

«Quando torna Ricky? Mi manca.»

«Anche a me. E non lo so. Ricorda che ci ha detto prima di partire che non sa mai per quanto tempo sarà in missione. A volte durano mesi, altre sono più brevi, solo un paio di settimane.»

«Be'... non sono sicura di voler rivedere Brady. Almeno non molto presto.»

Non le sfuggì che lo avesse chiamato "Brady" invece di papà.

«È una tua scelta, tesoro.»

Lei annuì. «Non mi fa sentire contenta di me stessa. Ma Ricky... mi capisce. Mi piace molto. All'inizio non ero così sicura che avresti dovuto sposarlo, ma ora non riesco a immaginare che lui *non* ci sia. Mi ascolta. Mi lascia armeggiare con le sue cose in garage. Non mi spinge a mangiare o mi dice che fa schifo quando il mio intestino fa le sue cose. È... gentile.»

Addison si sentì gonfiare il cuore di emozione. Sì, Ricky *era* gentile. Le baciò la tempia. «Ti va di giocare con i bambini?»

«Sì. Sai quando ho detto che Dude era un po' spaventoso?»

«Mm-mm.»

«Ritiro tutto. Non lo è. Voglio dire, lo sembra sempre, ma poi ho visto come si è comportato con Yana, e come ti ha preso il braccio e ti ha fatto fare un passo indietro quando Brady è entrato nel parcheggio come un fulmine. È protettivo, e quello non è spaventoso. È confortante.»

«Sì, tesoro, è così. Ma mi sento in dovere di dirti che... c'è modo e modo di essere protettivo, c'è anche quello opprimente, da psicopatico e da stalker.»

Ellory rise. «Lo so. Ho visto alcuni di quei programmi polizieschi che ti piace guardare. Va bene che un fidanzato, o una fidanzata se è per questo, voglia sapere dove sei e se stai bene, ma un'altra cosa è chiamare o mandare messaggi quaranta volte per sapere quando tornerai a casa o allontanarti dagli amici e dalla famiglia o farti sentire uno schifo perché vuoi stare con loro.»

«Giusto. Purché tu capisca la differenza.»

Ellory si voltò a guardare sua madre. «Il modo in cui Ricky veglia sui bambini è protettivo. Il modo in cui i suoi occhi ti guardano quando stai cucinando, come se non potesse credere che tu sia lì e stesse contando tutti i motivi per cui è stato fortunato, è protettivo. Il modo in cui Dude è corso subito da Yana quando è caduta, anche se era ovvio che non si fosse fatta male, ma che era solo spaventata... è protettivo. Conosco la differenza.»

Addison fece del suo meglio per non piangere. Sua figlia stava davvero crescendo, e lei amava la cosa e allo stesso tempo la odiava. Il tempo passava troppo velocemente. E all'improvviso, in un battito di ciglia, Ellory si sarebbe trasferita, sarebbe andata al college. Non era pronta.

«Accidenti. Non piangere, mamma» le disse, con la familiare alzata di occhi al cielo. «Vado a far stancare i bambini mentre tu e Remi state qui a chiacchierare.»

«Mi sembra una buona idea. Quando sarete pronti a tornare a casa, fatemelo sapere.»

«Ok.» Ellory si alzò e si diresse verso il parco giochi. Poi si voltò e disse dolcemente: «Sai, a volte ciò che non hai sembra il premio più ambito. Qualcosa che desideri più di ogni altra cosa al mondo. Ma poi quando lo ottieni, ti guardi intorno e ti rendi conto che *avevi* già tutto ciò che hai sempre desiderato.»

Mentre sua figlia correva verso i bambini più piccoli e Dude che stavano giocando, la vista di Addison si annebbiò di nuovo.

«Stai bene?» le chiese Remi, come materializzandosi dal nulla.

«Sì, sto bene» rispose, asciugandosi gli occhi. «Ho appena capito che mia figlia è molto più intelligente di quanto lo fossi io alla sua età. Cavoli, più di quanto non lo fossi a ventun anni.»

«È una brava bambina. Hai fatto un lavoro straordinario nel crescerla.»

Quel complimento significava per lei più di quanto avrebbe potuto esprimere a parole. Dopo tutte le notti insonni, tutte le lacrime, le preoccupazioni quando i dottori cercavano di capire che problemi di salute avesse, le prove e le tribolazioni nel destreggiarsi tra la scuola e gli amici... sapere di aver fatto qualcosa di giusto significava tutto per lei.

«Dai, hai la faccia di una che ha bisogno di dondolarsi. O magari di scendere da quello scivolo.»

«Ti ricordi quelle vecchie giostre che c'erano negli anni Settanta e Ottanta, da cui i bambini si lanciavano fuori quando andava tanto veloce?»

«Sì?»

«Ce ne serve una.»

Remi rise. «Ma non ci servono le ossa rotte che portano di conseguenza. Dovremo accontentarci delle ustioni di terzo grado su gambe e mani causate dallo scivolo che ha il metallo caldo un milione di gradi.»

«Tranne che questo è di plastica» ribatté Addison con un sorriso.

«Accidenti. Questo toglie tutto il divertimento.»

«Grazie per essere venuta oggi.»

«Figurati. È a questo che servono gli amici.»

Addison sapeva che probabilmente non avrebbe dovuto chiedere ciò che aveva in mente, ma non riuscì a trattenersi. «Hai idea di quando torneranno?»

Non dovette spiegare a chi si riferiva, Remi lo sapeva. «No. Ma spero sia presto.»

«Anch'io» mormorò.

«È pazzesco quanto ci mancano, vero? Voglio dire, quando sono a casa possono farci ammattire, ma non appena non ci sono, faremmo di tutto per tornare a quella pazza normalità.»

«Già.»

«Vedo se riesco a prendere in disparte Dude per chiedergli se sa qualcosa. A volte gli altri SEAL sono informati su cose che la famiglia non può sapere. Forse mi farà un piccolo favore e si lascerà sfuggire qualcosa.»

«Quell'uomo che si lascia sfuggire qualcosa? Nei tuoi sogni.»

«Wow. Con quelli potrei far succedere tante cose vietate ai minori, ma non lo farò, perché sarebbe sbagliato desiderare l'uomo di qualcun'altra» disse Remi con un enorme sorriso ironico.

Addison scoppiò a ridere, poi tornò seria. «Qualsiasi cosa potrà dirci sarebbe un enorme sollievo.»

Un'ora più tardi, i ragazzi erano stanchi e affamati e pronti a tornare a casa. Alla fine Dude non sapeva nulla della missione di Ricky e gli altri, ma promise di vedere se riusciva a scoprire qualcosa, e ciò la fece sentire un pochino meglio.

Quella sera, dopo che i bambini furono tutti a letto, Addison si sedette in soggiorno a piangersi un po' addosso. Si sentiva sola, e ciò la sorprendeva sempre un po' perché aveva trascorso un sacco di serate seduta a guardare la TV da sola. Ma era prima che Ricky entrasse nella sua vita. Prima di accettare un matrimonio di convenienza che in qualche modo si era trasformato in quello che aveva sempre desiderato.

Il telefono di Ellory vibrò per quella che sembrava la decima volta da quando lei era andata a letto. Sollevò il cellulare e vide che era un messaggio di Brady... ancora. Sua figlia in uno precedente aveva cercato di dirgli con gentilezza che non era sicura di quando avrebbero potuto vedersi di nuovo, dato che era molto impegnata con la scuola. Ma lui chiaramente non aveva capito l'antifona. O aveva semplicemente scelto di ignorarla. Ora Addison era ufficialmente stufa di quella situazione.

**Ellory**: *Sono Addison. Devi smetterla. Ellory è a letto.*

**Brady**: *Di già? Non è una bambina.*

**Ellory**: *Sì, di già. E se continui a perseguitarla, la allontanerai. Dalle un po' di spazio, Brady.*

**Brady**: *Stai solo cercando di tenermi lontano da mia figlia, e non te lo permetterò.*

**Ellory**: *Non sto cercando di tenerti lontano da lei. La conosco meglio di te, e ti sto dicendo che la stai soffocando. Devi diminuire i messaggi, le chiamate e le suppliche di vederla.*

**Brady**: *È quello che vorresti tu, vero? Tenermi a distanza.*

Addison sospirò e lasciò cadere la testa sul cuscino dietro di lei. Brady si stava comportando da idiota. Stava cercando di aiutarlo, ma lui continuava a calcare la mano sul suo ruolo di vittima. Ed era decisamente stanca del fatto che mandasse messaggi a tutte le ore e si comportasse come se una dodi-

cenne non dovesse avere un orario per andare a letto. La loro
figlia era matura per la sua età, ma era ancora una bambina.

**Ellory**: *Te l'ho già detto, non mandare più messaggi a quest'ora. Non essere così insistente. Se continuerai ti porterò in tribunale, e con chi pensi che si schiererebbe il giudice? Con me. Non mi hai pagato un centesimo di mantenimento e non sei stato un padre per lei in tutta la sua vita. Farò tutto il necessario per proteggerla da chiunque o qualsiasi cosa possa farle del male, incluso il suo stesso padre biologico. Non mettermi alla prova, Brady. Dico sul serio.*

    **Brady**: *Tu non mettere alla prova ME, Addison. Non ti piacerebbe sapere fino a dove potrei spingermi per vedere mia figlia.*

Un senso di inquietudine la pervase. Non aveva idea del perché Brady insistesse così tanto, ma era stanca di cercare di ragionare con lui. Voleva anche lasciare i messaggi sul telefono in modo che Ellory potesse vederli, ma non si sarebbe abbassata al livello del suo ex. Inoltre, lei era una ragazza intelligente, stava già vedendo suo padre per quello che era veramente. Eliminò i messaggi e mise il telefono in modalità "Non disturbare". In quel momento avrebbe potuto davvero usare i consigli sensati di Ricky, anche se lui era tutt'altro che calmo quando si trattava di Brady. Anche solo pronunciare il suo nome gli faceva approfondire la piccola ruga sulla fronte.

Per un attimo desiderò di non essersi imbattuta di nuovo nel suo ex. Era una complicazione di cui non aveva bisogno e che non voleva. La sua vita era già abbastanza stressante così com'era. Avere a che fare con Brady, che sembrava sempre più ovvio avesse un misterioso secondo fine, era qualcosa a cui non voleva nemmeno più pensare. Ma non aveva scelta. Avrebbe dovuto resistere finché lui non si fosse stancato di interpretare il ruolo del padre affettuoso e fosse venuto alla luce il vero motivo per cui insisteva così tanto nel voler conoscere la figlia.

«Ovunque tu sia, Ricky, spero tu stia bene» sussurrò nella quiete della sera. «Torna presto a casa. Mi manchi.»

———

Brady sbatté giù il telefono. Il suo piano per avvicinarsi alla figlia non stava andando come previsto. Aveva avuto tutta l'intenzione di conquistare rapidamente la ragazza, poi di incoraggiarla a chiedere a sua madre di passare del tempo da sola con lui. Nel momento in cui ciò fosse successo, l'avrebbe portata subito al suo socio, si sarebbe preso la sua parte di soldi, mentre lei sarebbe stata spedita all'estero a un trafficante. Era comodo che Riverton fosse situato sulla costa; il suo contatto aveva perfezionato l'arte di spedire rapidamente i corpi a varie persone in Asia. Naturalmente, la maggior parte erano di persone già decedute, e avere un donatore vivo era decisamente meglio sotto ogni aspetto, perché gli organi non avrebbero rischiato di decomporsi.

Brady aveva già deciso che la sua truffa non sarebbe finita lì. Avrebbe ottenuto il compenso per aver portato Ellory all'uomo... ma avrebbe anche potuto chiedere un riscatto ad Addison, che senza dubbio avrebbe pagato qualsiasi cifra le fosse stata chiesta.

Avrebbe potuto assumere qualcuno che lasciasse un biglietto a casa loro o che facesse una telefonata chiedendo il riscatto, con tanto di istruzioni su come e quando pagare, il tutto mentre lui faceva il padre preoccupato.

Così avrebbe ottenuto il doppio dei soldi!

Ma prima, doveva fare in modo che Ellory rispondesse ai suoi maledetti messaggi.

La ragazza era anormale: malaticcia, pallida e dannatamente *strana*. Era imbarazzante. Loro due non avevano nulla in comune; non aveva per niente preso da lui. Non gli piaceva nemmeno parlare con lei, e chiaramente il sentimento era reciproco.

Era ovvio che avrebbe dovuto escogitare un nuovo piano, che gli garantisse comunque di poter avere accesso a Ellory da sola.

Non sapeva come, ma ci sarebbe riuscito. La quantità di denaro che avrebbe guadagnato era troppo cospicua per rinunciarci. No, ora che c'era dentro, doveva arrivare fino in fondo. Soprattutto dopo che il suo socio aveva accennato al tentativo di estromettere l'intermediario, dato che avevano a che fare con un raro corpo vivo; infatti, stava lavorando per trovare lui stesso un acquirente per gli organi della ragazzina invece di venderla a uno dei suoi contatti, il che significava un compenso ancora *più alto*. Non poteva tirarsi indietro ora.

Sua figlia era un mezzo per raggiungere un fine, e lui avrebbe vinto. Succedeva sempre.

# CAPITOLO TREDICI

MACGYVER ERA ESAUSTO. La missione aveva avuto qualche piccolo intoppo e richiesto più tempo del previsto, ma alla fine erano riusciti a individuare il terrorista che avevano ricevuto l'incarico di eliminare e avevano contrastato e bloccato un altro piano volto a uccidere dei cittadini americani innocenti. Ma abbattere i terroristi era come giocare ad "Acchiappa la talpa", ne facevano fuori uno e ne spuntava subito un altro che prendeva il suo posto.

Essere un SEAL era gratificante, ma era anche un lavoro infinito. In passato si era scoraggiato per il fatto che ci sarebbero sempre stati degli esseri umani che avrebbero cercato di ucciderne altri, di solito senza una buona ragione, ma quel giorno, nonostante fosse stanco, era anche carico di adrenalina.

Erano quasi a casa. Avevano fatto rapporto in Germania, e una volta tornati a Riverton avrebbero avuto diverse riunioni riguardanti la missione e cosa avrebbero potuto migliorare nella successiva, ma prima di allora MacGyver avrebbe potuto vedere la sua famiglia.

Anche il solo pensiero era sufficiente a farlo sentire eccitato.

«È bello, vero?» disse Safe.

«Cosa?»

«Avere delle persone che ti aspettano a casa.»

«Già. Come sta andando il lavoro di Wren con suo padre?»

«Bene. Le piace. Trovare lui e i suoi tre fratellastri è stata una benedizione. Come stanno andando le cose con Ellory e il padre biologico?»

MacGyver aggrottò la fronte. «Non bene. Vogel non è per niente come il padre di Wren, questo è certo.»

«Peccato. Ellory sta bene?»

«Non lo so. Odio essermi perso l'ultimo incontro che hanno avuto, ma da quello che mi ha detto Addison non è andato tanto bene. Mi racconterà i dettagli non appena sarò a casa.»

«Be', sono tutti fortunati ad averti. Sei un padre fantastico, MacGyver. Devo ammettere che quando hai detto che volevi tenere Artem, Borysko e Yana avevo dei dubbi. Voglio dire, cosa ne sappiamo noi di come si crescono dei figli? Ne desidero anch'io, ma sono anche abbastanza egoista da voler passare del tempo con Wren prima di intraprendere quella strada. Tu ti sei lanciato nel ruolo di padre senza alcun "sistema di salvataggio".»

«Non so dirti perché ho capito subito che quei tre bambini erano destinati a essere miei. È successo qualcosa mentre ci aggiravamo furtivamente in quella città devastata in Ucraina. Il pensiero di lasciarli era così doloroso che non riuscivo nemmeno a contemplarlo.»

«Be', siamo tutti molto felici per te. E dicevo sul serio, sei un padre davvero bravo. Quel ruolo ti si addice.»

«Grazie.»

Una volta atterrati, MacGyver era trepidante. Voleva solo

tornare a casa e vedere le persone che erano diventate il suo mondo.

«Non chiami Addison per dirle che sei tornato?» gli chiese Preacher.

«No, credo che andrò direttamente a casa per far loro una sorpresa. È abbastanza presto e dovrebbero essere ancora tutti svegli.»

«Non sono sicuro che sia l'idea migliore» replicò il suo amico, con la fronte aggrottata.

«Perché?»

«Non lo so. Potresti far venire loro un infarto se entri e basta.»

MacGyver sorrise. «Sono disposto a rischiare.»

«Be', non venire a piangere da noi se ti arriva una sfuriata per non averlo detto ad Addison non appena hai toccato terra qui negli Stati Uniti.»

MacGyver considerò per un momento il suo suggerimento, ma voleva davvero vedere la reazione di Addy e dei bambini quando si fossero accorti che era tornato a casa. Inoltre, non voleva perdere tempo al telefono quando avrebbe potuto essere in viaggio verso sua moglie per poterla riabbracciare.

La squadra SEAL si sparpagliò nel parcheggio e MacGyver salì sul Maggiolino, che per fortuna si mise subito in moto. Non poté fare a meno di sorridere per il fatto di essere nella macchina di Addison. Lei la adorava. Sperava che non avesse avuto problemi con l'Explorer mentre lui era via.

Aveva un milione di domande che gli ronzavano in testa. Come se la stava cavando Ellory con il morbo di Crohn? Yana aveva iniziato a parlare di più? Borysko aveva imparato tante parole nuove come gli aveva chiesto? Artem aveva preso un bel voto al suo ultimo compito di scienze? E Addison... era completamente esausta? Era riuscita a destreggiarsi bene con tutto? Era preoccupato soprattutto per lei.

Quando entrò nel vialetto vide che le luci in casa erano accese e non riusciva a smettere di sorridere. Gli sembrava fosse Natale, Pasqua e il 4 luglio tutto nello stesso momento. Lasciò il borsone in macchina, decidendo di occuparsene l'indomani mattina, e si avviò verso la porta d'ingresso. Era chiusa a chiave, per fortuna, dato che aveva implorato Addison di farlo quando erano a casa.

Usò la sua chiave per aprirla, ed entrò silenziosamente.

Fece un respiro profondo e si sentì il mento tremare. Non avrebbe mai pensato che un profumo avrebbe potuto metterlo in ginocchio, ma dopo aver trascorso settimane nella terra e nello sporco, respirando l'odore di sudore suo e dei suoi compagni di squadra, la fragranza dei biscotti appena sfornati ebbe il potere di fargli venire le lacrime agli occhi.

Sentì i bambini ridere... un'altra ondata di felicità che fu quasi troppo per lui. Camminò silenziosamente verso il soggiorno e vide la sua famiglia sdraiata sui divani, sotto le coperte che non possedeva prima di sposare Addison. La scena sembrava uscita da un film di Hallmark, tranne per il fatto che la frangia di Yana sembrava fosse stata tagliata a casaccio di recente, Borysko aveva un livido sulla fronte, la maglietta di Artem aveva una macchia di cibo ed Ellory stava alzando gli occhi al cielo per qualcosa che aveva detto uno dei suoi fratelli.

E Addison... sembrava ancora più bella di prima che lui se ne andasse. Aveva le occhiaie, i suoi capelli erano spettinati, indossava una delle sue magliette blu della Marina... e lui non riusciva a smettere di fissarla.

E tutto quello era suo: il disordine, il caos, la donna, i bambini. Erano *suoi*. Era davvero difficile da credere. E ciò resc quello che faceva per vivere totalmente degno di essere fatto. Il pensiero che uno qualsiasi di quei preziosi esseri umani finisse nel mirino di un uomo come quello che avevano appena fatto fuori era aberrante.

«Ricky?»

Il grido incredulo di Ellory ammutolì la stanza per una frazione di secondo, poi scoppiò il finimondo. I bambini urlarono e balzarono in piedi dai divani per correre verso di lui, persino Ellory. MacGyver si inginocchiò e aprì le braccia, e fu travolto dai suoi esuberanti figli che praticamente lo placcarono.

«Sei a casa!»

«Ricky!»

«Quando sei arrivato?»

«Non posso credere che tu non ci abbia fatto sapere che eri tornato!»

MacGyver non riusciva a smettere di sorridere. Non era mai stato così felice in tutta la sua vita. Ecco perché quei video sdolcinati sui soldati che sorprendevano le loro famiglie e i loro figli erano così popolari. Perché la gente piangeva quando li guardava. E lui stava vivendo quel tipo di emozione in prima persona.

Alzò lo sguardo dai bambini e vide Addison dietro di loro, con la mano sulla bocca e le lacrime che le rigavano il viso. Per una frazione di secondo andò nel panico, chiedendosi se fossero lacrime di gioia o meno, ma poi lei cadde in ginocchio e si unì al gruppetto sul pavimento.

MacGyver rise mentre cercava di avvolgere le braccia non solo intorno ai suoi figli, ma anche a sua moglie. Ovviamente non ci riuscì, perché Yana arrivò a due millimetri dal colpirlo con una ginocchiata nei testicoli, Artem gli stava praticamente urlando nell'orecchio, facendogli una domanda dopo l'altra, Borysko era accasciato come un peso morto contro di lui ed Ellory era inginocchiata proprio contro il suo fianco, sorridendo come una pazza. Ci vollero un paio di minuti, ma alla fine rimise tutti in piedi e si voltò verso Addison. «Tesoro, sono a casa» scherzò.

Lei fece un adorabile sbuffo misto a una risata, poi si lanciò contro di lui. MacGyver portò indietro un piede per tenersi in equilibrio e la abbracciò forte. *Quello* era ciò che aveva sognato. Aspettato. Desiderato. Stringere sua moglie.

Ma lei non rimase tra le sue braccia abbastanza a lungo, perché si tirò indietro per percorrerlo con lo sguardo dalla testa ai piedi. «Stai bene? Sembra che tu abbia perso peso. Sei ferito? Stanno tutti bene?»

«Stiamo tutti bene e probabilmente ho perso qualche chilo, ma qualsiasi cosa abbia un profumo così dannatamente buono sono sicuro che me lo farà recuperare in men che non si dica.»

«La mamma ha fatto la torta quattro quarti» disse Artem, appoggiandosi a MacGyver come se non riuscisse a sopportare di stare lontano da lui per un secondo. «Non l'avevamo mai mangiata, ma è buona.»

«Fragole!» esclamò Yana dall'altro lato.

«Avete mangiato la torta quattro quarti con le fragole?» chiese.

«Sì!» gli rispose Borysko con un enorme sorriso.

«E cos'è successo ai tuoi capelli?» domandò, scostando una ciocca irregolare dalla fronte di Yana.

«Ha preso un paio di forbici da cucina» disse Addison in tono piatto, scuotendo leggermente la testa.

«E tu, Borysko? Hai un grosso livido sulla fronte.»

«Sono caduto a scuola.» Poi sbatté le mani una contro l'altra, chiaramente mostrando come aveva colpito il pavimento con la testa.

MacGyver fece una smorfia. «Ahia. Ma stai bene?»

«Sì» rispose con un sorriso.

«E tu, Ellory, come stai? Tutto bene a scuola?»

«Se mi stai chiedendo di Chrys, non mi ha dato fastidio. Be', una volta sì, prima di entrare in classe. È venuta da me con alcune delle sue amiche e ha iniziato a dire cose cattive, ma io l'ho fissata con grandi occhi spaventosi, come mi hai suggerito di fare. Quando non ho detto o fatto niente, si è spaventata e mi ha lasciata in pace.»

MacGyver ridacchiò. «Bene. E il tuo lavoro teatrale? Come sta andando?»

Lei sorrise raggiante. A quanto pareva era stata la domanda giusta da fare.

«È fantastico! Lo adoro. Prima di quest'anno pensavo che il teatro riguardasse solo la recitazione, cosa che non volevo fare, ma adoro stare dietro le quinte. Sono riuscita a riparare una delle luci la scorsa settimana. Si era spenta e non funzionava più, e nessuno riusciva a capire perché. Ma ho tirato fuori il mio MacGyver interiore, ho modificato questo e quello, ho spostato qualche filo e tutto ha ricominciato a funzionare!»

«Brava la mia ragazza!» la elogiò.

Ci volle più di un'ora per mettersi in pari con ognuno dei quattro bambini e con quello che avevano fatto durante la sua assenza. Mentre dedicava loro tutta la sua attenzione, Addison scaldò silenziosamente alcuni avanzi e gli portò una forchetta e un piatto, lasciandolo continuare a parlare. Poi una volta che lui ebbe mangiato tutto, riportò via le stoviglie sporche e gli porse un bicchiere d'acqua e una grande fetta di torta ricoperta di fragole.

I bambini non avevano torto, era uno dei dolci più buoni che avesse mai mangiato. Aveva l'acquolina in bocca a ogni boccone che si godeva.

Ci vollero altri quarantacinque minuti per metterli tutti a letto. Erano eccitati per il fatto che fosse di nuovo a casa e volevano tutti parlargli nello stesso momento. MacGyver lesse tre storie a Yana, rimboccò le coperte ai ragazzi e li rassicurò che non sarebbe partito per un po'. Poi approfittò di un momento di quiete per chiedere a Ellory della sua salute, dicendole anche che voleva sapere tutto dell'incontro con il padre quando avessero avuto un po' più di tempo e di privacy, e si sentì sollevato quando lei annuì semplicemente senza dire che non voleva parlarne.

MacGyver era esausto per il viaggio e per l'emozionante ricongiungimento con la sua famiglia, ma provava una contentezza profonda. Tutto ciò era quello che gli era mancato. Sì, era stancante essere il padre di quattro figli e assicurarsi che tutte le loro diverse esigenze fossero soddisfatte, ma era anche estremamente gratificante. Pensare a cos'avrebbero fatto Artem, Borysko e Yana, dove avrebbero dormito o cos'avrebbero mangiato se non li avesse portati negli Stati Uniti, era sufficiente a fargli venire un attacco di ansia.

Finalmente, ora che i bambini erano a letto, poteva dedicare la sua attenzione alla moglie.

Addison lo stava aspettando in soggiorno. Aveva pulito la cucina, piegato le coperte e iniziato a preparare il pranzo dei ragazzi per il giorno successivo. Ancora una volta, lo stupì quanto fosse brava a occuparsi di tutto.

Senza dire una parola, le si avvicinò e la prese tra le braccia, e rimasero in silenzio per un lungo momento.

«Bentornato a casa» gli mormorò tra i capelli. «In questa follia.»

«Mi è mancata» la rassicurò.

Lei ridacchiò, poi si tirò indietro, tenendogli le braccia intorno alla vita. «Non riesco a credere che tu non mi abbia chiamata per avvertirmi che stavi tornando a casa» disse con un piccolo cipiglio.

«Non volevo perdere tempo. L'unica cosa a cui riuscivo a pensare era arrivare qui e vedervi tutti.»

«Va bene, per questa volta sei perdonato. Ma la prossima sarà meglio che mi chiami non appena quelle ruote toccheranno terra.»

MacGyver ridacchiò. «Sì, signora.» La studiò per un momento. «Stai bene? Sembri esausta.»

«Credo che avrei dovuto dirlo a te» scherzò.

«Addison» la avvertì.

«Sto bene. Sono solo stanca. Pensavo che essere una madre single con un solo figlio fosse faticoso, ma quattro è un livello di fatica totalmente nuovo.»

Si sentì in colpa per averla lasciata sola.

Ma lei capì il suo stato d'animo, scosse la testa e disse: «No.»

«No cosa?»

«Non ti è permesso di sentirti in colpa. Stai facendo ciò che sei destinato a fare. Io posso occuparmi dei bambini mentre sei via, ma mi sei mancato. Ho pensato a te ogni secondo della giornata. Mi chiedevo dove fossi, cosa stessi facendo, se fossi ferito... non è stato divertente.»

Il cuore di MacGyver mancò un battito. Cosa intendeva dire?

«Ora capisco ciò che Caroline, Alabama e le altre donne hanno cercato di dirmi. Ovvero che sebbene non sia facile essere la moglie di un militare, a volte è *veramente* dura, ma è anche gratificante. Il fatto di occuparmi delle cose qui mentre tu sei via a fare il tuo lavoro... mi fa sentire necessaria.»

«Oh, sei necessaria, signora Douglas.»

Sorrise. «Signora Douglas. Non sono ancora abituata a sentirmi chiamare così.»

«E a proposito di nomi... mi sono accorto che Artem ti ha chiamata "mamma". Non ho voluto farlo notare quando l'ha detto perché non sapevo se fosse diventata una cosa normale o meno. Cosa provi al riguardo?» le chiese.

Addison sorrise. «È straordinario» sussurrò. «E quella è stata la prima volta» aggiunse, continuando a sorridere.

«Questo è stato il miglior ritorno a casa di sempre. Tu, i bambini, sentire Artem chiamarti mamma... è più di quanto avrei mai pensato di ricevere.»

Addison lo strinse forte e MacGyver chiuse gli occhi, apprezzando immensamente la donna tra le sue braccia. Si tirò indietro e le passò lentamente le dita tra i capelli ramati. Le ciocche vi si avvolsero intorno come se fossero state felici di averlo a casa quanto lo era lui di esserci. «Sono stanco morto» ammise. «Tutto ciò che voglio è dormire nel mio letto e tenere tra le braccia mia moglie.»

«Penso che sia fattibile» replicò con un sorriso. «Vai a farti una doccia. Aspetta, dov'è la tua borsa? Posso andare a prenderla in macchina mentre tu ti lavi.»

«Lasciala lì. È piena di roba puzzolente con cui non vuoi di sicuro avere a che fare. Me ne occuperò domani. Non devo andare al lavoro prima di mezzogiorno. Abbiamo una riunione per fare rapporto con il comandante e basta. Poi posso andare a prendere i ragazzi.»

Addison sospirò. «Mi sei mancato così tanto. Giuro che ho percorso almeno duemila chilometri con la tua macchina per portare in giro tutti.»

«Penso che sia giunto il momento di convincere i ragazzi a prendere l'autobus per andare e tornare da scuola, dato che ora si sono ambientati abbastanza bene e il loro inglese è migliorato molto.»

Addison annuì. «Stavo pensando la stessa cosa. È dura andare tutti i giorni ad accompagnarli e a riprenderli, dovendo farlo anche con Yana ed Ellory.»

«Dai. Basta chiacchiere, il nostro letto ci sta chiamando.»

Addison sorrise e inclinò la testa. «Ah, era quello il suono? Pensavo fosse un'allucinazione.»

Amava quella donna. Da morire. Dopo essersi assicurato che porte e finestre fossero ben chiuse, MacGyver andò in bagno per fare quella doccia tanto necessaria. Una volta finita, dopo essersi lavato i denti tre volte e messo anche un po' di crema, dato che il caldo in Medio Oriente era stato brutale per la sua pelle, trovò Addison che lo stava aspettando a letto.

Sospirando soddisfatto alla sensazione delle lenzuola pulite e di un materasso comodo, MacGyver non fece in tempo a sistemarsi sulla schiena che sua moglie era già tra le sue braccia.

Chiuse gli occhi e fece del suo meglio per tenere sotto controllo le emozioni. Ricongiungersi con i suoi figli era stato toccante, ma ... essere sdraiato nel suo letto, con la moglie stretta a lui, era travolgente.

«Bentornato a casa, Ricky» sussurrò Addison contro il suo petto. «Ti amo.»

«Ti amo anch'io. Dannatamente tanto.»

MacGyver aveva pensato che sarebbe rimasto sveglio per un po', a godersi la sensazione di essere a casa, di essere pulito e di avere Addy tra le braccia. Invece prese sonno quasi all'istante. Sentirsi al sicuro e amato, sommato al fatto di essere stato sveglio per quasi trentasei ore, fu un ottimo aiuto per addormentarsi.

---

Addison era molto stanca, ma non riusciva a dormire. Aveva sognato di stare tra le sue braccia ogni notte da quando era partito. Profumava di limone; aveva chiaramente usato la sua lozione prima di andare a letto. La sensazione del suo petto che si alzava e abbassava mentre respirava era ipnotiz-

zante. Era tornato... e relativamente illeso. Non le erano
sfuggiti i lividi sul petto e sulle braccia, ma dato che
sembrava non gli facessero male, aveva fatto del suo meglio
per ignorarli.

Suo marito era a casa. Il periodo trascorso senza di lui era
stato più difficile di quanto avrebbe mai ammesso. Aveva
temuto di non fare o dire le cose giuste con i bambini per ogni
situazione. Era stata stressata a causa del suo ex e per Ellory.
Si era chiesta come sarebbe riuscita a portare a termine le
torte per i clienti e fare anche tutto il resto. C'era una
montagna di roba da lavare e la casa era un disastro... ma tutti
erano felici e in salute, quindi aveva intenzione di considerarla
una vittoria.

Non aveva parlato del programma del giorno con Ricky,
come faceva di solito quando andavano a letto, ma lui era
stato ovviamente più che esausto. Si era addormentato in
pochi secondi. Avrebbero avuto il tempo al mattino, durante
la colazione, di parlare di quali attività ognuno aveva e quali
faccende dovevano essere fatte.

Condividere il primo pasto della giornata con suo marito
era qualcosa che non avrebbe mai più dato per scontato. Né
tutto ciò che lui faceva per la loro famiglia. Sì, durante il
giorno era alla base, ma riusciva comunque a fare un sacco di
cose che alleggerivano il carico di lavoro sulle sue spalle.

Addison alla fine si addormentò, con una gamba sulle
cosce di Ricky, un braccio intorno alla sua pancia, tenendolo
stretto a sé anche mentre dormiva.

Non era sicura di cosa l'avesse svegliata e non aveva idea di
che ora fosse. Era ancora quasi completamente buio nella
stanza, fatta eccezione per il bagliore proveniente dalle luci
notturne sulle pareti che avevano installato nel caso uno dei
bambini avesse avuto bisogno di qualcosa nel cuore della
notte e fosse entrato nella stanza.

La sera prima le tornò in mente in un baleno. Ricky era a casa.

«Scusa» le sussurrò. «Il mio ritmo del sonno è andato a farsi benedire. Mi sono svegliato, avevo la mia bellissima moglie tra le braccia che mi sbavava addosso, ma non lo dirò, e il mio cazzo, che si è comportato bene nelle ultime settimane, ha improvvisamente sviluppato una mente propria.»

Addison ridacchiò e alzò lo sguardo verso il marito. Ricky era sospeso su di lei, tenendosi su con il gomito, aveva portato l'altra mano sotto la *sua* maglietta e stava giocherellando con il suo capezzolo.

Sentì la sua erezione contro la coscia e il suo desiderio divampò all'istante. Non aveva sentito il minimo bisogno di procurarsi piacere mentre lui era via. Era stata troppo impegnata, troppo preoccupata per pensare al sesso. Ma ora che era a casa, sano e salvo e a letto con lei... non riusciva a pensare ad altro.

Senza esitazione, si sollevò un po' e si sfilò la maglietta dalla testa. Poi spinse giù le mutandine e le scalciò via, e si sdraiò di nuovo, sorridendogli. «Sbrigati, prima che i bambini si sveglino e pretendano la montagna di pancake alta trenta centimetri che mangiano ogni mattina. Giuro che sono un pozzo senza fondo. Non so come facciano a ingurgitare tutta quella roba.»

Ricky sorrise, ma obbedì alla sua richiesta, abbassando la testa per prenderle un capezzolo in bocca. Addison si inarcò contro di lui e gemette piano. Le era mancato. Il sesso con Ricky era incredibilmente straordinario. Le faceva provare cose che non aveva mai sperimentato prima, e che certamente non avrebbe potuto ripetere con le proprie dita e i sex toy.

In un impeto di impazienza gli infilò la mano nei boxer e avvolse le dita intorno alla sua erezione.

«Cazzo, tesoro. Sì» le disse, spingendo i fianchi verso la sua mano. Addison sorrise.

Poi, in un turbinio di movimenti, lui si tolse i boxer, si inginocchiò tra le sue gambe, le infilò le mani sotto il sedere e lo sollevò dal materasso nello stesso momento in cui abbassò la testa.

Addison sussultò di piacere per il modo in cui le attaccò letteralmente la fica. Non usò delicatezza e non ci furono preliminari gentili. Andò dritto al suo clitoride e la leccò e succhiò come se fosse stato un uomo in punto di morte e lei il suo unico sostentamento.

Era passato abbastanza tempo, e Ricky era parecchio talentuoso che ci vollero pochi minuti perché le sue cosce iniziassero a tremare rivelando che era vicina all'orgasmo.

Nel momento in cui si irrigidì, lui sollevò la testa, le lasciò cadere il sedere sul letto e le allargò le gambe. Stava ancora venendo quando la penetrò con una rapida spinta. La sensazione di pienezza prolungò il suo orgasmo. Così come fece il modo in cui iniziò a scoparla intensamente.

Ricky si allungò su di lei, appoggiando le mani accanto alle sue spalle. I suoi fianchi spingevano con forza mentre la prendeva. Addison gli afferrò i bicipiti e lo fissò negli occhi, e lui a sua volta non distolse lo sguardo mentre la reclamava.

Ogni volta che arrivava in fondo premeva contro il suo clitoride, facendola dimenare dal piacere. Il sesso con lui era mai stato *così* incredibile? Probabilmente sì. Ma era passato troppo tempo e lei se n'era chiaramente dimenticata.

«Ti amo» gli sussurrò.

«Ti. Amo. Da. Morire» disse lui a tempo con le spinte.

Poco dopo il suo ritmo iniziò a vacillare, facendole capire che era vicino all'orgasmo anche lui. Addison si sollevò un po', gli prese il lobo dell'orecchio tra i denti e lo succhiò forte. Bastò quello. Ricky gemette, si spinse più in profondità di quanto non avesse mai fatto prima mentre veniva, e crollò sopra di lei.

Trascorse un lungo momento, poi lui si sollevò sui gomiti e mormorò: «Porca puttana, donna, mi hai quasi ucciso.»

«Non ho fatto altro che stare qui sdraiata» lo stuzzicò.

«Lo so» disse serio. «Ti amo così tanto. Sei tutto per me. Con te sono l'uomo che ho sempre desiderato essere.»

«Ricky» sussurrò lei sull'orlo delle lacrime. Le era mancato così tanto. Averlo a casa sano e salvo era un sogno che si avverava. Si rifiutava di pensare a tutte le future partenze per le missioni. Voleva credere che la prima fosse stata la più difficile, ma aveva la sensazione che sarebbe stato sempre peggio.

Quando si dimenò sotto di lui, le chiese: «Ti sto schiacciando?»

«No, così è perfetto.»

«Oh, accidenti.»

«Che c'è?»

«Non ho usato niente... *di nuovo*. Mi dispiace! Giuro che non lo faccio apposta. Ma tutto quello a cui riuscivo a pensare era al tuo sapore sulla mia lingua, poi a essere dentro di te.»

«Non preoccuparti.»

La fissò per un attimo. «Stai già prendendo qualcosa? Hai visto un dottore mentre ero via?»

Addison si morse il labbro, distogliendo lo sguardo. Aveva avuto intenzione di farlo. Era stato il momento perfetto per iniziare a prendere la pillola anticoncezionale, ma tra i bambini e il lavoro non ci era ancora riuscita. Scosse la testa nervosamente.

«Guardami, Addy.»

Sollevò gli occhi e incontrò il suo sguardo.

«Quattro bambini sono tanti, più di quanti probabilmente avresti mai pensato di gestire. Aggiungerne un altro sarebbe una follia, spingerebbe al massimo le nostre vite già piene d'impegni. Detto questo... che tu abbia il mio bambino, un maschietto o una femminuccia dai capelli rossi... è qualcosa che desidero davvero *tanto*.»

Addison lo sentì contrarsi in profondità nel suo corpo.

«Anch'io» sussurrò.

«Cazzo» mormorò Ricky, appoggiando la fronte sulla sua. «Mi stai uccidendo, Addy.»

«Il momento non è dei migliori. Non sappiamo nemmeno se otterremo la custodia permanente dei bambini.»

«Ce la daranno» replicò lui con convinzione. «Tex risolverà tutto. Però la casa non è abbastanza grande per un altro bambino. Anche se probabilmente potremo tenerlo qui con noi per un po'.»

Sentire il suo grande e grosso marito parlare di avere un bambino con lei come se fosse cosa fatta le sembrava surreale. «Potrebbe non succedere subito.»

«Quanto ci hai messo a concepire Ellory?» le chiese.

«Ehm... una volta. Quando si è rotto il preservativo» ammise.

Ricky ridacchiò e Addison lo sentì dall'interno. «Ecco. C'è sempre la possibilità che ci possa essere un problema con il mio sperma, ma possiamo lasciare che le cose vadano come devono andare. Quindi... è fatta? Abbiamo deciso di non usare un anticoncezionale e di lasciare che madre natura faccia il suo corso?»

Addison si sentì quasi stordita. E nervosa, ma in senso positivo. «Direi di sì.»

Ricky iniziò a muovere i fianchi lentamente e con sensualità, il suo uccello entrava e usciva dalla sua fica fradicia. «Sarà divertente.»

Proprio in quel momento, sentirono Borysko urlare qualcosa in ucraino al fratello, fuori dalla loro stanza.

«Cazzo» mormorò Ricky con una smorfia.

«Divertente finché non vieni interrotto dai figli» disse Addison con una risatina.

Ricky si sollevò e scivolò fuori da lei, poi si mise in ginocchio. La sua erezione le sfiorò la pancia mentre si metteva a carponi per baciarla. «Dovremo solo essere creativi. Se vogliamo che Baby Douglas si unisca a noi a breve, ovviamente.»

«Ho una richiesta» disse Addison, mentre le voci fuori dalla loro stanza diventavano sempre più forti.

«Sì? Quale?»

«Non chiameremo questo bambino, né nessun bambino in futuro, Doug.»

Ricky ridacchiò. «Doug Douglas. Proprio no. Farò una doccia e mi masturberò così potrò essere presentabile ai nostri figli a colazione. Ma... dopo che saranno andati a scuola ti voglio di nuovo qui. Sotto di me. A prendere il mio cazzo e il mio seme. Ora che sei d'accordo di avere un bambino, voglio riempirti ogni volta che ne avrò la possibilità.»

«Ho creato un mostro.»

«Già» concordò Ricky. Poi la baciò ancora una volta prima di saltare giù dal letto e dirigersi verso il bagno. Il suo cazzo duro ondeggiava davanti a lui e ciò la fece ridacchiare.

Lo seguì rapidamente, scese dal letto, si rimise la maglietta, un paio di mutandine pulite e i pantaloni della tuta. Poi andò alla porta della camera e scivolò fuori. Avrebbe usato il bagno dei bambini per rinfrescarsi. Aveva dei ragazzini da preparare per la scuola, dei pancake da fare, la lavatrice da caricare, e delle torte da infornare... e, a quanto pareva, un marito con cui fare l'amore. La vita non avrebbe potuto andare meglio di così.

# CAPITOLO QUATTORDICI

«SEMBRI DIVERSA» disse Maggie ad Addison qualche giorno più tardi, mentre tutto il team era riunito a casa di Safe e Wren. Stavano festeggiando un'altra missione riuscita, il fatto che tutti fossero tornati a casa sani e salvi, e si stavano godendo la gioia di trascorrere del tempo con gli amici.

«Stavo pensando la stessa cosa» concordò Remi.

«Sono solo felice che Ricky sia tornato.»

«Ragazza, tutte siamo felici che i nostri uomini siano tornati» sostenne Wren con emozione.

«No. Cioè, sì, lo siamo» insistette Maggie. «Ma Addison sembra particolarmente felice. Tex ha già risolto la cosa dell'approvazione per l'adozione?»

«Be', abbiamo ricevuto una chiamata dalla responsabile del nostro caso e ha detto che non vedeva alcun motivo per cui non saremmo stati approvati. I bambini sono felici e i loro colloqui sono andati molto bene. Tutti e tre hanno detto che volevano stare con noi, che non volevano tornare nel loro Paese. Anche le visite a domicilio sono andate tutte bene e, naturalmente, i controlli dei nostri precedenti sono risultati puliti.»

«È fantastico. E...?» incalzò Maggie.

Addison sapeva di essere arrossita, non riuscì a farne a meno. «E... le cose tra me e Ricky stanno andando alla grande.»

Tutte la guardarono con un enorme sorriso.

«Sappiamo *cosa* significa» disse Remi con un'espressione maliziosa.

«È il momento in cui possiamo parlare di sesso?» chiese Wren.

Tutte ridacchiarono.

«Odio quando Nate è in missione» ammise Josie. «Soprattutto dopo quello che è successo a lui e alla sua precedente squadra, per non parlare di quella piccola cosa dell'Iran. Ma devo dire che mi piace *molto* quando torna a casa. Giuro che restare qualche settimana senza farlo lo rende particolarmente arrapato.»

«Infatti!» concordò Remi. «Non mi lamento, ma se non lo sapessi penserei che Vincent è di nuovo un adolescente.»

«Provate a mescolare gli ormoni della gravidanza con un ragazzo che non ha avuto alcuna esperienza prima di me» disse Maggie in tono ironico. «Sono sorpresa di riuscire a camminare normalmente.»

«Già» si limitò a dire Wren.

«Tutto qui?» chiese Remi. «Solo "Già"?»

«Mm-mm. Sono completamente d'accordo con voi su tutto quello che avete detto e anche di più.»

«Di più?» chiese Josie. «Di più mi ucciderebbe.»

«Sei terribilmente silenziosa» disse Maggie ad Addison.

«Sono d'accordo con Wren. Ma...» Esitò, poi decise di buttarsi e basta. Se non poteva parlare della sua vita con quelle donne, con chi avrebbe potuto farlo? «È ancora più intenso quando tu e tuo marito decidete di non preoccuparvi dei contraccettivi e lasciate che la natura faccia il suo corso.»

Le altre donne strillarono eccitate.

«Sapevo che c'era qualcosa sotto!» esclamò Maggie.

«Un altro bambino? Hai una fibra più forte della mia!»

«È fantastico.»

«Come fai a non camminare con le gambe ad arco?»

Addison non riusciva a fare a meno di sorridere. Adorava quelle donne e si sentiva davvero fortunata a poterle chiamare amiche. Quando aveva sposato Ricky, non solo aveva guadagnato una famiglia, la sicurezza finanziaria, un aiuto per le spese mediche di Ellory e un uomo che amava più di quanto avesse mai pensato fosse possibile... ma anche un gruppo di amici che erano il miglior sistema di supporto che avesse mai avuto.

«Calmatevi. Non c'è alcuna garanzia che rimanga incinta a breve.»

«Questo è quello che pensavamo anche noi» sospirò Maggie.

«Non ti preoccupa quanto sarà dura avendone già quattro?» le chiese Wren.

«Oh, sono preoccupata, e anche spaventata. Ma il fatto è che ho cresciuto Ellory da sola. Non è stata una passeggiata. Proprio per niente. Ma ora che ho Ricky, e voi ragazze, e persino Caroline e la sua gang, mi sento molto più preparata. So che non sarà facile. Ricominciare tutto non mi attrae molto, ma... avere il figlio di Ricky? Non riesco a smettere di immaginarlo che tiene in braccio un neonato. Solo a pensarci le mie ovaie vogliono esplodere.»

«Ragazzaaaa. Ora sto pensando alla stessa cosa» si lamentò Josie. «Nate vuole dei figli. No, vuole dei gemelli, come lui e suo fratello. E dato che sono una caratteristica di famiglia, con la mia fortuna probabilmente avrò tre gemelli o più.»

«Sarebbe fantastico!» disse Remi.

«Dici così perché non saresti tu a doverli portare in pancia e spingerli fuori dalla tua vagina!» ribatté Josie.

Tutte scoppiarono a ridere.

«Anche noi desideriamo dei bambini» disse Wren. «Ma prima vogliamo avere un po' di tempo solo per noi.»

«Be', nel frattempo puoi esercitarti con il mio quando arriverà» sostenne Maggie, accarezzandosi la pancia.

«E ogni volta che vorrai tenere per un pomeriggio Artem, Borysko e Yana, fammelo sapere» aggiunse Addison, facendole l'occhiolino.

«Noleggiamo i bambini! Potremmo tenerli a turno a casa nostra!» esclamò Remi.

«Se vi sbrigaste a rimanere incinte, i nostri figli potrebbero crescere tutti insieme e fare dei pigiama party e cose del genere» ribatté Maggie.

«Non è una cattiva idea» rifletté Josie.

«Cosa non è una cattiva idea?» chiese Safe, mentre lui e Blink si avvicinavano alle donne sedute sotto il portico nel retro. Avevano intrattenuto Artem e Borysko in cortile mentre loro chiacchieravano. Yana ed Ellory erano dentro con gli altri uomini, a fare chissà cosa. La piccola stava probabilmente guardando un film Disney e non c'era modo di sapere cosa stesse facendo la grande.

«Oh, mio Dio, guarda che ora è!» esclamò Josie, guardandosi il polso; un polso che non portava un orologio. «Mi ero dimenticata di quella... cosa... che dovevamo fare a casa» disse a Blink.

Lui la fissò per un attimo, poi annuì come se sapesse esattamente di cosa stesse parlando.

«Divertiti» gridò Remi quando Josie si alzò per raggiungere il suo uomo.

«Sì, ma non troppo!» aggiunse Wren.

Josie sorrise a tutte, poi afferrò il braccio di Blink e lo trascinò dentro casa.

«Che diavolo è appena successo?» chiese Safe.

Wren si alzò e lo prese sottobraccio. «Non preoccuparti, tesoro.»

«Ma stanno bene?»

«Direi che tra un po' staranno più che bene» rispose con un sorrisetto. Safe aveva un'espressione confusa e Addison non poté fare a meno di ridere con le altre. I loro uomini non avevano idea di cosa li aspettava quella sera. Tutto quel parlare di bambini aveva ovviamente acceso un certo interesse e lei non era l'unica a sembrare desiderosa di passare un po' di tempo da sola con il suo uomo.

«Addy. Biscotti?» chiese Borysko. Era sudato e puzzava per aver corso sotto il sole caldo, ma non le diede per niente fastidio.

«Sì, credo che a questo punto dei biscotti possano andare bene. Vai dentro a lavarti le mani.» Il bambino si voltò per correre in casa, ma Addison lo fermò, aggiungendo: «E porta Artem con te.» Borysko tornò indietro e corse in cortile a prenderlo. Artem sembrò opporre resistenza finché non sentì la parola biscotto, poi inseguì il fratello in casa, spingendolo per cercare di arrivare prima di lui in bagno a lavarsi.

Anche le donne entrarono, e Addison percorse la stanza con lo sguardo, alla ricerca dei suoi cari. Yana era seduta sul divano e fissava il suo iPad, completamente assorta. Ricky stava parlando con Flash e Smiley. Ed Ellory...

Aggrottò la fronte. Sua figlia era seduta su una delle poltrone del soggiorno, con le ginocchia piegate contro il petto. Aveva il cellulare in mano e lo guardava accigliata, mentre le sue dita volavano sullo schermo.

Era così concentrata che non si accorse che sua madre le era andata accanto finché lei non si schiarì la gola.

Ellory sollevò lo sguardo con aria frustrata.

«Cosa c'è?» le chiese.

In risposta, lei sospirò. «Non smetterà mai.»

Addison si irrigidì. Sapeva a chi si riferiva. «Gli hai detto che sei impegnata?»

«Sì. Ha solo cercato di farmi sentire in colpa.»

Tese la mano. «Fammi vedere, tesoro.»

Senza esitazione, Ellory le porse il telefono.

Un braccio si avvolse intorno alla sua vita e lei si appoggiò a Ricky. «Ci sono problemi?»

«Ti va di andare a controllare i bambini?» chiese Addison alla figlia. «Assicurati che non mangino dodici biscotti per poi vomitare.»

«Ok.»

Non appena si allontanò, Ricky chiese: «Le sta ancora mandando messaggi?»

«A quanto pare.» Addison aprì l'app e sollevò un po' il telefono in modo che lui potesse leggere da sopra la sua spalla.

**Brady**: *Ehi, cosa stai facendo?*

**Ellory**: *Sto passando il tempo*

**Brady**: *Mi piacerebbe rivederti.*

**Ellory**: *Già*

**Brady**: *Quando?*

**Ellory**: *Non lo so*

**Brady**: *Mi piacerebbe che fossimo da soli. Tua madre tende a starti troppo addosso.*

**Ellory**: *Forse*

**Brady**: *Allora quando? Che ne dici di questo weekend?*

**Ellory**: *Ho una commedia*

**Brady**: *Posso venire a vedere?*

**Ellory**: *Non credo che ti piacerebbe. Non sono NELLA comme-dia, mi occupo solo delle luci*

**Brady**: *Ah, già. A pranzo?*

**Ellory**: *Sto digiunando in questo periodo*

**Brady**: *Allora quando? Dai, El. Ci sto provando.*

**Ellory**: *Non lo so, devo parlare con mia madre*

**Brady**: *Se non vuoi, dillo e basta. Ci sto provando davvero tanto ad avere un rapporto con mia figlia e non sembra che tu ne sia così entusiasta. Ti basta il tuo papà SEAL? Non hai bisogno del tuo VERO papà?*

**Ellory**: *Non ho detto questo, semplicemente non lo so*

**Brady**: *Cosa stai facendo adesso? Magari posso venire lì.*

**Ellory**: *Non sono a casa, sono a un ritrovo di famiglia*

**Brady**: *Un ritrovo di famiglia che non include me?*

**Ellory**: *È con gli amici SEAL di Ricky*

**Brady**: *Capisco. Sono solo un inserviente. Ti imbarazza farti vedere con me.*

**Ellory**: *Non ho detto questo*

**Brady**: *Allora accetta di vedermi di nuovo. Voglio conoscere mia figlia.*

**Brady**: *Ellory? Sei ancora lì?*

**Brady**: *Non ignorarmi. Tua madre lo faceva e mi faceva incazzare.*

**Brady**: *Dico sul serio. Rispondimi.*

Le dita di Addison si mossero prima ancora che se ne rendesse conto. Sentì vagamente Ricky ringhiare nel suo orecchio, ma non aveva bisogno che lui si occupasse di quello, poteva gestire il suo ex. E quella sarebbe stata l'ul-

tima volta che avrebbe parlato in quel modo alla loro
figlia.

**Ellory**: *Sono Addison. Non parlare* mai più *a Ellory in quel modo.
Non cercare di farla sentire in colpa perché trascorre il tempo con la
sua famiglia. Ti vedrà secondo i suoi orari, non i tuoi. E ti dico subito
che molestarla non le farà venire voglia di vederti. Datti una
calmata, Brady. Dico sul serio!*

Stava ansimando quando premette il tasto di invio. Il suo ex
era un idiota. Se non si rendeva conto che stava esagerando,
che stava facendo lo stronzo, la colpa era sua. Ma che fosse
dannata se Ellory avrebbe sofferto a causa della sua stupidità.

**Brady**: *Mi dispiace. Non ho esperienza come padre. Voglio solo
vederla. Per conoscerla meglio. E dato che non risponde alle mie chiamate, l'unico modo che ho per parlarle è mandare messaggi.*
　　**Ellory**: *Se non vuoi che ti blocchi del tutto, faresti meglio a darti
una regolata. Dico sul serio.*
　　**Brady**: *Okay. Mi comporterò meglio. Lo giuro.*
　　**Brady**: *Allora... quando potrò rivederla?*

Addison gemette per la frustrazione; non ci arrivava proprio.

**Ellory**: *Ci faremo sentire. Ora non mandare più messaggi, siamo
occupati.*

«Cosa posso fare per te?» le chiese Ricky, abbracciandola da dietro e stringendola, con il mento posato sulla sua spalla.

«Questo» rispose Addison, appoggiandosi a lui. «Perché non capisce niente?»

«Non lo so.»

Quella risposta non la fece sentire meglio. Anche se Ricky era all'oscuro quanto lei sulle motivazioni di Brady, sperava ancora in una sorta di intuizione maschile.

Si infilò in tasca il telefono di Ellory e si voltò tra le braccia di suo marito. «Se mai dovessimo divorziare e tu volessi vedere nostro figlio... non fare lo stronzo come Brady.»

«Primo, non divorzieremo. Non sono un'idiota come lui. So bene di avere la cosa migliore che mi sia mai capitata e non farò nulla per rovinare tutto. Secondo, avrò un rapporto stretto con i nostri figli. Sosterrò sempre lui o lei, e te. Quindi non dovrai preoccuparti che io non faccia la mia parte, emotivamente, fisicamente o economicamente.»

Addison fece un respiro profondo e si abbandonò contro suo marito. Ne aveva bisogno. Aveva bisogno di lui, e che le si ricordasse che al mondo c'erano uomini buoni. Degli ottimi padri. Non serviva che Ricky le dicesse che lui ci sarebbe sempre stato per i loro figli. Non aveva alcun dubbio al riguardo.

«Scusa. È solo che... è *così* frustrante!»

«Posso parlargli io se vuoi.»

«No» ribatté subito. «Una chiacchierata con te finirebbe solo con lui che urla e si incazza.»

«Va bene. Ma se dovesse fare un'altra "discussione" con El come quella di oggi, lo troverò e lo rimetterò in riga. Te lo dico già così non ti arrabbierai quando ti spiffererà tutto come il bambino che è.»

Addison non poté fare a meno di ridacchiare. Ricky aveva inquadrato bene il suo ex. Era certa che si sarebbe lamentato del fatto che suo marito lo aveva cercato e gli aveva urlato contro. Non che si sarebbe lasciata condizionare, ma Brady era abbastanza meschino da cercare di mettere Ricky nei guai. Come se fosse stato possibile.

«Ti stai divertendo con le ragazze?» le chiese.

Addison annuì, più che pronta a cambiare argomento. «Sì.»

«Tutto bene con Josie? Lei e Blink se ne sono andati piuttosto in fretta.»

Addison gli sorrise. «Stavamo parlando di bambini. Di farli. E di quanto sarebbe bello se i nostri figli avessero avuto più o meno la stessa età per poter crescere insieme. Josie ha pensato che fosse una grande idea, e dato che Maggie è in vantaggio su tutte...» Lasciò la frase in sospeso.

Ricky le sorrise, e Addison sentì il suo cazzo gonfiarsi contro la pancia. «Quindi ha portato il suo uomo a casa per fare del sesso selvaggio sforna bambini.»

Lei rise. «Più o meno.»

«Kevlar?» urlò Ricky senza staccarsi dalla moglie.

«Sì?» urlò a sua volta il suo compagno di squadra.

«Puoi riportare i bambini a casa tra un paio d'ore?»

«Ricky!» esclamò Addison, cercando di staccarsi da lui, che non pensò minimamente di allentare le braccia.

«Certo. Tutto bene?»

«Tutto ok. Abbiamo solo delle cose da fare a casa che non possiamo gestire con dei piccoli tra i piedi.»

«Capisco. Le stesse cose che Blink e Josie si sono ricordati all'improvviso di dover fare, eh? Certo.»

Addison si sentì infiammare il viso, ma non poteva negare che l'idea di trascorrere qualche ora da sola a casa con lui fosse troppo allettante per lasciarsela sfuggire, dato che dovevano sempre assicurarsi di essere silenziosi per non svegliare i bambini.

«Grazie» disse Ricky, trascinandola verso la porta d'ingresso.

«Aspetta! Dobbiamo salutare i ragazzi. Avvisarli che ce ne andiamo.»

«Kevlar e gli altri glielo faranno sapere.»

«Ricky!» protestò, lasciandosi comunque trascinare fuori dalla porta.

Addison stava ridendo quando arrivarono alla macchina. Lui la buttò praticamente dentro, poi chiuse con forza la portiera e corse verso il lato del guidatore. «Il tempo stringe» le disse.

Leccandosi le labbra per la trepidazione, Addison si sentì come un'adolescente audace. Gli mise una mano sulla coscia e la fece scivolare verso l'alto fino a coprirgli il cazzo. «Non l'ho mai succhiato a un uomo in macchina prima d'ora» lo provocò in tono allusivo.

«Cazzo, donna. Primo, per quanto mi piacerebbe che tu mi facessi un pompino ora, dovresti slacciarti la cintura di sicurezza, che per me è un no secco. Secondo... è impossibile che io riesca a controllare la macchina mentre mi prendi fino in gola. Terzo... se vuoi un bambino, *non* è nella tua gola che devo venire. Aspetta un attimo, tesoro. Saremo a casa in meno di dieci minuti.»

«Ricky?»

«Sì?»

«Facciamo otto.»

Sentì l'auto accelerare e sorrise, soddisfatta e trepidante.

———

«Fanculo a lei!»

Brady aveva chiuso. Basta recitare la parte del padre premuroso. Basta cercare di essere gentile con sua figlia.

Fanculo agli adolescenti e alle loro risposte a monosillabi. Andarsene senza voltarsi indietro dodici anni prima era stata la decisione giusta. Avrebbe dovuto sapere che accettare un lavoro a Riverton prima o poi lo avrebbe portato a incontrare la sua fastidiosa ex.

Rivedere Addison aveva reso impossibile evitare sua figlia. All'inizio aveva davvero fantasticato di incontrare Ellory e che sarebbero andati molto d'accordo. Che l'avrebbe facilmente ammaliata e che lei sarebbe stata entusiasta di avere un rapporto con un padre così fico. Ma quell'idea era morta dopo il loro primo incontro. La ragazzina era esattamente come sua madre, altrettanto rigida e irritante. Per non parlare di quella disgustosa malattia. Nessun uomo intelligente avrebbe voluto avere a che fare con quella merda, letteralmente, per il resto della vita.

Una volta che il suo piano per Ellory fosse stato portato a termine, se ne sarebbe di nuovo andato da quella schifosa città. Si sarebbe trasferito in un posto caldo. In Messico... no, non parlava spagnolo e non aveva voglia di impararlo. Alle Hawaii? Sì, le Hawaii erano perfette. Avrebbe avuto un sacco di soldi per sistemarsi in un bel posto. Di sicuro il suo socio gli avrebbe dato lavoro in abbondanza in una popolare destinazione turistica.

E fanculo ad Addison e alle sue minacce! Avrebbe mostrato a quella stronza cosa succedeva a mettergli i bastoni tra le ruote. Se Ellory non avesse voluto passare del tempo da sola con lui di sua spontanea volontà, sapeva esattamente cosa fare. Era troppo vecchia per cadere nella trappola "Ho perso il mio cane" che lui aveva usato un paio di volte in passato per attirare i bambini, ma sapeva cos'amava di più...

La sua famiglia.

Preferiva quel maledetto SEAL a lui? Bene. Avrebbe usato quello stronzo contro di lei.

Sarebbe stata la prima volta che avrebbe consegnato un corpo vivo al suo contatto. Le persone da cui normalmente prelevavano gli organi erano già morte. Si era appropriato di corpi e di parti del corpo prelevati dalle pompe funebri... ma un paio di volte era anche stato abbastanza disperato da prendere qualcuno contro la sua volontà. Quelle erano state circostanze giustificabili, dato che si era ritrovato completamente al verde e con un disperato bisogno di soldi. Il fatto era che i bambini valevano di più. I genitori con figli che avevano bisogno di un trapianto erano disposti a pagare qualsiasi cifra per avere un cuore, un fegato, dei polmoni sani...

Quindi Brady aveva procurato al suo contatto ciò che desiderava: un *donatore*. In due diverse occasioni, aveva attirato un bambino nella sua macchina e poi lo aveva soffocato. Facile e rapido. E ne era valsa la pena data la ricompensa ricevuta.

Ma ora era diverso. Dal momento che il loro acquirente si trovava oltreoceano, avevano bisogno di tenere in vita Ellory finché non fosse arrivata lì. Conservare gli organi era fondamentale. L'acquirente sapeva che lei aveva un problema intestinale, ma dato che era interessato al cuore e al cervello, non gli importava che fosse malandata in quel posto.

Ellory era un mezzo per raggiungere un fine. Punto.

Brady avrebbe fatto la sua mossa presto. Lei avrebbe potuto godersi la sua maledetta commedia quel weekend e il tempo trascorso con il padre SEAL e i fratelli stranieri, perché sarebbe stato l'ultimo fine settimana che avrebbe passato con uno di loro. In assoluto. La settimana successiva sarebbe partita, e non sarebbe stato un viaggio comodo stipata in un container Conex, ma non gli importava. Il suo contatto aveva già pagato dei lavoratori portuali corrotti e si sarebbe assicurato che avesse acqua in modo che non morisse durante il trasporto attraverso l'oceano.

Ma, onestamente, quello che le sarebbe successo dopo

avergliela consegnata non aveva importanza. Ciò che contava era la retribuzione che avrebbe ricevuto.

Sorridendo, si gettò sul divano di merda che aveva preso dalla spazzatura di qualcuno. La settimana successiva, a quell'ora, sarebbe stato alle Hawaii, a scopare con una bella ragazza in bikini succinto rimorchiata in spiaggia, e avrebbe potuto dimenticare completamente la sua maledetta ex e quella lagna di sua figlia.

# CAPITOLO QUINDICI

MacGyver era di buon umore. Di ottimo umore. Da quando era tornato dall'ultima missione le cose andavano molto bene. Artem, Borysko e Yana stavano facendo grandi progressi, sembravano migliorare di giorno in giorno; nel peso, nell'inglese, nel sentirsi a proprio agio nella loro nuova vita. Yana aveva iniziato a dormire tutta la notte nel suo letto nella stanza che condivideva con Ellory, invece di svegliarsi e andare in camera dei fratelli.

I ragazzi erano sempre meno in allerta. Erano più spensierati, più allegri e un paio di giorni prima si erano anche cacciati entrambi nei guai. La maggior parte dei genitori si sarebbe arrabbiata se i loro figli avessero risposto male o se si fossero rifiutati di sistemare il disordine che avevano creato in soggiorno perché erano più interessati a uscire a giocare, ma MacGyver l'aveva preso come un segno del fatto che si stavano davvero sentendo a loro agio in casa, che non avevano paura di essere rispediti in Ucraina se avessero detto o fatto la cosa sbagliata. Ed Ellory sembrava gestire meglio il morbo di Crohn. Il digiuno stava davvero funzionando. MacGyver doveva continuare a ricordare a sé stesso che le cose che facevano in famiglia non dovevano necessariamente ruotare attorno al mangiare. Era un'abitudine difficile da abbandonare, dato che la maggior parte dei ritrovi prevedeva del cibo di qualche tipo. Cibo che lei non poteva ingerire. Quindi facevano più passeggiate e cose che non implicassero mangiare tutto il tempo. Gli atti di bullismo a scuola sembravano essersi attenuati e lei frequentava due ragazze che erano coinvolte nel suo corso di teatro. Quindi stava andando alla grande, per quanto lo riguardava.

E sua moglie...

Non aveva mai sognato di poter avere una donna come Addison. Era davvero orgoglioso di lei. Si vantava della sua attività di pasticcera con chiunque volesse ascoltarlo. Teneva persino sempre in tasca i suoi biglietti da visita, nel caso qualcuno avesse mostrato il minimo interesse per una torta di compleanno o dei dolcetti fatti in casa per un'occasione o l'altra. Ne aveva anche attaccati alcuni nella bacheca del supermercato, ed era stato contento di vedere che non c'erano più quando era andato di nuovo a fare la spesa.

Addison era anche una madre fantastica. I bambini la adoravano, e lui non aveva dubbi che la maggior parte dei loro progressi fossero dovuti a lei. La cosa migliore che avesse mai fatto nella vita era stata chiederle di sposarlo.

Ultimamente stava pensando di fare un'altra cerimonia. Si sentiva in colpa per il fatto che fosse stata privata del grande evento che la maggior parte delle donne sembrava desiderare. Quando si erano sposati non era stato presente nessuno dei loro amici, e non aveva dubbi che sarebbe stato fantastico fare un bel matrimonio e un ricevimento. Magari avrebbero potuto limitarsi a qualcosa di intimo e piccolo e...

I suoi pensieri si fermarono su quell'idea. Piccolo. Sì, certo. Anche solo con la sua squadra ci sarebbero state più di una dozzina di persone. Sommando i genitori di entrambi, i quattro fratelli di lui, la squadra SEAL di Wolf e le loro famiglie... in un attimo ci sarebbero state almeno cinquanta persone. Avrebbero dovuto affittare uno spazio nella base navale. Magari fare la cerimonia e la festa in spiaggia.

Ma stava correndo troppo. Prima di tutto doveva chiedere ad Addison se voleva farlo. Se avesse accettato, la prima cosa che avrebbe chiarito sarebbe stata che non avrebbe preparato lei la loro torta nuziale. Voleva che si rilassasse e si godesse ogni momento, e che non si stressasse per qualcosa di semplice come una torta. Ovviamente, lei non avrebbe pensato che fosse semplice, ma sapeva come convincerla...

Distraendola. Portandola nella loro stanza per fare l'amore finché non fosse diventata creta nelle sue mani.

Il sesso con sua moglie era... MacGyver non riusciva nemmeno a descriverlo. Stare con Addison era semplicemente perfetto. E non c'era alcun tabù tra di loro. A letto avevano sperimentato diverse posizioni, sex toy e persino qualche gioco di ruolo, dopo che lei aveva ammesso di essere curiosa di conoscere lo stile di vita dom/sub di Dude e Cheyenne. Non faceva per nessuno dei due, almeno non in modo permanente... ma si era divertito un mondo a essere chiamato "Signore" e ad avere la moglie alla sua mercé. Dal momento che amava vederla raggiungere l'orgasmo, costringerla a venire quattro volte prima di entrare finalmente in lei era anche eccitante. Quasi inebriante.

Ma ciò che gli piaceva di più di sua moglie non era fare sesso con lei, era il modo in cui lo guardava. Ogni volta che gli lanciava un'occhiata, tutto l'amore che provava brillava nei suoi occhi. Apprezzava che amasse lui, i bambini che finalmente erano vicini ad adottare e sua figlia con tutto il cuore.

E adorava la sua gentilezza. Come si prodigava per aiutare chiunque ne avesse bisogno. Com'era successo con quella cliente che non poteva permettersi di pagare una dozzina di cupcake per il compleanno di sua figlia e si era accontentata di ordinarne solo sei... e Addison ne aveva aggiunti altri sei gratis. Oppure quando aveva visto una donna che faticava a mettere la spesa in macchina perché aveva le stampelle, e lei aveva attraversato il parcheggio per aiutarla.

Non importava se conosceva una persona o meno, faceva il possibile per essere gentile con tutti.

Sì, era fortunato e lo sapeva, e avrebbe fatto tutto il necessario per rendere felice sua moglie. Moglie felice, vita felice. Era un detto banale, ma ci credeva fino in fondo. E il suo obiettivo nella vita era mantenere Addison contenta e in salute.

Sarebbe arrivato il momento in cui avrebbe dovuto partire di nuovo per una missione, e anche se odiava l'idea di lasciare la sua famiglia, avrebbe fatto ciò che doveva. Gli piaceva trascorrere del tempo con i suoi compagni SEAL, ma non erano più tutto il suo mondo. A MacGyver sembrava che la sua vita ora fosse più equilibrata, ed era una sensazione incredibile.

In effetti avevano iniziato da poco il processo di preparazione di un'altra missione. Sarebbe stata impegnativa. Più pericolosa dell'ultima, ma altrettanto gratificante. E c'era sempre la possibilità che spuntasse qualcosa di più imminente, e che quindi sarebbero stati dislocati altrove con poco o nessun preavviso. Le situazioni che prevedevano la liberazione di ostaggi erano l'evento primario che avrebbe potuto ostacolare una missione pianificata. Oppure potevano essere richiesti come scorta di sicurezza per persone influenti nei circoli politici. Non si poteva mai sapere dove lo avrebbe portato il suo lavoro.

Ma quella mattina, era impegnato nella missione più importante di tutte. MacGyver stava preparando i pancake per i suoi tre piccoli mostri. Addison aveva cercato di far mangiare loro qualcosa di diverso a colazione, ma dal primo giorno in cui avevano provato i suoi pancake, ne erano praticamente diventati dipendenti, e volevano solo quelli. Aveva lasciato sua moglie a letto, appagata dal loro amplesso, dato che quella mattina non era andato all'allenamento e aveva fatto l'amore con lei.

Non era ancora rimasta incinta, ma non era preoccupato, si stava semplicemente godendo il viaggio per giungere a quel risultato.

Yana fu la prima ad arrivare, aveva un'aria assonnata ma era vestita per andare a scuola. Si sedette al tavolo della sala da pranzo e fissò MacGyver.

Lui sollevò un sopracciglio. «Buongiorno, Yana. Hai fame?»

Lei annuì.

Le sorrise. «Allora devi venire qui e prendere il tuo piatto e le posate. Non sono un cameriere in questa casa. Puoi prendere i tuoi piatti da sola, poi portarli in lavastoviglie quando hai finito.» Anche se aveva solo cinque anni, era perfettamente in grado di aiutare con quei semplici compiti.

Lei scrollò le spalle, scivolò giù dalla sedia e andò in cucina. Prese una forchetta dal cassetto, un piatto dalla pila sul bancone, poi li portò al suo posto al tavolo. Tornò in cucina, prese un bicchiere e lo riempì con attenzione con il succo d'arancia che aveva tirato fuori dal frigorifero.

Artem e Borysko arrivarono qualche minuto più tardi e, senza che nessuno dicesse nulla, si presero i piatti e le forchette. Ellory era appena entrata nella stanza quando MacGyver mise un piatto stracolmo di pancake al centro del tavolo.

Tutti e tre i bambini si alzarono e fecero per prenderli.

«Cosa si dice?» li ammonì MacGyver.

Girarono la testa verso di lui e dissero contemporaneamente: «Grazie!»

«Prego. Buon appetito.»

Erano come piccoli sciacalli con una preda appena uccisa. Non ci volle molto perché l'enorme pila diventasse minuscola.

«Buongiorno» disse Ellory, mentre tirava fuori dal frigorifero il suo frullato proteico.

«Buongiorno. Come hai dormito?»

«Bene. Dov'è la mamma?»

«Sono sicuro che si sveglierà presto. L'ho lasciata dormire un po' di più questa mattina.»

«Oh. Okay.»

«So che te l'ho già detto, ma voglio ribadirlo. Sei stata straordinaria questo weekend. L'illuminazione della commedia era *perfetta*.»

«Ho sbagliato nel secondo atto, ma mi sono ripresa abbastanza in fretta.»

«Non me ne sono nemmeno accorto. Ma ho notato che sembri... più felice ultimamente.»

Ellory si appoggiò al bancone e bevve un sorso di frullato. «Lo sono. Adoro mia madre e abbiamo avuto una bella vita, ma avere te e i bambini qui... mi piace davvero. Passare del tempo con te in garage, farmi mostrare alcune delle cose che hai fatto nelle tue missioni e armeggiare con l'elettronica e roba del genere... è divertente. Mia madre è una pasticcera straordinaria, ma a me non è mai piaciuto molto preparare dolci. Quindi è bello avere qualcos'altro da fare con qualcuno. E alcune delle cose che mi hai mostrato sono tornate utili, specialmente per armeggiare con alcuni dispositivi elettronici durante le lezioni di teatro.»

«Sono contento» disse MacGyver, provando un senso di calore dentro di sé.

«E le mosse di autodifesa che hai insegnato a me e alla

mamma sono state divertenti e mi hanno fatto sentire meglio in generale. Il mondo non è sicuro, le persone possono essere orribili e mi sento più tranquilla conoscendo alcune cose che possono aiutare a proteggere me stessa e anche i bambini.»

Odiava che lei la pensasse così sul mondo, ma non aveva esattamente torto. «A proposito, presto dobbiamo fare un'altra lezione.»

«Sì. E infine... Chrys ha smesso quasi del tutto. Lo scambio di idee che io e te abbiamo avuto sulle risposte insolenti da darle mi ha davvero aiutata.» Gli fece un sorrisetto. «Sembra che non sappia mai cosa dire quando le rispondo a tono, e lo odia. Quindi non mi prende più tanto in giro. Tutto questo per dire... sì. *Sono* più felice.»

«Il che rende felice *me*. Tua madre ti ha parlato del fatto che vorremmo un bambino?»

Ellory sorrise raggiante. «Sì! È incinta?»

«Non ancora. Ma volevo essere sicuro che sapessi che anche se dovessimo aver cento bambini, saresti sempre la prima e la preferita di tua madre.»

Lei alzò gli occhi al cielo. «Se lo dici tu.»

MacGyver non avrebbe voluto tirarlo fuori, ma sentì di doverlo fare. «E come vanno le cose con Brady?»

Ellory scrollò le spalle. «Come al solito. Mi ha mandato un messaggio questo fine settimana dopo lo spettacolo e mi ha chiesto com'era andata. Ho pensato che fosse stato carino. Non ha insistito per vedermi ed è stato un sollievo. Mi rende una persona orribile dire che non credo di volere un rapporto con lui?»

«No, tesoro. Sarà sempre tuo padre, ma avere un legame di sangue non significa che dovete essere amici o cose del genere.»

«Già. Forse le cose miglioreranno man mano che crescerò. Ma in questo momento mi stressa e basta.»

«Faremo le cose in base a come ci sentiremo. Ma non pensare mai di dover avere un legame con qualcuno semplicemente perché credi che sia la cosa giusta da fare.»

«Non lo farò. Grazie.»

Poi, senza dire una parola, lo sorprese abbracciandolo forte, per poi voltarsi e andare al tavolo per intrattenere i suoi fratelli.

«Tutto bene?» gli chiese Addison, entrando in cucina e prendendo il posto tra le sue braccia che sua figlia aveva appena lasciato.

«Sì. Stai crescendo una donna straordinaria, Addy.»

«Lo è veramente» concordò. Poi gli tolse la spatola di mano. «Vai a sederti con i tuoi figli. Mi occuperò io di cucinare il resto. Devi mantenere le forze. Ti sei già... esercitato parecchio stamattina.»

MacGyver fece un sorrisetto. «Vero?»

«Be', hai saltato l'allenamento. Dovevo assicurarmi che facessi un qualche tipo di esercizio.»

Lui rise, poi le diede un bacio sulla fronte. «Ti amo.»

«Ti amo anch'io. Il mio caffè è pronto?»

«Certo.» La baciò ancora una volta, non riuscendo a tenere le labbra lontane da lei, poi prese la sua tazza di caffè e andò al tavolo per scoprire cos'avevano in programma i suoi figli per quel giorno. Le mattine trascorrevano sempre troppo in fretta, e prima che se ne rendesse conto i bambini erano pronti per andare a scuola. Lui avrebbe accompagnato Yana ed Ellory, mentre Addison avrebbe aspettato l'autobus con Artem e Borysko. A quanto pareva, ai ragazzi piaceva molto prendere lo scuolabus. Si sentivano più grandi, e non doverli accompagnare e andare a riprendere le faceva risparmiare un sacco di tempo.

«Sarà un problema per te andare a prendere le bambine questo pomeriggio? So che hai un centinaio di biscotti da preparare e decorare per quel matrimonio» le chiese MacGyver.

«Non dovrebbe, altrimenti te lo farò sapere.»

«Va bene. Mentre torno a casa posso fermarmi al supermercato a comprare la roba che abbiamo sulla lista della spesa.»

«Grazie. Lo apprezzerei. Stiamo anche finendo i sacchi della spazzatura e Borysko ha bisogno di pantaloni nuovi. Non riesco a credere a quanto sia cresciuto negli ultimi due mesi. E devi sapere che io ed Ellory dobbiamo andare a fare shopping questo fine settimana, le servono dei reggiseni» aggiunse sottovoce. «Ieri sera mi ha chiesto se volevo andare con lei. Penso che finalmente stia per raggiungere la pubertà.»

MacGyver emise un gemito. «Non sono pronto. Inizierà con i reggiseni sportivi, poi ci saranno i jeans bucati, gli assorbenti, e il momento in cui ridacchierà tutto il tempo e vorrà stare al telefono con i ragazzi.» Addison scoppiò a ridere. «Servirà per far pratica per Yana. E se in futuro avremo una bambina.»

«Vabbè» borbottò lui.

«Ora sembri Ellory» disse Addison, continuando a sorridere.

«Ti amo, donna. Tantissimo.»

«Ti amo anch'io. Ora vai. Ci sentiamo dopo.»

«Ti chiamo verso pranzo se ho una pausa.»

«Ok. Guida con prudenza.»

«Sempre.» Uscendo dal vialetto, MacGyver non poté fare a meno di sorridere osservando il sedere di sua moglie, mentre lei camminava sul marciapiede con i ragazzi per raggiungere la fermata dell'autobus in fondo alla strada. Era un figlio di puttana fortunato e lo sapeva.

Accompagnò per prima Yana, e quando arrivò alla scuola

di Ellory, qualche minuto più tardi, si sentì obbligato ad affer-
rarle il braccio per fermarla, impedendole di scendere. «El?»

«Sì?»

«Ti voglio bene. Ho solo pensato che dovessi saperlo.»

Lei gli sorrise raggiante. «Anch'io ti voglio bene, Ricky.»

«Buona giornata. Prendi a calci nel sedere qualche bulla se
necessario.»

«Lo farò. Tu prendi a calci qualche cattivo.»

«Ovvio.»

Si sorrisero, e MacGyver rimase lì a osservarla finché non
entrò nell'edificio. Non le aveva mai detto che le voleva bene,
e quel giorno gli era sembrato che fosse il momento e il posto
giusto. Non era un tipo sdolcinato... no, non era vero, non lo
era mai stato prima di incontrare Addison e sua figlia, e di
iniziare il processo di adozione di Artem, Borysko e Yana, ma
non si vergognava di far sapere a chi amava cosa provava per
loro. La vita era troppo breve, lo sapeva meglio di chiunque
altro, e non aveva voluto che passasse un altro giorno senza
che la figliastra sapesse quanto ci teneva a lei. Mentre guidava
verso la base, MacGyver sorrise. Quella sarebbe stata una
bella giornata. Non aveva dubbi.

———

Quel giorno sarebbe stato grandioso. Brady si sentiva pieno di
energia. Esaltato. E non era grazie al paio di bicchierini che si
era fatto prima di lasciare il suo merdoso appartamento. Tutto
era pronto; il suo contatto e il container. Doveva solo prelevare Ellory e portarla al porto. L'avrebbe consegnata al suo
socio e poi recitato la parte del padre preoccupato quando
Addison lo avrebbe chiamato per fargli sapere che era
scomparsa.

L'unica cosa di cui doveva preoccuparsi era di mantenere

coerente la sua storia quando gli avessero chiesto perché era andato a prendere Ellory a scuola. Ma aveva un piano anche per quello. Le avrebbe preso il telefono e cambiato l'ora, e anche sul proprio, poi avrebbe creato un finto scambio di messaggi tra i due cellulari, dove lei gli chiedeva di andarla a prendere perché non si sentiva bene.

Avrebbe dovuto trovare una ragione convincente per il fatto che si era messa in contatto con *lui* e non con sua madre, ma ci avrebbe pensato.

Prima le cose importanti. Prendere la ragazza, portarla al porto senza che lei si rendesse conto di cosa stava succedendo, poi avrebbe risolto i dettagli più piccoli.

Pensare ai soldi che presto sarebbero arrivati sul suo conto in banca lo rendeva quasi euforico. Non aveva mai guadagnato così tanto in un colpo solo; gli avrebbe cambiato la vita.

Trovò un posto nel parcheggio della scuola media e inspirò profondamente. Poi buttò fuori piano il respiro e scese dal pick-up.

«Ce la puoi fare» borbottò tra sé, mentre si dirigeva verso la porta d'ingresso. Si aspettava che ci fossero delle telecamere, così fece del suo meglio per sembrare un padre preoccupato che entrava nell'edificio. Seguendo le indicazioni per l'ufficio, ripassò mentalmente la sua storia.

«Buongiorno! Come posso aiutarla?» chiese la donna dietro la scrivania.

«Sono Brady Vogel. Sono qui per prendere Ellory Wentz.»

La donna cliccò su alcuni tasti, poi aggrottò la fronte. «Mi dispiace, non è segnalato che oggi debba uscire prima.»

«Lo so. Sono suo padre. Quello biologico. Sua madre e il suo patrigno hanno avuto un incidente. Sono venuto qui per portarla in ospedale in modo che possa stare con loro.»

«Oh! È orribile. Si riprenderanno?»

«I dottori al momento non ne sono sicuri» disse, cercando di infondere nella sua voce più tristezza possibile.

«Controllo la lista delle persone autorizzate a prenderla e poi vi lascerò andare. Se posso avere la sua carta d'identità, per favore.»

Quella era la parte difficile. Brady tirò fuori il documento e lo diede alla donna. «Non credo che Addison abbia ancora avuto il tempo di mettermi nella lista. Vede, ci siamo appena riavvicinati dopo anni di lontananza e, naturalmente, nessuno pensava che sarebbe successo qualcosa del genere. Ma se chiamerà Ellory, le dirà che è tutto a posto.»

«Oh. Mi dispiace tanto ma... se non è nella lista non possiamo lasciarla andare via con lei.»

«Giusto. Quindi lascerà che sua madre muoia senza che Ellory possa dirle addio? Per un errore di trascrizione? Sono sicuro che non ci saranno problemi. In genere non sono una persona a cui piace fare causa, ma in questo caso una querela la farei. Guardi, sono il padre biologico. Non sto mentendo. Vada a prendere Ellory e lo chieda a lei. È abbastanza grande da rifiutarsi se non volesse venire con me. Non è che sono qui per rapirla. Voglio solo portarla da sua madre.»

«Non lo so... sono nuova qui e...»

Brady gioì intimamente. Amava i nuovi dipendenti.

«Guardi. Non voglio mettere nei guai nessuno, ma l'incidente è stato orribile. C'è la possibilità che il patrigno di Ellory sopravviva, ma sua madre...» Brady abbassò lo sguardo e cercò di farsi venire le lacrime... senza successo. «È messa proprio male» disse, dopo una lunga pausa.

«Manderò qualcuno a prendere Ellory in classe.»

*Bingo*.

«Grazie. Sono sicuro che apprezzerà di poter vedere sua madre.»

Dieci minuti più tardi, durante i quali Brady aveva cammi-
nato avanti e indietro con impazienza, Ellory entrò in ufficio.

Si fermò di colpo quando lo vide. «Brady» disse, con
evidente sorpresa nel tono.

«Ehi, tesoro. Sono qui per portarti da tua madre. Ha avuto
un incidente.»

«Dov'è Ricky?»

«Era con lei.»

«Lei sta... sta bene?»

«Temo di no.»

«Ellory, il signor Vogel non è nella tua lista delle persone
autorizzate. Dice di essere tuo padre biologico.»

«È così» confermò.

«Sei d'accordo di andare con lui?» chiese con gentilezza la
donna.

Annuì.

*Sì!* Brady contò mentalmente i soldi che presto sarebbero
stati suoi. Si avvicinò a Ellory e le mise un braccio intorno alla
spalla, stringendola in una sorta di mezzo abbraccio. «Andrà
tutto bene. Dai, ti porto a vederla.»

Lei annuì di nuovo mentre veniva condotta verso la porta.
Sembrava sotto shock, proprio come la voleva, in modo che
non si rendesse conto di ciò che la circondava. Gli serviva che
fosse isterica e turbata, così non si sarebbe accorta che non
stavano andando verso l'ospedale.

Quando salirono sul suo pick-up stava piangendo, il che gli
fece provare un piacere immenso.

«Yana» disse Ellory quando lui accese il motore.

«Cosa?» le chiese, guardandola.

«E Yana? E i ragazzi? Andiamo a prendere anche loro,
vero?»

«Gli amici SEAL del tuo patrigno si sono occupati degli

altri bambini. Io mi sono offerto di venire a prenderti così da poter arrivare tutti più velocemente all'ospedale.»

«Ma Yana è abituata a venire con *me*. Si arrabbierà se si presenterà qualcun altro a prenderla.»

Brady strinse i denti e fece del suo meglio per mantenere la calma. Quella era una complicazione che non aveva previsto. Ma, d'altronde... portare *due* elementi vivi al suo contatto, anche se non avesse ottenuto più soldi, avrebbe sicuramente aumentato la sua credibilità con quell'uomo.

«Ok, possiamo andare a prenderla» la calmò.

Ellory annuì e guardò il cellulare che aveva in mano.

Doveva prenderle il telefono. Non voleva che conducesse le autorità direttamente al porto, dove il container stava aspettando il suo carico speciale... lei.

«Cosa stai facendo?» le chiese.

«Sto mandando un messaggio alla mamma» borbottò.

Brady si sporse e mise la mano sullo schermo. «Non farlo.»

«Perché?»

«Perché non può rispondere. È gravemente ferita, Ellory. Non può mandare messaggi a nessuno. Il suo telefono potrebbe essere ancora nel Maggiolino sul luogo dell'incidente.» Le prese abilmente il telefono dalle mani mentre lei scoppiava a piangere.

Perfetto. Le aveva messo in testa un'immagine traumatica sufficiente a farle dimenticare qualsiasi cosa tranne la preoccupazione per la madre.

Andò alla scuola elementare ed Ellory entrò nell'edificio con lui. La sua presenza lo aiutò enormemente con tutto il procedimento per prelevare Yana, soprattutto grazie agli occhi rossi e alle lacrime che le rigavano il viso. Ellory spiegò alla piccola cos'era successo e presto Brady si ritrovò con *due* bambine isteriche tra le mani. In qualsiasi altro momento si sarebbe infastidito molto, ma dato che il loro pianto servì allo scopo di farli uscire dalla scuola, ne era elettrizzato.

Le fece salire sul pick-up e si diresse verso il porto commerciale dove venivano caricate le enormi navi porta-container.

L'attenzione di Ellory era rivolta alla sorella. Stava cercando di rassicurarla che tutto sarebbe andato bene, che la loro mamma era forte e che sarebbe guarita... che anche Ricky era ferito ma era sicura che sarebbe stato bene anche lui.

Tutto stava funzionando esattamente secondo i suoi piani. Aveva il cellulare di Ellory, che aveva spento prima di infilarselo in tasca, le ragazze non prestavano attenzione alla strada, ed era in orario. Per una volta.

Fu solo quando fermò il pick-up che sua figlia finalmente capì che non erano andati dove dovevano.

«Dove siamo? Pensavo che saremmo andati all'ospedale per vedere la mamma e Ricky.»

«Ho solo bisogno di fare una breve sosta. Non preoccuparti, ce ne andiamo tra un attimo» la rassicurò. «Resta qui con Yana.»

Scese e si avvicinò al suo contatto, che lo aspettava lì vicino. L'uomo aveva un aspetto anonimo: capelli castani, occhi castani, altezza media e indossava la divisa uguale ai lavoratori portuali; avrebbe avuto difficoltà a descriverlo alle autorità, non aveva tratti distintivi.

«Ho la merce per te. Sana e salva. Ti ho portato anche un bonus.»

L'uomo guardò il pick-up, poi di nuovo lui. «Non ti pagherò di più.»

«Non mi aspettavo lo facessi» gli disse, adorando l'espressione sorpresa sul suo volto. «Chiamalo regalo. Un "ringraziamento" per aver fatto l'affare con me. Un affare che ti porterà un bel po' di soldi. Con una donatrice viva che ha meno di cinque anni, ci sarà qualcuno che sborserà una valanga di denaro per avere il suo cuore, ne sono certo.»

«È sana?»

«Sì.» Brady non aveva avuto accesso alla storia clinica della bambina, ma gli sembrava piuttosto sana.

«Va bene. Il container è pronto. Tu mettile dentro e io farò il resto. C'è solo un piccolo spazio in mezzo ad altra merce, quindi non possono battere sulle pareti di ferro. La possibilità che qualcuno le senta è bassa, ma non voglio correre rischi. L'acquirente dell'adolescente è ansioso di portarla in Asia il prima possibile. Sua figlia sta morendo e ha bisogno dei suoi organi. Subito.»

«D'accordo. I miei soldi?»

L'uomo si spostò verso destra e si chinò per afferrare qualcosa dietro a una pila di scatole, poi gli porse una sacca da palestra. «Spero che tu non sia così stupido da metterti a contarli qui Non abbiamo tempo per questo. Ci sono tutti.»

Brady voleva assolutamente contarli, ma l'ultima cosa di cui aveva bisogno era che Ellory diventasse ancora più sospettosa di quanto già non fosse. Era ora di mettere lei e la mocciosa nel container e chiudere la faccenda. «Mi fido di te» gli disse. Era una bugia. Non si fidava affatto di quell'uomo, ma al momento non aveva scelta.

«È stato un piacere fare affari con te. Speriamo di poterne fare altri di simili presto.»

Brady annuì, poi tornò al pick-up. La parte successiva sarebbe stata complicata. Doveva convincere Ellory ad andare con lui, ma non era sicuro di come sarebbe andata. Non era stupida, doveva già pensare che ci fosse qualcosa di strano.

Come previsto, quando aprì la portiera lei chiese: «Cosa sta succedendo? Chi era quell'uomo? Perché siamo qui?»

Brady sistemò la sacca da palestra piena di soldi dietro il sedile, e disse: «Vieni qui, Yana.»

Durante il viaggio era stata seduta tra di loro, ma alla sua richiesta la bambina si ritrasse e si appoggiò alla sorella. Volendo chiuderla con quella storia, Brady le afferrò il braccio e la tirò lungo il sedile e fuori dalla portiera del guidatore. Lei si dimenò e si contorse, cercando di allontanarsi, ma lui la tenne saldamente.

«Vieni qui» disse poi a Ellory, muovendo l'indice come a indicare di avvicinarsi.

Lei spostò rapidamente lo sguardo da lui alla portiera del passeggero.

«Se non lo fai, le farò del male» la minacciò.

Se gli sguardi avessero potuto uccidere, sarebbe stato un uomo morto. Ellory passò dal singhiozzare disperatamente al lanciare coltellate dagli occhi. «Mia madre non è ferita, vero?»

«Ho detto, *vieni qui*» ripeté, abbassando la voce per sembrare il più malvagio possibile. Per incentivare sua figlia, strinse il braccio di Yana finché lei non strillò per il dolore.

«Non farle male!» urlò Ellory, scivolando lentamente lungo il sedile. Non appena fu a portata di mano, Brady afferrò anche lei per il braccio, facendola quasi cadere dall'auto quando la strattonò in avanti. Ma all'ultimo riuscì a tenersi in piedi.

«Stai zitta, o ti lascerò qui e porterò Yana con me quando me ne andrò. Sono sicuro che troverò qualcuno che *amerebbe* comprare questa bellissima bambina per il suo piacere.»

Ci volle un momento perché lei elaborasse il significato delle sue parole, ma quando capì, ansimò. «Sei un mostro!»

«Avresti dovuto essere più gentile con me, cara figlia. Se lo fossi stata, forse non saresti in questa posizione adesso. Ma hai rovinato tutto. E per la cronaca, sei stata *tu* a insistere perché andassi a prendere Yana. Non avrebbe dovuto far parte di questa storia.»

Ellory spalancò la bocca, incredula, e Brady sorrise soddisfatto. L'aveva lasciata senza parole. Trascinò le due bambine sull'asfalto pieno di container, tutti in attesa di essere caricati su enormi navi per essere portati dall'altra parte del mondo. Andò dritto a quello indicato dal suo contatto. L'unico con le porte aperte. Dentro c'erano scatole accatastate dal pavimento al soffitto, tranne per uno stretto passaggio al centro.

Il rumore di un motore dietro di loro lo spaventò così tanto che quasi perse la presa sulle ragazze. Quando si voltò, vide il suo socio seduto ai comandi di un carrello elevatore, che portava una pila di scatole pronte per essere caricate. Sospettò che si stesse assicurando di non essere ingannato, ma Brady non si sentì insultato. Quell'uomo gli aveva appena consegnato un sacco di soldi, di certo voleva essere sicuro di ottenere ciò che gli era stato promesso.

«Dentro» disse Brady, spingendo Ellory verso il container aperto.

Non fu sorpreso quando lei si tirò indietro. «No.»

«Ok. Dai, Yana, andiamo a conoscere il tuo nuovo papà. Dovrai fare tutto quello che ti dice, anche se ti chiede di toglierti tutti i vestiti e...»

«Smettila!» urlò Ellory.

«Allora entra. Ora» le disse Brady, senza mostrare alcuna emozione.

«Come puoi fare questo? È solo una bambina!»

«Per soldi. Fanno girare il mondo. E lei è solo un'altra orfana che nessuno vuole. È sacrificabile.»

«Ti sbagli. *Noi* la vogliamo. E io? Il sangue del tuo sangue. Era tutto un trucco? Stavi pianificando questa cosa per tutto il tempo? Hai mai voluto *davvero* conoscermi?»

«Certo, all'inizio. Ma ripeto, hai rovinato tutto. Dovresti

ringraziarmi, Ellory. Sarai utile per una volta. I tuoi organi salveranno la vita di qualcun altro. Un'altra ragazza. Una che non sia disgustosa come te. Una volta che avrà il tuo cuore, sarà come nuova.»

Ellory ansimò di nuovo, sconvolta.

«Dentro» disse Brady, stringendo di nuovo il braccio di Yana, che ora stava urlando e piangendo senza sosta, cosa che gli dava sui nervi. «Dovrebbe esserci un po' d'acqua lì dentro per aiutarti a sopravvivere, ma fossi in te la razionerei, soprattutto ora che siete in due. Tra un paio di settimane arriverete a destinazione e incontrerete il vostro nuovo proprietario. Vi porterà in una struttura dove verrete addormentate e i vostri organi verranno espiantati. Non sentirete nulla e salverete la vita di chissà quanti altri bambini.»

«Non la farai franca» sussurrò Ellory.

«L'ho già fatto. Ora sbrigati, devo prepararmi per recitare il ruolo più importante della mia vita... quello di un padre addolorato e preoccupato. Quando scopriranno che tu e Yana siete scomparse, Addison e il tuo prezioso Ricky impazziranno. Ho già preso accordi con qualcuno che li chiamerà per chiedere un riscatto. E so che pagheranno. Quindi otterrò il *doppio* dei soldi grazie a te e a questa piccola mocciosa.»

«Ci sono le telecamere a scuola. Sapranno che sei stato tu a rapirci.»

«Certo che sì. E mostrerò a tutti i messaggi che mi hai mandato, implorandomi di venirti a prendere perché eri di nuovo vittima di bullismo da parte di quella tipa, e non ce la facevi più a sopportarla. Ma eri troppo imbarazzata per dirlo a tua madre o a chiunque altro, quindi hai chiesto a me di venire. È stato tuo il piano di dire che c'era stato un incidente, perché sapevi che non mi avrebbero lasciato portarti via se non ci fosse stata un'emergenza. Sei un tipo sveglio, tutti crederanno che tu sia capace di inventarti una storia del genere. E io dovrò solo dire che poi mi hai chiesto di lasciarti a qualche isolato da casa tua, così che nessuno mi vedesse con te. Dopotutto, stavi cercando di proteggermi... e a quanto pare, qualcuno subito dopo ha rapito te e Yana.»

Brady si sentiva piuttosto orgoglioso di sé. Era quasi finita. Doveva solo recitare la sua parte ancora per un po'. «Basta con le chiacchiere. Entra. *Subito*!»

Ellory fece un passo indietro, verso l'interno del container. Poi un altro.

«Brava ragazza» la lodò con sarcasmo.

Senza preavviso, spinse Yana verso di lei con violenza. La bambina cadde in ginocchio e si mise a urlare e piangere ancora più forte, poi si alzò in piedi e corse dalla sorella.

Fece un cenno al suo contatto e il carrello elevatore si mosse verso l'apertura del container.

L'ultima immagine che ebbe di sua figlia fu che indietreggiava rapidamente mentre la pila di scatole veniva sistemata, nascondendola alla sua vista.

Pochi secondi più tardi, il suo socio fece retromarcia e parcheggiò il carrello elevatore, e Brady lo aiutò a chiudere e bloccare le porte del container. L'uomo gli lanciò un'occhiata pensierosa. «È veramente tua figlia?»

«Purtroppo sì.»

«Sei davvero senza cuore. Penso che mi piaci.»

Brady sorrise. «Grazie per l'opportunità. Ti chiamerò quando mi sarò sistemato alle Hawaii.»

«Le Hawaii sono più vicine all'Asia» disse l'altro con un sorriso. «Potrei decisamente aver bisogno di qualcuno in quella parte del mondo che mi aiuti a spostare la merce.»

Brady gli strinse la mano, poi si voltò e tornò al suo pickup. Doveva sistemare quei messaggi tra i due telefoni. Si sarebbe fatto aiutare dallo stesso tizio che avrebbe chiamato per chiedere un riscatto. Era piuttosto bravo con i computer e gli aveva giurato che quando la polizia avesse ottenuto i suoi tabulati telefonici, avrebbero visto un orario precedente a quello registrato dalle telecamere della scuola mentre usciva dall'edificio.

Le cose stavano per risolversi per il meglio e Brady era più che eccitato.

_____

Ellory era seduta sul pavimento del container in cui erano state costrette a entrare, e teneva in braccio la sorella che piangeva istericamente. Brady aveva ragione: era tutta colpa sua. Aveva insistito lei perché andasse a prelevare Yana prima di andare in ospedale. Ma, d'altronde, era quello che avrebbe fatto qualsiasi persona decente.

Era estremamente sollevata che sua madre e Ricky non fossero feriti. Se c'era qualcosa di positivo in quella situazione era proprio quello. Tuttavia, doveva ammettere di essere terrorizzata. Non aveva idea di cosa fare. Non voleva dare il suo cuore a nessuno. Voleva tornare a casa.

«Buio» disse Yana, tirando su con il naso.

_Era_ buio pesto, in effetti. Non c'era alcuna differenza tra quando chiudeva gli occhi e quando li teneva aperti. Prima che le scatole venissero accatastate, ostruendo il passaggio, e che la porta del container venisse chiusa, aveva visto la piccola area in cui si trovavano. Era probabilmente poco più di un metro per un metro ed era circondata da scatoloni di chissà quali merci che avrebbero portato all'estero. C'era un secchio, che pensò servisse per fare i suoi bisogni, e quattro piccole bottiglie d'acqua. Non sarebbe stata sufficiente per due settimane, se Brady era stato onesto riguardo al tempo che avrebbero impiegato per arrivare a destinazione.

Lei e Yana sarebbero morte prima.

Il pensiero le fece venire voglia di sdraiarsi e arrendersi, ma le balzò alla mente qualcosa che le aveva detto Ricky una volta. Le aveva raccontato di quanto fosse stata dura per lui la Hell Week, la famigerata settimana di addestramento su cui i film e telefilm sui SEAL amavano concentrarsi. Le aveva confessato che avrebbe voluto suonare la campana che lo avrebbe liberato dalla tortura che stava sopportando. Che la sentiva nella sua testa. Che era stato geloso dei suoi compagni marinai che si erano arresi e l'avevano suonata. Che il motto dei SEAL gli era risuonato in testa in continuazione, facendogli desiderare ancora di più di mollare. *L'unico giorno facile era ieri. L'unico giorno facile era ieri. L'unico giorno facile era ieri.*

Ricky aveva ammesso di aver pensato che se il giorno *precedente* era stato facile, senza dubbio non sarebbe sopravvissuto a quello *nuovo*.

Ma mentre era sdraiato sulla sabbia dopo aver fatto quelli che erano sembrati un milione di push-up e sit-up, o aveva lottato per rimanere cosciente mentre era inginocchiato nella risacca gelida... quando la sua pancia si era contratta per la mancanza di cibo e le sue braccia avevano tremato cercando di reggere uno dei grandi gommoni neri insieme ai suoi compagni aspiranti SEAL... aveva avuto una sorta di illuminazione...

Il giorno precedente era stato un inferno e aveva pensato di non superarlo... ma ce l'aveva fatta. E in effetti, fare piegamenti sulla sabbia e rotolarsi tra le onde *era* sembrato facile rispetto a come si era sentito a svolgere il compito del giorno successivo, quando avrebbe voluto arrendersi, mollare.

Il motto era azzeccato. Se ce l'avesse fatta a rimanere forte e a superare l'inferno di *oggi*... l'indomani, *quello* sarebbe stato un ricordo. Sarebbe sembrato facile.

Se Ellory fosse riuscita a rimanere forte, a usare il cervello per superare l'incubo in cui si trovava, presto sarebbe stato solo un altro "ieri". Tutto quello che aveva passato con il morbo di Crohn a un certo punto era sembrato orribile. La prima endoscopia, la prima colonscopia, la prima TAC. Ma ora quelle cose non erano così male. Ci si era abituata. Quelle procedure sembravano facili... ora. Era come il motto che le aveva detto Ricky. *Ieri* era stato facile, ma ciò non significava che non potesse sopravvivere *oggi*. Ricky ce l'aveva fatta; aveva superato la Hell Week ed era diventato un SEAL.

Ellory doveva solo resistere finché lui e i suoi amici non l'avessero trovata.

Sembrava che Brady avesse pianificato tutto, ma non aveva dubbi che in qualche modo avrebbe fatto casino. Ricky era mille volte più intelligente di lui, e insieme a sua madre avrebbero capito che era impossibile che lei avesse chiesto a Brady di andare a prenderla a scuola perché era stata vittima di bullismo. Anche se fosse stata troppo imbarazzata per telefonare a uno di loro, non avrebbe chiamato lui. Piuttosto avrebbe contattato Remi o Wren, o persino Caroline.

Doveva esserci un modo per poter rintracciare dove Brady le aveva portate, doveva solo rimanere positiva. Le avrebbero trovate.

Poi le venne in mente qualcos'altro. La prima volta che si erano incontrati, Ricky le aveva raccontato tutto di MacGyver, quel tizio di un vecchio telefilm che sembrava essere sempre in grado di creare oggetti per tirarsi fuori dalle brutte situazioni. Che lui si era guadagnato quel soprannome perché faceva la stessa cosa. Capiva come costruire oggetti utili con tutto quello che aveva a portata di mano.

Ellory inclinò la testa all'indietro e immaginò di vedere le scatole accatastate tutt'intorno a lei. Non aveva idea di cosa contenessero... ma doveva esserci *qualcosa* da poter usare per cercare di far uscire lei e Yana da quel container, giusto? Era ciò che Ricky avrebbe fatto. Non sarebbe rimasto seduto a compatirsi. Si sarebbe messo in movimento e avrebbe fatto il possibile per salvarsi.

«Yana, fai un respiro profondo. Stiamo entrambe bene. Dobbiamo solo trovare un modo per uscire da qui.»

Sentì la bambina fare come le aveva detto; un respiro profondo e asciugarsi il viso sulla sua spalla.

«Brava ragazza» la elogiò. «So quanto ti piace scartare i pacchi. Che ne dici se mi aiuti ad aprire un po' di roba?»

«Come i regali?» chiese con voce flebile e tremante.

«Esatto. Ti ricordi che quando siamo entrate qui c'erano tutte quelle scatole intorno a noi?»

Yana annuì contro di lei.

«Be', che ne dici se vediamo di riuscire a capire cosa c'è dentro? Scommetto che ci deve essere della roba utile. Forse delle coperte su cui sdraiarci. O *magari* una scatola di cellulari pronti per essere usati.»

Per quanto ne sapeva, il container non si stava ancora muovendo. Prima avessero fatto qualcosa, meglio sarebbe stato. Una volta che fosse stato caricato su una di quelle navi enormi, le loro possibilità di fuga si sarebbero ridotte drasticamente. Dovevano mettersi al lavoro.

Ellory si alzò e aiutò la piccola a mettersi in piedi. Non aveva idea di come avrebbe fatto ad aprire le scatole, dato che non aveva un coltello né niente di affilato, ma ci sarebbe riuscita, come MacGyver. Non aveva scelta, perché se non ce l'avesse fatta, lei e Yana sarebbero scomparse per sempre.

# CAPITOLO SEDICI

«CHE SIGNIFICA CHE NON È QUI?»

«Il padre di Ellory ha detto che lei era stata coinvolta in un incidente, che doveva portarla in ospedale per darle l'ultimo saluto.»

Addison fissò la donna, incredula. Com'era possibile? Brady non era nella lista delle persone autorizzata ad andare a prendere sua figlia.

«È stato molto convincente» disse agitata la donna, non impressionandola per niente. «E quando abbiamo chiamato Ellory, è sembrata d'accordo di andare con lui. Non aveva paura di quell'uomo. Infatti, quando se ne sono andati lui aveva un braccio intorno alle sue spalle.»

Addison era *furiosa*, era così arrabbiata che riusciva a malapena a pensare lucidamente. Qualcuno avrebbe pagato a caro prezzo quel disastro. Avrebbe dato una strigliata al preside, chiamato la polizia e sporto denuncia, non avrebbe risparmiato *nessuno*, ma in quel momento aveva bisogno di trovare sua figlia.

Si girò di scatto, lasciò l'ufficio e corse per raggiungere il parcheggio. Non appena fu all'esterno, chiamò la scuola di Yana. Un senso di malessere la stava attanagliando e credeva di sapere cosa le avrebbero detto una volta che avessero risposto.

Aveva avuto ragione. Anche Yana non era più a scuola. Era andata via con Ellory e Brady e ora non riusciva a contattare nessuno dei due.

All'improvviso si sentì persa, non sapendo cosa fare o dove andare, e fece l'unica cosa che le venne in mente: chiamò suo marito.

«Ehi, ti sei ricordata di qualcosa che devo prendere tornando a casa?» le chiese al posto di salutarla.

«Ellory e Yana sono sparite.»

«*Cosa?*» domandò Ricky, tornando subito serio.

«Sono venuta a prendere Ellory e mi è stato detto che lo aveva già fatto Brady. Ha raccontato loro che avevamo avuto un incidente e che eravamo in ospedale, e che doveva portarla a trovarci.»

«Non è nella lista degli autorizzati» ribatté Ricky con voce dura.

«Lo *so*» Addison praticamente piagnucolò. «La segretaria è nuova, che non è una buona scusa, e cadrà qualche testa quando troveremo le nostre figlie, ma si è lasciata convincere. Ha detto che Ellory è andata con lui senza esitare.»

«Ovvio, se pensava che fossimo feriti. Anche Yana?»

«Sì.»

«Vengo a casa. Passo a prendere i ragazzi prima che salgano sull'autobus e... aspetta, hai chiamato anche la loro scuola?»

«No.» Il senso di malessere aumentò a dismisura. E se Brady avesse portato via anche Artem e Borysko? No, non poteva nemmeno pensarlo. Era troppo da sopportare.

«Chiamo io. Vai a casa, Addison. Guida con prudenza,

arriverò il prima possibile. Chiamo anche Julie Hurt, è la più vicina a casa nostra. L'hai incontrata da Caroline, ricordi?»

«Mm-mm.» Era doloroso anche pensare. Nella sua testa riusciva solo a vedere immagini di Ellory. Il giorno in cui era nata. Quando aveva compiuto un anno e le aveva sporcato la faccia con un pezzo di torta. A sei anni, quando aveva imparato ad andare in bicicletta. La prima volta che aveva dovuto portarla al pronto soccorso per il mal di pancia. Il suo aspetto di quella mattina. I ricordi erano strazianti.

Le sarebbero rimasti solo quelli? Ricordi malinconici?

E Yana. La piccola doveva essere spaventata a morte, confusa e incerta su ciò che stava accadendo. Almeno c'era Ellory con lei... sperava.

«Addy!» gridò Ricky, rendendosi chiaramente conto di averla persa per un momento. «Ascoltami. Le troveremo. Nessuno ci porterà via le nostre ragazze. Manderò Kevlar e Blink a cercare Vogel. Lo costringeranno a dire cos'è successo, dove sono le nostre bambine. Capito?»

«Sì.» Stava ritornando alla realtà.

«Faccio venire anche Smiley e Flash a casa nostra. Probabilmente arriveranno prima di me, visto che io andrò a prendere i ragazzi. Safe si incontrerà con Wolf e la sua squadra e inizieranno a setacciare la città per vedere se riescono a trovarle. Wolf chiamerà anche Tex; fidati quando ti dico che lui può trovare anche la più piccola traccia. Ok?»

«Ok.»

«Respira, Addy. Le troveremo.»

Sapere che Ricky e i suoi amici se ne sarebbero occupati subito la fece sentire molto meglio. Il senso di malessere si attenuò lievemente. Aveva sentito un sacco di storie sul famoso Tex. Sapeva che aveva fatto in modo che andassero a liberare Blink e Josie da quella prigione in Iran, che aveva aiutato a trovare innumerevoli altre persone nel corso degli anni. Sapeva il lavoro straordinario che aveva chiaramente fatto quando Artem, Borysko e Yana erano stati portati via dai servizi sociali. Doveva credere che avrebbe trovato anche le sue figlie.

«Tieni duro ancora un po'. Per me.»

«Ora mi sento meglio. Sapere che ci state lavorando mi fa sentire meno sola.»

«Non sei sola. Non lo sei *mai*. Tornerò a casa il prima possibile. Guida con prudenza e appoggiati ai nostri amici. Ti amo, Addison. Tantissimo.»

«Ti amo anch'io. Guida con prudenza anche tu.»

«Sempre.»

Quel familiare botta e risposta la aiutò a uscire dallo strano stato mentale in cui era stata risucchiata.

Chiuse la chiamata e corse verso il suo Maggiolino. Magari, una volta arrivata a casa, Ellory e Yana sarebbero state lì.

Ancora una volta, nella vana speranza che rispondesse, cliccò sul nome di sua figlia sul telefono, accasciandosi sconfitta quando la chiamata andò direttamente alla segreteria telefonica. Il suo cellulare era spento o scarico... ma per un secondo aveva sperato di sentire la voce di Ellory che le chiedeva perché si stesse agitando così tanto.

Non avendo nient'altro da fare se non tornare a casa, Addison si avviò lungo la strada.

————

La testa di MacGyver era un turbinio di pensieri. Era furioso che *entrambe* le scuole avessero infranto il protocollo e permesso a Vogel di prendere Ellory e Yana senza permesso. Era frustrato perché il telefono di Ellory era spento; la prima cosa che aveva fatto era stata provare a chiamarla. Era terrorizzato che Vogel avesse fatto qualcosa di orribile alle ragazze. La cosa incomprensibile era... perché? Cos'aveva da guadagnare? Dove le aveva portate? MacGyver aveva troppe domande e nessuna risposta. Finché Kevlar e Blink non avessero trovato Vogel e non lo avessero interrogato, avrebbero dovuto essere pazienti.

Non appena tornato a casa avrebbe chiamato la polizia, ma voleva dare ai suoi compagni di squadra un vantaggio nella ricerca dell'ex di Addison. Lo avrebbero convinto a confessare il motivo per cui aveva preso le ragazze, utilizzando tecniche per ottenere risposte che i poliziotti non potevano usare.

Era stato incredibilmente sollevato quando aveva chiamato la scuola dei ragazzi e aveva scoperto che erano ancora lì. Aveva detto alla segretaria che sarebbe andato a prenderli e aveva mandato un rapido messaggio ad Addison per farle sapere che Artem e Borysko erano al sicuro.

Dato che i ragazzi erano confusi per il fatto che fosse andato a prenderli invece di lasciarli tornare con l'autobus, una volta usciti MacGyver si inginocchiò davanti a loro.

«Ho delle brutte notizie» disse solennemente.

Entrambi lo fissarono a occhi spalancati, preoccupati.

«Vi ricordate di Brady, il padre biologico di Ellory?» Si rifiutò di dire il "vero papà" perché quello lo era *lui*. Certo, conosceva Ellory solo da poco più di un anno, e non aveva ricoperto a lungo un ruolo paterno, ma sentiva nel profondo di *essere* il suo vero padre. Ci aveva messo dodici anni per trovarla, ma ora che ci era riuscito, sapeva che Ellory era sua. Era la stessa sensazione viscerale provata quando aveva incontrato Artem, Borysko e Yana in quelle terribili condizioni in Ucraina; una consapevolezza istintiva che fossero destinati a essere suoi.

«Sì. Non le piace molto» disse Borysko.

«Esatto. Be', oggi è andato a prendere sia Ellory sia Yana a scuola, e non sappiamo perché. Non sappiamo nemmeno dove siano, e ora li stiamo cercando.»

Aveva provato a fare del suo meglio per minimizzare la portata di ciò che era successo, ma Artem spalancò gli occhi sul suo piccolo viso e cominciò a tremare. «Le ha prese?» chiese.

MacGyver si rifiutò di mentire. Non poteva fare una cosa del genere a quei ragazzi che avevano già attraversato l'inferno. «Sì. Ma giuro che io e i miei amici stiamo facendo tutto il possibile per ritrovarle e portarle a casa.»

Artem si voltò verso Borysko e cominciò a parlargli in ucraino con urgenza. MacGyver non lo interruppe. Non gli chiese cosa stesse dicendo. A volte sembrava il bambino di otto anni che era, altre, come in quel momento, dava la sensazione che ne avesse dieci di più. Entrambi avevano un'espressione estremamente preoccupata e spaventata quando Artem tornò a guardarlo. «Yana è spaventata. Ma Ellory è con lei. Lei ama Ellory.»

«Sì a tutte e tre le cose» confermò.

«Cosa possiamo fare per aiutare?» chiese.

«Ho bisogno che vi prendiate cura di Addy, e anche che vi fidiate dei miei amici e di me. Stiamo facendo *tutto* il possibile per trovare Brady e le vostre sorelle. L'ultima cosa che mi serve è che voi due scappiate via pensando di poterle trovare da soli. Qui non siamo in quella città distrutta in Ucraina. Lì eravate voi gli esperti, sapevate dove nascondervi, dove trovare del cibo, ma Riverton è la *mia* città. Io e i miei amici troveremo il padre biologico di Ellory e ci faremo dire cos'è successo. Ok?»

«Anche Addy è spaventata» disse Borysko. Non era una domanda.

«Sì, lo è, figliolo. È terrorizzata. Non solo per Ellory, ma anche per Yana. Mi aiuterete a tenerla tranquilla? Le terrete la mano se dovesse piangere? La abbraccerete per consolarla?»

Entrambi annuirono solennemente.

Il viaggio di ritorno si svolse in un silenzio innaturale. MacGyver era perso nei suoi pensieri, preoccupato di cosa potesse volere Vogel dalle bambine, e i ragazzi stavano molto probabilmente pensando a quanto fosse spaventata Yana. Si prendevano cura di lei da un bel po' ormai, e il fatto di non sapere cosa le stesse accadendo o dove potesse essere doveva essere estremamente difficile per loro.

Quando si fermò davanti a casa, c'erano già diverse auto parcheggiate lungo la strada. I tre scesero dall'Explorer, e Artem e Borysko corsero alla porta con lui alle calcagna. Addison si alzò quando entrarono, e l'espressione sul suo viso quasi lo distrusse. Era ovvio che avesse sperato di vedere sua figlia e Yana entrare dalla porta. Quando vide i ragazzi, l'auto-controllo a cui si stava disperatamente aggrappando si spezzò. Le lacrime le rigarono il viso mentre spalancava le braccia come un invito per Artem e Borysko, che corsero da lei e le gettarono le braccia al collo. Addison barcollò poi cadde in ginocchio per poter stringere meglio i ragazzi.

«Ricky le troverà» disse loro. «Dobbiamo solo essere forti finché non torneranno a casa. Sono sicura che Yana sta bene, Ellory si sta prendendo cura di lei.»

Nessuno di loro sapeva cosa stessero passando le ragazze, ma MacGyver sperava con tutto il cuore che Addison avesse ragione. L'amore che provava per quella donna gli avvolse il corpo come una coperta calda. Lei stessa era devastata, eppure stava comunque facendo del suo meglio per mostrarsi positiva con i bambini. E la sicurezza nella sua voce, l'assoluta convinzione che lui avrebbe trovato Yana ed Ellory, gli fecero provare un disperato bisogno di essere all'altezza di ogni parola che era uscita dalla sua bocca.

Guardandosi intorno, MacGyver vide che Julie Hurt era arrivata. Patrick, suo marito, era al suo fianco. C'erano anche Smiley, che aveva il cellulare all'orecchio, e Flash, che era rimasto in disparte e aveva un'espressione frustrata e preoccupata.

Non erano le uniche persone che si erano presentate. C'erano anche Abe, Benny e Mozart. E Caroline, che era in piedi accanto al divano su cui era seduta insieme ad Addison quando erano entrati.

Mentre aspettava che finisse di rassicurare i ragazzi, la porta dietro di lui si aprì. Si girò, comprendendo pienamente la speranza che aveva visto sul suo volto di Addy quando *lui* era arrivato, e vide entrare Remi, Josie, Wren e Maggie, che andarono subito a circondare sua moglie e i bambini; tutte li abbracciarono e piansero, dicendo parole rassicuranti per confortare la loro amica.

MacGyver si sentì incredibilmente grato di avere quelle persone al suo fianco. Uomini e donne che avrebbero mollato tutto semplicemente per mostrare il loro supporto. Ma aveva bisogno di parlare con Addison, per vedere se poteva dirgli qualcos'altro che potesse essere utile per trovare Ellory e Yana.

Come se potesse leggergli nel pensiero, lei si districò dagli abbracci e gli si avvicinò. Praticamente crollò tra le sue braccia e MacGyver la strinse più forte che poté. «Ricky» gli sussurrò all'orecchio, tenendolo stretto con altrettanta forza.

«Lo so. Le riporteremo a casa.»

Lei annuì. E quel piccolo cenno del capo lo rese ancora più determinato. La sua Addy gli aveva affidato la cosa più preziosa della sua vita... sua figlia. E lui non l'avrebbe delusa.

Indietreggiò, continuando a tenerla tra le braccia, mettendo un po' di spazio tra lei e il soggiorno improvvisamente molto affollato. Le prese il viso tra le mani e la fissò per un lungo momento. Aveva gli occhi rossi, la pelle chiazzata per aver pianto e i capelli arruffati, ma non era distrutta. Per niente.

«Quel coglione ci ha portato via le bambine» gli disse con voce tremante, non per la paura, ma per la rabbia. «Perché mai l'avrebbe fatto? Ellory non gli piace nemmeno.»

«Non lo so, ma troveremo lui e le nostre ragazze e faremo in modo che questo non accada mai più.»

Lei annuì.

Proprio in quel momento, Smiley annunciò: «Lo hanno trovato.»

Addison si voltò così velocemente che sarebbe caduta se MacGyver non l'avesse afferrata per i fianchi. «Dove sono? Le stanno riportando a casa?»

«Hanno trovato Vogel, non le ragazze» le rispose con calma.

«Cosa?» sussurrò lei, con un tono evidentemente scioccato.

MacGyver si sentì stringere lo stomaco. Se Ellory e Yana non erano con Vogel, dov'erano?

# CAPITOLO DICIASSETTE

«CE L'HO FATTA!» esclamò Ellory. Era stato molto più difficile di quanto avesse pensato arrampicarsi sulla pila di scatole e aprirne una di quelle in cima. Inoltre, una cosa era muoversi in uno spazio così piccolo, un'altra nel buio pesto... e ancora di più con una sorellina molto spaventata di cui occuparsi.

Ma dopo diverse false partenze ed essere caduta due volte, era arrivata in cima a una delle pile, poi aveva usato le unghie per staccare il nastro adesivo da un lato della prima scatola. Anche quello aveva richiesto un po' di tempo. Chiunque le avesse chiuse aveva fatto un lavoro eccellente.

Era snervante dover infilare la mano dentro al cartone senza vedere cosa si stava per toccare; poteva esserci qualcosa di affilato che l'avrebbe tagliata, o di disgustoso e viscido. Ma Ellory sperava che qualsiasi cosa avrebbe trovato fosse utilizzabile. Come dei vestiti, per esempio, che avrebbero aiutato a rendere meno duro il pavimento del container. Delle torce sarebbero state molto utili in quel momento, e una scatola piena di bottiglie d'acqua sarebbe stata apprezzata. Ma, ovviamente, sperava in qualcosa tipo pistole o coltelli... o qualche tipo di strumento che avrebbe potuto tagliare il ferro.

Sbuffò tra sé e sé per quei pensieri ridicoli, e si costrinse a concentrarsi sul suo compito. Infilò la mano nella scatola e si preparò a qualsiasi cosa stesse per trovare.

Con sua sorpresa, toccò qualcosa di morbido. E peloso. Niente di vivo, per fortuna, e aveva sia parti dure sia morbide. Muovendo la mano con cautela, scoprì che era piena di quella roba, qualsiasi cosa fosse. Frustrata per il fatto di non poter vedere, girò la testa per parlare con la sorella.

«Yana?»

«Ellory?» rispose la bambina.

«Sto per far cadere qualcosa. Voglio che ti sposti in modo che la tua schiena sia contro le scatole. Il più lontano possibile da me. Hai capito?»

«Sì.»

«Fallo subito.»

Le tremavano le gambe e le braccia. Non era abituata a sforzi così intensi. Reggersi in quel modo e stare in equilibrio sui piccoli ripiani creati dalle scatole impilate non era esattamente qualcosa che faceva tutti i giorni. Se ce l'avesse fatta... no... *quando* ce l'avesse fatta, avrebbe chiesto a Ricky di aiutarla a mettersi più in forma. Era magra e bassa, ma sperava che una volta raggiunta la pubertà le cose sarebbero cambiate. Nel frattempo, voleva essere in grado di fare sforzi fisici come quello con più facilità.

«Io qui» disse Yana.

Ellory era orgogliosa di lei. Quella situazione era terribilmente spaventosa, ma se la stava cavando abbastanza bene, tutto sommato, forse per via di tutto ciò che lei e i suoi fratelli avevano dovuto fare per sopravvivere nel loro Paese d'origine. Ciò la rendeva un po' triste. Orgogliosa, ma triste.

«Ok, butto giù questa cosa. Resta dove sei finché non scendo. Hai capito?»

«Sì.»

Ellory si mise in equilibrio sulle punte, e prese dalla scatola quello strano oggetto. Lo spostò sopra il piccolo spazio in cui erano state rinchiuse e lo lasciò cadere. Ci fu un leggero tonfo quando atterrò. «Tutto ok?» chiese a Yana.

«Ok!» rispose subito la bambina.

Ne raccolse un altro e lasciò cadere anche quello. Poi lo fece un'altra volta. Non sapeva quando avrebbe avuto la forza di risalire su quelle torreggianti scatole infernali, quindi se aveva trovato un oggetto utile, voleva averne più di uno... qualsiasi cosa fosse.

«Sto scendendo. Resta dove sei. Sei proprio brava.»

«Ellory attenta.»

«Sto facendo attenzione» rassicurò la bambina. Con i muscoli che le tremavano, tornò giù con cautela. Quando arrivò in fondo, non poté fare a meno di essere contenta di avercela fatta.

Tastando tutto intorno, trovò gli oggetti che aveva gettato a terra.

«Yana viene da te?»

«Sì, è sicuro. Vieni qui» le disse. Nel giro di pochi secondi, sentì la mano della piccola che la cercava. La prese, e con un piccolo sospiro si sedette sul pavimento di ferro del container. Era bello poter far riposare le gambe. Le cosce e i polpacci le avrebbero fatto sicuramente male dopo essere stata in equilibrio sui piccoli bordi delle scatole che aveva usato come scala.

Yana le si sistemò in braccio come se lo avesse fatto mille volte ed Ellory non poté fare a meno di essere contenta che lei fosse lì, anche se ciò che la fece sentire subito in colpa. Non voleva che sua sorella si trovasse in quella situazione, per nessun motivo al mondo, ma averla lì rendeva tutto un po' meno spaventoso. Non poteva crollare, doveva mantenere il controllo per prendersi cura di Yana, se fosse stata da sola, probabilmente si sarebbe ritrovata distesa a terra a singhiozzare. Non avrebbe trovato l'energia o il coraggio di arrampicarsi su quelle scatole al buio.

«Vediamo cosa abbiamo qui» disse, prendendo uno degli oggetti. Se lo rigirò tra le mani e cercò di immaginare cosa stesse toccando. Dopo un momento, si rese conto che era un animale di peluche. I punti duri erano probabilmente gli occhi e il naso di plastica. Aveva qualcosa tra le zampe, ma non riusciva a capire cosa fosse. Lo rigirò e rigirò, passando le mani lungo ogni centimetro del giocattolo. Proprio quando stava per lasciarsi sopraffare dalla delusione per aver trovato una scatola piena di peluche che non sarebbero stati di alcun aiuto per farle uscire dalla loro prigione, toccò quello che le sembrò un pulsante, nascosto sotto una cucitura della pelliccia sulla schiena.

Senza pensarci, lo premette.

Il peluche prese vita tra le sue mani, spaventandola a morte, tanto che lo lanciò dall'altra parte dello spazio angusto. Yana sussultò per la paura e le colpì il mento con la testa.

Ellory batté le palpebre, non riuscendo a credere a ciò che stava vedendo. Il peluche era un orsetto che teneva un regalo tra le zampe. Indossava una tuta rossa e verde, e quello che le aveva spaventate tanto erano una serie di piccole luci che lampeggiavano intorno al regalo e la canzone "Jingle Bells" che aveva iniziato a suonare.

Lo fissò per un momento, poi fece un sorriso enorme.

Poteva vedere! L'orso aveva delle *luci* e, nonostante lampeggiassero, erano molto brillanti in quello spazio completamente buio, e illuminavano la loro piccola prigione come faceva la lampada della sua stanza a casa.

Ellory prese con entusiasmo un altro degli orsi che aveva

buttato giù e trovò rapidamente il pulsante sul retro, così premette anche quello. Successe la stessa cosa, si accesero le sue luci colorate lampeggianti e partì la canzone "Jingle Bells". Lo fece anche con il terzo.

Gli orsi facevano abbastanza luce da permetterle di vedere con facilità le scatole accatastate intorno a loro. Scosse la testa, stupendosi di ciò che aveva fatto, di essersi arrampicata per circa tre metri fino in cima alla pila. Era davvero spaventosa, e probabilmente non ci avrebbe mai provato se avesse potuto vedere cosa stava facendo.

Ma ne era valsa la pena. Avevano la luce! Ora che ci vedeva, forse avrebbe potuto creare dei gradini con le scatole. Se fosse riuscita a risalire ancora una volta, buttare giù la scatola in cima e poi quella successiva, avrebbe potuto creare una sorta di scala, che avrebbe reso più facile esaminare cosa c'era nelle altre intorno a loro. Di sicuro non erano *tutte* piene di animali di peluche.

Le balzò alla mente un ricordo particolare, di una volta in cui era in garage con Ricky ad armeggiare con la sua roba. Una delle prime cose che le aveva insegnato era stata quanto potesse essere utile una batteria; per fare uno scaldamani, un accendino, un elettromagnete per bussola, accendere un fuoco... le aveva mostrato un sacco di cose. Un fuoco dentro quel container era un'idea orribile... ma forse avrebbe potuto creare qualcos'altro alla MacGyver che le avrebbe aiutate.

Sorrise. MacGyver. Doveva solo impersonare Ricky. Se lui e i suoi amici SEAL fossero rimasti bloccati lì dentro, cos'avrebbero fatto? La sua mente andava a mille e all'improvviso fu ansiosa di vedere con quali altri oggetti avrebbe potuto lavorare. Brady poteva pensare che fosse inutile a causa della sua malattia; non gliel'aveva mai detto, ma lei non era stupida, lo aveva visto nei suoi occhi che la trovava patetica, ma gli avrebbe fatto vedere di cos'era capace.

«Yana, puoi tenere questo orsetto, che direi di chiamare Fred, e premere questo pulsante se le sue luci dovessero spegnersi in modo che si accendano di nuovo così che io possa vedere?»

«Sì» le rispose, afferrando il peluche e tenendolo stretto al petto.

Ellory si alzò e fece qualche esercizio di stretching. Si sentiva energizzata. «Una scatola andata, ne mancano novecento» borbottò, prima di sistemare Yana su un lato dove non sarebbe stata colpita dalla quella che aveva intenzione di spingere giù dalla cima della pila. Poi fece un respiro profondo e ricominciò a salire. Il tempismo era essenziale. Non aveva idea di quando avrebbero caricato il container in cui si trovavano sulla nave che le avrebbe portate dall'altra parte del mondo, ma più veloce fosse stata e prima avesse fatto una magia alla MacGyver per andarsene da lì, meglio sarebbe stato.

———

MacGyver lanciò un'occhiata furiosa a Brady Vogel. Non appena aveva saputo che Kevlar e Blink avevano trovato il padre biologico di Ellory, era uscito per incontrarli. Smiley e i SEAL più vecchi erano rimasti a casa sua per assicurarsi che i ragazzi e Addison non avessero problemi.

Sua moglie era irritata con lui in quel momento. Avrebbe voluto andare anche lei ad affrontare il suo ex, per chiedergli perché aveva rapito le sue bambine e dove le aveva portate, ma MacGyver l'aveva supplicata di restare a casa. Alla fine era riuscito a convincerla dicendole che se le fosse successo qualcosa non sarebbe mai riuscito a perdonarsi.

La loro separazione era stata estremamente dolorosa. Avrebbe voluto restare con lei, abbracciarla, confortarla.

Avrebbero potuto occuparsi i suoi compagni di squadra di Vogel per ottenere le informazioni che gli servivano, su quello non aveva dubbi, ma aveva bisogno di confrontarsi con quell'uomo. Di ottenere delle risposte.

Lui e Flash si erano incontrati con Safe e Preacher a casa di Wolf. Sorprendentemente, l'ex SEAL e leader aveva offerto il suo seminterrato come luogo perfetto per interrogare Vogel.

Quando MacGyver era arrivato, aveva trovato la stanza con i mobili spinti di lato e il bastardo seduto su una sedia, con le mani ammanettate dietro la schiena e il viso che mostrava due occhi neri dall'aspetto molto doloroso. Aveva del sangue che gli usciva da un labbro spaccato, ma non era intimorito. Per niente.

«Ti avevo detto cosa sarebbe successo quando MacGyver fosse arrivato qui» disse Kevlar. «Non sarà gentile come me e Blink. Se fossi in te, inizierei a parlare. E non dire le stronzate che hai sputato finora» sbottò.

«Ti ho detto la verità. Ellory mi ha mandato un messaggio dicendo che era stufa di essere bullizzata e che non voleva dirlo a sua madre, dato che le aveva detto che non la tormentavano più. Era imbarazzata. Così mi ha chiesto se potevo andare a prenderla. È stata una *sua* idea che io dicessi che tu e sua madre avete avuto un incidente. È intelligente! Sapeva che non ero autorizzato a portarla via. Controlla il mio telefono. Ci sono i messaggi. Mi ha implorato di farla uscire da scuola. Non è stata una *mia* idea!»

MacGyver lo ascoltò senza alcuna espressione sul viso. Non credette minimamente alla sua storia. «E Yana? Perché sei andato a prendere anche lei?»

«Sempre un'idea di Ellory. Ha detto che sua madre andava sempre a prenderle entrambe, che la bambina avrebbe avuto paura se Ellory non si fosse presentata. È entrata con me e ha finto di essere sconvolta così avremmo potuto far uscire anche lei. Controlla le telecamere della scuola, amico! Ti dimostreranno che non sto mentendo.»

«Dov'è il suo telefono?» chiese MacGyver.

«Qui» disse Kevlar, lanciandoglielo.

Lui lo prese e lo girò.

«Il codice è uno-due-tre-quattro-cinque» aggiunse Kevlar, senza la minima traccia di divertimento sul viso.

«Ovviamente» borbottò MacGyver, poi sbloccò il cellulare e aprì l'app. C'erano messaggi di Ellory in cui lo implorava di andarla a prendere a scuola, e suggeriva di dire alla segretaria che lui e Addison avevano avuto un incidente. In apparenza, sembravano dimostrare che l'uomo non stava mentendo, ma il suo rilevatore di stronzate interiore stava suonando all'impazzata... soprattutto se pensava alla conversazione avuta con Ellory quella mattina stessa a colazione.

«Allora adesso dove sono? Dove le hai portate?» gli chiese.

«Le ho lasciate a pochi isolati da casa tua. Ancora una volta, è stato un suggerimento di Ellory. Dal momento che Addison lavora da casa, non voleva che sua madre le vedesse scendere dalla mia macchina. Ho pensato che Addison non stesse bene o qualcosa del genere, dato che Ellory non aveva chiamato lei. Non lo so, amico. È un'adolescente. A quell'età fanno cose senza senso.»

«Ha solo dodici anni» disse MacGyver, irritato. Per qualche ragione, voleva chiarire che Ellory non era ancora un'adolescente. Faceva un'enorme differenza ai suoi occhi.

«Come vuoi. Guarda, amico, stavo solo cercando di fare la cosa giusta. Mia figlia era in difficoltà e volevo aiutarla. Tutto qui. Non ho idea di cosa sia successo a lei e all'altra ragazzina dopo che le ho lasciate.»

Tutto dentro di lui urlava che Vogel stava mentendo spudoratamente. Sarebbe stato facile per Tex controllare le telecamere delle scuole e gli orari dei messaggi. Non avevano il telefono di Ellory, ma l'ex SEAL sarebbe potuto entrare nei registri telefonici per assicurarsi che lei avesse davvero inviato i messaggi; avrebbe potuto localizzare il luogo da cui erano stati inviati. Purtroppo il suo cellulare era spento in quel momento, quindi non potevano rintracciare lei o Yana in quel modo.

La frustrazione lo stava lacerando. Era stato certo che una volta preso Vogel avrebbero avuto le risposte che volevano. Ma Yana ed Ellory potevano essere ovunque.

Proprio in quel momento, il telefono di Preacher squillò.

«Preacher. *Cosa?* Cazzo. Ok. Aspetta, fammi mettere il telefono in vivavoce... vai... ti sentiamo tutti.»

«MacGyver?» Era Smiley.

Lui si avvicinò a Preacher. «Sono qui» disse.

«Addison ha appena ricevuto una richiesta di riscatto.»

Si sentì girare la testa. «Cosa?»

«Sì. Il tizio ha detto che ha Ellory e Yana, e che vuole duecentocinquantamila dollari per consegnarle sane e salve.»

MacGyver non riusciva a parlare. Era letteralmente paralizzato.

«Quando è arrivata la chiamata?» chiese Safe.

«Appena adesso. Meno di due minuti fa.»

«Ti avevo detto che non ero coinvolto in questa storia!» esclamò Vogel.

Lo ignorò.

«Non abbiamo registrato tutto, ma una buona parte» disse Smiley.

«Faccela sentire» ordinò Kevlar. «Magari riconosciamo la voce.»

Si udirono un po' di fruscii nella linea e poi una voce che non aveva mai sentito prima in vita sua parlò nella registrazione.

*... Bene per ora, ma se non mi darai duecentocinquantamila dollari*

*entro domani sera, non staranno più così bene. Non chiamare la polizia, e i soldi devono essere in banconote da cinquanta e da venti dollari. Non provare a fare qualcosa altrimenti non rivedrai mai più le ragazze. Metti i soldi in una scatola di cartone e lasciala dietro la stazione di servizio sulla Fourth e Aspen, vicino al cassonetto, alle dieci in punto di domani sera. Poi vattene. Questa sarà la tua unica possibilità di riaverle.*

Tutti rimasero in silenzio per un momento.

Poi Wolf chiese: «Qualcuno ha riconosciuto la voce?»

MacGyver scosse la testa, come anche il resto della sua squadra.

«Cazzo» borbottò Kevlar.

«Sta per uccidere mia figlia! Cosa facciamo?»

Tutti si voltarono a fissare Vogel. Quella era la prima volta che mostrava un'emozione diversa dalla disperazione di essere creduto così non avrebbero continuato a usarlo come sacco da boxe... e non sembrava autentica.

Perché era così preoccupato solo *ora*? Non avrebbe dovuto dare di matto fin dal momento in cui aveva saputo che sua figlia era scomparsa?

Quell'uomo sapeva dove si trovavano le bambine. MacGyver ci avrebbe scommesso la sua spilla Budweiser.

«Slegalo» disse in tono basso e controllato.

«Cosa?»

«Stai scherzando?»

«Hai perso la testa?»

Ignorò le esclamazioni dei suoi amici. «Verrai a casa con noi. Sei un testimone. Sei stato l'ultimo a vederle. Qualsiasi informazione tu abbia, dobbiamo sentirla. Le auto che hai incrociato, le persone che hai visto, le cose che Ellory ha detto. Sei suo padre, quindi meriti di far parte di questa cosa tanto quanto noi.»

Con suo sollievo nessuno lo interrogò ulteriormente, e

ignorò gli sguardi indagatori che i suoi compagni di squadra gli stavano lanciando. Si voltò verso Preacher che stava reggendo il telefono. «Smiley?»

«Sono qui» rispose il suo amico.

«Di' ad Addison e agli altri che stiamo tornando a casa. Troveremo un modo per racimolare i soldi. Anche se dovessi vendere tutto ciò che possiedo, mi riprenderò le nostre ragazze.»

«Lo farò. A dopo.»

MacGyver non aveva tempo di discutere con i suoi amici di ciò che stava pensando e, in ogni caso, di certo non lo avrebbe fatto di fronte a Vogel, ma loro lo conoscevano piuttosto bene da sapere che aveva un piano. Avrebbero seguito le sue indicazioni finché non avesse potuto dire loro il suo pensiero.

Vogel sapeva qualcosa. La scomparsa delle bambine era iniziata e finita con lui. Forse non aveva fatto quella richiesta di riscatto, ma non era sembrato nemmeno sorpreso. E di certo le sue emozioni non erano sincere.

A volte tenere il nemico vicino era il modo migliore per raccogliere informazioni. Ed era esattamente ciò che MacGyver avrebbe fatto. Non avrebbe permesso che quell'uomo si allontanasse dalla sua vista. Lui era la chiave per trovare Ellory e Yana, non aveva alcun dubbio.

# CAPITOLO DICIOTTO

ELLORY STUDIÒ gli oggetti sparsi intorno a lei, frustrata. Aveva costruito la scala di scatole abbastanza facilmente, ma era rimasta delusa da ciò che aveva trovato nella prima decina che aveva aperto. Erano state piene degli stessi peluche natalizi. Ora avevano sicuramente un sacco di luce, ma la canzone "Jingle Bells" che andava a ripetizione stava iniziando a darle sui nervi. Avrebbe voluto strappare la testa agli orsi per farli smettere, ma non osò farlo perché ciò avrebbe significato perdere la luce che fornivano.

Si era rifiutata di arrendersi, sapendo che *doveva* esserci qualcosa da usare per aiutare la loro fuga.

Era stata eccitata quando aveva aperto la tredicesima scatola e trovato decine di pacchetti di attrezzi da viaggio; ogni astuccio di plastica conteneva un piccolo martello, due cacciaviti e un paio di pinze, oltre a chiodi, viti e persino un paio di puntine da disegno. Poi si era sentita stupida. Quella roba era praticamente inutile, a meno che qualcuno non avesse dovuto fare qualcosa di semplice come attaccare un quadro. Erano stati ovviamente realizzati da qualche azienda che pensava fosse un oggetto carino per donne o bambini.

Ma il suo sgomento non era durato a lungo. Anche se erano piccoli ed economici, aveva degli attrezzi da poter comunque usare. Forse.

Altre scatole contenevano cose poco utili come infradito di plastica, piccole rane di gomma e ne aveva trovata persino una piena di sex toy, cosa che l'aveva disgustata.

Ancora nessun tipo indumento, il che era sconfortante perché voleva far sdraiare Yana su qualcosa di più morbido del pavimento di ferro del container. Guardò sua sorella e avrebbe voluto piangere. Aveva le guance rigate di lacrime ed era sdraiata su un fianco, profondamente addormentata, con uno degli orsacchiotti di peluche tra le braccia.

In quel momento si sentì sopraffatta dalla pressione a cui era sottoposta. Se non avesse trovato un modo per uscire da quel container, sarebbero morte entrambe. Andò nel panico al ricordo di ciò che le aveva detto Brady, del fatto che l'aveva venduta per i suoi organi. Doveva andarsene da lì. *Subito*. Prima che fosse troppo tardi.

Aveva pensato di arrampicarsi per raggiungere la porta, ma dopo aver visto com'erano stipate le scatole, aveva capito che non sarebbe riuscita a spostarne abbastanza da permettere loro di farlo. E anche se ce l'avessero fatta, non sapeva come avrebbero fatto a uscire; aveva sentito il rumore dello scatto di un lucchetto persino dal punto in cui le avevano messe, che si trovava a circa tre quarti della lunghezza del container.

Stava ancora fissando Yana, cercando di pensare a un modo per usare le batterie, gli attrezzi e le rane di gomma per scappare, quando qualcosa catturò la sua attenzione proprio dietro la testa di sua sorella.

Andò a carponi verso di lei per vedere cosa fosse. Il colore del pavimento era diverso in quel punto. Era... arancione. O almeno così le sembrava, era difficile dirlo con le luci colorate dei peluche che lampeggiavano.

Spostò Yana con cautela, in modo da non svegliarla, e avvicinò uno degli orsetti per poter esaminare il pavimento. Lo toccò, e rimase sorpresa quando sembrò... spugnoso.

«Porca puttana!» esclamò, sentendosi un po' in colpa per aver imprecato, anche se pensò che se mai ci fosse stato un momento per usare una parolaccia, sarebbe stato quello. «È ruggine. Il pavimento è arrugginito!»

Fu travolta da un senso di eccitazione, è iniziò a grattare sulle macchie. Ansimò quando un pezzetto di ferro si sollevò. Ma non voleva esaltarsi troppo. Solo perché c'era un po' di ruggine non significava che ci fosse qualcosa di simile a una botola da cui avrebbero potuto scappare. Ma la speranza dentro di lei non poteva essere arginata. Cominciò a grattare e schiacciare il punto arrugginito, emozionandosi alla vista dei pezzi che si rompevano nella sua mano. Girandosi di scatto, afferrò uno degli inutili astucci di attrezzi da viaggio e tirò fuori il martelletto.

Iniziò a battere sulla parte debole del pavimento, e sussultò al frastuono che risuonò nel piccolo spazio.

Yana si svegliò di soprassalto e piagnucolò.

«Scusa, non volevo spaventarti. Ma, guarda! In questo punto il pavimento è debole. Forse possiamo sfondarlo e uscire.»

«Cosa buona?» chiese la piccola.

«Sì, più che buona» rispose. Ovviamente, che il pavimento fosse debole era una cosa, fare un buco abbastanza grande da permettere loro di uscire era un'altra. E non importava quando grande fosse stato, non sarebbe servito a nulla se il container era appoggiato a terra. Potevano rompere il ferro arrugginito, ma non scavare un tunnel nel cemento o nell'asfalto o in qualsiasi cosa ci fosse stata sotto. E se fosse stato accatastato sopra a un altro, sarebbero state ugualmente fregate.

Avevano solo una possibilità di uscire da lì, cioè quando il container fosse stato spostato. Ed era probabile che le avrebbero beccate. Ma non era pronta ad arrendersi. Doveva provarci.

«Dai, Yana, prendi questo.» Le porse uno dei piccoli cacciaviti. «Vedi se riesci a sollevare il ferro.» Le mostrò cosa voleva che facesse, e la osservò con orgoglio mettersi al lavoro senza esitazione.

Mentre Ellory martellava sulla ruggine e Yana faceva del suo meglio per fare leva e sollevare le parti allentate, pregò con tutta sé stessa che Ricky e sua madre fossero sulle loro tracce. Perché uscire da quel container sarebbe stato solo il primo passo verso la salvezza... non poteva guidare, non aveva idea di dove fossero e non voleva incontrare nessun altro che potesse essere in combutta con Brady.

Ellory sorrise. Combutta. Non aveva mai avuto la possibilità di usare quella parola in una frase nella vita di tutti i giorni. La sua insegnante di inglese ne sarebbe stata così orgogliosa. Poi tornò seria. La sua insegnante non avrebbe mai saputo che aveva usato quella parola se lei non fosse uscita da lì.

«Continua, Yana. Ce la faremo.»

Una cosa che Ricky sottolineava sempre era il potere del pensiero positivo. Le aveva detto che ogni volta che lui si trovava in una situazione che sembrava negativa, lui e i suoi compagni di squadra SEAL non parlavano mai delle cose brutte che sarebbero potute accadere; le conoscevano, ma non le esprimevano ad alta voce. Diceva che altrimenti ciò avrebbe dato all'energia negativa del mondo il potere di superare quella positiva.

Prendendo a cuore quel consiglio, Ellory iniziò a parlare con sua sorella di tutte le cose che avrebbero fatto una volta tornate a casa. Che Artem e Borysko sarebbero stati felicissimi di vederle, che la loro mamma avrebbe pianto di felicità. Forse anche Ricky. Che avrebbero potuto mangiare quello che volevano, dormire nei loro letti, indossare dei vestiti puliti. Continuò a blaterare mentre lavoravano, nella vana speranza di riuscire a bucare, a ogni colpo di martello, quello stupido container prima che le enormi gru lo spostassero.

———

Addison non aveva idea del motivo per cui Ricky avesse portato Brady a casa loro. Era *furiosa*. Con lui. Con il suo ex. Con tutti e tutto. Aveva finito la pazienza e voleva solo che se ne andassero e la lasciassero in pace.

Ma non appena le venne quel pensiero, si sentì in colpa. Erano tutti lì per cercare di aiutare. Le donne stavano distraendo Artem e Borysko nella loro stanza, gli uomini stavano facendo tutto il possibile per raccogliere i soldi del riscatto e, si sperava, trovare Ellory e Yana prima di dover *usare* il denaro.

Alcuni SEAL erano al telefono, chi con quel Tex di cui aveva sentito tanto parlare, chi con il loro comandante, e chi con Wolf e gli uomini della sua squadra che non erano già lì. Le loro donne erano in giro in macchina, alla ricerca di qualsiasi traccia delle ragazze.

Tutti stavano aiutando, ma l'unica cosa che poteva fare lei era restare lì, impotente.

Ricky non aveva lasciato il suo fianco. Quando era tornato a casa con il suo ex al seguito, era andato dritto da lei e da allora non si era più mosso. Era come se la stesse... proteggendo? Ma non poteva essere così. Non avrebbe portato lì Brady se avesse pensato che poteva farle del male... o no?

Per la prima volta in quella che sembrava un'eternità, il suo cervello si mise in moto. Perché il suo ex *era* lì? Era stato lui a portare via da scuola Ellory e Yana senza permesso.

«Ricky? Possiamo parlare?»

«Certo.»

«Da soli.»

Lui guardò tutte le persone che erano in casa, poi lei, con un sopracciglio alzato.

Avrebbe voluto ridere, ma le sembrava inappropriato considerando tutto quello che stava succedendo.

«Perché Brady è qui?» gli sussurrò.

Ricky si guardò di nuovo intorno, poi le cinse la vita e la condusse lungo il corridoio fino alla loro camera. La fece entrare e chiuse la porta. «Stai bene? Ce la fai a tenere duro?»

«No e sì. Perché è qui?» chiese di nuovo, guardandolo negli occhi. «Lo odio. Non lo voglio qui.»

«Lo odio anch'io» disse lui, sorprendendola. «Ed è qui perché sa qualcosa. Non so cosa, e sta recitando abbastanza bene la sua parte da padre premuroso, ma c'è qualcosa che non quadra, e l'unico modo che conosco per scoprire cosa sa è tenerlo vicino.»

Fu come se nella sua testa si fosse accesa una lampadina. «Pensi che potrebbe dire o fare qualcosa che ci condurrà alle ragazze?»

«Forse. Ma preferisco sapere dove si trova piuttosto che lasciarlo andare in giro a fare chissà cosa.»

Addison annuì. Aveva perfettamente senso. «Forse posso aiutare. Posso irritarlo. Farlo innervosire. Così magari commetterà un errore e dirà qualcosa di utile.»

«Non voglio che tu faccia nulla che possa causarti sofferenza.»

Lo fissò «Non sapere dove sono le mie ragazze mi sta causando sofferenza. Non sapere se sono ferite, o se qualcuno le sta spaventando, o anche se sono...» Si interruppe, fece un respiro profondo, poi continuò. «... Vive, mi sta causando sofferenza. Se irritarlo porterà a farlo cedere, è quello che farò. Non posso aggredirlo fisicamente, come avete fatto voi ragazzi, ma posso farlo con le parole.»

«Ti amo» sussurrò Ricky, appoggiando la fronte sulla sua.

«Ti amo anch'io.»

«Ho avuto paura a volte durante una missione, quando le cose si sono messe male e ho pensato che sarei potuto morire, o che sarebbero potuti morire i miei amici. Ma non sono mai stato così terrorizzato come in questo momento. Non sapere dove sono le nostre figlie, mi dà la sensazione di non riuscire a muovermi, di non riuscire nemmeno a pensare.»

«Lo so» lo consolò. Incredibilmente, sapere che era spaventato quanto lei la tranquillizzò. La fece sentire meno sola. «Pensi che sia stato lui?» gli chiese.

Ricky ovviamente sapeva chi fosse quel "lui". «Sì.»

«Non era Brady il tizio al telefono, quello che ha chiesto il riscatto.»

«No» concordò, facendo un respiro profondo. «Ma questo non significa che non abbia assunto qualcuno che facesse la chiamata.»

«E i messaggi? Potrebbero essere falsi?»

«Penso di sì. Non è il mio campo di competenza, ma Tex sta facendo il possibile per cercare di capirlo.»

«Quindi pensi che le abbia rapite e nascoste da qualche parte» concluse Addison.

Lui la fissò per un lungo momento. «Sì, tesoro, è ciò che penso.»

«Perché?»

«*Quello* non lo so per certo. Abbiamo una casa piena di

persone che non si daranno pace finché non capiranno. Ma penso che i soldi del riscatto abbiano molto a che fare con questa situazione.»

Lei socchiuse gli occhi. «Ok. Quindi... posso andare a far incazzare il mio ex adesso? Aspetto da una vita di dirgliene quattro.»

Le labbra di Ricky ebbero un guizzo, ma non riuscì a sorridere del tutto. Annuì, poi si voltò verso la porta.

Addison non perse tempo. Si fece largo tra tutti i loro amici, oltrepassando Wolf, che era ovviamente arrivato mentre erano in camera da letto. Si assicurò che Artem e Borysko non fossero a portata d'orecchio... non lo erano, dato si trovavano ancora nella loro stanza a giocare a carte con Remi e Maggie, e andò dritta dal suo ex. «Perché sei qui, Brady?»

«Perché? Perché mia figlia è scomparsa» rispose.

«Non mi basta. Perché t'importa? Per quasi dodici anni non ti è fregato niente di lei. Non hai chiamato. Non hai contribuito in alcun modo alla sua crescita, né emotivamente né economicamente. Non hai fatto *niente*. Allora, perché ora?»

«Sono cambiato» ribatté.

«Davvero?» lo sfidò. «La prima volta che mi hai guardato cambiarle il pannolino hai aggrottato la fronte e fatto una faccia che dimostrava bene quanto lo trovassi disgustoso. E quando hai scoperto che aveva il morbo di Crohn hai fatto esattamente la stessa faccia.»

«Dammi un po' di tregua, Addison, è stata una sorpresa.»

«Non lo sarebbe stata se tu fossi stato presente per lei.»

«Cosa vuoi che ti dica?» le chiese in tono bellicoso.

«Voglio che tu mi dica perché diavolo hai agito alle mie spalle e hai mentito per andare a prendere mia figlia!»

«È anche mia figlia. Avrei dovuto esserci anch'io in quella lista!»

«Ti sbagli. Non è tua figlia. Biologicamente, sì, ma per il resto, no. Ricky ha aiutato a crescere quella ragazza più di quanto tu abbia mai fatto, e la conosce solo da poco più di un anno.»

*Quello* sembrò irritarlo.

«Non è suo padre» ringhiò.

«Col cavolo che non lo è. Ha trascorso innumerevoli ore con Ellory, parlandole, legando con lei, insegnandole un sacco cose. Lui la ascolta. Le procura coperte e cuscinetti riscaldanti quando le fa male la pancia. È più padre di quanto tu non lo sia mai stato in tutta la *sua* vita.»

«Non è colpa mia!»

«Sì, invece!» urlò Addison in risposta. «Hai avuto tutte le opportunità per essere un padre. Invece te ne sei *andato*. Senza dire una parola. Senza voltarti indietro. E ora che sei a Riverton, pensi di poter semplicemente assumere quel ruolo? Non puoi. Non è così semplice.»

«Questo perché le hai raccontato bugie su di me. Me l'hai messa contro!»

Addison rise, ma non fu un suono divertito. «No, non l'ho fatto. Che tu ci creda o no, non parliamo di te quando non ci sei, Brady. Il mondo non gira intorno a te. No. Te la sei messa contro da solo. Con i tuoi messaggi e le chiamate incessanti. Con i tuoi commenti insensibili sul morbo di Crohn e sul suo fisico. Ellory non ti avrebbe *mai* contattato se fosse stata vittima di bullismo, e lo sappiamo entrambi. Quindi perché non mi dici semplicemente cosa ne hai fatto di lei e di Yana così possiamo chiudere tutta questa dannata farsa?»

Gli si era avvicinata e gli stava urlando in faccia, ma sentiva ancora la mano di Ricky sulla schiena. Le aveva lasciato esprimere tutto ciò che aveva avuto bisogno di dire restando lì, pronto a intervenire se le cose si fossero messe male.

E percepiva anche il resto dei suoi amici intorno. L'attenzione di tutti era rivolta a loro.

Come se potesse sentire l'animosità emanata da ogni singola persona che lo fissava, Brady iniziò a sudare. «Sei sempre stata così maledettamente arrogante» disse con un ghigno. «Così autoritaria. È ora che impari che non puoi controllare tutto e tutti. È ora che ti si ritorca contro! Hai sempre avuto *tutto*. Non hai idea di cosa si prova a dover pulire lo sporco degli altri. Le persone buttano un sacco di roba per terra e non pensano a chi dovrà raccogliere la loro spazzatura. Non hai mai dovuto lottare per nulla, Addison. *Mai*.»

«Quante stronzate» gli disse. «Non ho fatto *altro* che lottare. Pensi che sia stato facile essere una madre single con una figlia che ha una malattia cronica? Non lo è stato. Non è *mai* facile, ma è pur sempre un privilegio. E tutto quello che ho l'ho ottenuto lavorando sodo. La *vita* non è facile, Brady. È una cosa che non sei mai riuscito a imparare perché sei stato troppo impegnato a fare la vittima. Hai cercato sempre e solo la via d'uscita più semplice!»

«Be', non dovrai preoccuparti di me molto a lungo» replicò, senza cedere.

«Ah, sì? Perché questa volta?» incalzò Addison.

«Perché me ne vado da questo buco di merda! Vado alle Hawaii a sdraiarmi al sole e sulla sabbia, e a godermela per una volta!» A quel punto Brady aveva il viso rosso intenso, respirava affannosamente e sembrava che volesse lanciarsi verso di lei per colpirla.

Addison rise. «E come te lo puoi permettere? Vivere alle Hawaii è costoso, idiota. Solo il latte costa il triplo rispetto a qui. E un appartamento almeno il doppio.»

«Ho dei soldi» insistette.

«Davvero? Allora che ne dici di darcene un po' per aiutarci

a far tornare a casa *tua* figlia sana e salva, visto che sei così preoccupato? Non pensare che non abbia notato che non stai offrendo un solo centesimo per il riscatto!»

«Perché non tornerà!» urlò. «Per quale motivo dovrei pagare per farla tornare quando se n'è già andata?!»

Quelle parole furono come un'esplosione nella stanza, e Addison fece istintivamente un passo indietro, ansimando per lo shock.

«Io... cioè... voglio dire...»

Ma ormai era troppo tardi. Aveva pronunciato quelle parole e tutti le avevano sentite.

Blink, con una mossa rapida, afferrò Brady per il collo da dietro con una presa a strangolamento e si chinò per sussurrargli qualcosa all'orecchio. Addison si trovava abbastanza vicina da sentire cosa il SEAL solitamente silenzioso stava dicendo al suo ex.

«Sapevamo che avevi più informazioni di quelle che condividevi. Sei circondato da uomini che conoscono dieci modi diversi di uccidere e nascondere un corpo, che non verrà mai ritrovato. È il momento di iniziare a parlare, Vogel. A meno che tu non voglia farti torturare per ore per quelle informazioni. Perché, ora come ora, ognuno di noi vorrebbe avere un turno con te.»

Addison trattenne il respiro.

Sembrava che *tutte* le persone nella stanza lo stessero facendo.

Brady lanciò un'occhiata frenetica intorno a lui, come per cercare una via di fuga. Ma non ce n'era nessuna.

Blink si infilò in tasca la mano sinistra e tirò fuori un coltello KA-BAR. Quello pieghevole, che tutti i SEAL portavano sempre con loro. Lo aprì con abilità, ma invece di tenerlo premuto sul collo di Brady, come si sarebbe aspettata, gli infilò la mano tra le gambe e gli premette la punta contro il cazzo.

«Ho passato un sacco di tempo a farmi torturare in una prigione iraniana, se credi che non sappia cosa sto facendo... ripensaci.»

«Ok, ok! Non tagliarmi il cazzo! Ti dirò dove sono! Ma non importa, ormai è troppo tardi!»

Addison si sentì gelare il sangue. Ce l'aveva fatta, lo aveva istigato abbastanza da farlo crollare, ma sentirgli dire che era troppo tardi fece quasi crollare *lei*.

Ricky le cinse la vita, tenendola su e allontanandosi ulteriormente da Brady e Blink.

«Portate via le donne da qui» ordinò Kevlar, mentre gli uomini serravano i ranghi intorno al bastardo. Il tavolo venne spostato in soggiorno e una sedia fu piazzata al centro della sala da pranzo.

Addison si accorse che le persone si muovevano intorno a lei, ma non riusciva a staccare gli occhi dal suo ex. Stava per dire dove si trovavano Ellory e Yana. Cosa ne aveva fatto di loro. Era euforica e terrorizzata allo stesso tempo.

«Dai, Addison, vieni con noi in camera tua» disse piano Julie Hurt.

«No, lei resta» sostenne Ricky, stringendole il braccio intorno alla vita.

Addison si accasciò contro di lui. Era più grata di quanto potesse esprimere a parole per il fatto che non l'avrebbe mandata via. Non voleva davvero restare a vedere che torturavano Brady, ma non sarebbe andata da nessuna parte finché non avesse avuto informazioni sulle sue bambine.

Il suo ex ora era accasciato sulla sedia, circondato dai Navy SEAL grandi, grossi e letali.

«Parla, Vogel» gli ordinò Safe.

E lui lo fece. Senza che nessuno insistesse vuotò il sacco. Spiegò tutto.

Quando finì di raccontare cos'aveva fatto, che aveva *venduto* delle parti del corpo di Ellory e organizzato che venisse spedita oltreoceano viva a un acquirente che voleva che gli organi fossero il più freschi possibile, Addison voleva vomitare.

E quando ammise di aver assunto qualcuno che chiamasse per chiedere il riscatto, perché voleva sviare i sospetti comportandosi da padre preoccupato e per raddoppiare il guadagno, avrebbe voluto uccidere lei stessa quel bastardo.

Ma fu solo quando rivelò dove aveva lasciato la piccola Yana ed Ellory che fu sopraffatta dal terrore.

Erano state chiuse in uno di quegli enormi container di ferro predisposti a essere caricati su una nave.

No, non sapeva quale, solo che era blu. No, non sapeva quando sarebbe partita la nave, solo che sarebbe avvenuto presto. Sì, avrebbe detto loro il nome del suo contatto, ma probabilmente usava uno pseudonimo.

Più parlava, più Addison era inorridita e spaventata. Quell'uomo, il padre della sua bambina, aveva rapito, venduto e praticamente fatto uccidere Ellory. E lui era lì seduto, più dispiaciuto per sé stesso che preoccupato per la vita della figlia.

«Noi chiamiamo la polizia, voi andate al porto» disse Wolf.

Senza dire una parola, Ricky si voltò verso la porta, trascinando Addison con sé. Ancora una volta, fu grata che non avesse cercato di convincerla a rimanere a casa. Doveva essere dove c'erano le sue ragazze. Pregava solo di riuscire ad arrivare in tempo e di non vedere l'enorme nave portacontainer uscire dal porto diretta in Asia. Se fosse successo, non aveva idea di come avrebbero potuto trovare Ellory e Yana. Il tempo stringeva, e lei aveva una paura tremenda che fosse troppo tardi.

# CAPITOLO DICIANNOVE

ELLORY SORRISE. Ce l'avevano fatta! Lei e Yana avevano usato quello stupido martelletto e il cacciavite scadente, ed erano riuscite a fare un buco abbastanza grande nel pavimento del container da poterci passare entrambe. Ovviamente, sotto non c'era nient'altro che cemento, ma alla fine avrebbero dovuto spostarlo, e a quel punto loro avrebbero potuto scappare... sperava.

«Ottimo lavoro, Yana!» Tenersi occupate aveva fatto bene a entrambe, aveva distolto la loro mente dalla situazione in cui si trovavano. Per fortuna quel container era vecchio e scassato.

«Vieni qui» la esortò, tirandosela di nuovo in braccio. Ellory si sentiva meglio ad averla vicina, e sperava che ciò confortasse anche lei.

«Uomo cattivo. Padre» disse Yana.

«Già» concordò Ellory. «Brady non è un brav'uomo.»

«Perché?»

Sospirò. «Non lo so. Non può essere sempre stato così,

perché la nostra mamma è abbastanza intelligente da non stare con qualcuno che la tratta male.»

«Ricky buono» disse la piccola.

«È vero.»

«In Ucraina, aiutato. Buono. Cibo, acqua. Nascondere.» Poi la bambina sospirò e disse qualcosa nella sua lingua, ed Ellory pensò che stesse spiegando perché pensava che Ricky fosse una brava persona.

Yana alzò lo sguardo verso di lei. «Lui trova. Salva. Come in Ucraina.»

«Spero di sì» mormorò, facendo lei stessa un profondo sospiro. Le sembrava che la canzone di Natale le stesse per far esplodere la testa come quando un'anguria veniva colpita da una mazza. Si mise a spegnere tutti i giocattoli tranne quello che stava stringendo Yana. Il livello dei decibel diventò subito molto più gestibile. Non c'era una buona illuminazione, ma ora che avevano fatto ciò che potevano per salvarsi, la loro unica opzione era attendere. Tanto valeva farlo con la luce di un orso piuttosto che di dieci.

Prese una delle rane di gomma e se la mise in tasca. Era una sciocchezza, ma magari le avrebbe portato fortuna. Anche se si sentiva orgogliosa di ciò che avevano fatto, era molto improbabile che venissero salvate. Uscire da quel container mentre veniva spostato sarebbe stato pericoloso e complicato, dovevano farlo in fretta, perché se fossero scese dal buco quando fosse stato troppo in alto, avrebbero potuto farsi male o addirittura morire cadendo a terra. Anche se ce l'avessero fatta, avrebbero dovuto preoccuparsi del fatto che qualcuno le vedesse e le catturasse di nuovo.

La verità era che Ellory era terrorizzata. Non solo per sé, ma anche per la sorellina. Yana non meritava di essere lì, ne aveva già passate tante nella sua breve vita.

Strinse forte le labbra, non volendo piangere e far sapere

alla piccola quanto fosse spaventata. Voleva la sua mamma. Voleva essere avvolta dalle sue braccia... gli abbracci di sua madre la facevano sempre sentire meglio.

Ellory non aveva idea di quanto tempo fosse passato da quando avevano creato il buco, quanto fossero rimaste sedute ad aspettare in silenzio e nella semioscurità... ma all'improvviso il container sussultò.

Era arrivato il momento! Le stavano spostando.

Yana si alzò di scatto dalle sue ginocchia e la guardò a occhi spalancati.

«Ci siamo. Dobbiamo muoverci in fretta. Io andrò giù per prima e non appena sarò fuori, tu seguimi. Ti aiuterò. Ok?»

«Ok» ripeté Yana. Sembrava terrorizzata, ma non stava piangendo, ed Ellory lo prese come un buon segno. Spense l'orsacchiotto di peluche e l'improvvisa oscurità fu scioccante quasi quanto la brusca interruzione della canzone.

Ellory esitò, poi si infilò il giocattolo nella maglietta. Quell'orsacchiotto aveva salvato loro la vita e Yana sembrava esserne affezionata. Non voleva abbandonarlo lì.

Il container ondeggiò leggermente avanti e indietro, mentre si sollevava lentamente da terra. Lei fissò il buco, e la luce improvvisa la portò a socchiudere gli occhi. Fuori era ancora chiaro, ma non molto luminoso. Immaginò che il sole stesse per tramontare e non riusciva a decidere se fosse una cosa positiva o negativa. Era positiva perché avrebbe permesso loro di vedere dove si trovavano, dove scappare... ma negativa perché avrebbe consentito anche ad altri di vederle più facilmente. Se l'uomo che Brady aveva incontrato prima era lo stesso che stava spostando il container, avrebbe ovviamente capito chi erano e fatto tutto il necessario per riportarle dentro.

No, *non sarebbe* tornata lì dentro. Per niente al mondo. Brady era stato talmente stupido da raccontarle tutto il piano... avrebbe continuato a usarli lei i suoi organi, grazie tante, non voleva darli a nessun altro.

Vedendo il cemento allontanarsi lentamente, mentre il container si sollevava, decise che era il momento giusto.

Muovendosi in fretta, pregando che non venisse improvvisamente abbassato di nuovo a terra perché in tal caso sarebbe stata appiattita come un pancake, si sdraiò e mise fuori prima le braccia e poi la testa. Il buco era stretto e i bordi ruvidi del ferro le incisero le spalle, ma li sentì appena. La sua adrenalina era alle stelle e riusciva solo a pensare di uscire da lì. Il container si stava alzando sempre di più, e se non si fosse sbrigata sarebbe stato impossibile per Yana uscire senza farsi male.

Nel momento in cui pensò che non ce l'avrebbe fatta, che dopotutto non sarebbe passata attraverso il buco perché non lo avevano fatto abbastanza largo, il suo corpo scivolò fuori.

Ellory fu contenta di avere già le braccia sopra la testa così da evitare di romperla una volta atterrata. La libertà non era mai stata così bella! Ma non ebbe il tempo di apprezzarla. Balzò in piedi, si voltò e guardò in alto. Il container era a circa un metro e mezzo di altezza. Poi due. Chiunque lo stesse manovrando non stava scherzando.

«Yana! Salta!» le ordinò con urgenza, alzando le braccia.

Vide il volto terrorizzato della piccola per un momento poi le sue gambe apparvero dal buco e per fortuna non ebbe problemi a scivolare fuori. Un secondo prima Ellory aveva pensato che sarebbe stato troppo tardi, che il container fosse troppo alto, e quello successivo Yana era tra le sue braccia. Entrambe caddero a terra in un groviglio di arti. Lei sbatté il coccige quando atterrò sul sedere, ma strinse più forte la sorella, cercando di proteggerla da eventuali ferite.

Impiegò un secondo per rendersi conto che erano entrambe libere. Che erano fuori dal container. Ma un attimo dopo l'uomo che manovrava la gru urlò qualcosa, ed Ellory capì che *non erano* libere. Non ancora.

«Dobbiamo andarcene da qui, Yana!» disse con urgenza, alzandosi e aiutando la sorella a mettersi in piedi.

Guardò l'uomo che stava urlando, e seguì la direzione in cui era puntato il suo sguardo... e vide il suo peggior incubo. Il tizio a cui suo padre le aveva vendute stava scendendo dalla cabina di un camion parcheggiato lì vicino, e l'espressione sul suo viso era di pura rabbia e incredulità.

«Corri!» urlò Ellory, spingendo la sorella verso gli innumerevoli container ammucchiati intorno a loro. Avrebbero dovuto nascondersi nel labirinto di quelle enormi scatole di ferro e aspettare che facesse buio, per poi provare a sgattaiolare fuori per cercare aiuto.

Con le minacce dell'uomo che risuonavano nelle loro orecchie, le ragazzine corsero.

————

MacGyver stava guidando come un pazzo. Non riusciva a credere a ciò che aveva fatto Vogel. Aveva *venduto* Ellory. Sapendo benissimo che avrebbe sofferto mentre veniva spedita oltreoceano in un cazzo di container. E aveva lasciato lì anche Yana, anche se non era stata parte dell'accordo; lei era stata un danno collaterale, parole di Vogel, non sue.

Fanculo a lui. Fanculo al suo socio. Avrebbero scoperto chi era e preso anche lui. In quel momento, la cosa più importante era scoprire in quale delle centinaia di container erano state nascoste Ellory e Yana.

MacGyver fece del suo meglio per restare positivo, rifiutandosi di lasciare che il dubbio di non riuscirci si insinuasse nella sua mente. Fallire non era un'opzione. Avrebbero chiuso l'intero porto commerciale e perquisito ogni singolo container, e avrebbero trovato le ragazze. Sarebbero state spaventate a morte, ma le avrebbero trovate.

La fila di auto che lo seguiva gli diede la sicurezza di poter fare quelle affermazioni mentalmente. Aveva alcuni dei migliori SEAL che la Marina avesse mai addestrato che gli coprivano le spalle. Nessuno si sarebbe arreso finché non avessero trovato le sue figlie.

«Non ci posso credere! Che stronzo! Che maledetto *bastardo*. Vorrei che Blink gli avesse tagliato il cazzo. Wolf lo ucciderà?»

MacGyver guardò sua moglie. Avrebbe avuto tutto il diritto di essere distrutta in quel momento, ma la rabbia aveva preso il sopravvento, e quando la guardò negli occhi vide la stessa determinazione che aveva lui. «No» le rispose. «Ma quell'uomo desidererà di non averci provocati.»

«Non posso credere che abbia organizzato tutto questo! Che abbia finto di essere preoccupato per lei. Il sangue del suo sangue!» disse Addison, con meno foga di prima.

MacGyver non poteva permettersi che lei cadesse nel vortice dell'isteria o della preoccupazione. «Non è l'uomo che conoscevi dodici anni fa.»

«In realtà lo è. È esattamente lo stesso. Un egoista che pensa solo a sé. Qual è il piano? Da dove inizieremo a cercare una volta arrivati?»

«Ci concentreremo sui container più vicini alle navi. Quelli blu. Non ho idea di quanto tempo sia passato e se lo hanno già caricato su una nave, ma non ho dubbi che Tex ci stia lavorando, impedirà a tutti i carichi di partire finché non troveremo le ragazze.»

Addison fece un profondo respiro e annuì. Teneva le mani strette in grembo, ma per il resto, all'improvviso sembrava incredibilmente calma.

«Stai... stai bene, tesoro?»

«Sì» rispose con un altro cenno del capo.

«Perché è ok anche se non è così.»

A quello, si voltò verso di lui. «Ellory è intelligente. Hai trascorso tutto il tuo tempo libero con lei in garage a insegnarle esattamente come ti sei guadagnato il tuo soprannome. Se c'è un modo per scappare, lo troverà. Perché ha imparato dal migliore. Da *te*, MacGyver.»

Quella era stata una delle rare volte in cui sua moglie lo aveva chiamato con il suo soprannome da SEAL, e il tempismo, il motivo per cui lo aveva usato in quel momento, significava per lui più di quanto avrebbe potuto esprimere a parole.

Nonostante ciò, era pieno di dubbi. Ellory era comunque una bambina. Era quasi impossibile che riuscisse a trovare una via d'uscita da un container di ferro. Non senza avere una fiamma ossidrica e un sacco di fortuna. Ma le lodi, e la fiducia che sua moglie aveva in lui e nella figlia, gli fecero venire voglia di piangere, e non avrebbe mai detto nulla che potesse distruggere la sua speranza.

«È coraggiosa, ce la farà. E Yana... avrà anche cinque anni, ma ha già attraversato l'inferno. Letteralmente. Anche lei non mollerà. Le nostre ragazze staranno bene.» Disse quelle parole più a suo beneficio che per Addison, ma non fu sorpreso quando lei annuì fermamente, dimostrandosi d'accordo.

Lei portò una mano sulla sua coscia. «Ti amo. Sono terrorizzata e incazzata e provo cento altre emozioni, ma sapere che sei qui, che non avrai pace finché non troverai le nostre bambine... è ciò che mi fa andare avanti.»

«Provo la stessa cosa, tesoro» ammise MacGyver. «Ho affrontato centinaia di missioni, ma questa è personale. Se ne avessi avuta la forza, ti avrei lasciata a casa con Artem e Borysko. Ma ho bisogno di te, Addy. Sei l'incentivo che mi serve per andare avanti, per non crollare in ginocchio per la frustrazione, la paura e la rabbia. Sei anche la ragione per cui quello stronzo respira ancora, perché se tu non fossi stata lì, lo avrei ucciso senza pensarci due volte.»

«Be', io ho bisogno di te. Ellory e Yana avranno bisogno del tuo aiuto per elaborare le loro emozioni quando le troveremo. E Artem e Borysko hanno bisogno che tu mostri loro come essere dei bravi uomini. Quindi sono contenta che tu non l'abbia ucciso... perché non sarebbe stata la stessa cosa farti visita al penitenziario.»

MacGyver si stupì di riuscire a ridacchiare. Poi tornò serio. «Vogel avrà ciò che si merita. Per ora dobbiamo solo concentrarci a trovare un ago in un pagliaio.»

«Possiamo farcela» disse Addison. «Dopotutto, i ragazzi di *MythBusters* sono riusciti a trovare quattro aghi in un pagliaio. Noi dobbiamo trovarne solo uno.»

Non era sorpreso che a sua moglie piacesse quel vecchio programma televisivo scientifico. Era un peccato che non lo mandassero più in onda, ma si ripromise di guardare una maratona di *MythBusters* con la sua famiglia, in un futuro non troppo lontano. Mentre si avvicinavano al porto, la tensione sulle sue spalle tornò. Vedere quella moltitudine di container fu scoraggiante, ma avevano un indizio da cui iniziare; Vogel sosteneva che quello in cui erano state nascoste Ellory e Yana fosse blu. Avrebbero iniziato da quelli più vicini alle navi spostandosi man mano verso quelli dietro.

Patrick Hurt aveva mandato un invito a tutti i SEAL, in servizio attivo o ex, che si trovavano nei pressi del porto, perché andassero ad aiutare nella ricerca. MacGyver non aveva dubbi che i suoi commilitoni si sarebbero presentati in massa. Avrebbero trovato le sue bambine. Non riusciva a immaginare un esito diverso.

Bree Haynes era una stalker. O almeno si stava comportando come tale. Quando era fuggita da Las Vegas e dagli uomini che la stavano cercando, non aveva avuto un piano vero e proprio. Tutto ciò che sapeva era che Jude "Smiley" Stark, l'uomo che l'aveva aiutata nel momento peggiore della sua vita, era un Navy SEAL di stanza a Riverton, in California.

Anche se lo aveva incontrato solo brevemente, l'aveva fatta sentire al sicuro. Protetta. Così, quando il suo ex aveva iniziato a usare tutte le sue risorse disponibili per trovarla, così da poterla spedire in qualche bordello straniero come schiava del sesso, lei era riuscita a pensare a un solo posto dove andare.

Ed eccola lì.

A Riverton.

Viveva nella sua auto, una Subaru Outback, e quando era arrivata aveva parcheggiato vicino a uno degli ingressi della base navale. Con sua grande sorpresa, le erano bastati solo tre giorni per riconoscere Jude Stark quando era entrato nella base una mattina presto.

Da allora lo aveva seguito. Sapeva dove viveva, dove vivevano anche tutti i suoi compagni di squadra e dove trascorreva le notti. Di solito nel suo appartamento. Spesso andava anche fuori città. Lo aveva seguito in autostrada più di una volta, ma Bree tornava sempre indietro prima di raggiungere i confini cittadini, troppo spaventata di lasciare Riverton ora che era arrivata fino a lì. Non aveva idea di dove Jude andasse così spesso, ma supponeva che non avesse molta importanza.

Quella sera, tuttavia, quando lo vide uscire dalla base, stava andando di fretta. Lo seguì discretamente fino alla casa di uno dei suoi amici, dove c'erano già un sacco di auto parcheggiate.

Arrivò dell'altra gente e, dopo un po', un gruppo di persone, compresi tutti i suoi compagni di squadra, uscì di corsa dalla casa e lei non fu in grado di trattenersi dal seguire la comitiva.

La sua curiosità era incontrollabile. Supponeva fosse colpa della noia data dalla sua situazione attuale; passava tutto il tempo nascosta in macchina, inventando storie sulle persone che vedeva passare davanti a lei giorno e notte.

Non dormiva bene, si aspettava sempre che succedesse il peggio, che il suo ex la rintracciasse o che da un momento all'altro il suo nuovo "padrone" spuntasse fuori, la afferrasse e la portasse via. E doveva ammettere... era un po' ossessionata dagli amici di Jude; le donne sorridevano e ridevano sempre, e i bambini che vivevano in quel posto erano adorabili.

Ma quel giorno la tensione che proveniva da quella casa era palpabile, anche da in fondo alla strada dove aveva parcheggiato, ben lontana da tutta quell'agitazione.

Seguì la comitiva a quella che pensava fosse una distanza sicura, e vide tutte le auto entrare in un enorme porto commerciale. Moriva dalla voglia di saperne di più, di avvicinarsi, di scoprire cosa stava succedendo, ma sapeva che non era una buona idea. Avrebbe dovuto lasciare quella città. Quello *Stato*. Andare a est, lontano da Las Vegas per iniziare una nuova vita. Aveva dei soldi, anche se al momento erano bloccati sul suo conto; se avesse provato a ritirare qualcosa, probabilmente sarebbe stata rintracciata, e poi non avrebbe avuto *davvero* altra scelta se non andarsene.

Ma qualcosa... no, *qualcuno* la stava trattenendo lì. Jude; era ridicolo il "potere magnetico" che aveva su di lei.

Scuotendo la testa per schiarirsi le idee, Bree parcheggiò a circa un isolato dall'ingresso del porto. Avrebbe trovato un modo per entrare, per scoprire cosa stava succedendo. Forse non sarebbe stata in grado di aiutare... ma magari sì. Poteva benissimo essere una passante innocente capitata sulla scena per caso.

Era impossibile che Jude l'avrebbe riconosciuta. Dopotutto, l'aveva vista solo una volta, a tarda notte, e di certo non
aveva avuto un bell'aspetto tutta ammaccata e legata sul sedile
posteriore dell'auto del suo rapitore.

Si accese in lei la fantasia di potersi integrare nelle vite
degli uomini e delle donne che aveva sostanzialmente stalkerato, ma si spense immediatamente.

Non poteva farlo. Sarebbe stato disonesto. Inoltre, perché
avrebbero dovuto frequentare una senzatetto che non conoscevano e che non aveva legami con la Marina? Non voleva
nemmeno esporre qualcun altro al pericolo della situazione in
cui si trovava. Soprattutto le donne che aveva osservato da
lontano e i loro figli. E ancora di più Jude Stark.

Doveva mettere uno stop allo stalking, alla sua ossessione.
Avrebbe scoperto cosa stava succedendo e soddisfatto la sua
curiosità, poi se ne sarebbe andata. Verso est o a nord; non
aveva importanza. Si sarebbe allontanata il più possibile dalla
California, da Las Vegas... e dall'uomo che l'aveva venduta a
un trafficante di sesso. Avrebbe ricominciato da qualche
parte. Avrebbe scoperto come cambiare nome, come farsi
dare i soldi dalla banca e come tornare a *vivere*.

Bree chiuse piano la portiera della macchina, e camminò
sul marciapiede cercando di mostrarsi il più disinvolta possibile, come una normale residente che si trovava lì per caso.

Mentre si dirigeva verso l'ingresso del porto, guardò la
recinzione alla sua destra. Si fermò di colpo e fissò la rete che
era stata tirata su da terra in un punto. Sarebbe stato facile
scivolarci sotto con la sua corporatura: era alta solo un metro
e sessantacinque e dopo aver perso almeno dieci chili nelle
ultime settimane a causa della sua situazione, sapeva che le
sarebbe bastato semplicemente mettersi a pancia in giù e infilarsi sotto. Accidenti, probabilmente era così che gli altri
senzatetto del posto entravano e uscivano. C'erano sicura-

mente un sacco di container da usare come ottimi ripari dal sole, dalla pioggia e dal vento.

Valutò le sue opzioni per un attimo poi si guardò intorno. Non vedendo nessuno, si mosse senza pensarci più. Si mise a pancia in giù e strisciò sotto la recinzione. Una volta dall'altra parte, corse rapidamente dietro al container più vicino.

Bree sorrise, non poteva credere di esserci riuscita. Era entrata senza dover inventare bugie e senza trovarsi faccia a faccia con le persone che aveva semi stalkerato per quella che era sembrata un'eternità, ma che in realtà erano stati solo pochi mesi.

Muovendosi furtivamente nell'ombra, Bree avanzò nella direzione in cui erano andate le auto. Si sarebbe avvicinata abbastanza da sentire cosa stava succedendo, poi se ne sarebbe andata. Sul serio.

Aveva percorso circa metà del piazzale quando sentì qualcosa di strano. Si fermò e inclinò la testa per ascoltare attentamente.

Era l'inconfondibile pianto di una persona.

Era sommesso e silenzioso, ma lei aveva pianto spesso così – singhiozzando in modo convulso, ma cercando di farlo piano così da non far scoprire il suo nascondiglio – che lo riconobbe con facilità.

Si girò su sé stessa e cercò di capire da dove provenisse. Il sole era ormai scomparso dietro l'orizzonte e presto sarebbe stato buio.

Quando individuò quella che pensava fosse la direzione giusta, iniziò a camminare. Girò intorno a un container e poi a un altro. Proprio mentre stava passando un minuscolo spazio tra due di quelle enormi scatole di ferro guardò a sinistra, e si fermò di colpo.

Lì, schiacciate l'una contro l'altra, c'erano due delle bambine che aveva visto intorno alla casa dove prima si erano riuniti tutti. In qualche modo erano riuscite a infilarsi in uno spazio largo solo una trentina di centimetri.

Si accovacciò istintivamente, per non sembrare minacciosa. Non era la donna più alta del mondo, ma per due bambine spaventate doveva sembrare enorme e terrificante.

All'improvviso capì: quelle ragazzine dovevano essere la ragione per cui tutti erano corsi fuori dalla casa, e dato che erano andati direttamente al porto, dovevano sapere che erano lì da qualche parte. Bree non aveva idea del perché si trovassero in quel posto, o cosa fosse successo, ma non aveva dubbi che le piccole fossero nei guai. Altrimenti perché si sarebbero nascoste?

«Ciao. Mi chiamo Bree. Bree Haynes. Sono un'amica di Jude Stark» disse piano.

«Non so chi sia» disse la ragazza più grande. «Vai via! Lasciaci in pace!»

Ovvio che non lo conoscesse come Jude. I SEAL che l'avevano salvata si chiamavano tra loro con i soprannomi. «Smiley. Si fa chiamare Smiley.»

Le sembrava un nome strano, dato che non aveva visto Jude sorridere nemmeno una volta quando l'aveva conosciuto. O da quando lo seguiva. Era l'uomo più serio che avesse mai incontrato... il che stranamente la faceva sentire più a suo agio. Troppe persone, inclusi il suo ex e l'uomo a cui l'aveva venduta, sorridevano sempre. Forse supponendo che ciò avrebbe fatto rilassare la gente intorno a loro. Sì, certo.

«Smiley?» chiese la più grande.

«Mm-mm. Ed è qui. Insieme agli altri.»

«Agli altri chi?»

«Ehm... tutti? Qualche minuto fa sono entrate nel porto circa una mezza dozzina di auto. Scommetto che vi stanno cercando.»

Per un momento pensò che la sua affermazione avrebbe

fatto uscire la ragazzina dal suo nascondiglio, ma non fece in tempo a raddrizzarsi che si accasciò di nuovo, stringendo ancora più forte la bambina più piccola.

«Ci sta cercando» sussurrò.

«Chi?»

«Il tizio a cui mio padre mi ha venduta. *Ci* ha vendute.»

Bree era confusa, ma non era il momento di fare domande. La ragazza era abbastanza grande da sapere di cosa stava parlando, e il fatto che fosse stata venduta a qualcuno, proprio com'era successo a lei, fu sufficiente a farle desiderare di fare tutto ciò che era in suo potere per proteggerla. Nessuno avrebbe dovuto affrontare ciò che stava passando lei.

«Dov'è? Quando l'hai visto l'ultima volta?»

«Non lo so, ma non è passato tanto. Yana era stanca e non riusciva più a correre, e ovunque ci nascondessimo lui ci trovava. Non so come.»

Un rumore lì vicino portò la ragazzina a piagnucolare e ad abbassare la testa verso la bambina che aveva in braccio.

«Voglio Ricky» disse la piccola tra i singhiozzi.

Un impeto di determinazione la pervase. «Lo distrarrò io. Lo farò allontanare. Poi tu e la piccola potrete raggiungere Ricky.» Non sapeva chi dei ragazzi fosse, ma se le bambine lo volevano e si fidavano di lui, avrebbe fatto il possibile per aiutarle a raggiungerlo.

«Restate qui finché non sentite più niente, poi tornate indietro da dove siete venute. Verso le auto e le luci. Vi stanno cercando.»

«E se ti prende?»

«Non sono io quella che vuole, quindi non importa. Capirà che non sono te e mi lascerà andare.» Bree non ne era così sicura, ma la bambina non aveva bisogno di saperlo.

Il rumore dei passi si fece più forte, quindi non c'era più tempo.

«Fate attenzione. Potete farcela.» Senza aspettare una risposta, si alzò e corse il più silenziosamente possibile oltre una fila di container. Poi ne colpì uno forte con la mano, ed emise un finto grido di dolore.

Dopo essersi fermata un attimo per assicurarsi che il tizio che inseguiva le ragazzine avesse abboccato all'amo, si mise a correre nella direzione opposta a quella in cui le due erano nascoste, ma non troppo velocemente, per non rischiare che lui la perdesse di vista. Andò verso l'angolo più distante del porto, lontano dai SEAL che aveva stalkerato... ehm... seguito.

L'uomo era più veloce di quanto gli avesse dato credito, anche nella semioscurità. Bree fece del suo meglio per portarlo il più lontano possibile dalle ragazze, ma sarebbe stata solo una questione di tempo prima che la prendesse, soprattutto quando si rese conto che stava per raggiungere i confini del porto. Girò intorno a un container e riuscì a malapena a non sbattere contro la recinzione.

Si voltò per correre in un'altra direzione e si trovò faccia a faccia con l'uomo che l'aveva inseguita.

Non era minimamente delle dimensioni di Jude o dei suoi amici, ma la superava comunque di un bel po' di centimetri e probabilmente pesava una cinquantina di chili più di lei. I suoi capelli castani erano tagliati corti e indossava una maglietta nera e dei jeans scuri.

«Chi cazzo sei?» le ringhiò minaccioso.

«Non farmi del male! Stavo solo cercando un posto sicuro dove dormire stanotte» mentì.

«Cazzo! Maledizione!» imprecò lui. Poi si lanciò in avanti e le diede un *forte* pugno in faccia.

Anche il suo ex l'aveva picchiata, ma il dolore la colse comunque di sorpresa. Cadde a terra, e l'uomo non perse tempo e la prese a calci con gli stivali con la punta d'acciaio, continuando anche a tirarle pugni. All'inizio Bree cercò di reagire, ma dopo essersi strappata dolorosamente un'unghia mentre lo artigliava per farlo smettere, si rannicchiò, cercando di proteggere la testa e i reni allo stesso tempo. Stranamente, l'uomo la picchiò in silenzio. Era quasi più terrificante che non stesse parlando, mentre faceva del suo meglio per farle perdere i sensi.

«Senzatetto del cazzo» disse, una volta soddisfatto dei danni causati. Le sputò addosso e si voltò per andarsene. Bree rimase sdraiata sul cemento per un lungo e straziante momento. Le faceva male dappertutto, ma c'era riuscita. Lo aveva allontanato dalle due bambine. Sperò solo che avessero colto l'occasione per correre il più velocemente possibile verso Jude Stark e i suoi amici.

# CAPITOLO VENTI

MACGYVER TENNE ADDISON al suo fianco, mentre si dirigeva verso un altro container blu. Ogni volta che ne aprivano uno senza trovare Ellory e Yana, la sua sicurezza veniva intaccata.

Ma c'erano poliziotti e SEAL, ex e in servizio, in tutto il porto. Si erano presentati almeno venti uomini che non conosceva, oltre alla sua cerchia di amici, e a quanto pareva ne erano in arrivo altri. Se Yana ed Ellory si trovavano lì, le avrebbero trovate.

Era il *se* che lo rendeva ansioso e un po' preoccupato.

Gli uomini si erano sparpagliati per coprire più terreno possibile. Ormai era sera e l'unico rumore che si sentiva era il cigolio delle cerniere delle porte dei container che venivano aperte e chiuse. Le luci del piazzale erano state accese nella zona in cui stavano cercando, e sembrava più giorno che notte, ma nonostante la maggiore luminosità la ricerca procedeva lentamente.

Lui e Addison stavano lavorando per lo più in silenzio. Cosa c'era da dire? Non poteva darle false speranze, ed entrambi sapevano che il tempo stringeva. Più ci mettevano a trovarle, più erano preoccupati di essere arrivati troppo tardi, che il container fosse già stato caricato su una nave e stesse navigando nell'oceano.

C'era anche la questione dell'uomo che le aveva prese. Non avevano modo di sapere se fosse ancora lì. Per quel motivo nessuno stava chiamando le ragazze ad alta voce. Da una parte volevano che Ellory e Yana sapessero che c'era gente che le stava cercando, dall'altra non potevano permettersi di allertare il socio di Brady. Se c'era anche solo la minima possibilità che lui avesse ancora accesso alle bambine, avrebbe potuto far loro del male... porre subito fine al suo piano.

Era impossibile sapere quale fosse la cosa giusta da fare in quella situazione.

Stavano aprendo quello che sembrava il centesimo container quando udirono del trambusto alle loro spalle. MacGyver si girò e vide almeno quattro uomini correre verso qualcosa. No, *qualcuno*.

*Due* persone.

Si mosse prima ancora di pensare a cosa stessero facendo i suoi piedi.

Avrebbe riconosciuto le sue bambine ovunque.

«Mamma!» urlò Ellory.

«Ricky!» gridò Yana nello stesso momento.

MacGyver non aveva idea di come avesse fatto a percorrere così tanta distanza in così breve tempo, ma, prima di rendersene conto, aveva una delle sue figlie tra le braccia; si accucciò e Yana si gettò contro di lui, singhiozzando così forte che poteva sentire il suo corpicino contrarsi, mentre lo stringeva con tutta la forza che aveva.

Addison era lì al suo fianco, abbracciata a Ellory.

Non si era mai sentito così prima. Il sollievo fu travolgente e gli si riempirono gli occhi di lacrime; era stato troppo vicino a perdere parte della sua famiglia. Aveva bisogno di parlare con le ragazze, ascoltare le loro storie, scoprire cos'era successo in modo che non accadesse mai più. Sì, aveva sentito la versione di Vogel, ma non aveva dubbi che quell'uomo avesse minimizzato gli eventi.

«Stai bene?» chiese a Yana, tirandosi indietro. Le mise le mani sulle guance e percorse con lo sguardo il suo corpo per controllare che non ci fossero ferite o qualcosa che sembrasse fuori posto. I suoi capelli erano in disordine, era sporca, aveva un piccolo graffio sul viso e aveva un orsacchiotto di peluche tra le braccia che MacGyver non aveva mai visto prima... ma a parte quello, sembrava incredibilmente illesa.

«Sto bene» rispose chiaramente. «Ellory qui. Lei aiuta. Al sicuro.»

Interpretò con facilità le parole di sua figlia. Stava imparando l'inglese così in fretta... gli si riempirono di nuovo gli occhi di lacrime. «Ellory?» domandò, guardando lei e sua madre. «Stai bene?»

«Sì.»

«Non sei ferita?» chiarì MacGyver.

«No. Credo di essermi graffiata il fianco uscendo dal container, ma per il resto tutto ok. Sono spaventata e davvero contenta di vedere te e la mamma, ma ok.»

MacGyver tese un braccio ed Ellory e Addison si appoggiarono a lui. I quattro si inginocchiarono per terra e si abbracciarono, ringraziando la loro buona stella di essere di nuovo insieme.

Ellory sollevò la testa e lo guardò. «Quell'uomo era qui solo pochi minuti fa, ci stava ancora cercando. Camicia nera, jeans scuri. Ha i capelli castani tagliati molto corti. Non è troppo alto e non è grasso ma... massiccio.»

Ancora una volta, rimase stupito da quella bambina. Avrebbe avuto tutto il diritto di essere isterica, tuttavia stava facendo del suo meglio per aiutare a catturare il tizio che le aveva vendute.

«Ce ne occupiamo noi» disse Kevlar dietro di lui. Si voltò verso la dozzina di uomini che erano lì vicino e ordinò: «Sparpagliatevi e trovatelo. *Nessuno* deve uscire da questo porto senza essere interrogato.»

I SEAL che erano andati a cercare le ragazze scomparvero subito dietro ai container, alla ricerca dell'uomo descritto da Ellory. Tutti tranne la squadra di MacGyver, che aveva circondato la famiglia, proteggendola.

Le bambine si scostarono da loro, poi la piccola abbracciò la sorella, stringendola forte come aveva fatto con lui. Le due avevano condiviso un'esperienza che aveva ovviamente rafforzato il loro legame.

Ellory guardò i compagni di squadra di MacGyver e rivolse loro un piccolo sorriso. «Ci siete tutti. Aspetta, dove sono Artem e Borysko? Ha preso anche loro?! È stato Brady!» sbottò, guardando sua madre in preda al panico.

«Shhh, lo sappiamo. I tuoi fratelli sono al sicuro. Wolf è a casa con loro, insieme a Remi, Wren, Josie, Maggie e qualche altro. E Brady è stato arrestato. Ha ammesso tutto ciò che è successo.»

«La *sua* versione di ciò è successo» sostenne MacGyver. «Puoi raccontarci la tua?»

«Sono stata chiamata in segreteria. Mi ha detto che eravate entrambi feriti, che stavate *morendo*, e che lui era venuto a prendermi per portarmi da voi. Gli ho chiesto di andare a prendere anche Yana, perché è quello che fai sempre tu, mamma, e dato che non avevo idea di quanto tempo sarei rimasta in ospedale, non volevo che dovesse rimanere a scuola. Poi ci ha portate qui invece che in ospedale, mi ha preso il telefono e ha fatto male a Yana per farmi scendere dalla macchina. Poi lui e l'altro tizio ci hanno chiuse nel container. Ha detto che aveva venduto i miei organi! Che il mio cuore sarebbe andato a qualche ragazza all'estero.»

Gli occhi di Ellory si riempirono di lacrime mentre si appoggiava alla madre. Yana era ancora abbracciata alla sorella, cercando di darle il suo supporto.

«Perché lo ha fatto?» chiese sommessamente. «Pensavo volesse conoscermi.»

«Non lo so, tesoro» rispose Addison. «Alcune persone sono semplicemente...»

Mentre cercava il termine giusto, MacGyver finì per lei. «Cattive. Alcune persone sono semplicemente cattive, El. Vogel è più interessato ai soldi che a qualsiasi altra cosa. Non ha niente a che fare con te, tesoro. Se avesse potuto guadagnare del denaro con sua madre, sono sicuro che ci avrebbe provato.»

La ragazzina fece un respiro profondo e annuì. Si asciugò il viso con la spalla e si raddrizzò. «Ha detto che avrebbe dato la colpa a *me*. Che avrebbe fatto qualcosa con il mio telefono per far sembrare che gli avessi mandato un messaggio per chiedergli di venirmi a prendere. Che avrebbe detto che era stata una mia idea dire che avevate avuto un incidente. Ma non l'ho fatto! Non lo farei *mai*.»

«Lo sappiamo, El. Abbiamo un tizio che sta esaminando i tuoi registri telefonici, sarà in grado di provare che i messaggi sono falsi e che gli orari sono stati manipolati» la tranquillizzò MacGyver. Si alzò e tirò su Yana, desiderando di averla tra le braccia.

Lei gli porse l'orsacchiotto che stava stringendo. «Orsetto!»

Lui le sorrise. «È molto carino.»

«Canzone. Luci!»

«Suona "Jingle Bells" e ha delle luci lampeggianti» spiegò Ellory. «C'erano delle scatole piene di questi peluche nel container in cui eravamo. Li ho trovati e li abbiamo usati per vedere cos'altro potevamo scovare.»

MacGyver non era mai stato così orgoglioso di qualcuno in vita sua. «E cos'altro hai trovato?»

«Be', niente cellulari per chiamare aiuto, ma c'erano dei ridicoli set di mini attrezzi. Ho visto che il fondo del container era arrugginito, quindi abbiamo usato i minuscoli martelli e cacciaviti che c'erano dentro per allargare il più possibile il buco. Poi, quando il container è stato sollevato, siamo scivolate fuori e scappate.» Ellory si girò verso i compagni di squadra di MacGyver, che stavano ascoltando attentamente mentre controllavano che nessuno saltasse fuori da dietro uno dei container per attaccare le ragazze. Non sapevano se sarebbe potuto accadere, ma nessuno voleva rischiare.

«Smiley?» chiamò.

«Sì?» rispose il SEAL dall'aspetto burbero. «Ti chiami davvero Jude? Jude Stark?»

Lui si accigliò, confuso. Persino MacGyver si chiese come le fosse venuta in mente di fargli quella domanda.

«Sì. Perché? Come fai a saperlo?»

«Me l'ha detto la tua amica.»

«La mia amica? Quale amica?» le chiese.

Fu il turno di Ellory di mostrarsi confusa. «La ragazza. Ehm... mi ha detto il suo nome, ma l'ho dimenticato. Era qui. Ci ha trovate mentre eravamo nascoste. Ha detto che avrebbe allontanato quell'uomo da noi e che saremmo dovute correre qui, dove tutti ci stavano cercando.»

Per quanto ne sapeva MacGyver nessuna donna era andata a cercarle, a parte Addison. Però non era escluso che potesse essere arrivata dopo che tutti si erano separati, ma non ne era a conoscenza.

«Bree» disse Yana all'improvviso.

«Esatto!» confermò Ellory con un sorriso. «Ottimo lavoro, Yana. Ha detto che si chiamava Bree e che siete amici. Ha fatto un po' di rumore per fare in modo che il tizio la inseguisse. È stato allora che siamo corse da voi.»

«Siete sicure che si chiamasse così?» chiese Smiley, chiaramente sbalordito.

Ora era *MacGyver* a essere confuso. Sapevano tutti della donna di Las Vegas, quella che Smiley stava cercando disperatamente, quella che era stata venduta insieme a Josie. Ma il suo compagno di squadra non era riuscito a trovare alcuna traccia di lei. Com'era possibile che fosse a Riverton? E poi lì, in quel porto, mentre loro cercavano Ellory e Yana. Sembrava troppo una coincidenza.

Smiley si guardò intorno con ansia.

«Vai» gli disse Preacher.

«Sei sicuro?» chiese.

«Sì» rispose Kevlar per tutti. «Se quella era la tua Bree, devi andare.»

«Per non parlare del fatto che se ha allontanato quel delinquente dalle ragazze, potrebbe essere in pericolo» aggiunse Safe. «Ora che le abbiamo trovate, un paio di noi possono venire con te e vediamo se riusciamo a scovarla.»

«No. Non sappiamo dove si trovi questo tizio o se abbia qualcuno che lo aiuta. Restate qui e assicuratevi che le bambine siano al sicuro. Se Bree è ancora qui, la troverò.» Smiley si voltò rapidamente e corse verso il punto da cui erano arrivate Ellory e Yana.

Non appena si allontanò si udirono delle urla provenire dalla direzione opposta. Dall'ingresso del porto.

«Dai. Andiamo in un posto più sicuro» disse Flash, indicando il centro di comando che era stato allestito frettolosamente.

Addison sistemò Ellory in modo che fosse tra lei e

MacGyver. Lui mise un braccio intorno alle spalle della figliastra, sempre tenendo in braccio Yana, e si diressero verso il
punto in cui si stavano radunando altre persone.

Arrivarono nello stesso momento in cui due ex SEAL si
avvicinarono trattenendo un uomo tra loro. Aveva esattamente l'aspetto descritto da Ellory. Stava maledicendo gli
uomini che lo tenevano, urlando loro di lasciarlo andare,
sostenendo di essere solo uno scaricatore di porto che
cercava di fare il suo lavoro, e minacciando di chiamare la
polizia e di farli arrestare tutti per violazione di proprietà
privata.

«È lui?» chiese Kevlar a Ellory.

Lei annuì, mentre fissava l'uomo con gli occhi spalancati
per la paura.

All'improvviso il tizio sollevò di scatto il braccio destro,
cogliendo di sorpresa uno degli uomini che lo stava tenendo,
si girò e tirò un pugno sull'inguine di quello che lo teneva
dall'altro lato. Preso alla sprovvista, l'ex SEAL lo lasciò
andare. Il tutto accadde in pochi secondi.

Invece di scappare verso la libertà, lo stronzo andò dritto
verso Ellory.

L'espressione sul suo viso era di pura malvagità. Di furia.
Di risentimento.

MacGyver aveva messo a terra Yana nel momento in cui
l'uomo si era liberato il braccio, e si lanciò di fronte a Ellory e
alla propria famiglia. Non aveva armi, ma non importava; si
sarebbe sempre messo tra qualsiasi pericolo e la sua famiglia.

I SEAL che lo avevano trattenuto si ripresero immediatamente e balzarono verso di lui, ma il bastardo aveva la disperazione dalla sua parte. Corse verso loro quattro, tirò fuori
una pistola e mirò.

Scoppiò il finimondo. Il tizio non disse nulla, tutta la sua
attenzione era rivolta a Ellory, che MacGyver pregò fosse

sufficientemente dietro di lui, fuori dalla portata di un eventuale proiettile.

Lo stronzo riuscì a sparare un colpo prima di essere letteralmente placcato da una mezza dozzina di uomini, scomparendo sotto un mucchio di corpi. MacGyver riconobbe Dude e Abe, due compagni di squadra di Wolf, e Flash e Blink. Non conosceva gli uomini che avevano catturato il rapitore, sapeva solo che erano fratelli SEAL.

Girandosi rapidamente, aprì le braccia per proteggere ulteriormente le sue ragazze e spingerle più indietro, lontano dalla colluttazione.

Addison inspirò bruscamente. «Stai sanguinando!» esclamò.

«Ricky, il tuo braccio!» urlò Ellory nello stesso momento.

Il labbro di Yana tremò, mentre fissava il sangue.

MacGyver abbassò lo sguardo, e lo vide uscire da sotto la manica della maglia. Fletté i bicipiti e fece una smorfia, ma riusciva a muovere il braccio e il sangue non sgorgava a ritmo della pulsazione, il che indicava che non era stata recisa un'arteria importante. Era a posto. La sua preoccupazione principale in quel momento era allontanare la sua famiglia da quello stronzo che aveva osato puntare contro di loro una cazzo di pistola.

«Sto bene. È solo un graffio. Dobbiamo allontanarci. Forza, tornate indietro.»

Ma le sue ragazze non erano d'accordo. Addison entrò nel suo spazio e gli mise una mano sulla ferita, premendo con forza. Ellory mise la propria sopra quella della madre e Yana gli afferrò l'altra mano e la strinse, fissandolo.

«Sto bene, giuro» disse, sentendosi sopraffatto dall'emozione.

«Ti ha *sparato*» sussurrò Addison.

«Stava cercando di sparare a me» disse Ellory con voce

tremante, «e tu ti sei piazzato proprio davanti a noi. Come se non fossi affatto preoccupato di avere una *pistola* puntata contro!»

MacGyver riuscì in qualche modo a farle retrocedere, allontanandole dal mucchio di corpi alle sue spalle. Certo, avrebbe voluto anche lui pestare a sangue il bastardo che aveva osato minacciare la sua famiglia, ma aveva più bisogno di rassicurare le sue donne.

Le fece arretrare di almeno altri dieci metri dall'uomo che aveva cercato di uccidere una di loro o tutte quante, poi si sedette a terra. Yana gli salì subito sulle ginocchia, mentre sua moglie e la figliastra fecero del loro meglio per prestargli il primo soccorso. Gli sollevarono la manica e insistettero per versare sulla ferita l'acqua della bottiglia che Preacher aveva dato a Ellory in precedenza.

MacGyver fu vagamente consapevole che il tizio, che chiaramente era il mandante del rapimento, era disteso a terra, immobile, con i SEAL di guardia intorno a lui. Non aveva idea se fosse morto o meno, ma per il momento non gli importava.

Ci volle un'altra ora prima che la situazione nel porto si calmasse.

Arrivarono i paramedici, il corpo dell'uomo fu coperto da un lenzuolo, cosa che rispose alla domanda se fosse stato vivo o morto, e il suo braccio venne medicato. Si rifiutò di andare in ospedale dopo aver visto di persona che il proiettile gli aveva a malapena portato via un pezzo di carne; aveva sicuramente sofferto di più durante alcune missioni.

Ellory venne interrogata dalla polizia e avrebbe dovuto presentarsi il giorno seguente per una dichiarazione più estesa. Tex stava lavorando per ottenere i dati del suo telefono da inviare ai detective, che avrebbero ricevuto anche i video dalle scuole per esaminarli. Addison aveva già chiesto dei colloqui con i presidi, i vicepresidi e gli addetti alla sicurezza di *entrambe* le scuole, per assicurarsi che qualcuno si prendesse la responsabilità di quanto accaduto. Gli uomini che avevano trattenuto il rapitore, la cui identità era ancora sconosciuta, si scusarono profusamente per aver abbassato la guardia, e finalmente, dopo aver ringraziato personalmente ogni singola persona che si era presentata per cercare le ragazze, MacGyver e la sua famiglia si misero in viaggio verso casa.

Quando Artem e Borysko videro che le loro sorelle erano sane e salve, furono sopraffatti dall'emozione, così come le altre donne e Wolf. Ci volle un'altra ora e mezza perché la situazione si placasse anche in casa, e quando tutti i bambini decisero di dormire insieme nella stanza delle ragazze, MacGyver e Addison non protestarono.

Si sentivano tutti un po' destabilizzati. Ci sarebbe voluto un bel po' prima che le cose tornassero alla normalità, ma non poteva che essere sollevato dal fatto che tutta la famiglia fosse a casa. Al sicuro.

Quando finalmente si sdraiarono a letto, Addison si strinse a lui un po' più forte. Avevano lasciato la porta aperta nel caso uno dei bambini si fosse svegliato spaventato durante la notte.

Dopo qualche minuto, lei alzò lo sguardo. MacGyver pensò che stesse per dirgli che lo amava o quanto fosse sollevata di aver trovato Ellory e Yana. Di certo l'espressione di rabbia sul suo viso o il modo in cui lo stava fissando male non era ciò che si era aspettato.

«Che c'è?» le chiese, aggrottando la fronte.

«Se lo farai di nuovo, ti sparerò io stessa» gli disse con un vero e proprio ringhio.

«Fare cosa?» domandò, sinceramente confuso.

«Metterti nella linea di fuoco diretta di un maledetto proiettile!» sibilò. «Dico sul serio, non fare mai più una cazzata del genere. Potevi *morire*!»

MacGyver si rilassò, ora che sapeva perché fosse così arrabbiata. «Mi dispiace, ma non posso acconsentire.»

Addison si sollevò su un gomito e lo fulminò con lo sguardo.

«Non esiste *una sola* situazione in cui non mi metterei tra te o i miei figli e un pericolo. Non sono fatto così, Addy. Farò tutto il necessario per assicurarmi che tu sia al sicuro. Che Ellory sia al sicuro. Che Yana, Artem e Borysko siano al sicuro. Anche se ciò dovesse significare mettermi davanti a un proiettile, perché non sarei in grado di vivere in pace con me stesso se restassi lì a guardare senza fare nulla, e qualcuno di voi venisse ferito.»

«Pensi che io sarei in grado di vivere in pace con *me stessa* se tu morissi per proteggermi?» gli chiese con altrettanto fervore.

MacGyver rotolò, portando sua moglie sotto di sé. Rimase sospeso su di lei e la fissò, desideroso che capisse, tenendosi su con le braccia e facendo attenzione a non mettere troppo peso su quello ferito. «Hai sposato un protettore» le disse serio. «Proteggerò sempre i miei compagni di squadra, le loro famiglie, il mio Paese e chiunque altro ne abbia bisogno nel miglior modo possibile. Ma per te e per i miei figli andrei fino ai confini della terra per assicurarmi che abbiate tutto ciò di cui avete bisogno e che desiderate nella vita. Insegnerò alle mie ragazze l'autodifesa e ai miei ragazzi a difendere i diritti di chiunque subisca discriminazioni, e mi metterò sempre, *sempre*, tra il pericolo e coloro che amo. Inoltre, non pensare che non ti abbia visto fare esattamente la stessa cosa. Ti sei piazzata davanti a Ellory e Yana *pronta* a prenderti una pallottola al posto loro. Sai esattamente come mi sento, perché lo hai provato anche tu.»

Addison lo fissò e MacGyver vide i suoi occhi riempirsi di lacrime. Pensò che non si fosse nemmeno accorta di star accarezzando molto delicatamente la benda sulla ferita del braccio. «Ti amo» gli sussurrò, mentre le lacrime sgorgavano e scendevano lungo la tempia e fino ai capelli. «Così tanto che mi spaventa. Non potrei farcela senza di te.»

«A fare cosa?»

«Il genitore.»

«Ti sbagli, lo fai da anni con Ellory e non hai battuto ciglio quando si sono aggiunti altri tre figli di cui prenderti cura.»

«Bene. Allora non posso fare il genitore di un altro bambino senza di te.»

MacGyver si bloccò. «Cosa? Stai dicendo che...»

«No. Cioè, non credo di essere ancora incinta, ma visto come stai prendendo molto sul serio il tuo compito di fecondarmi, è solo questione di tempo. È da tanto che non ho a che fare con un neonato. Non posso occuparmi di poppate, di pannolini, di pianti... e del resto, e lavorare, oltre a prendermi cura degli altri quattro bambini che abbiamo, tutto da sola. E non posso permettere che tu ti butti sempre davanti ai proiettili. Ho bisogno di te, Ricky. Ti amo così tanto che è quasi spaventoso.»

Era sollevato ma anche deluso che lei non fosse già incinta. «Niente più proiettili» concordò, anche se nel profondo dell'anima sapeva che se si fossero trovati di nuovo in una situazione come quella di quel giorno, avrebbe fatto esattamente la stessa cosa.

«Niente più proiettili» ripeté lei.

MacGyver si abbassò e prese di nuovo la moglie tra le braccia. Guardò l'orologio e vide che erano quasi le due di notte. L'indomani i bambini sarebbero stati esausti. Scontrosi. Ellory doveva andare alla stazione di polizia per rilasciare la sua dichiarazione e lui aveva bisogno di parlare con Smiley; nessuno lo aveva più visto dopo che aveva saputo che Bree era al porto, e che aveva sostanzialmente salvato Ellory e Yana dall'essere ricatturate. Voleva anche ringraziare ancora una volta Wolf e la sua squadra, e Addison aveva bisogno di passare un po' di tempo con le altre donne, per rassicurarle, e rassicurare sé stessa, che tutti stavano bene.

Avrebbero avuto una giornata impegnativa. Sarebbe stata dura, ma ce l'avrebbero fatta... come una famiglia.

Gli era quasi impossibile credere che poco tempo prima stesse facendo una vita solitaria, ma non avrebbe barattato il caos in cui viveva ora per niente al mondo. Alcune persone pensavano che fosse una follia voler adottare tre orfani provenienti da un paese dilaniato dalla guerra, ma ciò gli aveva portato la donna dei suoi sogni, una figliastra, e la vita che aveva sempre sognato, ma che aveva quasi accettato di non poter avere.

E avrebbero avuto un bambino. Forse non l'indomani o il giorno successivo, ma alla fine avrebbe messo incinta sua moglie. Sarebbe diventata grossa con una creatura che sarebbe stata sangue del suo sangue, e la sua famiglia avrebbe perso la testa per un altro nipotino da amare.

A quel proposito, era giunto il momento di presentare i suoi figli ai nonni. Anche i genitori di Addison dovevano andare a trovarli.

Quando si era sposato era stato riluttante a coinvolgere le loro famiglie perché era stato un matrimonio di convenienza. Un finto matrimonio. Ma ora? Non c'era niente di finto nell'amore che provavano l'uno per l'altra.

«Cosa c'è da sorridere? Perché non dormi?» gli chiese Addison assonnata, sollevando la testa per cercare di vedere meglio il suo viso. «Ti fa male il braccio? Non riesci a smettere di pensare a quello che è successo?»

«Sto sorridendo perché non sono mai stato così felice. Non sto dormendo perché sono sdraiato qui a pensare al futuro. Il nostro futuro. E no, non mi fa male il braccio.»

«Ok. Ricky?»

«Sì, Addy?»

«Accettare di sposarti è stata la decisione migliore che abbia mai preso nella mia vita.»

Il sorriso sul volto di MacGyver si fece più ampio. «Chiederti di sposarmi è stata la decisione migliore che *io* abbia mai preso.»

Lei abbassò la testa sul suo petto e si rannicchiò di più contro di lui. «Ti amo.»

«E io amo te» replicò.

Impiegò un bel po' per addormentarsi. Le visioni del futuro non smettevano di passargli nella mente. La loro vita non sarebbe stata facile o tranquilla. Il caos sarebbe stato qualcosa a cui avrebbero dovuto semplicemente abituarsi. Ma gli andava benissimo così. Con Addison al suo fianco, sarebbero stati in grado di superare qualsiasi cosa.

# CAPITOLO VENTUNO

ADDISON ERA DAVVERO GRATA per l'aiuto ricevuto dalle sue amiche nei giorni successivi al rapimento delle ragazze. Wren aveva accompagnato ed era andata a prendere Yana a scuola, mentre Remi si era occupata di accompagnare i ragazzi e di riportarli a casa quando avevano detto di non voler più prendere l'autobus per paura che qualcuno avrebbe cercato di rapirli; una paura che lei e Ricky speravano svanisse presto, dato che si erano divertiti a viaggiare con lo scuolabus, e si augurava che si sarebbero rilassati abbastanza da volerlo fare ancora.

Il giorno successivo al sequestro, Addison e Ricky avevano accompagnato Ellory alla stazione di polizia.

Stare lì seduta ad ascoltare sua figlia raccontare ai detective tutto l'operato del padre, le aveva fatto venire la nausea. Si era chiesta se lui avesse mai avuto il desiderio di conoscerla, ma alla fine aveva deciso che non avesse importanza. Era dove meritava di essere, dietro le sbarre. Ma non si faceva illusioni: alla fine sarebbe uscito. Gli era stato comunque impedito di contattare di nuovo Ellory, e se lo avesse fatto era sicura che lei non avrebbe esitato a informare le autorità.

Ora, qualche giorno più tardi, Addison voleva capire come stava psicologicamente sua figlia, assicurarsi che stesse affrontando bene tutto quello che era successo. Ricky era alla base, i bambini più piccoli erano a scuola e lei si era presa una piccola pausa dal lavoro perché aveva bisogno di passare del tempo con Ellory.

«Come stai, El? Sul serio.»

«Sto bene, mamma.»

«Sai che puoi parlarmi di qualsiasi cosa.»

Lei alzò gli occhi al cielo, il che sorprendentemente la fece rilassare un po'. Sua figlia stava tornando alla normalità e niente le sembrava più bello.

«Stai dormendo bene?»

«Mm-mm.»

Stava giocando con una piccola rana, e la faceva rotolare tra le dita mentre parlavano. L'aveva presa da una delle tante scatole che aveva aperto nel container in cui era stata tenuta in ostaggio.

«Sono preoccupata per te.»

A quello, Ellory alzò lo sguardo. «Perché?»

«Perché sei mia figlia e ti voglio bene. E hai avuto un'esperienza piuttosto orribile. Mi preoccupa quella rana» ammise, indicando il piccolo giocattolo con cui stava armeggiando. «Perché l'hai tenuta? Non ti ricorda quando eri bloccata in quel container?»

Ellory fissò la rana per un lungo momento, poi incontrò lo sguardo della madre. «Mi ricorda cos'è successo, ma non in senso negativo. Non è un segreto che fossi spaventata, ma trovare quella scatola di peluche e capire che avrebbero potuto essere usati come una sorta di torce, mi ha dato una sicurezza che non avevo mai provato prima. *Io* c'ero riuscita.

Ero salita in cima a quelle scatole e avevo trovato qualcosa di utile per quella situazione. Quella con le rane non serviva a nulla, ma mi ha dato la spinta per continuare a cercare. È stato allora che ho trovato gli attrezzi.» Scrollò le spalle. «Guardare questa rana mi ricorda che sono più di quello che la gente vede. Più della bambina malata, di quella gracile a cui non sono ancora cresciute le tette. Più della figlia disgustosa che ha visto Brady. Sono intraprendente e intelligente. *Io* ho tirato fuori Yana e me stessa da quel container. Ci ho salvate. Il cattivo non ha vinto. Ecco cosa vedo quando guardo questa rana.»

Addison strinse forte le labbra, cercando di non piangere.

«Accidenti, mamma. Non piangerai di nuovo, vero?» le chiese, sollevando di nuovo gli occhi al cielo.

Fu ciò di cui aveva bisogno, e rise. «Forse. Dovrai solo abituarti al fatto che di tanto in tanto la tua mamma pianga.»

Ellory le sorrise e si rimise la rana in tasca. «Ricky mi ha detto che è orgoglioso di me» disse all'improvviso.

«È così» confermò.

«Quando ha visto quanto infastidiva entrambi quella stupida canzone dell'orsacchiotto di Yana, mi ha portata in garage e abbiamo capito insieme come spegnerla. Abbiamo eseguito una "orserectectomia".» Sorrise. «Ha tirato fuori la scatola che suonava la canzone, poi ha fatto i nuovi collegamenti in modo che le luci funzionassero ancora. Mi piace che non si offra di giocare con le bambole e di parlare di trucco con me solo perché sono una ragazza. Mi ha anche detto che la sua squadra mi ha dato un soprannome!»

«Davvero?» chiese Addison, pur sapendo già tutto. Ricky non le nascondeva nulla. Parlavano ogni sera quando andavano a letto. Del programma per il giorno successivo, della scuola, del processo di adozione e del suo lavoro, ovviamente solo quello che poteva condividere. Le aveva detto che i suoi amici ora chiamavano sua figlia "Little Mac", impressionati da come aveva usato le abilità alla MacGyver che le aveva insegnato per uscire dal container.

«Sì. Little Mac. Cioè piccola MacGyver.»

«Cosa ne pensi?» chiese Addison.

Ellory sorrise di nuovo. «Ho pianto quando me l'ha detto. Non riesco a pensare a niente di meglio che essere la figlia di MacGyver. Che essere una piccola MacGyver... che lui sia mio padre.»

«È sicuramente un grande onore» disse Addison, appesa al suo autocontrollo per un filo.

«Ha detto che vuole adottarmi... se io sono d'accordo.»

Non riuscì a fermare la lacrima che le scese lungo la guancia. «E tu cos'hai detto?» riuscì a mormorare con voce roca.

«Oh, Signore, ecco che ricomincia a piangere» borbottò Ellory con la sua solita espressione. «*Ovviamente* ho detto che sarebbe stato fantastico. Gli ho chiesto se potevo chiamarlo papà, e lui si è emozionato e ha ammesso che gli sarebbe piaciuto... se per te va bene, naturalmente.»

«Non c'è niente che mi piacerebbe di più. Ricky e io ne avevamo già parlato, ed eravamo entrambi d'accordo che la decisione doveva essere tua. Ma sono così felice che tu sia aperta a questa possibilità.»

«Perché non dovrei esserlo? È una persona straordinaria» ribatté. Poi il suo sorriso svanì e disse con un tono molto serio: «Posso chiederti una cosa?»

«Certo. Puoi chiedermi qualsiasi cosa.»

«I SEAL finiranno nei guai per aver ucciso quel tizio?»

Addison si irrigidì. Non voleva davvero parlarne con la sua bambina, ma non poteva tenerglielo nascosto. Aveva passato un'esperienza orribile e voleva essere il più onesta possibile. Voleva rispettare il suo bisogno di avere delle risposte.

«No.»

«Ho sentito i detective parlarne, hanno detto che è stato accoltellato. Al cuore. Che è successo quando tutti lo hanno placcato, ma non sanno chi sia stato.»

Ogni volta che Addison pensava a quel giorno, le veniva da vomitare, ma Ellory stava crescendo in fretta, era suo diritto sapere dell'uomo che aveva cercato di ucciderla, che aveva sparato a Ricky.

«È vero. In qualche modo, quando i ragazzi hanno cercato di disarmarlo, è stato accoltellato.»

«Sono contenta» disse schietta. «So che probabilmente questo mi rende una brutta persona, ma non m'importa.»

«Non ti rende una brutta persona, solo umana. Non era un brav'uomo. Ha fatto cose orribili, tutto in nome dei soldi.»

«Ha sparato a Ricky.»

«Sì.»

«Stava mirando a *me*.»

Non le disse che aveva ragione. Anche se era vero, non riusciva ad ammetterlo.

«Non era nemmeno malconcio, aveva solo un coltello conficcato nel petto, proprio sul cuore. Quei SEAL... sono davvero tosti» disse Ellory.

«È vero.» *Quella* era una cosa con cui poteva trovarsi d'accordo.

«Mamma?»

«Sì, tesoro?»

«Ti voglio bene. Penso che tu sia piuttosto fantastica.»

Era un grande elogio, fatto da una preadolescente. Ma si sbagliava, non lo era per niente, ma non avrebbe contraddetto sua figlia. «Anch'io ti voglio bene, e penso che anche tu sia piuttosto fantastica.»

Ellory alzò di nuovo gli occhi al cielo. «Non è vero, ma non m'importa. Sono chi sono. Una che ha il morbo di Crohn, una nerd, fanatica del teatro e una Little Mac.»

«Già.» Quelle stupide lacrime tornarono.

«Sul serio, mamma? Sembri in preda agli ormoni.»

Addison aggrottò la fronte. Ultimamente *aveva* pianto più del solito. Certo, le sue figlie avevano attraversato qualcosa di terribilmente traumatico, ma comunque...

Poteva essere incinta?

Non ne aveva idea, e per quanto desiderasse avere un bambino con Ricky, le cose erano incredibilmente caotiche in quel periodo. Non era il momento migliore. Ma d'altronde, ci sarebbe mai stato davvero un "momento migliore"? Con i bambini le cose sarebbero diventate solo più frenetiche man mano che fossero cresciuti. Inoltre, voleva che Ellory potesse passare un po' di tempo con il suo nuovo fratellino o sorellina... non voleva aspettare di avere un bambino dopo che lei fosse andata al college.

«Mamma? Stai bene?»

«Sì» la rassicurò. «Stavo solo pensando.»

«Sono pronta per tornare a scuola» affermò all'improvviso.

«Ne sei sicura?»

«Sì. Quello che è successo è stato orribile e ho imparato la lezione. Non andare mai via con qualcuno che non sia nella lista ufficiale. Che ora include molte più persone» disse Ellory ridendo.

Era vero. Lei e Ricky avevano aggiunto l'intera squadra SEAL, tutte le loro donne, Wolf, Caroline e persino Julie e Patrick Hurt.

«Te l'ho già detto, è una tua decisione quando tornare. So che hai continuato a studiare.»

«Sì. Ma la mia insegnante di teatro annuncerà la nuova commedia che inizieremo domani. Voglio esserci. Penso che questa volta farò un provino per diventare direttrice di scena.»

Addison era così orgogliosa di sua figlia che avrebbe potuto scoppiare per l'emozione. Era una ragazza incredibilmente forte, cosa che aveva sempre saputo in base al modo in cui aveva affrontato la diagnosi del morbo di Crohn e i sintomi che si ripresentavano ancora di tanto in tanto. Ma ora, vedere come si era ripresa dopo un'esperienza terrificante come quella di essere rapita e venduta per i suoi organi, era impressionante.

«Ok, tesoro.»

«Vado in garage a lavorare su quella cosa che sto facendo insieme a Ricky. Voglio mostrargli quanti progressi ho fatto quando tornerà a casa stasera.» E con quella dichiarazione, Ellory si alzò e si diresse verso il garage con un sorriso.

Addison rimase seduta sul divano a lungo. Sua figlia stava già voltando pagina dopo quello che Brady le aveva fatto; era arrivato il momento che lo facesse anche lei. Aveva un sacco di persone che le mandavano mail e chiedevano informazioni per ordinare torte e biscotti. La vita era ufficialmente tornata alla normalità.

Più tardi, dopo aver passato una serata caotica con i bambini, mentre lei e Ricky erano a letto, Addison rotolò e si mise a cavalcioni su di lui, che la guardò con così tanto amore negli occhi che lei avrebbe potuto sciogliersi all'istante. Era la donna più fortunata del mondo e all'improvviso si ritrovò ammutolita. Non riusciva a trovare le parole per dire a quell'uomo quanto lo amava.

Così glielo dimostrò sfilandosi la maglietta dalla testa, e sorrise quando le sue mani andarono subito a coprirle i seni. Si chinò per offrirgli un capezzolo, e lui lo prese in bocca e lo succhiò con forza, facendola bagnare di desiderio.

Non servirono molti preliminari perché fosse pronta per lui, e furono quasi comiche le contorsioni che dovettero fare per togliersi il resto dei vestiti, ma in un attimo si ritrovarono entrambi nudi con lei di nuovo a cavalcioni su Ricky.

Si sollevò un po', gli afferrò il cazzo duro, se lo infilò tra le pieghe e si abbassò di colpo.

Sussultarono entrambi per la sensazione di estasi che provarono quando lui arrivò in fondo. Il loro amplesso fu duro e intenso. Ricky la aiutò afferrandole i fianchi e muovendola su e giù sul suo uccello. Poi le mise una mano tra le gambe e le accarezzò con fermezza il clitoride mentre lei lo cavalcava.

Dopo averla fatta esplodere di piacere, la fece rotolare portandola sotto di sé. Si mise le sue caviglie sulle spalle, si abbassò e la scopò con forza. Addison amava vedere l'espressione sul suo viso mentre la prendeva, l'intensità nei suoi occhi. Lui non distolse mai lo sguardo mentre la amava, il che rese ciò che stavano facendo ancora più intimo.

Lei strinse i muscoli interni attorno al suo cazzo, adorando il gemito che gli sfuggì. Ricky si spinse il più in profondità possibile, poi le ordinò: «Fallo di nuovo.»

Obbedì, e lo sentì pulsare dentro il suo corpo.

Così lo fece di nuovo, e di nuovo ancora, scopandolo lei stessa solo dall'interno. Si portò una mano sul clitoride e iniziò ad accarezzarsi, mentre lui rimaneva immobile. Aveva sempre pensato che gli uomini per venire avessero bisogno dell'attrito del movimento, ma suo marito le aveva dimostrato che si era sbagliata.

Quando volò ancora una volta nell'estasi, ogni muscolo del suo corpo si tese, soprattutto quelli della fica.

Lui gemette e spinse i fianchi, venendo intensamente dentro di lei. E la soddisfazione per Addison fu travolgente; l'amore che provava per quell'uomo era totalizzante.

Quando finì rimase su di lei, ben in profondità. Alla fine sarebbe scivolato fuori una volta ammorbidito, ma le piaceva la sensazione di rimanere piena di lui il più a lungo possibile.

«Ellory mi ha accusata di essere in preda agli ormoni oggi» disse sommessamente.

Suo marito non era uno stupido... alzò la testa di scatto e la fissò con uno sguardo indagatore. «E?»

«E niente.»

«Hai fatto un test?»

Avrebbe voluto fare una battuta su un test di matematica o qualcosa del genere, ma lo evitò. «No. Non voglio essere delusa se dovesse essere negativo.»

«Quindi...? Ignorerai la cosa e basta? Ti sorprenderai tra nove mesi quando improvvisamente entrerai in travaglio?»

Addison ridacchiò. «No. Ma... è troppo presto. Voglio solo... voglio aspettare un po'. Godermi mio marito. La mia famiglia. Rientrare nel solito ritmo.»

«E se tu facessi pipì sul bastoncino e non guardassi il risultato? Lo guarderei solo io.»

Addison scoppiò a ridere. «Come se tu fossi in grado di mantenere un segreto del genere.»

«Ehi, io mantengo dei segreti tutto il tempo» protestò.

«So che lo fai, ma con questo non dureresti un giorno. Lo sveleresti dicendo cose tipo: "Penso che dovresti iniziare a prendere delle vitamine, tesoro" o, "Sei stanca? Forse dovresti sederti". Lo saprei in un batter d'occhio se mi avessi messo incinta.»

Ricky sorrise timidamente. «Ok, potresti avere ragione.»

«*Ho* ragione» ribatté lei.

«Capisco cosa vuoi dire, ma voglio assicurarmi che tu rimanga in salute. Che tutto vada bene con il nostro bambino. Che ne pensi di un mese? Andremo avanti normalmente per un mese, poi farai il test e vedremo.»

Addison ci pensò per un momento, poi annuì. «Ok.»

Ricky si sporse e la baciò, spinse il bacino e lo ruotò un po'. «Un bambino. Non avrei mai pensato che chiederti di sposarmi mi avrebbe reso l'uomo più felice della terra.»

«Non sappiamo ancora se c'è un bambino» lo avvertì.

«È vero. Ma ho un altro mese per fare del mio meglio per assicurarmi che ci sia.»

«Ancora?» chiese Addison, mentre lui iniziava a muoversi lentamente avanti e indietro.

«Ancora» confermò. «Vorrò venire dentro di te il più possibile nel prossimo mese, per *assicurarmi* che il mio seme attecchisca.»

Lei ridacchiò. «Chi dice cose del genere?»

«Io» rispose Ricky con un enorme sorriso.

Era uno sciocco, ma era il *suo* sciocco. Addison non lo avrebbe voluto in nessun altro modo. «Allora è meglio che ti dia una mossa, perché non possiamo sapere quando uno dei nostri figli busserà alla porta e vorrà qualcosa.»

«Sì, signora» disse lui con un sorriso. Poi continuò a farle dimenticare tutto tranne il modo in cui la faceva sentire.

# EPILOGO

«CHE PROBLEMI HAI?» chiese Safe a Smiley. «Sei sempre stato uno stronzo, ma ultimamente lo sei ancora di *più*.»

«Lascialo stare» disse Kevlar con un tono che la squadra raramente gli sentiva usare.

Safe guardò sorpreso il suo amico. «Non voglio essere cattivo, sto solo cercando di capire.»

Smiley fissò il suo compagno di squadra. Era ben consapevole che si stava comportando da stronzo con le persone che significavano di più per lui, ma non poteva farci niente. Era frustrato e preoccupato.

E Jude Stark non era il tipo d'uomo che si preoccupava. Le cose succedevano nella vita e non era possibile controllarle, si poteva solo cavalcare l'onda come meglio si riusciva. Ma da quando erano successi gli eventi con Ellory e Yana, era stato nervoso. La donna che stava cercando disperatamente a Las Vegas era *lì*. A Riverton. Era stata così vicina, eppure, ancora una volta, gli era sfuggita da sotto il naso.

E, ancora una volta, era stata ferita.

Aveva trovato un punto vicino alla recinzione del porto, in

un angolo lontano, in cui c'era una considerevole macchia di sangue. Poteva facilmente immaginare cosa fosse successo, soprattutto dopo aver visto le nocche ammaccate dello stronzo che i suoi amici SEAL avevano ucciso.

Bree aveva fatto allontanare il rapitore dalle bambine, permettendo loro di scappare, e si era ritrovata intrappolata. Avrebbe potuto reagire, ma non sarebbe servito a nulla. La donna che ricordava era piccola, minuta... e il tizio l'aveva fatta a pezzi, tanto che aveva trovato una cazzo di *unghia* per terra.

Chiudendo gli occhi riusciva a immaginare con chiarezza l'accaduto; Bree, sdraiata a terra, che si era raggomitolata cercando di proteggersi, mentre veniva presa a calci e picchiata a sangue.

L'unica consolazione di Smiley era che la scia di sangue lo aveva portato a un punto nella recinzione dove era chiaramente strisciata sotto e uscita dal porto. Aveva un sacco di domande in testa. Perché era lì? Com'era stata coinvolta nel salvataggio di Ellory e Yana? Era *ancora* lì? Aveva bisogno di aiuto? E se sì, perché non si era messa in contatto con lui?

Non aveva risposte, e ciò lo stava facendo impazzire.

«Smiley?» Kevlar disse il suo nome con calma. «Cosa ti serve che facciamo?»

Decidendo che se avesse mai trovato Bree Haynes, avrebbe dovuto ammettere di aver bisogno di assistenza, si voltò verso la sua squadra.

Erano sulla spiaggia vicino alla base navale. Avrebbero dovuto allenarsi, ma, caso estremamente raro, Kevlar li aveva fermati dopo solo cinque chilometri di corsa, dicendo che era da molto tempo che non apprezzavano davvero un'alba. Era stato uno stratagemma, ovviamente. Un modo per poter parlare con la sua squadra, per tenersi aggiornato sugli uomini che non erano solo suoi amici, ma che riteneva una sua responsabilità.

Avevano tutti un sacco di cose a cui pensare, e Smiley in realtà apprezzava il fatto di poter essere coinvolto nelle vite di tutti. Non amava essere al centro dell'attenzione del momento, ma dato che aveva bisogno di aiuto e di qualcuno di fiducia che lo ascoltasse, lo avrebbe sopportato.

«È vicina» disse ai suoi amici. «Me lo sento. Non so perché non mi abbia contattato, ma ha bisogno di aiuto. Dev'essere per questo che è qui. E in qualche modo sapeva che eravamo in quel porto... il che significa che ci ha seguiti. *Mi ha* seguito. Ho bisogno che stiate tutti attenti se c'è un'auto che gira qui intorno, se trovate una donna in posti in cui non ci si aspetta di vederne una. E se la vedete e corrisponde alla descrizione che vi ho dato di Bree, fermatela.»

«Non sono sicuro...»

«Non sto dicendo di metterle un paio di fascette ai polsi e buttarla a terra. Ma... parlatele. Vedete se riuscite a farla restare finché non arrivo io. Non ho prove concrete, ma quella donna è nei guai. Non si impegnerebbe così tanto per restare nascosta se non lo fosse. Non sono riuscito a trovare informazioni sul suo ex, lo stronzo che l'ha venduta come schiava sessuale.»

«Nemmeno Tex?» chiese Preacher sorpreso.

«Non gli ho chiesto di indagare su quello» ammise Smiley. «Gli ho solo chiesto di farmi sapere se avesse usato una carta di credito o un bancomat da qualche parte.»

«Perché?» domandò Blink. «Scommetto che potrebbe trovare tutte le informazioni di cui hai bisogno in meno di ventiquattro ore.»

Smiley non sapeva come rispondere. Tranne... che voleva essere *lui* a risolvere la situazione. Era stupido, ma per tutta la vita era stato un semplice soldato. L'uomo che faceva quello che gli veniva chiesto e seguiva gli altri. Uno della squadra. Solo per una volta, avrebbe voluto essere il salvatore. L'eroe che piombava lì con il mantello rosso.

«Perché sono un idiota?» disse ironicamente con una scrollata di spalle.

«No, non lo sei... ma in questo caso in un certo senso *sì*» gli disse Kevlar con sincerità. «E ovviamente faremo attenzione. Se vediamo qualcosa di strano, o qualcuno che assomiglia alla donna che ci hai descritto, ti chiameremo subito. Che tu ci creda o no, vogliamo tutti trovarla.»

«Specialmente io» sostenne MacGyver. «Le devo tutto. Senza di lei...» Lasciò cadere la frase. Erano tutti ben consapevoli di cosa sarebbe potuto accadere a Ellory e Yana senza il sacrificio di Bree.

«Come stanno le ragazze?» chiese Preacher.

«Sorprendentemente bene. Ellory ha avuto una riacutizzazione piuttosto intensa del morbo di Crohn e siamo dovuti andare al pronto soccorso, ma ora sta un po' meglio. E Yana ha iniziato a parlare molto di più. Sono state fortunate. *Siamo* stati fortunati.»

«E Addison? Sta affrontando bene la situazione?» domandò Safe.

«Sì. E... c'è la possibilità che sia incinta.»

Tutti gli uomini sorrisero e si congratularono con lui.

«Maggie sarà felicissima. Sarebbe fantastico che nostro figlio o figlia avesse un cugino così vicino di età» disse Preacher con un sorriso sciocco stampato in faccia.

«Penso sia questo che l'ha convinta a non usare alcun contraccettivo» ammise MacGyver. «Le piaceva l'idea che il nostro bambino avesse un amico della sua età con cui crescere.»

«Sì, è quello che ha detto anche Josie» rifletté Blink,

fissando l'acqua come se stesse ricordando un momento parti-colarmente bello tra lui e la sua fidanzata.

Tutti fissarono il taciturno SEAL.

«Che c'è?» chiese con un piccolo sorriso. «Non mi viene in mente niente di meglio dei nostri figli che creano scompiglio nella stessa classe a scuola.»

«Quante probabilità ci sono che tu abbia due gemelli?» scherzò Flash.

«Be', dato che io lo sono e che anche mia madre e *suo* padre lo erano, direi che sono piuttosto alte.»

«Bene, quindi due delle nostre donne sono incinte, Blink vedrà cosa può fare per dare a Josie un paio di piccoli dai capelli rossi... e voi?» chiese Preacher agli altri.

«Non guardare me» rispose subito Smiley.

«Nemmeno me» aggiunse Flash. «Non vedo la possibilità di avere una ragazza nemmeno all'orizzonte.»

«Non vai in Giamaica?» gli domandò Safe.

«Sì. Ma cosa c'entra?»

«Sai com'è... addio al celibato, gli uomini che si compor-tano da uomini... ci saranno sicuramente delle belle ragazze sulla spiaggia. Forse puoi usare il tuo fascino e vedere cosa succede.»

«Non riesco ancora a credere che tra tutti i posti esistenti tu vada in Giamaica» si lamentò Kevlar.

«Dai. Mia sorella mi ha implorato. Sapete che è più giovane di me di dieci anni, la sua nascita è stata una sorpresa per i miei genitori. Siamo anche molto uniti. Mi sono sempre preso cura di lei fin da bambino, e quando si è fidanzata non ero esatta-mente elettrizzato, dato che il suo ragazzo è un po' un playboy. Quando ha detto che voleva andare in uno di quei resort costosi per il suo addio al celibato, lei ha messo in chiaro che avrebbe appoggiato la sua scelta solo se avesse invitato me.»

«Quindi sei la voce della ragione, eh?» disse Safe con una risatina.

«Più o meno. Il ragazzo sa che se dovesse fare *qualcosa* di inopportuno, non esiterò a dirlo a mia sorella. Quindi si comporterà al meglio.»

«Ma in Giamaica?» ripeté Kevlar. «Sono sorpreso che il comandante abbia approvato la tua richiesta di licenza.»

«Al momento, l'avviso del dipartimento di Stato riguardo ai viaggi è solo al livello due» sostenne Flash.

«Sì, ma un mese fa era al livello tre, cioè "riconsiderare i viaggi". Lì la criminalità è ancora un grosso problema. La polizia non è molto efficiente nel rispondere agli incidenti e il tasso di omicidi è uno dei più alti dell'emisfero occidentale» ribatté Kevlar.

Flash sospirò. «Lo so. Ho contestato la scelta della Giamaica per le stesse ragioni... senza fortuna. La mia unica consolazione è che, ripeto, saremo in uno di quei resort di lusso con una buona sicurezza.»

«Sai bene quanto me che non c'è garanzia che non accada nulla» incalzò Kevlar.

«Sì. Farò attenzione, va bene? Staremo lì solo per tre giorni. Se non ci andassi e succedesse qualcosa al fidanzato di mia sorella, non me lo perdonerei mai perché le spezzerebbe il cuore. Mi assicurerò che torni a casa sano e salvo, oltre a tenerlo d'occhio.»

Kevlar borbottò, ma annuì.

«Allora, Blink... convincerai Josie ad avere i tuoi bambini... la sposerai?» chiese Preacher con un sorriso.

«Sì.»

«In questo secolo?» scherzò.

Blink sorprese tutti quando guardò Kevlar. «Pensi che Remi accetterebbe di essere al mio fianco, per così dire? Di farmi da testimone?»

Il loro leader spalancò gli occhi. «Dici sul serio?»

«Sì. È la sorella che non ho mai avuto, e dopo tutto quello che ci è successo... sarei onorato di averla al mio fianco quando sposerò la persona più importante della mia vita.»

«Certo che sì!» sbottò Kevlar. «Ne sarà onorata anche lei. Probabilmente piangerà. E tuo fratello?»

«Oh, voglio lì anche lui. Non posso sposarmi senza il mio gemello e il resto della famiglia. E probabilmente i suoi amici Night Stalker. Josie e io ne abbiamo già parlato, vogliamo una grande festa con tutti i nostri amici e familiari.»

«Mi sembra perfetto» disse Kevlar con un piccolo sorriso.

«Io voglio sapere quando il nostro stimato leader farà di Remi una donna onesta» commentò Flash.

«Sai quanto è offensivo e antiquato quel detto, vero?» gli domandò lui alzando gli occhi al cielo.

«Vabbè, sai cosa intendo.»

«Lo so. E la risposta è... presto» promise.

«Bene. E tu, Safe? Sposerai Wren?» chiese Flash.

«Non abbiamo fretta» rispose.

MacGyver aggrottò la fronte. «Cosa stai aspettando?»

«Non lo so. Io la amo e lei ama me, ma non sentiamo il bisogno di sposarci. La nostra relazione è reale, solida. Un pezzo di carta non cambierà le cose.»

«Fidati, ci sono dei vantaggi nell'essere sposati» sostenne MacGyver. «E se dovesse ammalarsi? O se ci fossero problemi con una gravidanza? Se avesse un incidente d'auto? Basterebbe una sola emergenza per andare in bancarotta, e vale per tutti. Se vi sposate avrà automaticamente alcune protezioni.»

Safe pensò per un momento alle parole dell'amico. «Non le chiederò di sposarmi semplicemente "per ogni evenienza".»

«Allora sposala perché la ami. Perché non puoi immaginare di passare il resto della vita senza di lei. Perché se dovesse succederti qualcosa durante una missione, avrà il supporto e l'appoggio della Marina. L'assicurazione sulla vita e quella sanitaria. Vedrai che non penserà che la sposi semplicemente perché riceverà dei soldi quando morirai. Ti ama. È evidente per tutti.» MacGyver si voltò verso Kevlar. «Vale anche per te.»

«E se faceste una doppia cerimonia?» suggerì Flash a Blink e Kevlar. «Blink vuole che Remi gli sia accanto come testimone... e se gli fosse accanto mentre lei sposa il suo uomo, nello stesso momento in cui lui sposa Josie?»

Kevlar guardò Blink. «Non è un'idea orribile.»

Blink sorrise. «Non lo è. Ma ciò significa che devi muovere le chiappe, comprare un anello e chiederglielo.»

«Ce l'ho già l'anello» affermò. «Stavo solo aspettando il momento giusto per chiederglielo.»

«Non c'è mai un momento giusto» ribatté MacGyver. «Just do it, fallo e basta.»

«Cos'è, una pubblicità della Nike?» borbottò Smiley.

«Potremmo fare una tripla cerimonia» suggerì Kevlar, guardando Safe.

«Assolutamente no. Ragazzi, vi voglio bene, ma desidero che il giorno del mio matrimonio sia solo per me e Wren. Probabilmente non faremo chissà quale grande festa, ma anche se dovesse essere una semplice cerimonia in comune, voglio che sia solo per noi.»

«Quindi... una volta che voi tre avrete ufficializzato le cose... resteranno solo Flash e Smiley da dover far sposare» disse Preacher con una risatina.

«Cosa ci è successo?» chiese Smiley scuotendo la testa. «Eravamo tutti dei Navy SEAL cazzuti e ora, invece di allenarci, ce ne stiamo seduti qui a parlare di matrimoni. È una vergogna.»

«Capirai quando incontrerai la donna giusta, e ti renderai

conto di non riuscire a immaginare di vivere un altro giorno senza di lei» disse Safe.

«Se lo dici tu» borbottò Smiley.

«Quindi... Addison sta bene, i bambini anche; Maggie e Addison sono incinte; Kevlar, Safe e Blink si sposeranno; Blink passerà tutto il suo tempo libero a cercare di avere due gemelli per continuare la tradizione di famiglia. Io andrò in Giamaica per assicurarmi che il fidanzato della mia sorellina tenga il cazzo nei pantaloni durante il weekend dell'addio al celibato. E Smiley è il solito stronzo, ma lo aiuteremo comunque tutti con la ricerca della misteriosa Bree, così potrà finalmente capire che diavolo le sta succedendo e *smetterà* di essere uno stronzo. Ho riepilogato tutto?» chiese Flash.

«Più o meno.»

«Credo di sì.»

«Mi sembra corretto.»

«Bene. Quindi, visto che abbiamo chiacchierato fino all'alba e affrontato tutti i nostri problemi, possiamo andarcene da qui? Devo fare i bagagli e sono sicuro che voi volete tornare a casa e vedere le vostre mogli, fidanzate e future fidanzate» disse Flash.

Tutti risero, ma si girarono per tornare indietro lungo la spiaggia.

Smiley si attardò quando tutti iniziarono a correre verso il parcheggio. Era fortunato ad avere dei così buoni amici. Era felice per loro, per il discorso dei bambini e dei matrimoni. In fondo, era qualcosa che desiderava anche lui. Ma la dura corazza che aveva intorno al cuore e le brutte esperienze vissute mentre cresceva erano entrambi degli enormi ostacoli perché lui potesse un giorno godere di ciò che avevano i suoi amici.

Ma riuscire a trovare Bree Haynes e assicurarsi che fosse al sicuro, avrebbe contribuito notevolmente a dargli la sensazione di aver finalmente fatto qualcosa di buono nella sua vita personale. Di non essere solo rimasto lì a guardare e di non aver permesso a un'altra donna di soffrire... com'era successo con sua madre.

Scosse la testa, per non farsi travolgere dai brutti ricordi, e corse velocemente dietro ai suoi compagni di squadra. Avrebbe trovato Bree, in un modo o nell'altro, poi avrebbe continuato a vivere la sua vita con la coscienza pulita.

Mentre ci pensava, gli balenò nella mente l'immagine della macchia di sangue sul terreno del porto. Non aveva salvato Bree da quel pestaggio... ed era possibile che non sarebbe stato in grado di salvarla da chiunque le stesse dando la caccia.

Ma non si sarebbe arreso.

Non poteva fare finta di niente. Non di nuovo. Non sarebbe mai più successo.

———

Kelli Colbert non voleva andare in Giamaica. Aveva fatto delle ricerche e visto che non era sicuro. Inoltre, l'unica ragione per cui ci andava era perché sua cugina era stata costretta a invitarla, dato che, almeno secondo Charlotte, lei era una vecchia zitella, poco desiderabile, strana, bassa, tarchiata e antiquata.

Kelli sapeva bene di non avere l'aspetto che i media consideravano ideale; arrivava a malapena al metro e sessanta. I suoi capelli biondo scuro, lunghi fino alle spalle, non erano acconciati alla moda, non erano scalati in alcun modo e non avevano mèches. Aveva ventotto anni e non aveva mai avuto un fidanzato fisso.

Charlotte era il suo esatto opposto. Aveva ventidue anni, era alta e snella, aveva i capelli lunghi e biondi e dei bellissimi e grandi occhi azzurri. Era stata una cheerleader al liceo e al college, e alla fine era riuscita a convincere il suo fidanzato, il quarterback della squadra di football, a chiederle di sposarlo.

Però era stato solo il quarterback di riserva, pensò Kelli con un piccolo sbuffo. Da quello che aveva sentito, si era appena laureato. Lavorava per la compagnia assicurativa di suo padre. Cosa che non era un problema, ma aveva sentito dire in famiglia che era pessimo nelle vendite e che il papà avrebbe finanziato l'intero matrimonio.

Poteva affermare con certezza di non andare molto d'accordo con sua cugina, quindi era rimasta sorpresa quando era stata invitata ad andare in Giamaica. Aveva cercato di declinare l'invito educatamente, ma sua madre l'aveva convinta che fosse importante andarci, per cercare di approfondire l'amicizia con la cugina. Kelli aveva provato a spiegarle che non sarebbero mai state amiche intime ma, non volendo deluderla, alla fine aveva accettato di andare.

Da allora non era passato un giorno in cui non si fosse pentita di averlo fatto.

Charlotte le aveva mandato una mail con le "regole" che avrebbe dovuto seguire. Si stava comportando come una sposa isterica, anche se mancavano ancora dei mesi prima che lei e Kolson si sposassero.

Kolson. Era odioso come il suo nome. Kelli si sentiva in colpa per il fatto di avere dei pensieri così negativi su qualcuno che alla fine sarebbe diventato parte della famiglia, ma tutta la faccenda del viaggio con le damigelle d'onore non la stava facendo sentire bene con sé stessa.

Kolson avrebbe portato i suoi testimoni a Las Vegas lo stesso weekend in cui lei e Charlotte sarebbero state in Giamaica con le sue damigelle. Le tre A, come le chiamava Kelli, cioè Afton, Alice e Ava, erano le immagini speculari di sua cugina: alte, magre, bionde. In mezzo a loro sarebbe stata come un pugno in un occhio e aveva la sensazione che il suo ruolo sarebbe stato quello di fare da galoppina per le altre.

Al diavolo.

Sarebbe andata in Giamaica, ma il suo sedere sarebbe rimasto seduto su una sdraio in spiaggia per tutto il weekend. Non era una gran bevitrice, quindi si sarebbe accontentata dei drink analcolici ghiacciati e dei suoi e-book.

Sarebbe stata una bella vacanza lontana dal suo stressante impiego di agente di viaggio. Alcune persone, ovvero Charlotte, pensavano che il suo lavoro non fosse poi così difficile, ma dover gestire i cambi di compagnia aerea, i clienti stronzi e lo stress di assicurarsi che i viaggi da sogno delle persone filassero senza intoppi, alla fine l'aveva spinta a cercare qualcos'altro da fare nella vita.

La ciliegina sulla torta di merda di quel viaggio in Giamaica era il fatto che fosse toccato a lei pianificare tutto. Charlotte era *irragionevolmente* esigente e aveva cambiato idea una mezza dozzina di volte nelle ultime settimane, riguardo a dove avrebbe voluto stare. Ma il viaggio finalmente era stato pianificato, e anche se la scelta del posto non era stata tra le più intelligenti, Kelli aveva finito di litigare con tutti.

Si sarebbe presentata, avrebbe tenuto un basso profilo e tirato un sospiro di sollievo una volta tornata a casa. Non sarebbe successo nulla in un resort pieno di turisti. Finché non avesse messo piede fuori dalla proprietà, sarebbe andato tutto bene. Le sue preoccupazioni più grandi sarebbero state quella di cercare di ignorare le continue frecciatine di Charlotte sulla sua mancanza di vita amorosa e quella di trascorrere più tempo possibile lontano dalle tre A e dalla sposa isterica.

Un gioco da ragazzi. Poteva farcela.

Ma, nonostante il discorso di incoraggiamento, Kelli aveva la sensazione che quel viaggio avrebbe cambiato molte cose.

Come, non ne aveva idea, ma non riusciva a scrollarsi di dosso il pensiero che quando fosse tornata da quel paradiso tropicale la sua vita avrebbe preso una drastica deviazione dall'esistenza un po' stressante, ma comunque noiosa, che viveva ora. Ma nel bene o nel male, la decisione era stata presa.

Sarebbe andata in Giamaica con la cugina e le tre A.

———

So che vi state chiedendo di Smiley e Bree... ma prima ci sono Flash e Kelli! Sapete che le cose non andranno lisce in Giamaica... ma quanto potrebbero andare male? Dovrete leggere la loro storia per scoprirlo!

*Proteggere Kelli*

*In cerca di Heather*
*In cerca di Khloe*

## Silverstone
*Fidarsi di Skylar*
*Fidarsi di Taylor*
*Fidarsi di Molly*
*Fidarsi di Cassidy*

## Forze Speciali alle Hawaii
*Trovare Elodie*
*Trovare Lexie*
*Trovare Kenna*
*Trovare Monica*
*Trovare Carly*
*Trovare Ashlyn*
*Trovare Jodelle*

## Delta Duo
*La forza di Gillian*
*La forza di Kinley*
*La forza di Aspen*
*La forza di Jayme*
*La forza di Riley*
*La forza di Devyn*
*La forza di Ember*
*La forza di Sierra*

## Armi & Amori: verso il futuro
*Soccorrere Caite*
*Soccorrere Brenae*
*Soccorrere Sidney*
*Soccorrere Piper*

*Soccorrere Zoey*
*Soccorrere Avery*
*Soccorrere Kalee*
*Soccorrere Jane*

## Mercenari di Montagna
*Difendere Allye*
*Difendere Chloe*
*Difendere Morgan*
*Difendere Harlow*
*Difendere Everly*
*Difendere Zara*
*Difendere Raven*

## Delta Force Heroes
*Salvare Rayne*
*Salvare Emily*
*Salvare Harley*
*Il Matrimonio di Emily*
*Salvare Kassie*
*Salvare Bryn*
*Salvare Casey*
*Salvare Sadie*
*Salvare Wendy*
*Salvare Mary*
*Salvare Macie*
*Salvare Annie*

## Armi e Amori
*Proteggere Caroline*
*Proteggere Alabama*
*Proteggere Fiona*
*Il Matrimonio di Caroline*

*Proteggere Summer*
*Proteggere Cheyenne*
*Proteggere Jessyka*
*Proteggere Julie*
*Proteggere Melody*
*Proteggere il Futuro*
*Proteggere Kiera*
*Proteggere i figli di Alabama*
*Proteggere Dakota*
*Proteggere Tex*

## Ace Security

*Il riscatto di Grace*
*Il riscatto di Alexis*
*Il riscatto di Bailey*
*Il riscatto di Felicity*
*Il riscatto di Sarah*

## Una raccolta di storie brevi

*Un momento nel tempo*

# BIOGRAFIA

### L'autrice

Susan Stoker è annoverata da *New York Times*, *USA Today* e *Wall Street Journal* quale scrittrice di successo, le cui collane di libri includono Badge of Honor: Texas Heroes, SEAL of Protection e Delta Force Heroes. Sposata con un sottufficiale dell'esercito in pensione, Stoker ha vissuto in ogni dove negli Stati Uniti - dal Missouri alla California e al Colorado - e attualmente vive sotto i grandi cieli del Texas. Quale vera sostenitrice del "vissero felici e contenti", Stoker ama scrivere romanzi in cui una relazione romantica si trasforma in amore.

Per ulteriori informazioni sull'autrice e il suo lavoro, visita il sito web www.stokeraces.com

www.ingramcontent.com/pod-product-compliance
Lightning Source LLC
Chambersburg PA
CBHW011144100726
47899CB00010B/3163